dtv

W0205273

Zwischen Provence und Camargue liegt der Familienbesitz der Valences: Le Biloba. Dorthin ist Jordane nach dem Tod des Großvaters zurückgekehrt. Sie hat sich geschworen, dies Erbe mit seiner wunderbaren Pferdezucht vor dem Ruin zu retten, der unmittelbar vor der Tür steht. Notgedrungen beschließt sie, das Haus in ein Luxushotel umzuwandeln – ein Entschluß, für den sie von allen kritisiert wird. Denn man will im Herzen der alten provenzalischen Dynastien keine Touristen haben … Doch Jordane setzt sich durch: Schön, lebensfroh und frei, geht sie ihren Weg. Um sie herum ein Ehemann, den sie verlassen hat und der sie nicht vergessen kann, ein bis über beide Ohren verliebter Auktionator, eine exzentrische Mutter, eine kränkelnde Schwester, ein weiser alter Schäfer, die Klänge der Zigeunergitarren. Und ein Stierzüchter, ein unausstehlicher Macho, der ihre beste Freundin unglücklich macht und mit dem sie immer wieder aneinandergerät …

Françoise Bourdin wurde 1952 in Paris geboren. Sie hat bereits zahlreiche Romane veröffentlicht und schreibt außerdem Drehbücher für das Fernsehen.

Françoise Bourdin

Golden wie deine Haut

Roman

Deutsch von
Anna-Katharina von Staun

Deutscher Taschenbuch Verlag

Deutsche Erstausgabe
August 1998
Deutscher Taschenbuch Verlag GmbH & Co. KG, München
© 1996 Belfond, Paris
Titel der französischen Originalausgabe:
›La camarguaise‹
© 1998 der deutschsprachigen Ausgabe:
Deutscher Taschenbuch Verlag GmbH & Co. KG, München
Umschlagkonzept: Balk & Brumshagen
Umschlagfoto: © Pascal/MAURITIUS
Satz: KCS GmbH, Buchholz/Hamburg
Gesetzt aus der Bembo 10/11,75·(QuarkXPress)
Druck und Bindung: C. H. Beck'sche Buchdruckerei, Nördlingen
Gedruckt auf säurefreiem, chlorfrei gebleichtem Papier
Printed in Germany · ISBN 3-423-20123-1

1

Das Haus um sie herum war still, heiß und vertraut mit seinen altmodischen Gerüchen und den verblaßten Farben, die da und dort abblätterten. Jordane war einen Moment auf dem Treppenabsatz des ersten Stocks stehengeblieben und lauschte wie so oft auf die Geräusche. Aber da war nichts, abgesehen von dem typischen Rucken der Zapfen in der Standuhr, die seit Jahren repariert werden mußte. Alles schien fest zu schlafen.

Statt weiter in den zweiten Stock hinaufzugehen, zögerte die junge Frau und setzte sich dann auf einen Schemel. Durch die mehr als spärliche Beleuchtung des Treppenhauses entstanden in allen Ecken und Winkeln bedrohlich wirkende Schatten, aber Jordane kannte das Haus so gut, daß sie sich überall blind zurechtgefunden hätte. Ihr Großvater hatte vor dreißig Jahren ein Beleuchtungssystem legen lassen, das in den Fluren ein diffuses Dämmerlicht verbreitete. Das hatte er anläßlich der Geburt seiner ersten Enkeltochter beschlossen: Wenn es darum ging, das große Landhaus wohnlicher zu gestalten, scheute er keinen Aufwand. Aber das war lange her, und da inzwischen die Mittel fehlten, war alles abgenutzt, kaputt und verfallen.

Jordane war plötzlich bedrückt. An Abenden wie diesem, wenn sie müde war, wurde ihr schlagartig das Ausmaß ihrer Verantwortung bewußt, die viel zu groß und schwer für eine einzelne junge Frau war; sie wurde sich der ungewissen Zukunft bewußt, die von Jahr zu Jahr düsterer aussah; und ihr wurde bewußt, wie sehr die anderen Frauen der Familie sich auf sie verließen.

Hundert-, nein tausendmal hatte sie ihnen versprochen, ja geschworen, daß sie die Verantwortung für Le Biloba übernehmen wollte, daß sie das Gut aus der Sackgasse herausführen würde. Konnte sie ihre Versprechen halten? Trotz aller Willenskraft, Phantasie und unermüdlichen Arbeit fehlte das Geld mehr denn je.

Jordane fing plötzlich lautlos zu schluchzen an, krümmte sich, als hätte sie Schmerzen, zusammen. Sie zog die Knie an, umschlang sie mit den Armen und wiegte sich vor und zurück. Le Biloba war ein Erbe, dem ein Wermutstropfen beigemischt war –, der schöne Schein trog, in Wirklichkeit war es eine schwere Bürde.

Die Treppe knarzte, und sie hob den Kopf. Lionel kam herunter, in einem offenen weiten Bademantel, sein Haarschopf stand in alle Richtungen ab. Er ging rasch auf sie zu, betrachtete sie liebevoll und zog sie an sich.

»Du warst nicht auf deinem Zimmer, da habe ich mir Gedanken gemacht ... Hast du Sorgen, mein Liebling?« raunte er mit beruhigender Stimme.

»Ich bin nicht mehr dein Liebling, und die Sorgen wachsen mir einfach über den Kopf!«

Er mußte lachen, trat aber einen Schritt zurück. Die dunklen Locken der jungen Frau hatten seinen Bauch gestreift und in ihm die immer gleiche und lästige Begierde nach Jordane geweckt.

»Laß uns hinuntergehen und etwas trinken«, schlug er vor.

Als er am selben Morgen aus Paris gekommen war, hatte er den Kühlschrank mit Flaschen von Jordanes Lieblingschampagner reich bestückt. Bei jedem seiner Besuche brachte er Geschenke mit, versuchte besonders aufmerksam zu sein. Er war fest entschlossen, seine Frau zurückzugewinnen, so sehr sie sich auch dagegen wehrte. Unten angelangt, gingen sie nach rechts in die Küche, die der gemütlichste Raum in der ganzen Bastide war – einem dieser viel zu großen, schloßähnlichen Landhäuser, wie sie für die Camargue so typisch sind. Während Jordane zwei ungleiche Gläser hervorholte, taxierte er sie aus den Augenwinkeln. Ihre Hüften waren noch immer so schmal, ihre Gestalt hochgewachsen und graziös. Ein ganzer Schwall glänzender und sehr dunkler Haare verbarg die kleine, energische Stirn, das Gesicht mit den hervortretenden Wangenknochen und den kindlichen Mund. Sie schminkte sich nie, denn sie war das ganze Jahr über gebräunt und versuchte nicht einmal, ihre tiefgoldenen, funkelnden Augen besonders hervorzuheben.

»Du siehst aus wie ein junges Mädchen«, sagte er und lächelte begehrlich.

Sie ließ sich neben ihn auf die Bank fallen, warf dann den Kopf nach hinten, um ihr Glas zu leeren. Er hielt es nicht mehr aus, packte sie an den Schultern und küßte ihren Hals. Sie roch nach Pferden, Staub und Sonne. Er spürte einen peinigenden Stich im Herzen. Er war nicht nur frustriert, er war unglücklich. Mit welchem Recht hatte sie ihn verlassen?

»Brauchst du Geld, Jordane?«

Er murmelte, den Mund auf ihrer warmen, goldenen Haut, mit veränderter Stimme. Sie machte sich mit einem Ruck los, stand auf und musterte ihn von oben bis unten.

»Immer noch so empfindlich!«

Wie lange schon hatten sie sich nicht mehr geliebt? Ein Jahr? Oder länger? Lionel hatte in Paris zwar Affären, aber Jordane hier auf Le Biloba niemanden. Soviel er wußte, jedenfalls.

»Geld«, sagte Jordane und wirkte erschöpft, »Geld möchte ich verdienen und nicht von dir leihen. Dieser verfluchte Boden hier soll sich endlich mal dazu entschließen, etwas abzuwerfen. Großvater ist das besser gelungen als mir, und doch habe ich ihn damals für einen alten Starrkopf gehalten, einen ...«

»Großvater, Großvater«, äffte er sie nach. »Bist du immer noch nicht darüber hinweg? Das Leben geht weiter, mein großes Mädchen. Versuch mal, damit Schritt zu halten.«

Da sie ihn wie immer zurückgewiesen hatte, war seine Lust auf ein Gespräch rasch geschwunden. Er gähnte und goß neuen Champagner in die beiden Gläser. Sie schnappte sich ihres und verließ die Küche ohne weitere Erklärungen. Er hörte, wie die Tür zum Büro sich öffnete. Sie würde sich schon wieder in die Abrechnungen stürzen, die ganze Nacht über den Finanzen brüten. Er machte das Licht aus, ging durch die Halle und blieb vor der Treppe stehen. Sie schrieb mit rundem Rücken, den gebeugten Kopf unter der Schreibtischlampe, und wirkte völlig absorbiert. Zu aufgebracht, um Mitleid mit diesem Bild zu haben, beschloß er, daß dieses Schlamassel ihn nichts anging und daß er müde war. Er wollte gerade hinaufgehen, als sie ihn ansah. Im Schein der Glühbirne schimmerten ihre braunen Locken, unter ihren Augen lagen Schatten und ihre Wangen wirkten eingefallen. Sie warf ihm ein seltsames kleines Lächeln zu.

»Jordane ...«

Nein, er konnte sie dort nicht einfach allein lassen. Die Stille der Nacht spiegelte ihm eine trügerische, wiedergefundene Intimität vor. Er hatte sie zu oft in den Armen gehalten, besessen, geliebt, er konnte sich mit der Rolle des Freundes, zu der sie ihn zu verdammen suchte, nicht abfinden. »Jordane«, wiederholte er leise und kam näher.

Sie sah die Entschlossenheit auf seinem Gesicht und wußte sofort, was er vorhatte. Sie legte den Stift weg und stand auf, aber er hatte sie schon um die Taille gefaßt. Er war größer und stärker. Sie kämpften für einen Moment, sie war wirklich wütend, für ihn war es noch ein Spiel. Wie oft hatten sie sich auf diese Weise vergnügt, sich lachend durch die ganze Pariser Wohnung verfolgt, sich wie die Kinder herausgefordert. Und am Ende hatten sie sich stets aneinandergepreßt, von der Begierde überwältigt.

Mit einem kurzen Ruck riß Lionel an ihrem Hemd, die Knöpfe sprangen ab. Er sah, daß sie keinen BH trug. Sie wehrte sich heftig und schweigend. Da sie sportlich, muskulös und voller Energie war, entwischte sie ihm kurz, aber er bekam sie an einem Arm zu fassen. Sie halb nackt zu sehen, machte Lionel rasend. Er drängte sie an die Wand, sie prallte dumpf dagegen. Gewaltsam zwängte er ein Knie zwischen ihre Schenkel, so daß sie sich nicht mehr bewegen konnte und gezwungen war nachzugeben. Aber als er gierig mit beiden Händen ihre Brüste in Besitz nahm, verpaßte sie ihm eine gewaltige Ohrfeige. Sie schöpften Atem, ohne sich zu rühren, dann entschloß er sich zum Rückzug.

»Tut mir leid«, stammelte er.

Er starrte sie noch immer fasziniert an, und sie machte keinen Versuch, ihre Kleidung wieder in Ordnung zu bringen. Im Gegenteil, sie kam auf ihn zu und provozierte ihn offen.

»Was ist nur aus dir geworden, mein armes Herz. Ein richtiger Satyr oder einfach nur ein brutales Tier?«

Mechanisch rieb Lionel sich die Wange dort, wo Jordanes Finger einen roten Abdruck hinterlassen hatten.

»Willst du, daß ich meine Jeans aufknöpfe?« fuhr sie fort. »Willst du dich rasch ein bißchen im Stehen vergnügen? Das tue ich doch gerne für dich!«

»Schlampe!« brachte er mit gesenkten Augen hervor.

»Ach, weil ich nicht mir dir schlafen will, bin ich eine Schlampe? Findest du? Nein, wir passen wirklich nicht zusammen, wir beide!«

»Bitte … sag nichts, was du später bereuen könntest.«

»Das einzige, was ich bereue, sind die Kinder, die du nicht haben wolltest!«

Er seufzte tief, war mit einem Schlag abgekühlt. Sie hatte allen Grund, ihm deshalb zu grollen. Er hätte viel darum gegeben, die Zeit zurückdrehen zu können. Leider hatte er zu spät begriffen.

»Ich habe mich geändert, Jordane, aber du hörst mir ja nicht zu. Du hörst niemandem zu …«

»Ich habe keine Zeit zu verschwenden! Ich habe dieses Haus am Hals, ich habe kaum noch ein eigenes Leben. Und du hast keinen Finger krumm gemacht, um mir zu helfen und um die Sache zwischen uns in Ordnung zu bringen. Du denkst nur an dich selbst. Alles was dich interessiert, ist, mit mir ins Bett zu gehen. Dafür gibt es genug andere Frauen … Und du hast mir zigmal bewiesen, daß du die zu finden weißt!«

Sie konnte erbarmungslos sein, die Erfahrung hatte er zu seinem Leidwesen inzwischen gemacht. Er wollte nichts mehr hören und wandte sich unsicher ab. Er war irgendwie wütend, wußte aber nicht, wie er sich verhalten sollte.

»Wie wäre es, wenn du das nächste Mal die Form wahrst, schenk mir doch Blumen …«

Die Stimme Jordanes in seinem Rücken klang plötzlich fröhlich. Auch dafür liebte er sie, für diese Lebensfreude, die nur ihr eigen war und die jederzeit hervorsprudeln konnte. Er sah sie an, doch sie warf ihn mit einer amüsierten Geste hinaus.

»Ich habe zu tun«, rief sie ihm in Erinnerung und zeigte auf ihren Schreibtisch.

Es hatte keinen Zweck mehr – vielleicht ein andermal. Aber er würde sich nicht entmutigen lassen, was sie auch immer tat oder sagte. Sie war zu schön, als daß er sich so schnell geschlagen gegeben hätte, und vor allem liebte er sie dafür einfach zu sehr.

Während Jordane unnütze Zahlenreihen untereinanderschrieb, leuchtete eine sternklare Nacht über der Provence. Fünf Kilometer vor Arles erstreckten sich die sechzig Hektar trockenes Land der Bastide Le Biloba auf das Sumpfland der Crau zu. Die Bastide war ein solides Bauwerk und mit dem Walmdach, der eleganten und ernsten Steinfassade und der hochliegenden Terrasse typisch für die Gegend. Vor hundertfünfzig Jahren, zur Zeit Napoleons III., von einem reichen Bürger aus Arles erbaut, dem es darum ging, seinen Wohlstand zu beweisen, war die Bastide ein wenig zu groß und zu hoch geraten, aber man hatte alles versucht, sie weniger streng wirken zu lassen. Skulpturen, Balustraden, Sprossenfenster verliehen dem Ganzen zwar einen freundlicheren Anstrich, aber überfrachteten es auch. Das Haus war ohne Zweifel erbaut worden, um einen prachtvollen Eindruck zu machen. Aber anderthalb Jahrhunderte später war es erschreckend gealtert. Die Läden, die ursprünglich einmal rosa gestrichen gewesen waren, hatten keine Farbe mehr. Keine Tür, kein Fenster schloß richtig. Dachschindeln fehlten, und hier und da zogen sich Risse durchs Gemäuer. Die Mauerfugen waren von der unbarmherzigen Sonne ausgetrocknet und bröckelten; zersprungene Fensterscheiben waren nicht ersetzt worden.

Nur wenige Schritte vor der Fassade standen zwei mächtige, fast fünfundzwanzig Meter hohe Ginkgo-biloba-Bäume. Diese außergewöhnlichen Koniferen mit ihren fächerförmigen, hellgrünen Blättern hatten der Bastide ihren Namen gegeben. Seit Generationen waren die beiden Bäume für die Valences sowohl Wahrzeichen als auch Glücksbringer.

Dem Großvater von Jordane, François Valence, war als letztem Besitzer noch Glück beschieden gewesen. Mit seinen Nachkommen hatten die Probleme begonnen. Er hatte nur eine einzige Tochter, Isabelle, zauberhaft schön und eigenwillig. Ihre Geburt kurz nach dem Krieg, 1946, hatte die Mutter das Leben gekostet. Indem er beschloß, Witwer zu bleiben, legte François den Grundstein zu seinem Unglück. Kaum volljährig, heiratete Isabelle den zehn Jahre älteren Hugues. Verträumt, weich und genauso genialisch wie seine Frau, zog Hugues auf Le Biloba ein, ohne sich je klarzumachen, daß es sich dabei um einen landwirtschaftlichen Betrieb handelte. Er sah alles nur durch das Objektiv seiner Minolta, sein Auge war zu einem Zoom geworden. Die Schafe seines Schwiegervaters waren für ihn höchstens Teil einer bukolischen Idylle. Was die Andalusier betraf, die Pferde, die François zu züchten begann, so schoß er pausenlos Bilder von ihnen, begeisterte sich an ihren Posen, wäre aber nie auf die Idee gekommen, daß die Tiere eine ständige intensive Betreuung erforderten.

Erschrocken über das, was er zunächst die Originalität und später die Faulheit seines Schwiegersohnes nannte, bestand François darauf, daß seine Tochter den Namen Valence behielt und an ihre Kinder weitergab. Er hoffte auf männliche Erben. Isabelle und Hugues willigten gerne ein und bekamen ein Mädchen namens Nora und dann, zwei Jahre darauf, Jordane. Kein Stammhalter für die Valences, nur zwei »unnütze kleine Gören«! Um die Enttäuschung zu vergessen, stürzte François sich in die Arbeit. Er erschloß einen Teil seines Landes und versuchte es mit Blumenanbau, ohne großen Erfolg – was er aber nicht allzu schwer nahm, denn seine eigentliche Passion waren die Andalusier.

Er war ein Pferdenarr, genau wie schon sein Vater. Dabei interessierten ihn die kleinen, robusten Camargue-Pferde nicht sonderlich. Als exzellenter Reiter, der seinesgleichen suchte, hatte François schon immer ein paar Araber und spanische Vollblutpferde besessen. Geduldig und mit viel Geschick dressierte er sie, wagte die wildesten Kreuzungen, und wenn es darum ging, eine wertvolle Zuchtstute zu erwerben, achtete er nicht auf den Preis. Sein erklärtes Ziel war es, seinen Stall in der ganzen Gegend konkurrenzlos zu machen. Dabei züchtete er weniger Pferde für die Corrida als für die freien Pferderennen, die im Midi so beliebt sind. Bei keiner *feria* fehlte er. Manchmal leistete er sich die Reise nach Spanien, um an einer *corrida de rejoneo* teilzunehmen, jener Art des Stierkampfes, die aus Portugal kommt und bei der sich Stier und Pferd im Zweikampf gegenüberstehen. Nicht eines der sorgfältig gepolsterten, schwerfälligen Pferde, derer die Picadores sich bedienen, sondern prächtige Tiere, die nur aus Muskeln und Nerven zu bestehen scheinen, und die, weil sie ohne jeden Schutz gegen die mörderischen Hörner der Stiere sind, ausschließlich von exzellenten Reitern geritten werden.

François erregten die Schaukämpfe zutiefst. Er träumte davon, solche Pferde bei sich, auf seinem Land laufen zu haben. Sobald er wieder auf Le Biloba war, beugte er sich über die Stammbäume seiner Hengste und machte mit größter Sorgfalt Pläne für die Kreuzungen des nächsten Jahres. Er hatte etwa zehn Stuten, die seine ganze Aufmerksamkeit beanspruchten.

Durch seine Begeisterung für die *caballeros en plaza*, die Reiter in der Arena, und alles, was damit zusammenhing, wurde François schließlich von einer Erkenntnis überwältigt: Es gab ja Frauen auf der Welt … Frauen zu Pferde, spätestens seit der berühmten Conchita Cintron, Frauen, die Stiere großziehen und sich mit ihnen im Sattel messen konnten. Nun sah er seine Enkeltöchter mit anderen Augen.

Unglücklicherweise stellte man bei Nora, als sie gerade zehn Jahre alt wurde, eine schwere Knochenkrankheit fest. Isabelle begann, Ärzte und Chirurgen abzuklappern. Von Marseille bis Montpellier schleppte sie ihre Tochter in jede Klinik, die einen guten Ruf hatte und versuchte, sich die barbarischen Namen der Osteopathie zu merken. François war erschrocken, mitleidig, aber auch zutiefst enttäuscht. Nora mußte sich Eingriffen unterziehen, die ewig lange Rekonvaleszenzen zur Folge hatten. Hugues widmete seiner Tochter viel Zeit, half ihr geduldig bei den Übungen, die zum Rehabilitationsprogramm gehörten, und da er natürlich ohne seine Fotoapparate und Objektive nicht sein konnte, weihte er sie in die Geheimnisse der Fotografie ein. Noch nie hatte man sich auf Le Biloba besonders auf ihn verlassen, aber nun wurde er praktisch nicht mehr gesehen.

Blieb Jordane. Die schien die Tiere zu lieben und sich zudem bester Gesundheit zu erfreuen. François faßte neuen Mut und belegte das Mädchen mit Beschlag. Sobald sie Ferien hatte, nahm er sie mit auf die Weiden, um die größer werdenden Fohlen zu beobachten. Er setzte sie sehr früh in den Sattel, und es gelang ihm schnell, ihr das Reiten schmackhaft zu machen. Für ihre Fortschritte belohnte er sie, indem er sie zwei Jahre nacheinander mit nach Andalusien nahm.

Jordane liebte die Pferde, verstand sie, hatte überhaupt keine Angst. François gratulierte sich zu ihren Fortschritten und hielt das Problem, daß sie sonst keine gute Schülerin war, für zweitrangig. Jordane verbrachte also eine extravagante Jugend im Schoße einer Familie von Außenseitern. Mutter und Vater waren nie da und schienen auf jedes Mitspracherecht bei ihrer Erziehung verzichtet zu haben. Ihr Großvater redete nur über Pferde, ihre Schwester Nora folgte dem Unterricht mehr schlecht als recht per Fernstudium, denn sie konnte nie länger als ein Trimester im Jahr eine Schule besuchen.

Le Biloba war ein Paradies, solange man nicht nach der Rendite fragte. Die Blumenfelder, in der Ferne die Schafe, die Andalusier auf den Weiden: ein wahres Idyll. Von der Bastide, die ein unerschöpflicher Spielplatz war, ganz zu schweigen. Im Winter, während der wenigen kalten Tage, die es in Provence und Camargue gibt, erkundeten Nora und Jordane die Dachböden, spielten in den langen Fluren Versteck und verschlangen ein Buch nach dem anderen vor dem Kamin. Sie waren so verschieden, daß sie sich bestens verstanden. Obwohl sie die Jüngere war, beschützte Jordane ihre Schwester, versuchte, sie zu unterhalten und ihr das Leben zu erleichtern. Nora ließ sich verhätscheln und hatte es mit dem Erwachsenwerden nicht eilig. Ihr Hinken rührte die Kinder ihres Alters, aber wie würde es später mit den Männern sein? Jordane lachte sie aus, schwor ihrer Schwester, daß sie dann längst geheilt sein würde. Daß das nicht stimmte, wußten sie beide.

Als sie sechzehn beziehungsweise achtzehn Jahre alt wurden, bekam Nora allmählich Komplexe. Jordane war der Mittelpunkt von einem ganzen Kreis junger Leute. Sie war groß, schlank, sportlich, graziös, eine gute Reiterin, und sie war äußerst verführerisch. Ihr Haselnußblick war goldgesprenkelt, und François sagte, sie hätte die Augen einer Tigerin. Ihre braunen Haare wurden selten frisiert und fielen ihr in wilden Locken auf die Schultern. Sie konnte sich in den meisten Sportarten mit jedem Jungen messen, und sie wußte, wie man sich amüsiert. Nora wurde nicht eifersüchtig, sie wurde traurig. Sie war weder häßlich noch dumm, aber ihre Krankheit hinderte sie daran, sich dessen bewußt zu werden. Auch sie wäre gerne geritten, hätte gerne Rock 'n' Roll getanzt, im Freien herumgetobt und beim Treppensteigen drei Stufen auf einmal genommen. Sie gewöhnte es sich an, ein kleines trauriges Lächeln zur Schau zu tragen, das alle Welt entmutigte, sogar ihre Mutter. Eine Zeitlang hielt sie sich zunächst für Marie Laurencin, dann für Camille Claudel, bis sie Formen und Farben für die Musik aufgab. Hugues kaufte ihr ein gebrauchtes Klavier, und Isabelle trieb einen freundlichen Lehrer auf. Nora übte mehrere Jahre lang pausenlos, bis sie eine ganz anständige Pianistin war, und begann zu komponieren.

Währenddessen lernte Jordane auf den Andalusiern von François Piaffen, Passagen und andere Kunststücke der Hohen Schule der Dressur. Mit der Zeit fand sie ihren Großvater ein klein wenig übergenau und altmodisch. Mit der Unbekümmertheit der Jugend verurteilte sie die anderen und erschuf die Welt über Nacht neu.

Unermüdlich knipste Hugues weiterhin alles, was ihm

vor die Linse kam. Nachdem er tonnenweise Film auf die Andalusier verschossen hatte – mit der als Portugiesin, Arlesierin oder Hirtin verkleideten Jordane –, verliebte er sich in die Sümpfe und ihre Fauna. Zunächst waren die rosa Flamingos und die Biberratten seine Opfer, später genügten ihm das Wasser und die Sonne. Da er das Ungewöhnliche liebte und auch einzufangen wußte, wagte er sich weiter und weiter in die tückischen und menschenleeren Sümpfe hinaus. Eines Abends kam er nicht nach Biloba zurück. Man suchte zwei Tage lang nach ihm, bis man seine Leiche fand. Er war ertrunken, völlig in seine Fotoapparate und Objektivtaschen verheddert. Jordane war gerade zwanzig geworden, Weihnachten stand vor der Tür.

Bei Hugues Beerdigung drückten sich Isabelle und Nora verstört aneinander. Jordane trauerte um ihren Vater, aber sie liebte das Leben zu sehr, um sich ernsthaft niederdrücken zu lassen. Der Kummer glitt von ihr ab, während ihre Schwester sich noch mehr in sich zurückzog. Isabelle dagegen begann, die Trödler, Flohmärkte und Antiquitätenhändler der Gegend abzuklappern, wie um sich zu zerstreuen und Le Biloba zu entfliehen. Ihr großes Zimmer im ersten Stock flößte ihr Entsetzen ein. Das eheliche Gemach, das Hugues auch als Fotolabor gedient hatte, blieb leer. Jordane räumte die Negative, die Kontaktabzüge und die Fotos in Kartons. Sie nahm die schwarzen Vorhänge ab, lüftete und warf Entwickler und Fixierer weg. Als sie fertig war, schloß sie das Zimmer ab, ließ den Schlüssel aber stecken. Man hätte jederzeit hineingehen können, aber das tat niemand.

François hängte, ohne es zu wollen, sein Herz in den folgenden Monaten noch mehr an Jordane. Aber die war, trotz der Zuneigung, die sie ihm entgegenbrachte, der Autorität und der Allgegenwart ihres Großvaters ein wenig müde geworden. Damals lernte sie Lionel kennen. Sie erinnerte sich nur zu gut an ihre erste Begegnung: Jordane war mit François' uraltem Rover, einer einmaligen Antiquität, die höchstens jedes zweite Mal ansprang, vorsichtig durch die Straßen von Arles gefahren. Lionel dagegen war diese – als typisch leichtsinniger Pariser – mit Höchstgeschwindigkeit entlanggefegt. Es war ihm zwar gelungen, dem Rover auszuweichen, aber er war mit Karacho in das Portal einer Stadtvilla gerauscht. Es war seine Schuld, das war sein erster Satz. Jordane hätte einfach wegfahren können und ihn seinem Schicksal überlassen, aber sie stieg aus, nannte ihm einen Pannendienst und eine Werkstatt. Sie warteten gemeinsam in einem Straßencafé auf den Abschleppwagen. Lionel war dreißig Jahre alt, hatte sehr kurzes blondes Haar und hellblaue Augen und war ziemlich selbstsicher. Er lud sie abends zum Essen ins »Vaccarès« an der Place du Forum ein, dann ging sie mit ihm ins Hotel »Arlatan«, wo er sich über das Wochenende ein Zimmer genommen hatte. Er bestellte Champagner und ließ ihr ein heißes Bad ein. Langsam zog er sie aus, trug sie in die Badewanne und fing an, ihr die Schultern, den Nacken, die Brüste einzuseifen.

Sie hatte vorher ein paar kurze Abenteuer gehabt, hatte sich ein paarmal verliebt, aber noch nie etwas erlebt, was damit vergleichbar gewesen wäre, was sie an jenem Abend in den Armen dieses Fremden empfand. Sie entdeckte eine Lust, wie sie sie zuvor nicht gekannt, ja nicht einmal erahnt hatte. Lionel dagegen war auf diesem Gebiet äußerst erfahren. Er liebte die Liebe und war ein Frauenheld. Aber Jordane hatte etwas Außergewöhnliches, das ihn sofort in den Bann zog. Natürlich waren es zunächst vor allem ihre goldenen Augen, ihre schmalen, knabenhaften Hüften, ihre langen, muskulösen Beine. Aber es war auch ihre unwiderstehliche Lebensfreude, ihr Geruch nach Sonne, Pferden und Freiheit.

Ohne Umstände lud sie ihn für Sonntag zum Mittagessen nach Le Biloba ein. Die Familie Valence fand er interessant, aber sie blieb ihm fremd. Jordane glaubte, daß er durch sie lernen würde, sie zu lieben. Aber es war Jordane, die er liebte, er stellte so glücklich wie überrascht fest, daß er sich diesem merkwürdigen Mädchen schon jetzt verbunden fühlte. Er fuhr nach Paris zurück, kam aber am nächsten Wochenende wieder. Ihm gehörten Teile einer florierenden Versicherungsagentur, und er konnte seine Arbeit von Zeit zu Zeit vernachlässigen.

Jordane hatte eine einzige Freundin, Cécile Marchand. Sie waren zusammen zur Grundschule, dann aufs Gymnasium gegangen und hatten ihr Abitur mit ein paar Umwegen am selben Tag gemacht. Die Eltern von Cécile waren Immobilienmakler in Arles, im Stadtteil Trinquetaille. Ihre Tochter liebte das Theater und die Künstler und versäumte keine einzige der kulturellen Veranstaltungen, die im Sommer, zur Saison, stattfanden. Sie hatte sich deshalb auf einer Privatschule in Aix-en-Provence eingeschrieben, für eine Ausbildung zur Pressereferentin. Jordane stellte ihr Lionel vor. Schon beim Namen der Hauptstadt wie geblendet, beschloß Cécile sofort, daß dieser verführerische Pariser ein unerwarteter Glücksfall für Jordane war. Was konnte die sich schon von Le Biloba erwarten – sie wollte ihr Leben doch nicht in einem Pferdestall verbringen! Jordane hörte das nur zu gerne und gefiel sich in der Vorstellung, daß Lionel genau der Richtige war. Natürlich waren da ihr Großvater, ihre Schwester, die Andalusier, aber das würde sich schon irgendwie unter einen Hut bringen lassen. Nora drängte Jordane, die Gelegenheit zu ergreifen, ernstlich überzeugt, daß ihre kleine Schwester dafür geschaffen sei, fern ihrer Familie zu glänzen. Sie ging soweit zu behaupten, daß François doch nur ein alter Brummbär sei, der zu nichts tauge, als die Familie Valence in den sicheren Ruin zu führen. Die Zukunft Jordanes konnte es doch nicht sein, ihre Jeans auf den Ledersätteln abzuwetzen, während ihr Großvater über die Wundertaten seiner Hengste in Verzückung geriet.

Jordane hatte für die Reden von Nora und Cécile ein nur zu offenes Ohr, da sie sich danach verzehrte, die Nächte in den Armen von Lionel zu verbringen. Sie verscheuchte alle Zweifel und Befürchtungen und glaubte sich sicher zu sein, als sie anfing, von Hochzeit zu reden. Lionel ließ sich nicht lange bitten. Rasch stellte er Jordane all seinen Freunden vor. Mit dreißig Jahren gefiel ihm die Idee zu heiraten. Er dachte sogar über Kinder nach, wollte diese aber nicht sofort, denn er platzte förmlich vor Ideen und Ehrgeiz. Formvollendet bat er François um die Hand von Jordane.

Falls der alte Herr ein wenig schockiert war, mit welcher Geschwindigkeit seine Lieblingsenkelin sich entschlossen hatte, ihn im Stich zu lassen, ließ er sich nichts anmerken. Im Gegenteil, er kratzte alle Ersparnisse zusammen, damit Isabelle ein schönes Hochzeitsfest ausrichten konnte. Die Valences hatten nicht mehr häufig Gäste, man mußte also die Gelegenheit nutzen, um die ganze Gegend staunen zu lassen. Lionel war ein guter Beobachter und bot deshalb höflicherweise an, sich an den Kosten zu beteiligen. François nahm an, ohne daß das irgend etwas an seiner Meinung geändert hätte, nach der Lionel der letzte war, dem Jordane hätte begegnen dürfen.

Dann folgte eins aufs andere. Ein wunderbares Fest, ein selbstverständlich gefühlvoller Abschied, der Aufbruch nach Paris. Lionel besaß dort eine komfortable Wohnung, die er drei Jahre zuvor günstig gekauft hatte. Große helle Zimmer, Balkon, eine ultramoderne Küche, die Gegend war *in*. Jordane zog zunächst gern dort ein. Sie gingen jeden Abend aus und liebten sich jede Nacht. Der Einklang ihrer Körper, der bei Jordane an Abhängigkeit grenzte, war der Trumpf ihrer Partnerschaft. Was den Rest anging … Lionel verließ um sieben Uhr morgens das Haus und kam zwölf Stunden später zurück. Jordane sah sich Paris an, durchstöberte die Boutiquen. Sie war nicht gerade eine gute Köchin, und Lionel ging sowieso lieber ins Restaurant, er mochte das bunte Treiben dort, begab sich gern unter Leute. Es war ein trister, regnerischer Winter ohne jeden Charme. Nach drei Monaten wußte Jordane, was Langeweile ist, was es heißt, endlose Tage auf siebzig Quadratmetern eingesperrt zu verbringen oder in den im Februar menschenleeren Parks. Sie versuchte es mit dem Kino, aber in den dunklen Sälen packte sie die Sehnsucht nach Sonne und Weite; sie probierte, sich für Lionels Freunde zu interessieren, aber die redeten nur von Sachen, von denen sie entweder nichts verstand, oder von Geld, vom Finanzmarkt, von Anlagen. Sie versuchte es mit Besuchen im Schönheitssalon, aber am hübschesten war sie immer noch, wenn sie ganz natürlich blieb. Die Monate zogen sich endlos hin, das Unheil war abzusehen.

Wie ging es Nora, was tat Isabelle, wie schaffte ihr Großvater es, allein zurechtzukommen? Über Arles, dem Tor zwischen Provence und Camargue, schien bestimmt die Sonne. Das Herz Jordanes gehörte viel mehr Le Biloba als Lionel. Die junge Frau träumte von den Fohlen, die sie nicht zur Welt kommen sah, von den Irisfeldern, die der stürmische Frühlingswind nun weit von ihr entfernt durcheinanderpustete. Wenn sie die Augen schloß, sah sie die Bastide und konnte die Meeresluft riechen.

Lionel begriff, daß etwas nicht stimmte. Jordane war dünn geworden, hatte die Bräune, die Muskeln und das Lächeln verloren. Immer noch preßte sie sich nachts an ihn, voller Leidenschaft, aber auch voller Angst. Sie schlief schlecht und hatte angefangen zu rauchen. Schon bald stritten sie sich auch. Er hatte die Nase voll von ihrem ewigen Le Biloba und dem Midi, konnte es nicht mehr hören. Sie war des Regens, Lionels ständiger Abwesenheit und seiner Selbstgefälligkeit müde. Und weil sie nichts von einer unterwürfigen und braven Ehefrau hatte, beklagte sie sich darüber. Erst kränkte ihn das, dann beunruhigte es ihn. Er ahnte, daß Jordane fähig war, eines Tages einfach zu gehen. Er hatte ihr nichts zu bieten, um sie daran zu hindern, aber er wollte nicht, daß sie ihn verließ. Er schenkte ihr wundervollen Schmuck, führte sie groß aus, verwöhnte sie mit

Wochenenden in Italien. Aber das Kolosseum erinnerte Jordane an die Arenen von Arles; in Venedig mußte sie an die Sümpfe und Reisfelder ihrer Camargue denken. Schließlich sah sie es ein: Einen Mann hat man schneller satt als ein Pferd.

Ein Anruf von Nora mitten in der Nacht besiegelte das Schicksal ihrer Ehe. François war an einem Herzschlag gestorben. Am nächsten Morgen stieg Jordane in den TGV nach Süden. Auf dem Bahnsteig des Gare de Lyon begriff Lionel, daß sie Paris für immer verließ.

Jordane kam ebenso glücklich wie verzweifelt nach Le Biloba zurück. Es war gerade eben ein Jahr her, daß sie ausgezogen war. Nichts hatte sich geändert, vielleicht war alles noch ein wenig schäbiger geworden, noch etwas vernachlässigter. Isabelle irrte von Raum zu Raum, voller Angst vor dem, was sie und Nora erwartete. Bis jetzt hatte ihr Vater sie vor allem beschützt, sich um alles gekümmert. Die Schafe, die Pferde, die Irisfelder: Sie hatte all das stets nur wie aus weiter Ferne betrachtet.

Nora, in einem ihrer ewigen langen Röcke, unter denen sie ihre Narben verbarg, erwartete die Ankunft der Schwester wie die des Messias. Jordane kannte die Ländereien, die Landwirtschaft, wußte, was man den Tieren füttern mußte und wie man die Blumen erntete. Als Jordane verkündete, daß sie dableiben würde und nicht zurück nach Paris ginge, begannen Isabelle und Nora zu schluchzen. Diese Szene gab Jordane Kraft und ließ sie auf einen Schlag reifer werden. Auch wenn sie die Jüngste war, nun war sie die Stütze der Familie.

Zu der Beerdigung von François kam alles, was die Camargue an Manadiers, den Herdenbesitzern der Gegend, und ihren Viehhirten, den Gardians, aufzubieten hatte. Sie gaben ihm zu Pferd das Ehrengeleit bis zum Friedhof. Jordane hatte nicht geahnt, daß ihr Großvater so viele Freunde gehabt hatte. Sie konnte sich vor Kondolationen und gleichzeitig abgegebenen guten Ratschlägen kaum retten. Jeder hatte etwas zur Zukunft von Le Biloba zu sagen, dazu, wie der Betrieb besser zu führen wäre. Aber in einem waren sich alle einig: Die Valences mußten ihren Besitz erhalten.

Jordane inspizierte also das kleine Büro im Erdgeschoß, um sich die Bücher und Rechnungen anzusehen. Die Situation war schlimmer, als sie gedacht hatte, sämtliche Bankkonten von François waren überzogen. In einem sorgfältig beschrifteten Aktenordner fand sie Dutzende von überfälligen Rechnungen, angefangen von denen des Hufschmieds über die der Autowerkstatt bis zu Rechnungen der verschiedensten Versicherungen. Sie erschrak vor dem Abgrund, der sich hier auftat, und geriet ins Schwanken, ob sie tatsächlich die Verantwortung würde tragen können. Aber dann fand sie zwischen all den Ordnern und Papieren, die die Schubladen verstopften, einen Umschlag, auf dem ihr Name stand. Auf dem Brief darin erkannte sie die feste Handschrift ihres Großvaters. Der Brief fing mit den ironischen Worten an: »Falls ich zufällig sterben sollte …« Es folgten einige illusionslose Bemerkungen zu der Bewirtschaftung von Le Biloba und dann ein beinahe lyrischer Erguß zu »seinen« Andalusiern. Das letzte Hengstfohlen, das auf dem Hof geboren worden war, war Butaban getauft worden. Posthum schenkte François es seiner Lieblingsenkelin – dieses Pferdebaby war die Krönung seiner fünfzigjährigen Arbeit als Züchter. Vor seiner Unterschrift wünschte er Jordane noch auf provenzalisch viel Glück.

Über dem Mahagonischreibtisch zusammengebrochen weinte sie lange um ihren verlorenen Großvater, ihre gescheiterte Ehe und die Last, die sie sich aufgebürdet hatte. Dann ging sie in den Pferdestall und machte Bekanntschaft mit Butaban, versprach ihm das Blaue vom Himmel und machte sich unverzüglich an die Arbeit. Schnell begriff sie, wie unrecht sie gehabt hatte, die Methoden von François in ihrem jugendlichen Leichtsinn geringzuschätzen. Um die

Landwirtschaft zu modernisieren, hätte es eines enormen Kapitals bedurft. Da ein solches nicht vorhanden war, beschied man sich besser mit den Schafen, Pferden und Irisfeldern. Was die letzteren anging, zog Jordane die Sicherheit einer vorab verkauften Ernte der Ungewißheit der von Jahr zu Jahr schwankenden Marktpreise vor. Sie nahm sich vor, Lionel anzurufen, damit er sie in die Welt der Parfumhersteller einführte; diese Leute brauchten doch immer Blumen, die sie zerquetschen konnten. Bezüglich der Pferde nahm sie sich die Kundenliste ihres Großvaters vor und beschloß, die Hälfte des Stalles zu verkaufen. Und was den Schafbestand an Merinos anging, so konnten diese wohl friedlich weiter von Oktober bis Juni auf dem Land von Le Biloba grasen, der Viehtrieb wurde seit etwa zehn Jahren problemlos per Lastwagen erledigt. Gut, die drei Schäfereien waren wohl etwas verfallen, die Zäune wackelig und der alte Schäfer Sempion nicht mehr ganz richtig im Kopf, aber trotzdem konnte man hier noch ein Weilchen so weitermachen.

Die größte Freude Jordanes war es, wieder im Sattel zu sitzen. Da war sie in ihrem Element, das war ihre eigentliche Leidenschaft. Die Andalusier mußten sich von neuem in die Figuren der Dressur fügen, viel Staub wurde aufgewirbelt, man schwitzte und kämpfte miteinander, ganz wie früher.

Lionel war fassungslos vor Zorn. Seine junge schöne *Arlésienne* war zurückgegangen, um wieder Cowboy zu spielen, und hatte ihn fallengelassen wie eine heiße Kartoffel. Er war nicht nur in seinem Stolz gekränkt, viel schlimmer noch war, daß sie ihm schrecklich fehlte. In beleidigtes Schweigen gehüllt, wie es einem sitzengelassenen Ehemann gebührt, kam er nach Le Biloba. Dort fand er die Frau vor, in die er sich vor zwei Jahren verliebt hatte, fröhlich, frei und beängstigend schön. Er gab sich jede erdenkliche Mühe, sie zurückzugewinnen, aber er manövrierte sich nur in eine verzwickte Situation. Jordane gab wohl seinen Bemühungen nach, solange es sich um Streicheleinheiten und Liebesnächte handelte. Sie konnte dem Verlangen, das sie immer noch nach ihm hatte, einfach nicht widerstehen und lag nur zu gerne für einige leidenschaftliche Stunden in seinen Armen. Sobald er jedoch davon sprach, daß sie Le Biloba verlassen sollte, sagte sie nein. Sie hatte ein für alle Mal entschieden, dortzubleiben. Sie liebte ihn, aber sie liebte ihn nicht über alles, und pickte sich aus dem, was er ihr anbot, heraus, was ihr gefiel, den Rest wies sie zurück.

Diese Haltung Jordanes, und die offensichtliche Unabhängigkeit, die sie damit zum Ausdruck brachte, demütigte Lionel, denn sie wies ihm eine Nebenrolle zu. Er versuchte es mit unterschiedlichen Taktiken. Er ließ sich mehrere Monate lang nicht blicken, dann kam er wieder fünf- oder sechsmal nacheinander. Er brachte ihr üppige Geschenke mit, das nächste Mal kam er mit leeren Händen und erzählte ihr von seinen Abenteuern mit anderen Frauen. Jordane war zu klug, um sich in irgendeiner Weise ihre Eifersucht anmerken zu lassen, auch wenn sie schrecklich darunter litt. Sie hatte ihn und Paris verlassen, und damit war Lionel ihrer Meinung nach frei. Sie schlug sogar eine faire Scheidung unter Freunden vor, aber auf dem Ohr war er taub.

In seiner Wut sah er seelenruhig zu, wie sie sich mit ihren finanziellen Nöten plagte, ohne ihr Hilfe anzubieten, als wartete er auf den Ruin. Und dann wieder gab er ihr aus heiterem Himmel einen Rat, meistens einen guten. Sie wußte das zu schätzen, war aber nicht der Meinung, ihm dafür etwas zu schulden. Als er mit seinem Latein am Ende war, faßte Lionel einen neuen Plan. Seine Mutter, Alice, wohnte am anderen Ende von Paris in einer Altbauwohnung im vierten Stock, ohne Fahrstuhl. Sie bereitete sich innerlich darauf vor, bald in ein Altersheim gehen zu müssen, denn ihr Sohn ließ sich nur höchst selten bei ihr blicken. In einer plötzlichen Eingebung fragte Lionel Jordane, ob Alice nach Le Biloba ziehen könne. Das Klima des Midi würde der alten Dame gut bekommen, und sie würde ihrer Schwiegertochter natürlich eine Art Miete zahlen.

Jordane brauchte Geld und erinnerte sich an Alice reichlich vage als an eine strenge Frau mit perfekten Manieren. Mit dem Einverständnis von Isabelle und Nora wurde das ehemalige Zimmer von François hergerichtet. Alice kam eines Morgens mit dem Zug und einem halben Dutzend riesiger Koffer an. Falls sie sich auf einen häuslichen Krieg mit Isabelle eingerichtet hatte, dann hatte sie noch nicht einmal Gelegenheit, ihre Klinge zu wetzen. Isabelle kam auf Le Biloba nur »vorbei«, da sie immerzu auf der Jagd nach ungewöhnlichen Schätzen war. Sie wußte genau, wann wo welcher Flohmarkt war, hätte problemlos eine lückenlose Aufstellung aller Trödler der Gegend machen können und verbrachte ihre Vormittage stets in Begleitung eines gewissen Gilbert, der Antiquitätenhändler in Arles war.

Die durchscheinende und schwer zu greifende Nora lächelte Alice zu, ohne sie wirklich wahrzunehmen, und schwieg. Jordane war von morgens bis abends draußen. Die alte Dame konnte sich Le Bilobas also in aller Ruhe bemächtigen. Von Monat zu Monat führte sie weitere kleine Veränderungen in der Haushaltsführung durch; was die Mahlzeiten oder die Wäsche betraf, war sie pingelig. Die Valences ließen sich davon keinesfalls aus der Ruhe bringen und überließen ihr diese Domänen mit heimlicher Erleichterung. Lionel aber konnte endlich jederzeit nach Le Biloba fahren, ohne den Eindruck zu erwecken, er liefe seiner Frau hinterher.

Dank dieses Arrangements und dank des unermüdlichen täglichen Einsatzes von Jordane ging es mit der Bastide schleppend aber immerhin überhaupt weiter, ohne daß es zum völligen Ruin kam. Und in dem strahlenden Sonnenschein des Südens sah sowieso immer alles ganz anders aus, von außen wenigstens. So vergingen drei Jahre.

Jordane amüsierte sich über die gereizten Kopfstöße Butabans. Er mochte es nicht, trockengerieben zu werden, und wurde unter der energischen Hand der jungen Frau unruhig. Sie trat kurz zurück, um Atem zu schöpfen. Nun war sie es, die schwitzte, und das, obwohl die Luft an diesem Aprilmorgen frisch, ja fast kalt war. Butaban hatte wie alle Andalusier einen kräftigen Hals, eine breite Stirn und eine üppige Mähne. Er war elegant, leicht und schnell. Seine Dressurübungen absolvierte er mit einem Hauch Arroganz, er ließ sich ohne Schwierigkeiten versammeln und verstand es perfekt auszuweichen oder anzutraben. Jordane hätte ihn längst gewinnbringend verkaufen können, aber sie hatte sich entschlossen, ihn um jeden Preis zu behalten. Natürlich war er das letzte Geschenk ihres Großvaters, aber darüber hinaus verband sie etwas Besonderes mit dem jungen Hengst. Sie verstanden sich beinahe intuitiv, das Zucken eines Muskels, das leiseste Verlieren der Balance genügte. Sie genossen es beide, miteinander zu arbeiten und dabei immer neue Grenzen zu überschreiten.

In den letzten zwei Jahren hatte Jordane vier Andalusier an Corrida-Reiter verkauft. Die von weither angereisten *rejoneadores* hatten, ohne mit der Wimper zu zucken, den geforderten Preis bezahlt. Sie war überzeugt, daß diese Männer die beste Werbung sein würden, die sie bekommen konnte. Aber leider konnte Von-Mund-zu-Mund Propaganda ein Weilchen dauern. François war ein Risiko eingegangen, als er sich auf die Andalusierzucht spezialisiert hatte. Als Pracht- und Paradepferde wurden sie außer für den Zirkus oder die Arena nicht mehr gebraucht, und nur wenige private Gestüte im Süden Spaniens führten die Tradition noch fort. François hatte abgewartet, er vertraute der Zukunft des Stierkampfes, obwohl die Gegner dieses Sports überhandzunehmen schienen. Den bescheidenen Triumph, daß Stierkampf zu Pferde wieder Mode wurde, hatte er nicht mehr erleben dürfen. Die Käufer machten sich jetzt weniger rar, aber sie hatten sehr hohe Ansprüche. Jordane hatte, François sei Dank, nur prachtvolle Tiere mit schönen, runden Kruppen, kräftigen und schlanken Gliedern und von stolzem Aussehen. Darüber hinaus wußte sie die Andalusier bei einem Verkauf auch noch von ihrer besten Seite zu präsentieren. Eigentlich konnte sie mit gutem Grund darauf hoffen, auf diese Weise Le Biloba eines Tages aus dem finanziellen Sumpf ziehen zu können. Aber wann würde dieser Tag endlich kommen? Wieviele Opfer würde sie noch bringen müssen, wieviele Stunden noch damit verbringen, die Ställe auszumisten, Hafer zu füttern, das Leder des Zaumzeugs einzufetten, kurz das Leben eines Stallburschen zu führen?

Sie schloß gerade die Tür zu Butabans Box, als draußen ein Motorengeräusch zu hören war. Kurz darauf erschien Isabelle im Pferdestall.

»Sieh doch mal, ist das nicht entzückend?«

Alle Pferde hatten den Kopf gehoben. Einer der Hengste scharrte unruhig mit dem Huf.

»Du erschreckst sie«, sagte Jordane vorwurfsvoll.

Ihre Mutter fuhr mit gesenkter Stimme fort:

»Niemand macht heute mehr solche Spitzen!«

Jordane warf einen Blick auf das Deckchen. Die Einkäufe ihrer Mutter brachten sie auf die Palme. Obwohl das Bankkonto der Valences, das Isabelle mit den beiden Töchtern teilte, selten unter diesen Einkäufen zu leiden hatte. Wenn Jordane deshalb fragte, wich die Mutter aus und versicherte ihr, daß sie sich »zu helfen wisse«. Schon öfter hatte Jordane sich gefragt, ob Isabelle nicht eine Art Handel betriebe. Doch die hatte nur gelacht und behauptet, ihr Freund Gilbert mache ihr häufig Geschenke. Jordane hatte nicht weitergefragt, die Vorstellung einer Liaison zwischen ihrer Mutter und diesem Antiquitätenhändler war ihr unangenehm.

»Interessiert dich das nicht, mein Liebes ...«

Enttäuscht faltete Isabelle ihr Deckchen aus feinstem

Makramee äußerst vorsichtig wieder zusammen. Jordane ging auf sie zu und legte liebevoll den Arm um sie. Als sie aus dem Stall kamen, mußten sie blinzeln, so hell schien die Sonne.

»Du riechst nach Pferd«, stellte Isabelle lachend fest.

Von ihr hatte Jordane die Fröhlichkeit, das perlende Lachen. Sie entdeckten Lionel, der von der Terrasse herunterkam und seinen Krawattenknoten festzog. Er sah wirklich nach dem aus, was er war: ein verirrter Pariser.

»Trotzdem, ein schöner Mann«, flüsterte Isabelle.

Zwei Dinge hatten ihr schon immer an ihrem Schwiegersohn gefallen, er war reich und ohne jeden Zweifel verführerisch.

»Und du ziehst wirklich Butaban vor?« wisperte sie ihrer Tochter ins Ohr.

»Bei weitem, aber nur tagsüber«, antwortete Jordane mit Verschwörermiene.

Nachdem er die Schwiegermutter mit einem Kopfnicken begrüßt hatte, warf Lionel Jordane einen wahren Pferdehändlerblick zu. Das weiße Hemd klebte der jungen Frau am Rücken, ihre zerzausten Locken glänzten dunkel, die Chaps zur Schonung der Jeans waren staubbedeckt.

»Mein Flugzeug geht in drei Stunden, schöne *Arlésienne* …«

Seit der Trennung nannte er sie so, wenn er in verliebter Stimmung war. Er hatte ihr erklärt, daß sie für ihn zum Archetypus der Gesichter des Midi geworden war, und natürlich auch, wie in dem schönen Volkslied, die ewig Abwesende.

»Wir werden früh mittagessen«, versicherte Isabelle im Weggehen.

Lionel wollte Jordane die Hand hinstrecken, hielt aber mitten in der Bewegung inne. Sie blieben in etwa ein Meter Abstand voneinander stehen und beobachteten sich ohne Nachsicht. Lionel spürte noch die Bitterkeit der nicht gelöschten Begierde. Noch am selben Abend hatte er eine Verabredung mit einer schönen Frau, die sich ihm nicht verweigern würde. Aber sie hätte nicht Jordanes goldgesprenkelte Augen und schon gar nicht deren muskulöse Beine, die ihn fest umschlossen; auch nicht Jordanes rauhe Stimme und ihre fast schon rohe Offenheit.

»Ich habe dir die Adresse von Wolf auf den Schreibtisch gelegt. Das ist der Typ, von dem ich dir schon erzählt habe …«

»Der Parfumhersteller? Oh, sehr gut.«

»Hör mal, der ist kein Parfumhersteller, sondern ein Industrieller …«

»Ja, ja«, unterbrach sie ihn ungeduldig. »Was zählt ist, daß er meine Blumen will.«

»Er will sie nicht. Du mußt sie ihm verkaufen. Kapierst du den Unterschied?«

»Aber er läßt auch die Ernte machen. Damit hast du mir ein Riesenproblem abgenommen, weißt du?«

Strahlend und ohne jede Zweideutigkeit legte sie ihm einen Arm um die Taille und zog ihn in Richtung der Bastide.

»Du bist wirklich ein Schatz, Lionel«, fügte sie leichtsinnig hinzu.

Er blieb abrupt stehen, packte ihren Nacken mit einer Hand, damit sie ihm nicht ausweichen konnte, und küßte sie leidenschaftlich. Sie machte sich nicht los, und so standen sie einige Momente fest verschweißt da.

»Jetzt sag mir nicht, daß das die Belohnung dafür ist, daß ich Wolf für dich aufgetrieben habe, das glaube ich dir nämlich nicht«, sagte er schließlich, ein wenig atemlos.

Er hatte sie tatsächlich erregt, und sie spürte, wie sie rot wurde. Verlegen bot sie ihm trotzig die Stirn.

»Es gibt Essen, ihr Turteltäubchen«, rief Alice, die auf die Terrasse herausgekommen war.

Diese pikante Bemerkung kam schlecht an. Jordane

erstarrte, und Lionel war außer sich. Wenn seine Frau doch nur letzte Nacht und nicht jetzt, am hellichten Tage, draußen, so reagiert hätte, dann hätte er vielleicht eine Chance gehabt, daß sie seinem Drängen nachgab. Er war sich sicher, daß sie ihre Umarmungen nicht vergessen hatte und daß sie, wenn sie nachts allein in ihrem Bett lag, davon träumte. Aber wie lange noch. Auch wenn sie den einsamen Besitz von Le Biloba so gut wie nie verließ, würde Jordane eines Tages bestimmt jemanden kennenlernen. Nur die Einsamkeit band sie noch an Lionel, er war hellsichtig genug, das zu wissen. Er beschloß, noch einmal einen letzten Versuch zu starten, alle Tatkraft und Phantasie zusammenzukratzen, damit ihm etwas einfiele, um sie zurückzugewinnen. Es waren nicht nur sein Stolz, die Eifersucht und das Verlangen, die Lionel dazu trieben. Er wußte, er hatte einen entscheidenden Fehler gemacht, als er Jordane entwischen ließ, denn er liebte sie wirklich.

»Komm, ich sterbe vor Hunger!«

Natürlich, es war ihr nicht im geringsten peinlich, daß sie gleich wahllos ungeheure Mengen in sich hineinschlingen würde, während Lionels schöne Abendverabredung in Paris wahrscheinlich an den überteuerten Delikatessen nur herumpicken würde. Er seufzte, als sie ins Eßzimmer kamen.

Seine Mutter warf ihm einen merkwürdigen Blick zu, den er absichtlich überging. Alice fand die familiäre Situation etwas unklar, doch verglichen mit dem, was er empfand, war das gar nichts.

Nachdem sie Lionel zum Flughafen von Nîmes-Garons gebracht hatte, fuhr Jordane bei Cécile vorbei. Die hatte sich ein kleines Büro in einer schmalen Straße im Zentrum von Arles gemietet. Sie hatte ihre Aktenordner, einen Computer und zwei Telefon- und Faxgeräte auf die knapp fünfzehn Quadratmeter, die ihr dort zur Verfügung standen, verteilt.

Mehrere Plakate waren kreuz und quer an die Wand gepinnt. Eingerichtet war der Raum mit einem dichten, leuchtend türkisblauen Teppichboden und drei weißen Ledersesseln, die um ein Tischchen herumgruppiert waren. Auf ihr Briefpapier und ihre Visitenkarte hatte Cécile »Veranstaltungsorganisation« drucken lassen. Sie war vor allem seit den letzten beiden Jahren ganz gut zurechtgekommen und war aktiv an den Sommerfestivals beteiligt.

»Ich habe einen Job für dich«, sagte sie, ohne den Kopf von dem dicken Ordner zu heben, in dem sie gerade las. »Da muß noch Kaffee sein, bedien dich.«

Jordane ließ sich in einen der Sessel fallen und die Beine über die Lehne baumeln.

»Pascal hat zehn Pferde für die Prozession der Heiligen nächsten Monat aufgetrieben. Reitest du vorneweg, wie immer? Ich werde wieder dieselben Mädchen engagieren, dann müssen wenigstens die Kostüme nicht geändert werden!«

Die wortgewandte und energische Cécile lächelte ihre Freundin an.

»Und ich kann doch übermorgen auf dich zählen?«

»Wobei?«

»Jordane! Hast du etwa das Abendessen mit dem Bürgermeister und dem Kulturbeauftragten vergessen?«

»Ach ja ...«

Amüsiert betrachtete Jordane die junge Frau. Sie kannte sie in- und auswendig, vielleicht sogar besser als ihre oft schwer zugängliche Schwester Nora. Cécile dagegen war wie ein offenes Buch, jeder Beliebige konnte darin lesen.

»Und heute abend gehst du natürlich mit Pascal aus?«

»Woher weißt du das?«

»An der Art, wie du geschminkt bist ...«

Mit einer heftigen Bewegung schnappte Cécile sich ihre Handtasche und zog einen kleinen Spiegel hervor. Sie musterte sich einen Augenblick lang kritisch, dann fing sie an zu lachen. Die Beziehung zu Pascal Peyrolles hielt sie seit Monaten in Atem. Jordane hatte versucht, sie zu warnen, hatte ihr versichert, daß er kein guter Umgang sei und daß er ihr das sicher schon bald in vollem Umfang beweisen werde, aber Cécile hatte sich nicht darum geschert.

»Apropos schminken ...«, meinte Cécile.

»Ja?«

»Wann wirst du dir wenigstens mal einen Kamm zulegen?«

Das war nett gemeint, Jordane nahm keinen Anstoß daran. Sie war nicht uneitel, aber sie wußte, daß sie als Wildfang sehr hübsch war, und das paßte ihr ausgezeichnet.

»Du hast deinen Mann zum Flughafen gebracht? Und ihn wieder verrückt gemacht?«

Cécile hielt Jordanes Rückkehr für einen Fehler. Auch wenn sie sich natürlich freute, die Freundin so nah zu wissen, und wenn auch sie nicht übersehen konnte, wie fröhlich Jordane wieder geworden war, seitdem sie Le Biloba übernommen hatte, so mischte sich doch manchmal unter all die echte Bewunderung und Zuneigung Céciles ein Körnchen Eifersucht.

»Für was für Subventionen verkaufst du mich diesmal im Rathaus?« erkundigte Jordane sich lachend.

»Meine Liebe«, erwiderte Cécile ihr mit ernster Miene, »ich verkaufe dich nicht, aber du bist eben recht dekorativ ... Und da ich dort überzeugen muß, könntest du mir den kleinen Gefallen ruhig tun.«

Ohne Böswilligkeit erinnerte sie Jordane daran, daß sie ihr bei jeder Gelegenheit mit Geld aushalf.

»Ich brauche fünfzigtausend Francs mehr für das Lyrikfestival. Ich habe doch schon oft bewiesen, daß ich etwas kann, oder?«

Überempfindlich, wenn es um ihre beruflichen Aktivitäten ging, klopfte Cécile mit der Faust auf den Aktenordner, den sie vor sich hatte.

»Ich habe diese Einsparungen in der Kulturpolitik gründlich satt. Hier mal eine Attraktion für die Touristen, da mal eine. Nichts als Routine und Mittelmäßigkeit! Arles könnte genauso beliebt sein wie Avignon oder Orange oder ...«

Sie mußte lachen, denn ihr wurde bewußt, wie sehr sie sich ereifert hatte.

»Das kennst du alles schon in- und auswendig, du Arme, und du bist bestimmt nicht deshalb hier ...«

Sie stand auf, um Kaffee einzuschenken, aber das Klingeln des Telefons unterbrach sie. Sie nahm ab, mit einem professionellen Lächeln auf den Lippen, um ihre Rolle zu spielen. Jordane sah, wie Céciles Miene sich verdüsterte und hörte ihre einsilbigen Antworten. Noch nachdem sie eingehängt hatte, ließ sie die Hand auf dem Hörer liegen und den Kopf hängen. Jordane stand auf, streckte sich wie eine Katze und ging ein paar Schritte auf sie zu.

»War das Pascal? Hat er dich versetzt?«

»Nicht weiter tragisch«, murmelte Cécile, »ich sehe ihn ja übermorgen ... Anscheinend kommt sein Bruder heute an ... Wußtest du, daß er einen Bruder hat?«

»Keine Ahnung ... Doch, kann schon sein ...«

Spontan ging Jordane auf Cécile zu und packte sie an den Schultern.

»Komm, das ist doch nicht das erste Mal, daß er das mit dir macht. Glaub mir, du mußt ihn mit Verachtung strafen ... Komm doch heute abend einfach zu uns zum Essen. Hast du Lust?«

Es hatte keinen Zweck, eine erneute Diskussion über das Thema Pascal zu beginnen. Cécile war verrückt nach ihm und machte sich damit äußerst unglücklich. Jordane fragte sich, wieviele Einladungen Cécile jede Woche ausschlug, um diesem Blödmann auf Abruf zur Verfügung zu stehen.

»Ich erwarte dich so gegen acht Uhr, einverstanden?«

Sie tat so, als sähe sie nicht, daß Céciles Augen verdächtig glänzten und daß ihr Kinn zitterte. Während sie nach Le Biloba zurückfuhr, dachte sie zornig, daß die Frauen sich oft das Leben für einen Mann schwer machten, daß der umgekehrte Fall aber höchst selten war.

Nachdem sie den Tieren die Getreiderationen zugeteilt hatte und die Tränken überprüft hatte, ging Jordane hinauf in den zweiten Stock der Bastide, wo sie sich seit ihrer Rückkehr eingerichtet hatte. Sie hatte ihr Jungmädchenzimmer nicht wieder beziehen wollen und damit einen Strich unter ihre zu sorgenfreie Vergangenheit gezogen. Keines der verfügbaren Gästezimmer reizte sie. Sie wollte einen noch unbenutzten, unabhängigen Raum, in dem sie allein sein konnte. Also hatte sie mehrere Wochen damit zugebracht, sich mehr schlecht als recht eine der Dachkammern einzurichten. Sie hatte sie mit unbehandeltem Holz und mit Kork getäfelt. Sie hatte ihre Lieblingsmöbel hinaufgebracht, eine Art Empirebett mit ausgeschweiften Seiten, einen Rollschreibtisch und einen tiefen, bequemen, mit schottischem Samt bezogenen Sessel. Hier, unter dem Dach der Bastide, fühlte sie sich behütet und weit ab von den gewohnten Geräuschen des ersten Stocks, wo Alice, Isabelle und Nora zusammen lebten. An einem Ende des großen Zimmers verbarg ein verblichener Lackparavent einen unordentlichen Haufen Jeans und Stiefel. Jordane liebte dieses unberührte Zimmer, wo sie nie jemand störte. Lionel hatte es ein paarmal gewagt und ihr letztes Jahr sogar einen ultramodernen Heizofen geschenkt. Er war es auch gewesen, der in einer Abseite des Treppenhauses eine Dusche in den zweiten Stock hatte einbauen lassen. Für seine eigene Bequemlichkeit, zweifelsohne, denn zur Zeit des Einbaus war er noch ab und zu der Liebhaber seiner Frau gewesen.

Jordane lächelte, als sie daran dachte, und entledigte sich ihres T-Shirts. Sie schuldete Lionel nichts, was auch immer passierte. Ihr war wohl bewußt, daß die Geschenke und Aufmerksamkeiten, die sie bekam, nicht aus Selbstlosigkeit gemacht wurden. Ihre Ehe ging unausweichlich ihrem Ende entgegen, aber dafür trugen beide Seiten gleichermaßen die Verantwortung. Sie hatte nicht versagt und sich nichts zuschulden kommen lassen. Sie öffnete die durchsichtige Tür und drehte das warme Wasser auf, das wie immer mit zu wenig Druck aus der Leitung kam. Als sie sich unter den Strahl stellte, erschauerte sie. Ihre Muskeln schmerzten, und sie seifte sich gründlich ein.

Ohne ihr Lächeln zu vergessen, lauschte Nora dem fröhlichen Geplapper von Cécile und ihrer Schwester. Mit ein wenig Unruhe sah sie die Sommersaison kommen, mit ihren Festen, Aufzügen und Veranstaltungen. Sie zog den Winter vor, die gemütlichen Frauenabende in der Stille der großen Küche. Aber sobald es schön wurde, mußte man ständig zwischen dem Haus und der Terrasse, die zum Hauptquartier wurde, hin und her laufen. Man mußte es ertragen, die anderen im Minirock oder in Shorts zu sehen, Einladungen ablehnen, sich Vorwände ausdenken.

»Wer ißt den Rest Tomaten?« fragte Alice streng.

Isabelle machte eine verneinende Handbewegung und zündete sich eine Zigarette an. Auch mit ihren fünfzig Jahren war sie noch eine schöne, attraktive Frau und strahlte eine Lebensfreude aus, die bis dahin durch nichts zu trüben gewesen war.

»Sie rauchen zwischen den Gängen?« ärgerte Alice sich, ohne eine Antwort zu bekommen.

Die alte Dame runzelte die Stirn und kaute heftig auf einer weiteren von ihren gefüllten Tomaten. Niemand dankte es ihr, daß sie sich eine elende Mühe damit gab, immer wieder etwas Neues auf den Tisch zu bringen. Isabelle und Jordane hätten sich auch von belegten Broten ernährt, nur Nora bewies ein wenig Sinn für Geschmack bei Tisch.

»Butaban wäre eine Attraktion für die Umzüge, das weißt du sehr gut!«

»Er ist nicht typisch für die Camargue, Cécile. Davon hast du zwar keine Ahnung, aber trotzdem. Ist dir noch nie aufgefallen, daß die Gardians mir grollen? Daß sie mich wie einen Fremdkörper böse anstarren?«

»Meinst du nicht, sie sehen dich eher an wie ein Hund einen saftigen Knochen?«

Unbekümmert zuckte Jordane die Schultern. Cécile war dickköpfig, und sie bezahlte die Auftritte zu Pferde, um die sie sie regelmäßig bat, gut.

»Die Gegend hier lebt doch von nichts anderem, mach dir da keine Illusionen«, erklärte Cécile. »Die Folklore ist es, die die Touristen anzieht. Die weiße Mähne der Pferde und die Arlesierinnen mit ihrer Tracht, Heimatdichter wie Folco de Baroncelli und Mistral, die Stiere und die Volksoper ›Mireille‹. Habe ich was vergessen? Ach ja, natürlich die rosa Flamingos … Wie würde Pascal sie nennen? Diese geflügelte Pest, die mit ihren langen Schnäbeln die ganze Tierwelt der Sümpfe vernichtet, aber wehe, wenn man das laut sagt!«

»Und Saintes-Maries-de-la-Mer?« prustete Jordane los.

»Und die berühmten Krippenfiguren der Provence?«, ergänzte Nora leise.

Cécile überging diese Foppereien und parierte:

»All das ist mein Geschäft, und daraus mache ich keinen Hehl. Von was soll man hier sonst leben, wenn nicht von all diesen kleinen Geschichten …«

Die drei Frauen waren wieder ernst geworden und sahen sich an. Fast all ihre Gespräche endeten beim Geld. Jordane fiel auf, daß Cécile immer häufiger von Pascal Peyrolles sprach, wenn sie den Mund aufmachte.

Sie ist ihm komplett verfallen, die Arme … Das wird mit Tränen enden, dachte sie.

Ein Duft nach Knoblauch und Petersilie erfüllte den Raum, als Alice den Ofen aufmachte. Isabelle drückte ihre Zigarette aus und räumte die Tomatenplatte ab. Alice war eine gute Köchin und verbrachte unendlich viel Zeit hinter dem Herd. Heimlich blickte Isabelle zu Nora hinüber und sah mit Freude, daß ihre Tochter sich reichlich Fisch auftat. Sie hatte nie aufgehört, auf sie aufzupassen, nach all den Jahren, die sie damit verbracht hatte, sie zu pflegen. Aber ohne ihren Vater und ihren Ehemann fühlte Isabelle sich so verloren, daß sie es vorzog, die Bastide und jede Verantwortung zu fliehen.

»Maman«, sagte Jordane liebevoll. »Setz dich hin und iß ...«

Mit einem strahlenden Lächeln nahm Isabelle ihren Platz wieder ein. Jordane war eine wunderbare Frau, und solange sie da wäre, würde Le Biloba schon bestehen. Auch wenn es natürlich egoistisch war zu hoffen, daß ihre Jüngste solo blieb, konnte Isabelle nicht anders, als sich genau dies jeden Tag inbrünstig zu wünschen. Sie beruhigte sich damit, daß Jordane ja sowieso nur zwischen ihren Pferden und auf ihrem Besitz glücklich war, und jeden Versuch, sich von beidem zu entfernen, bereuen würde. Ihre unglückliche Erfahrung mit Lionel war der schlagende Beweis. Zum tausendsten Mal bedauerte Isabelle es, daß ihr Schwiegersohn sich nicht auch auf Le Biloba niedergelassen hatte.

Gesättigt trank Jordane ihr Glas Rosé mit einem Zug aus. Nora schenkte ihr nach und ignorierte dabei den bösen Blick, den Alice ihr zuwarf. Die Beziehungen zwischen der alten Dame und ihrer Schwiegertochter waren nicht ganz eindeutig. Einerseits lebten Lionel und Jordane nicht mehr zusammen, aber andererseits war Jordane so etwas wie das Oberhaupt in diesem merkwürdigen Haushalt. Auch wenn Alice es sich nicht eingestehen wollte, es gefiel ihr auf Le Biloba. Sie tat so, als hätte Lionel sie hierhin abgeschoben, aber heimlich jubilierte sie. Endlich war Schluß mit der Einsamkeit, den schnellen kalten Mahlzeiten, dem grauen Alltag der tristen kalten Winter. Und ihren Sohn hatte sie noch nie so oft zu Gesicht bekommen wie seit ihrem Umzug zu den Valences. Sie machte sich keine Illusionen, weiß Gott nicht, aber sie wußte dies Glück auszunutzen.

»Zu meiner Zeit«, erklärte sie, »trank man als junge Dame nicht volle Weingläser in einem Zug aus ...«

Jordane schenkte ihr ein höfliches Lächeln, so als habe ihre Schwiegermutter einen Scherz gemacht, doch Nora erwiderte:

»Das ist doch schon so lange her, Alice!«

Isabelle unterdrückte ein Lächeln, während Alice sich Nora zuwandte, um sie anzustarren. Sie mochte sie nicht und schaffte es nicht einmal, sie zu bemitleiden. Sie war überzeugt, daß die Resignation und die Zartheit von Nora nur äußerer Schein waren. Sie traute ihr nicht, denn sie kannte ihre schneidenden Antworten. Da zog sie noch die offene Unverschämtheit von Jordane vor oder die skandalöse Sorglosigkeit von Isabelle.

»Ich muß los«, beschloß Cécile, »ich hab' noch viel zu tun.«

Enttäuscht überlegte Jordane, daß Cécile es so eilig hatte, weil sie zu Hause auf einen höchst unwahrscheinlichen Anruf von Pascal Peyrolles warten wollte. Sie gingen auf die Terrasse hinaus und stiegen die paar Stufen zur Allee hinunter, wo Cécile den Wagen unter einem der Ginkgobäume geparkt hatte. Während sie die Schlüssel suchte, lehnte sich Jordane auf die Haube, legte den Kopf in den Nacken und betrachtete die Zweige des Biloba-Baumes.

»Deine Glücksbringer?« murmelte Cécile.

»Ja, jedenfalls behauptet das unsere Familie ... Solange es die Bäume noch gibt und sie über uns wachen ...«

Die Nacht war klar, und das Licht aus den Fenstern der Bastide beleuchtete Jordane indirekt. Cécile beobachtete sie einen Moment lang.

»Was macht eine so schöne Frau wie du in dieser Kemenate? Willst du als alte Jungfer enden? Oder Butaban heiraten?«

Ihr tragischer Tonfall verriet den Scherz.

»Ich will es nur schaffen«, seufzte Jordane. »Und dann sind da Nora … und Maman …«

»Das weiß ich doch … Ist es wirklich aus mit Lionel?«

»Nicht mehr zu retten jedenfalls.«

»Tut es dir leid?«

Jordane schüttelte ihre Locken, ging um das Auto herum ein paar Schritte auf Cécile zu und blieb dann vor ihr stehen.

»Nein … hier bin ich zu Hause«, sagte sie sanft. »Hier fühle ich mich wohl. Viel mehr brauche ich nicht. Sogar bei all den Geldnöten, die mich fast ersticken, führe ich hier ein glückliches Leben. Während ich mich mit Lionel, sobald der Tag anbricht, langweile. Was auch immer er macht oder sagt, es interessiert mich nicht. Eines Tages werde ich schon einen Mann finden, der vom gleichen Stern ist wie ich. Bis dahin …«

»Bis dahin wirst du dreißig, dann fünfunddreißig, und hast noch immer kein Kind und noch immer keine Zukunftsperspektive.«

»Und was ist mit dir?«

Überrascht von der Direktheit der Frage, zögerte Cécile kurz.

»Na ja, eine Familie gründen … ich glaube, das …«

»Tatsächlich? Schnäbeln und Hätscheln und auf Wiedersehen Arbeit? All die Pläne, all die Mühe, die du dir machst? Vertreibst du dir nur die Zeit, wo du dich so ins Zeug legst, um Erfolg zu haben? Ist das alles nur ein Hobby, während du auf den Traumprinzen wartest?«

»Nein, keinesfalls! Aber das muß doch nicht unvereinbar sein … Sieh mal, wenn ich an Pascal denke …«

»Ja, an den denkst du weiß Gott oft. Meine Güte, Cécile,

einen Schlimmeren hättest du dir ja wohl nicht aussuchen können.«

Gekränkt öffnete Cécile brüsk die Fahrertür.

»Was hast du denn gegen Pascal?«

»Daß er dich nicht liebt. Seit sechs Monaten läßt er dich springen. Er ist ein Nichtsnutz, das weiß doch jeder. Warum plagst du dich mit einem Typen wie ihm. Es gibt doch weiß Gott andere, die nicht soviel trinken, die weniger Sprüche klopfen, und die dich am liebsten schon morgen vor den Altar führen würden.«

Nun war es heraus, dachte Jordane, und sie bereute es nicht. Diese Wahrheiten hatte sie schon zu lange auf dem Herzen. Genau wie sie es satt hatte, daß man ihr ständig Vorträge hielt.

»Du glaubst, er liebt mich nicht?« fragte Cécile tonlos. »Das kann schon sein. Aber ich bin ihm mit Haut und Haar verfallen.«

Auch wenn sie sich seit über zwanzig Jahren kannten, gab es immer noch eine gewisse Scham zwischen ihnen. Wenn es um wirklich persönliche, intime Dinge ging, flüchteten sie sich in Witzeleien, die eine wie die andere.

»Los, dann aber schnell nach Hause mit dir«, seufzte Jordane. »Vielleicht hast du eine Nachricht auf deinem Anrufbeantworter.«

Sie wollte nicht bohren. Wenn man einem Mann »mit Haut und Haar verfallen« war, dann rechtfertigte das die schlimmsten Fehler. Wer hätte das besser beurteilen können als sie selbst! Genau wie sie wußte, daß solche Abenteuer keine große Zukunft hatten. Sie sah den Rücklichtern von Céciles kleinem Wagen nach, wie sie die Allee hinunter entschwanden und dann auf die Landstraße abbogen. Dann warf sie automatisch noch einen Blick auf die Kronen der beiden Ginkgo-biloba-Bäume und ging wieder auf die Terrasse. Nora wartete dort auf sie in einem Liegestuhl.

»Es wird kühl«, sagte Jordane. »Komm lieber herein. Schließlich haben wir erst April.«

»Ich würde gern die Roséflasche mit dir leeren.«

Ihre Schwester trank so selten etwas, daß Jordane lachen mußte. Sie ging den Wein und zwei Gläser aus der Küche holen. Nora war immer lange auf und ging als letzte schlafen, denn sie war nie müde, da sie sich kaum bewegte. Seit dem Tod des Vaters ging sie nicht einmal mehr spazieren. Als sie sich zuprosteten, ging in Alices Zimmer das Licht aus, wie ein stummer Vorwurf. Nora sah zu der Fassade hinauf. Neben dem erleuchteten Fenster ihrer Mutter war das Fenster des ehemaligen Labors dunkel, wie immer.

»Man sollte dort helle Vorhänge anbringen«, schlug sie vor, »das sähe weniger düster aus.«

Jordane wußte gleich, worauf ihre Schwester anspielte. Sie wußte, wie tief der Tod von Hugues diese getroffen hatte. Nora hatte sich oft Vorwürfe gemacht, daß sie ihn an dem Tag, als er ertrunken war, nicht begleitet hatte. Sie behauptete, daß er sich in ihrer Begleitung nicht so weit hinaus in die gefährlichen Sümpfe gewagt hätte und nicht gestorben wäre. So sehr Isabelle und Jordane ihr auch widersprochen hatten, versucht hatten, sie eines Besseren zu belehren, sogar böse auf sie geworden waren, Nora fühlte sich immer noch schuldig. Sie hatte aufgehört, sich für die Fotografie zu interessieren, hatte ihren Vater fallen lassen, das war ihre Buße.

»Wie weit bist du mit deiner Krankengymnastik?« fragte Jordane.

»Noch sechs Behandlungen, das war's dann fürs erste. Bis zum nächsten Mal …«

Zur nächsten Operation, der nächsten Rekonvaleszenz, Jordane fragte sich, wie sie diesmal die Rechnung bezahlen sollten. Als selbständige Landwirte waren die Valences nicht gerade gut krankenversichert, sie bekamen die Kosten für die Behandlung nur zu einem geringen Teil zurückerstattet.

Sie nahm sich vor, diesen Monsieur Wolf gleich morgen früh wegen der Irisernte anzurufen. Als sie ihr Glas leergetrunken hatte, sah sie, daß Nora ihres kaum angerührt hatte. Obwohl sie ein wenig müde war, setzte sie sich rittlings auf eine Stuhllehne. Sämtliche Gartenmöbel müßten neu gestrichen werden, dachte sie.

»Cécile ist vollkommen vernarrt in diesen Peyrolles, sie steuert auf eine Katastrophe zu …«

»Du mußt es ihr sagen. Du bist schließlich ihre Freundin.«

»Ich habe diesbezüglich kein Blatt vor den Mund genommen.«

»Das kann ich mir allerdings vorstellen …«

Nora lächelte, und ihre Schwester versetzte ihr einen freundschaftlichen Knuff.

»Hast du Mamans jüngste Erwerbung schon gesehen?«

»Diese schreckliche Makramee-Arbeit? *Oun inquets de mail*«,* seufzte Jordane.

Nora freute sich immer, wenn Jordane in die Mundart der Provence verfiel. Auf diese Weise hielten sie die Erinnerung an den Großvater lebendig.

»Komm«, sagte Jordane und streckte ihr eine Hand entgegen. »Laß uns schlafen gehen.«

Bedauernd stand Nora auf. Mit ihrem etwas steifen Gang überquerte sie die Terrasse. Sie wurde zwar schnell müde, aber sie konnte sich problemlos bewegen. Das leichte Hinken störte sie nicht so sehr, aber die violett verfärbten Narben auf ihren Hüften und Schenkeln, die deformierten Muskeln, die Häßlichkeit ihrer Beine.

Jordane machte das Licht aus, scheuchte einen Nachtfalter nach draußen und schloß, mehr symbolisch, die Küchentür mit den großen Glasfenstern ab.

* Noch ein überflüssiger Gegenstand.

Als Lionel schließlich nach Hause kam, war es vier Uhr morgens. Todmüde schaffte er es gerade noch bis zum Kühlschrank, wo er sich ein letztes Bier holte. Er trank es im Stehen in langen Zügen aus. Seit ein paar Monaten fand er sein Leben recht kompliziert und nicht gerade berauschend. Er hatte zwei Stunden lang geduldig bei Tisch sitzen müssen, eine astronomische Rechnung bezahlen, und dann noch ein Glas Champagner, bis er seine Eroberung endlich im Bett hatte. Dort hatte sie sich als ziemlich langweilig erwiesen. Er hatte die Augen geschlossen und sich Jordane vorgestellt, um leidenschaftlich sein zu können. Danach hatte er sich wieder anziehen müssen und die Dame nach Hause bringen …

Er warf die Bierdose in den Mülleimer und ging ins Badezimmer. Er beschloß, ein heißes Bad zu nehmen, um die Müdigkeit zu vertreiben. Danach würde er sich entscheiden, was besser wäre: mit einem Kaffee den Tag zu begrüßen oder doch noch zwei Stunden zu schlafen. Er hatte vormittags ein paar wichtige Besprechungen. Und mittags würde er sich mit Sydney treffen, einem alten Freund aus New York, der auf der Durchreise war.

Als er den Spiegelschrank öffnete, um seine Zahnbürste herauszuholen, warf er einen resignierten Blick auf die wenigen Fläschchen, die Jordane bei ihrer überstürzten Abreise hatte stehenlassen. Er zögerte und nahm dann einen kristallenen Zerstäuber in die Hand. Unverzüglich umgab ihn ein Duft von Tuberosen wie eine Wolke aus Traurigkeit. Die Abwesenheit seiner Frau schien ihm manchmal unerträglich. Er hätte sich längst ihrer Sachen entledigen sollen, aber er hatte nicht die Kraft gehabt. Genau wie er sich taub stellte, wenn sie von Scheidung sprach. Das Scheitern seiner Ehe war eine Katastrophe für ihn, denn er war es nicht gewohnt zu scheitern.

Mit einem Schauder stieg er in das heiße Wasser. Immerhin hatte Jordane ihn nicht wegen eines anderen Mannes verlassen. Und solange sie ihn noch brauchte, war vielleicht noch nicht alles verloren zwischen ihnen beiden. Er blies sanft in den Schaum und verteilte ihn in Richtung der Badewannenränder. Der Geruch seiner Frau hatte gereicht, um ihn trotz der anstrengenden Nacht zu erregen. Mit einem leisen Lächeln betrachtete er seinen Körper unter Wasser. Was hätte er dafür gegeben, um sich jetzt ein paar Jahre zurückversetzt, mit Jordane in den Armen, im Hotel »Arlatan« wiederzufinden. Aber er wußte auch, daß, wenn man seiner Vergangenheit nachweint, man eigentlich vor allem der verlorenen Jugend nachtrauert.

Von Müdigkeit übermannt, schloß er die Augen. Er würde schon eine Lösung finden. Oder vergessen. Eine andere Möglichkeit gab es nicht.

Der Gerichtsvollzieher war wenig erpicht darauf, jemanden anzutreffen. Er hatte François Valence persönlich gekannt und konnte sich noch gut an dessen cholerisches Temperament erinnern. Und bestimmt hatten seine Erben und vor allem Jordane, wenn schon sonst nichts, diesen Charakterzug geerbt. Es war also bestimmt besser, ihnen nicht leibhaftig gegenüberzustehen. Und sein Auftrag war höchst unangenehm. Es war genau eine dieser undankbaren Aufgaben, wie er sie verabscheute. Sein Beruf war oft grausam und manchmal sogar ungerecht. Niemand hatte das Recht, seinen Nächsten wegen derartiger Kleinigkeiten in den Ruin zu treiben. Die Valences gehörten nicht zu jenen Schuldnern, die auf großem Fuße lebten, das Geld zum Fenster hinauswarfen und dabei vergaßen, ihre Rechnungen zu bezahlen. Der Mechaniker aus Saint-Martin-de-Crau war zwar verständlicherweise mit seiner Geduld am Ende, aber wo nichts zu holen war, war eben nichts zu holen.

Hundert Meter vor der Bastide stellte er den Motor ab und sah durch die Windschutzscheibe hindurch zum Himmel hinauf. Kein Zweifel, der Tag brach an, sein Vorgehen war nun legal. Neben ihm auf dem Beifahrersitz lag das blaue, viereckige Stück Papier. Die vierzehntausend Francs Schulden waren durch Reparaturen an dem kleinen Traktor entstanden, den Jordane dort letztes Jahr gekauft hatte. Seit vier Monaten hatte sie nicht gezahlt. Zu dieser Summe kamen noch Verzugszinsen, Gerichtskosten und das Honorar für ihn selbst, Maître Léon Carmaux aus Arles.

Er stieg aus dem Wagen und sah sich vorsichtig um. Als er auf das Haus zuging, fiel ihm auf, daß es sehr gealtert aussah, fast als ob es verlassen sei. Eine Zeitlang war er hier als Freund ein- und ausgegangen. Das war, bevor die Valences in Geldnöte kamen.

Oben auf dem Treppenabsatz zögerte er einen Moment. Dann versiegelte er mit einem Seufzer das Schreiben, das er am Abend zuvor unterschrieben und mit den entsprechenden Stempeln versehen hatte, und schob es unter der Tür durch. Er hatte es eilig wegzukommen. Als er das letzte Mal vor fünf Jahren nach Le Biloba gekommen war, hatte François die Flinte hervorgeholt. Seitdem hatte er mit Isabelle am Telefon zu tun gehabt und mit Jordane hitzige Briefe gewechselt.

Bevor er losfuhr, warf der Gerichtsvollzieher noch einen bedauernden Blick auf die Fassade der Bastide. Man konnte schon verstehen, daß die Familie um jeden Preis hierbleiben wollte. Aber das war es eben: Der Preis dafür war sehr hoch, und er wurde höher und höher.

Gilbert ging ans Fenster, um den Krug bei Tageslicht zu betrachten. Die Sonne war gerade aufgegangen, und ihre ersten, schrägen Strahlen ließen das Zinn aufs schönste erstrahlen.

»Das ist ein herrliches Stück«, meinte er.

Ohne den Kopf zu drehen, warf er Django einen raschen Blick zu. Aber auf dem zerfurchten Gesicht des alten Zigeuners spiegelte sich nichts als geduldiges Warten. Er wirkte unbeteiligt.

»Vierhundert«, entschied Gilbert sich. »Und wenn du noch mehr davon findest, nehme ich sie dir gerne ab.«

Es gab nie Diskussionen zwischen ihnen. Beiderseitig konnte man das Angebot entweder annehmen oder ablehnen. So ließ es sich am besten zusammenarbeiten.

»Mit dem Preis bin ich einverstanden«, willigte Django ein.

Auf den Rest ging er nicht ein, und Gilbert stellte ihm auch keine Fragen. Sie befanden sich in dem Raum hinter dem Laden, inmitten von einem Wust des seltsamsten Trödels. Von einem alten Beutelkasten, der gerade restauriert wurde, ging ein strenger Geruch nach Terpentin aus.

»Möchtest du einen Kaffee?« fragte Gilbert, während er in seinen Taschen kramte.

Der alte Django schüttelte ablehnend den Kopf, Gilbert holte vier zerknitterte Scheine hervor und hielt sie ihm hin. Schweigend zählte der Zigeuner nach. Sie tauschten ein zufriedenes Lächeln aus, dann öffnete Gilbert die Tür, warf einen Blick in die Gasse und trat dann beiseite, um den anderen hinauszulassen. Anschließend räumte er den Krug sorgfältig weg, in die hinterste Ecke eines Schrankes. Erst in ein paar Monaten würde er ihn ausstellen können. Gilbert war sehr vorsichtig, auch wenn er die Zigeuner niemals etwas fragte und es verstand, die Augen vor der Herkunft der Ware zu verschließen. Normalerweise war der Aktionsradius des alten Django groß genug, um Schwierigkeiten auszuschließen. Die Zigeuner waren schlau und viel unterwegs.

Gilbert ging in seinen Laden, dessen elegante Fassade gute zehn Meter des Boulevard des Lices einnahm. Den meisten Platz in den Schaufenstern nahmen einige sehr schöne Nußbaummöbel aus dem 18. Jahrhundert ein. Vollkommen schlicht und ohne Verzierungen waren sie typisch für das, was man den *premier style* von Arles nannte. In der Nähe seines Schreibtisches, der ihm auch als Ladentisch diente, hatte er geschmackvolle Glasregale aufgebaut, in denen er seltene Fayencen ausstellte. Er war sehr gerne in seiner Höhle, obwohl, oder gerade weil sich nur selten ein Kunde hierher verirrte.

Er sah auf die Uhr und stellte fest, daß er noch fast eine Stunde Zeit hatte, bis er die Metalljalousie hochziehen mußte. Genug Zeit, um in aller Ruhe den Katalog eines Auktionshauses durchzugehen, den er am Vortag erhalten hatte. Dann würde er Kaffee machen, ein paar dünne Toastscheiben, und auf die Ankunft von Isabelle warten. Er lächelte, als er an sie dachte. Er hatte einen wunderbaren kleinen Brunnen im Stil von Honoré Savy für sie aufgetrieben. Wenn der erst einmal geputzt und restauriert wäre, würde er das ideale Geburtstagsgeschenk für sie abgeben. Ein Geschenk, vor dem sie vor Freude wie ein Mädchen in die Hände klatschen würde. Ein hinreißendes Mädchen, eine schöne reife Frau, die ihre Wunden zu verbergen wußte, eine Art Ideal, das er zu seiner Verbündeten gemacht hatte.

Als er sich an den Schreibtisch setzte, spürte er, wie ein Knopf von seinem Hemd abplatzte, und machte eine ärgerliche Handbewegung. Er machte sich jeden Tag Vorwürfe, aber schaffte es einfach nicht, eine Diät einzuhalten. Er mußte wirklich etwas tun. Mit fünfundfünfzig machte ihn der Bauch noch älter. Er wollte nicht wie ein kleiner dicklicher Notar aussehen, aber er war auf dem besten Wege dahin. Er suchte in einer Schreibtischschublade und fand Nadel und Faden. Seufzend begann er, den Knopf wieder anzunähen.

»Willst du dich über mich lustig machen, Léon? Kannst du nicht wenigstens klingeln, wenn du so großartige Nachrichten für mich hast? Dann hättest du auch gleich die Bestandsaufnahme machen können, das hätte dir den zweiten Weg erspart.«

Die braunen Locken ungekämmt und außer Atem, weil sie die Tür hatte aufdrücken müssen, schleuderte Jordane dem Gerichtsvollzieher zornige Blicke zu. Vor Wut hatte sie aufgeschrien, als sie den Mahnbescheid auf dem Dielenboden gefunden hatte, war in die erstbesten Klamotten geschlüpft und hatte für den Weg nach Arles nicht einmal eine Viertelstunde gebraucht.

Carmaux lächelte matt und etwas dümmlich. Da die Begegnung unausweichlich schien, war es ihm lieber, daß sie in seinem Büro stattfand, wo er sich in Sicherheit fühlte.

»Hör zu, Jordane, reg dich nicht auf, setz dich ...«

Die Kleine, die ihrem Großvater überallhin wie ein Hündchen gefolgt war, hatte sich ganz schön verändert. Um Zeit zu gewinnen, tat er, als müsse er in seinen Akten etwas suchen.

»Ich kann nicht zahlen, Léon.«

»Dann muß ich den Traktor pfänden.«

»Aber den brauche ich.«

»Und wenn das nicht ausreicht, um die Höhe der Schulden abzudecken, dann muß ich einige von den Möbeln pfänden.«

Carmaux war entschlossen, hart zu bleiben, und gewann etwas Selbstsicherheit zurück.

»Möbel? Willst du, daß meine Mutter durchdreht? Möbel, die seit zwei Jahrhunderten in der Familie sind gegen einen Traktor, dessen Motor stottert?«

»Dann verkauf ihn selbst! Treib Geld auf und bezahl deine Schulden.«

Jordane starrte ihn an, als hätte er gerade etwas Unanständiges gesagt.

»Was habe ich dir eigentlich getan?« fragte sie und sah ihm ins Gesicht.

»Das ist nun mal mein Beruf, Jordane, auch wenn er mir nicht immer Spaß macht ...«

»Toller Beruf! Du hilfst diesem Betrüger aus Saint Martin auch noch dabei, mich auszunehmen. Diesen gebrauchten Traktor hat er mir viel zu teuer verkauft. Und er taugt genauso wenig wie der Rover. Er ist eigentlich überhaupt nichts wert, aber ich habe noch sechs Wechsel auf diesen Schrotthaufen laufen. Ich habe einen landwirtschaftlichen Betrieb, Léon, steht das nicht in meinen Unterlagen?«

»Jordane ...«

»Diesen Mechaniker sollte man gerichtlich verfolgen, er kann ja noch nicht einmal die Schrotthaufen, die er verkauft, reparieren! Er ...«

»Jordane, beruhige dich, es geht doch nicht nur um ihn. Hier, nur als Beispiel, die Strafen wegen der nicht gezahlten Sozialversicherung. Und deine Steuerrückstände. Und dieser Haufen Strafmandate. Das landet alles bei mir. Es vergeht keine Woche, in der ich mich nicht mit dir befassen muß.«

Er schwenkte ein Dutzend Strafbescheide, die er dem Dossier Valence entnommen hatte.

»Ach die«, sagte Jordane besänftigt. »Die werde ich niemals bezahlen.«

Mit einer plötzlichen, geschmeidigen und mädchenhaften Bewegung ließ sie sich in einen Sessel fallen. Carmaux sah sie einen Moment lang an. Sie war atemberaubend schön, so schön, daß es einen um den Schlaf bringen, man den Kopf verlieren konnte. Nur mit Mühe löste er seinen Blick von ihren gebräunten Beinen.

»Du bist sehr hübsch geworden, weißt du ...«

Er hatte das ohne konkreten Hintergedanken gesagt, es war eher eine Art Kommentar zu ihrem früheren Selbst, an dem ein Junge verlorengegangen war.

»Findest du?« fragte Jordane mit veränderter Stimme. Wohlüberlegt öffnete sie den obersten Knopf ihres Hemdes. Ihm blieb fast die Luft weg, und er kläffte sie an:

»Laß das sofort sein!«

Wie hypnotisiert starrte er auf ihr Dekolleté, den Ansatz ihrer Brüste, die seidige Haut. Gezwungenermaßen stellte er fest, daß sie keinen BH trug. In einer gewaltigen Kraftanstrengung gelang es ihm sich abzuwenden, und sein Blick kreuzte sich mit dem goldenen der jungen Frau.

»Weißt du, was du da tust?«

»Ich bin zu allem bereit«, entgegnete Jordane.

»Aber was soll ich denn tun«, schrie er. »Ich kann doch nichts daran ändern!«

Er war knallrot und schwitzte.

»Einen Aufschub kannst du erreichen.«

Und weil er noch zögerte, fügte sie hinzu:

»Gesteh ihn mir zu. Meinem Großvater hättest du ihn gegeben. Ich verspreche dir, daß ich es schaffe.«

Er öffnete den Mund und begann, heftig auf der Kappe seines Füllers herumzukauen.

»Schieb meine Akte nach unten in den Stapel«, sagte Jordane. »Den Traktor brauche ich für das Vieh und die Felder. Glaubst du, daß ich die Heuhaufen auf meinem Fahrrad transportieren kann?«

Carmaux dachte, daß es in dieser Welt nicht recht zuginge, in der eine Jordane sich ganz allein ohne einen Mann an ihrer Seite mit Le Biloba herumschlagen mußte.

»Einen Monat …«, murmelte er schließlich.

Er sah ihr nach, wie sie hinausging, niedergeschlagen, daß er nachgegeben hatte. Diese Frau mit ihren Shorts war eigentlich mehr zu fürchten als François mit seinem Gewehr.

Butaban schloß mit einer makellosen halben Drehung ab, indem er auf einem Hinterlauf wendete. Jordane streckte ihm sofort die Hand entgegen und beglückwünschte ihn mit einem kräftigen Klaps auf den Hals. Sie hatte nur eine Viertelstunde lang mit ihm gearbeitet, nur zum Vergnügen und um ihren Tag mit ihm abzuschließen. Sie verließ die Reitbahn und ging auf den Reitstall zu. Mit etwas Glück könnte sie an die Pferde noch die Hafer- und Roggenrationen austeilen, duschen und trotzdem pünktlich bei Cécile sein.

Wie immer wollte der Rover nicht anspringen, aber es war gerade erst neun Uhr, als sie an der Tür der modernen Villa der Marchands klingelte. Cécile begrüßte sie mit einem Strahlen und einem Augenzwinkern.

»Du bist zwar die Letzte, aber du bist dafür die Schönste«, flüsterte sie. »Nimm all deinen Mut zusammen, das ist der Abend der Nervensägen.«

Immer wenn Cécile ein Abendessen gab, überließen ihre Eltern ihr das Haus und gingen in ein Restaurant in der Stadt, am anderen Rhôneufer, essen. Ihnen leuchtete ein, daß man für eine PR-Tätigkeit repräsentieren können mußte.

»Der Bürgermeister ist mit seiner Frau da, und Pascal hat seinen Bruder mitgebracht, der einfach hin-rei-ßend ist.«

Lächelnd betrat Jordane den Salon, und das Gespräch verstummte einen Augenblick lang. Auf der anderen Seite des Raumes brach Robin Peyrolles mitten im Satz ab. Er starrte Jordane so verblüfft und mit offenem Mund an, daß sein Bruder ihn leicht an der Schulter berührte. Jordane spürte den intensiven, ja scharfen Blick, der auf ihr ruhte, während sie die anderen Gäste begrüßte. Als sie Pascal die Hand schüttelte, hatte Robin die Sprache immer noch nicht wiedergefunden. Cécile stellte sie vor und überließ Jordane dann den Brüdern Peyrolles. Pascal ging ihr ein Glas Champagner holen, und Robin stammelte schließlich:

»Sie sind Jordane Valence, die Enkelin von François, die die Andalusier züchtet ...«

»Ja, aber deshalb muß man doch nicht gleich in Ohnmacht fallen«, erwiderte sie mit einem strahlenden Lächeln.

Dem jungen Mann schien das nicht peinlich zu sein. Er starrte sie immer noch an, ohne daß ihm ein Gesprächsthema eingefallen wäre. Schließlich runzelte sie die Brauen.

»Sind wir uns in einem anderen Leben schon einmal begegnet?« fragte sie mit sanfter Stimme.

»Unmöglich«, erwiderte er ernsthaft. »Daran könnte ich mich erinnern ...«

Pascal kam mit dem Glas Champagner zurück, und Jordane nahm es.

»Danke, meine Herren«, sagte sie und drehte ihnen den Rücken zu. Sie trank einen Schluck und ging wieder zu Cécile, die wortgewandt ihr großes Festival-Projekt erläuterte. Der Blick von Robin folgte ihr, Jordane spürte ihn im Nacken. Plötzlich übertönte Pascals Stimme alle Unterhaltungen im Raum.

»Und wenn ich den ersten Streckenabschnitt mit Dynamit in die Luft jagen muß, ich schwöre Ihnen, daß es diese Autobahn nicht geben wird.«

Sein Gesprächspartner war einen Schritt zurückgetreten, aber Pascal setzte aggressiv hinzu:

»Daß sich die Abgeordneten, daß sich nicht alle Abgeordneten vierundzwanzig Stunden am Tag damit beschäftigen, ist mir unbegreiflich. Die Trasse kann man so nicht akzeptieren, das wissen Sie sehr wohl. Daß so ein Beamtenhohlkopf in Paris auf dem Papier einen so dämlichen Plan aushecken konnte – gut, der muß ja, um sein Gehalt zu verdienen, so tun, als hätte er Ideen. Aber Sie? Hier vor Ort, wie können Sie nur die Vorstellung einer vergifteten und verstümmelten Camargue tolerieren? Was meinen Sie denn, wie hoch die Luftverschmutzung sein wird, wenn hier zwanzigtausend Autos am Tag vorbeifahren. Und was für

Auswirkungen das auf eine Umwelt haben wird, die durch die unglückseligen Projekte ihrer Vorgänger sowieso schon stark angegriffen ist.«

Der Bürgermeister hatte sich Peyrolles zugewandt und sah ihn ärgerlich an.

»Leider findet die Diskussion darüber weit weg von hier statt«, begann er. »Gewisse Entscheidungen werden an oberster Stelle getroffen und …«

»Was meinen Sie mit ›oberster Stelle‹? Wo soll das sein? Achthundert Kilometer weit weg?«

Pascal spottete mit absichtlicher Unverschämtheit.

»Müssen Sie denn eigentlich den Fußabtreter für die Leute ›an oberster Stelle‹ spielen? Ich jedenfalls nicht. Und da ich nicht allein so denke, wird diese Autobahn nicht gebaut werden, Herr Bürgermeister … Aber wenn jemand sich dafür einsetzt, daß die in den fünfziger Jahren stillgelegte Bahnstrecke wieder in Betrieb genommen wird, dann stehen wir alle freiwillig zur Verfügung, um die Gleise sauberzumachen!«

»Aber Monsieur Peyrolles«, erwiderte der Bürgermeister mit einem herablassenden Lächeln. »Das sind doch ganz rückschrittliche Vorstellungen. Sie wissen doch, daß man das Rad der Zeit nicht zurückdrehen kann … Wie sagt der Volksmund? Den Fortschritt kann man nicht aufhalten!«

»Wie schade! Da gäbe es reichlich Fehler wiedergutzumachen. Erinnern Sie sich an die dramatischen Überschwemmungen von Nîmes vor fünf Jahren. Man hat über all die Dummheiten gejammert, die begangen worden waren, wie zugeschüttete Kanäle, wilder Städtebau, aber was ist seitdem passiert, um den Schaden zu beheben? Von den Deichen der Camargue ganz zu schweigen, die eines Tages brechen werden, weil sie einfach zu schwach sind – um das zu kapieren, muß man sie sich nur ansehen. Aber wen von den Leuten, die uns regieren, kratzt das schon? Es ist ja so viel einfacher abzuwarten, daß es Überschwemmungen gibt, die alles verwüsten, und dann Entschädigungen zu zahlen …«

Betroffenes Schweigen machte sich im Salon breit. Die entsetzte Cécile suchte nach einem Gesprächsthema. Ihr Blick kreuzte den von Jordane, die ihr sofort zur Hilfe eilte.

»Ich glaube, das Essen ist fertig. Warum setzen wir uns nicht?« schlug sie vor und stellte ihr Glas auf einem Beistelltischchen ab.

Sie drehte sich um und stieß gegen Robin, der direkt hinter ihr stand. Spontan ergriff sie seinen Arm und zog ihn in Richtung Eßzimmer.

»Wenn Ihr Bruder dieses Abendessen verdirbt, ist er ein noch größerer Idiot, als ich sowieso schon dachte«, stieß sie zwischen den Zähnen hervor.

Anstatt beleidigt zu sein, brach Robin in Gelächter aus. Cécile hatte sich wieder gefangen und wies den Gästen ihre Plätze zu. Pascal war offenbar immer noch wütend, aber jeder wich seinem Blick aus. Von sich aus brachte der Bürgermeister das Gespräch auf das Festival. Als begeisterter Opernfreund war er Céciles ehrgeizigen Plänen nicht abgeneigt. Robin beugte sich zu Jordane.

»Ich glaube, wir sind uns vor etwa fünfzehn Jahren schon einmal begegnet.«

»Wo das?«

»Im Auktionshaus.«

Jordane überlegte einen Moment lang. Das war möglich und außerdem vollkommen belanglos. Vincent Peyrolles, der Vater von Pascal und Robin, leitete das Haus seit dreißig Jahren. Isabelle war regelmäßig dort und brachte immer wieder irgendwelche Schauerlichkeiten von dort mit.

»Ich bin auch Auktionator«, sagte Robin.

»Ganz der Papa«, spöttelte Jordane.

Die Bemerkung schien ihn zu amüsieren. Er war seinem Bruder überhaupt nicht ähnlich.

»Kommen Sie ihn ablösen?« erkundigte sie sich.

»So ungefähr. Ich habe lange im Norden gearbeitet. Aber inzwischen hat mein Vater das Alter erreicht, wo man daran denkt, das Ruder zu übergeben.«

Jordane erinnerte sich in groben Zügen an die familiäre Situation der Peyrolles. Vincent war eine der wichtigen Persönlichkeiten von Arles. Als Erbe einer wunderschönen Manade hatte er schon als ganz kleiner Junge einen heftigen Abscheu vor Pferden und Stieren entwickelt, und an nichts anderes gedacht, als in die Stadt zu fliehen. Erst hatte ein Gardian die Ländereien verwaltet, und als der ältere Sohn, Pascal, volljährig geworden war, hatte er ihm den Besitz überlassen. Seitdem hatte er sein Stadthaus nicht mehr verlassen. Er war ein Ästhet, ein Stadtmensch, ein mondäner Mann, der nach drei Scheidungen beschlossen hatte, allein zu leben.

»Ich kann mich an Ihren Vater nicht erinnern, aber ich höre manchmal von ihm. Meine Mutter ist ... wie soll ich sagen? Eine leidenschaftliche Antiquitätenliebhaberin.«

Ohne den geringsten Groll, ohne sie auch nur zu verurteilen, mußte Jordane lächeln, als sie an ihre Mutter dachte. Sie wandte sich Robin direkt zu, um ihn anzusehen. Er mußte knapp über dreißig sein. Er hatte elegante, gepflegte Hände und trug weder einen Ring noch eine Uhr.

»Wohnen Sie bei Pascal auf der Manade?«

»Nein ...«

Er zögerte, aus Angst, sie mit Einzelheiten aus seinem Leben zu langweilen.

»Herzlichen Glückwunsch. Denn, unter uns gesagt, Ihr Bruder ist nicht gerade eine Bereicherung für die Menschheit.«

»Ganz unter uns«, erwiderte er, »da gibt es Schlimmere in der Familie.«

Neugierig beobachtete Cécile das vertrauliche Gespräch aus den Augenwinkeln. Ebenso wie den anderen Anwesenden war ihr nicht entgangen, welch umwerfenden Eindruck

Jordane bei ihrer Ankunft auf Robin gemacht hatte. Zeuge eines *coup de foudre* zu sein ist immer amüsant.

»Mademoiselle Valence«, sagte der Bürgermeister. »Ich freue mich schon darauf, Sie bald auf Ihrem prachtvollen Barbatan in den Straßen unserer Stadt bewundern zu dürfen.«

»Butaban«, berichtigte Jordane.

»Natürlich, Butaban, wie das Boules-Spiel. Vielleicht könnten wir vor dem Start ein paar Fotos vor dem Rathaus machen? Uns fehlen für die Broschüre, die die Stadt jedes Jahr herausgibt, ein paar gleichermaßen aktuelle wie traditionsverbundene Bilder ... So etwas wie eine Verbindung zwischen der Vergangenheit und der Gegenwart unserer Stadt ... Verstehen Sie, was ich sagen will?«

»Natürlich«, versicherte Jordane höflich.

Für Cécile konnte sie ruhig ein bißchen lügen. Die Vorstellungen der Stadtverwaltung interessierten sie nicht im geringsten. Arles war ihrer Meinung nach viel mehr als ein großes, folkloristisches Schaufenster für Touristen. Sie spürte, daß sie beobachtet wurde und wandte den Kopf rasch dem anderen Ende des Tisches zu. Pascal Peyrolles lächelte ihr zu, seine hellen Augen glitzerten amüsiert. Ihm ging es genau wie ihr, er spielte seine Rolle bei diesem gesellschaftlichen Ereignis und langweilte sich dabei. Dann wanderte Pascals Blick mit dem gleichen ironischen Funkeln zu seinem Bruder Robin. Ärgerlich sah Jordane diskret auf die Uhr. Der Abend zog sich in die Länge und erinnerte sie an die endlosen Essen, die sie in dem Jahr in Paris über sich hatte ergehen lassen. Lionel hatte gerne stundenlang mit seinen Kollegen über Geschäfte diskutiert. Damals hatte sie ungeduldig darauf gewartet, daß sie endlich allein zu Hause wären und sich aufeinander stürzen könnten. Naiv, wie sie war, hatte sie gedacht, sie könnte nie genug von ihm bekommen, könnte seiner nie überdrüssig werden.

»Jetzt waren Sie aber weit weg, oder?« flüsterte Robin.

»Ja, in Paris.«

»Oh … Haben Sie dort einmal gelebt?«

»Für meinen Geschmack zu lange, aber eigentlich waren es nicht einmal zwei Jahre.«

Er hörte ihr aufmerksam und hingerissen zu. Sie dachte, daß sie gar keine Lust verspürte, ihn zu verführen, nicht einmal, ihn eines Tages wiederzusehen. Der Arme. Daher war sie, als Cécile sich erhob, um ihre Gäste zum Kaffee in den Salon zu bitten, sehr erleichtert. Pascal hatte das Durcheinander ausgenutzt, um zu verschwinden. Er war mit seinen Kumpels in einer Bar verabredet, wie immer. Wenn man Cécile glaubte, verbrachte er viel mehr Zeit dort als mit ihr. Übrigens wirkte sie plötzlich traurig, als ob die Abwesenheit Pascals ihr alle Begeisterungsfähigkeit genommen hätte. Jordane beschloß, sich noch etwas mehr Mühe zu geben, damit die Stimmung nicht schlecht wurde. Sie fing an, sich mit der Frau des Bürgermeisters über Stierkampf zu unterhalten. Die war gerade erst zu einer begeisterten Anhängerin geworden und hatte seit zwei Stunden kein Wort mehr gesagt.

Jordane rückte ein wenig beiseite, um im Schatten zu sein. Der intensive Geruch, der Sempions Hütte entströmte, störte sie nicht, aber die Aprilsonne war wirklich schon beinahe zu heiß.

»Du machst wohl Witze«, seufzte Jordane. »Du willst die Schafherde über die Straßen treiben? Du träumst wohl, Sempion! Natürlich werde ich den Lastwagen mieten …«

Die Ideen des Schäfers, wie man Geld sparen könnte, waren eine utopischer als die andere. Jordane kannte ihn schon immer, und solange sie sich erinnerte, war er immer schon alt, mit einem Gesicht voller Falten gewesen. Sempion war alterslos. Sie warf einen Blick auf die Ebene, wo der Hund umherlief. Den Lastwagen für den Viehtrieb mieten, natürlich, aber womit wollte sie ihn bloß bezahlen? Und was war mit Léon Carmaux, wenn der Aufschub von dreißig Tagen verstrichen war?

»Ich werde sehr bald mit der Schur anfangen. Es ist heiß«, erklärte Sempion.

»Da kennst du dich am besten aus ...«

Die Wolle ließ sich immer gut verkaufen, das war doch schon einmal was.

»Ein paar von den Gattern sind kaputt, brauchst du Hilfe, um sie zu reparieren?« fragte sie mit unbeteiligter Miene.

Das fragte sie etwa zehnmal im Jahr, und zehnmal im Jahr lehnte er ab. Das war seine Arbeit, und selbst wenn er sie nicht machte, wollte er doch nicht, daß ihm jemand dabei half.

»Kümmer dich um deine Pferde, Kleine«, riet er ihr geduldig.

Für diese Antworten liebte sie ihn. Er redete genau wie François, in kurzen Sätzen, die schon fast an Sentenzen erinnerten. Genau wie ihr Großvater hatte er ihr niemals die leiseste Geringschätzung oder Spur von Mißtrauen entgegengebracht, weil sie eine Frau war. Sie hatte bewiesen, daß sie etwas konnte, und mehr brauchte Sempion nicht. Er wußte über die finanziellen Sorgen von Le Biloba Bescheid. Unter François war es schon genauso gewesen.

Ein Läuten von Glöckchen war neben ihnen zu hören. Zwei Schafe hatten sich der Hütte genähert, das Maul am Boden, suchten sie nach wohlschmeckenden Kräutern. Der Schäferhund erschien, bellte laut und trieb die erschrocken klingelnden verlorenen Schäfchen in raschem Galopp zur Herde zurück.

»Du kannst ja noch lachen.«

»Ja, die Geldsorgen sind schließlich nicht lebensgefährlich. Sag mal, denkst du an die Zäune?«

»Ja, ja. Nach der Schur.«

Nach der Schur ginge es auf die Sommerweiden, Jordane

machte sich keine Illusionen. Von der Hütte Sempions aus konnte man die Bastide nicht sehen. Sie verbarg sich hinter einem dicht mit grünen Eichen bestandenen Hügel. Trotz der Wärme erschauerte Jordane. Immer noch berührte sie die Landschaft hier zutiefst. Sie liebte jeden Hektar von Le Biloba leidenschaftlich und mit der Gewißheit, daß eines Tages alles aus sein würde.

»Dein Butaban ist ein schönes Pferd«, sagte Sempion und stand auf. Wegen seines Rheumatismus konnte er nicht mehr gerade stehen. Jordane verstand, daß dieses Kompliment die Unterhaltung beenden sollte. Er war auf den Andalusier zugegangen und machte ihn los. Es war Zeit für sein Mittagsschläfchen, daß er sitzend unter einem Baum, beide Hände um seinen Stock gelegt, halten würde. Leichtfüßig schwang sie sich in den Sattel und ritt unter der mittlerweile brennenden Sonne davon.

2

Um seine innere Ruhe wiederzufinden, zwang Robin sich, ausgestreckt auf dem Bett liegenzubleiben. Nichts, aber auch gar nichts war seit seiner Rückkehr so gelaufen, wie er sich es vorgestellt hatte. Seinen Moment der Schwäche hatte der Vater schnell wieder vergessen und ihn ohne große Begeisterung aufgenommen. Bei dem Telefonanruf vor zwei Monaten hatte Robin gedacht, daß sein Vater ihn um Hilfe bäte. Zwischen den Zeilen hatte er durchblicken lassen, er sei müde und denke daran, sich zur Ruhe zu setzen. Gerührt von diesem Vertrauensbeweis hatte Robin so schnell wie möglich alles geregelt. Es hielt ihn sowieso nicht viel in Valenciennes, und so hatte es ihm ganz gut gefallen, dort zu kündigen. Schon länger hatte er auf eine Gelegenheit gewartet, nach Hause, nach Arles zurückkehren zu können.

Er angelte nach seinen Zigaretten und zündete sich eine an. Den Rauch des ersten Zuges blies er an die Decke und betrachtete die Unebenheiten und vergoldeten Stukkaturen. Als er noch ein Junge von acht, neun Jahren gewesen war, war er darüber immer eingeschlafen. Sein Zimmer war noch genauso kühl und streng, wie er es in Erinnerung gehabt hatte. Ein Zimmer, wie es sich für einen jungen Mann gehörte, jedenfalls in der Welt von Vincent Peyrolles.

Robin hatte nie den Mut gehabt, sich wirklich gegen seinen Vater aufzulehnen, trotz all des Despotismus, den dieser in der Vergangenheit bewiesen hatte. Pascal war irgendwie viel besser damit zurechtgekommen. Aber Pascal war auch der Ältere und der Liebling, und Vincent hatte seine Unverschämtheiten und Extravaganzen geduldig ertragen. Als Pascal erklärt hatte, er ginge nicht auf die Universität, hatte Vincent sich gebeugt. Um seine Enttäuschung zu verbergen und damit er seinen Sohn trotzdem vorzeigen konnte, hatte er ihm die Manade überlassen, das immense Landgut der Peyrolles, wo er nur höchst selten mal ein Wochenende verbrachte. Ohne viel Federlesens und Skrupel hatte er den Verwalter entlassen, sobald Pascal seinen Militärdienst hinter sich hatte. Er hatte ihm den Besitz lächelnd übertragen und behauptet, für Robin habe er »andere Pläne«. Beim Notar war alles schon zur Unterschrift bereit. Vincent kannte seinen Ältesten und wußte, daß es Zeit wurde, ihm echte Verantwortung zu übertragen. Das war kein dummer Plan, denn Vincent hatte schon lange die Begeisterung Pascals für Stiere, Pferde und das weite Land beobachtet. Am Sonntagabend hatte man immer mindestens zwei Stunden lang nach ihm suchen müssen, um ihn ins Auto verfrachten und nach Arles zurückfahren zu können. Pascal mochte das Stadthaus der Peyrolles nicht, das er angeberisch und überkandidelt fand. Er hatte überhaupt keinen Sinn für die üppigen Gemälde und die wunderbaren Antiquitäten, und es war Robin, der diese Mißachtung und die Unverschämtheiten seines Bruders ausbaden mußte.

Schüchtern und diszipliniert unterwarf er sich dem Lernprogramm, das sein Vater ihm auferlegte. Die beiden teilten einige Jahre lang eine merkwürdige Einsamkeit. Der alte resignierte Diener versorgte sie schweigend. Vincent war bereits dreimal geschieden und hatte die Kindheit seiner Söhne durch belanglose Stiefmütter gestört. Die erste Madame Peyrolles war, ohne sich um das Schicksal ihrer Kinder zu kümmern, eine Tages sang- und klanglos ans andere Ende der Welt entschwunden.

Die Gegenwart von Robin wurde Vincent schnell lästig.

Er war noch jung genug, um Mätressen zu haben, er ging gerne aus und reiste viel. Für seinen Jüngeren empfand er nicht die gleiche Zärtlichkeit wie für den Älteren. Mit teuflischer Raffinesse hatte er Robin erst Richtung Paris, dann nach New York geschickt und war ihn so sechs Jahre lang losgewesen. Die Ausbildung seines Sohnes zum Auktionator kostete ihn zwar einiges, aber sie sicherte ihm seine Freiheit. Als Robin seine lange Ausbildung beendet hatte, fand Vincent eine ausgezeichnete Stelle in Lyon für ihn und schickte ihn dorthin.

Sensibel genug, um zu verstehen, daß er zu Hause überflüssig war, nahm Robin das Angebot gerne an. Lyon gefiel ihm, er lernte dort ein Mädchen kennen, heiratete und ließ sich, ganz wie er es von zu Hause kannte, nach einem Jahr wieder scheiden. Dann zog er nach Valenciennes, eine Stadt, die er sich selbst ausgesucht hatte.

Die ganze Zeit über zwang er sich, nicht wütend auf Pascal zu sein. Es war Vincent, der ihn zurückgewiesen hatte, dafür konnte sein Bruder nichts. Aber ganz tief in seinem Herzen dachte Robin manchmal mit Bitternis an die Manade. Niemand hatte sich gefragt, ob vielleicht auch er die Stiere, die Pferde und das weite Land liebte. Aber er verdrängte diese Gedanken gleich wieder, denn es war längst zu spät, sich solche Fragen zu stellen. Er hatte einen interessanten Beruf, mit dem er gutes Geld verdiente und in dem er äußerst erfolgreich war. Dafür sollte er dankbar sein …

Fast jeden Monat telefonierte er mit Pascal, man hielt sich auf dem laufenden. Nie gestand er ein, daß Arles ihm fehlte und daß einem, wenn man rosa Ziegel gewohnt ist, Bergarbeitersiedlungen wenig geben. Pascal zeigte sich brüderlich, manchmal spöttisch, manchmal warmherzig. Die beiden Brüder erwähnten den Vater nur beiläufig. Und dann hatte Vincent eines Tages angerufen. Er denke daran, sich zurückzuziehen, die Verantwortung für das Auktionshaus abzugeben. Robin war vor Freude aufgesprungen, zwang sich aber zu Gelassenheit am anderen Ende der Leitung. Er war dreißig, reif für die Rückkehr und die Versöhnung.

Wütend drückte er seine Zigarette in dem alten Aschenbecher aus. Vincent hatte ihn mit distanzierter Höflichkeit empfangen. Nach so langer Zeit hatte ihre erste Unterhaltung wie ein Vorstellungsgespräch geklungen. Robin hatte es in höchst unangenehmer Erinnerung. Weder Herzlichkeit noch konkrete Pläne, nur vage Versprechungen. Robin hatte seinen Vater am selben Tag ins Auktionshaus begleitet. Das war Vincents Revier, und nichts deutete auf seinen baldigen Rücktritt hin.

Am Morgen nach seiner Ankunft war Robin zur Manade hinausgefahren; er war sich sicher, daß der Empfang, den Pascal ihm bereiten würde, nicht schlimmer sein konnte als der von Vincent. Und tatsächlich hatte sein Bruder sich gefreut, ihn gefragt, wie es ihm ginge, was er vorhabe und bei den Antworten sogar zugehört. Dann hatte er ihn zu besagtem Abendessen mitgenommen, bei Cécile Marchand, seiner derzeitigen Freundin, und dort war Jordane Valence aufgetaucht.

Als ihm die junge Frau einfiel, merkte Robin, wie seine schlechte Laune verflog. Er hatte sich zweifellos komplett lächerlich gemacht, aber so etwas war ihm noch nie zuvor im Leben passiert. Ein Strahlen, eine Offenbarung. Jordane war genau die Frau, von der Robin bis zu dem Tag nicht einmal zu träumen gewagt hatte. Ihr Gesicht, ihre Statur, ihre Stimme, ihr goldener Blick, ihr Lachen: Er hatte sich auf Anhieb unsterblich in sie verliebt.

Anders als sein Vater und sein Bruder hatte Robin das Bedürfnis, wirklich zu lieben. Er war nicht auf Abenteuer aus, er hatte nie mit einer Frau geschlafen, ohne verliebt zu sein. Die Gefühle waren ihm viel wichtiger als das Verlangen, und als er geheiratet hatte, war er überzeugt gewesen, daß es fürs ganze Leben war. Nach sechs Monaten hatte er aufgegeben, aber zwei Jahre gewartet, bevor er sich ins nächste Abenteuer stürzte, mit der gleichen Leidenschaft. Bei ihm mußte es immer das ganz große Gefühl sein, und die Enttäuschungen entsprachen der vorangegangenen Begeisterung.

Als er sich entschlossen hatte, nach Arles zurückzukehren, hatte er gehofft, eine der Frauen seiner Heimat kennenzulernen, eine dieser typischen Brünetten mit dem singenden Tonfall, die ihn schon als Jugendlichen fasziniert hatten. Aber doch nicht so schnell, nicht so heftig und nicht diese Frau!

Ein wenig zittrig steckte er sich die nächste Zigarette an und dachte über die Möglichkeiten nach, die er hatte, sie wiederzusehen. Auf keinen Fall würde er ihr schreiben oder ihr Blumen schicken. Das war albern und verfrüht. Es war besser, dem Glück ein wenig nachzuhelfen und ihr einfach wieder über den Weg zu laufen – er mußte Pascal für seine Zwecke einspannen. Und er mußte sich so schnell wie möglich über diese Madame Valence erkundigen, die so viel Zeit in den Auktionshäusern verbrachte.

Ein dumpfes Geräusch am anderen Ende des Stadthauses unterbrach seine Gedanken. Sein Vater war wohl nach Hause gekommen. Als er noch jünger gewesen war, hatte er sich immer irgendwie schuldig gefühlt. Damit war jetzt Schluß. Er stand auf, entschlossen, sich einmal ernstlich mit Vincent zu unterhalten.

Der Spanier schlug mit der Faust auf die Haube der langen schwarzen Limousine, aus der er gerade gestiegen war, und hinterließ eine Spur in dem Staub, der den Wagen bedeckte.

»*Suntuoso! Lo quiero!*«*

Er lachte nervös und musterte Butaban mit begierigem

* Fantastisch! Den hätte ich gern!

Blick. Dann sah er zu Jordane auf und schenkte ihr ein strahlendes Lächeln. Er war offenbar erfreut, nicht umsonst gekommen zu sein. Hinter ihm stand ein weiterer Mann, der den Andalusierhengst nicht aus den Augen ließ. Der Spanier streckte Jordane die Hand hin und half ihr galant aus dem Sattel.

»Dieses Pferd ist herrlich«, sagte er mit einem beinahe gefräßigen Gesichtsausdruck. »Ich bin Ramon Carras, ich habe Sie letzten Monat angerufen …«

»Natürlich!« erwiderte Jordane rasch. »Ich erinnere mich an unser Gespräch, Monsieur Carras. Sind Sie schon länger in Frankreich?«

Sie hatte auf den Besuch des Spaniers eigentlich nicht vor dem Sommer zu hoffen gewagt, aber sie hatte sich am Telefon alle Mühe gegeben, ihn davon zu überzeugen, sich ihre Zucht vor Ort anzusehen. Sie kannte diesen exzellenten Reiter schon dem Namen nach. Er trat in zahllosen Arenen auf. Während er mit geübter Hand Butabans Brust tätschelte, murmelte Jordane:

»Der hier ist unverkäuflich, Monsieur Carras. Er gehört mir …«

Er runzelte die Brauen, und hastig fügte sie hinzu:

»Butaban ist ein Geschenk meines Großvaters, und ich hänge aus … aus sentimentalen Gründen an ihm. Seine Brüder können ihm ohne weiteres das Wasser reichen, Sie werden schon sehen!«

»Wo sind sie? Im Pferdestall?«

Daß er es so übertrieben eilig hatte, amüsierte sie. Er hatte einen harten Akzent, der seine Worte noch komischer wirken ließ. Sie richtete sich zu ihrer vollen Größe auf und schüttelte ihre Locken, als sie an ihm vorbeiging, um ihm den Weg zu zeigen.

»Was für ein herrlicher Besitz«, sagte er in ihrem Rücken. Als sie das Tor des Pferdestalles geöffnet hatte, ließ sie Butaban los, der friedlich in seine Box ging. Es war kühl in dem

Gebäude, weil die schmalen, nach Norden ausgerichteten Fenster keine Sonne hereinließen. Der Mittelgang war erhöht und hatte zu beiden Seiten eine Ablaufrinne, die Wände wurden jedes Jahr frisch gekalkt. Zwei Reihen mit je sechs großen Boxen lagen sich gegenüber. François hatte die Anlage des Pferdestalles vor zwanzig Jahren sorgsam geplant, und Jordane gab sich alle Mühe, ihn in gutem Zustand zu erhalten. Sie beobachtete Ramon Carras, der von Box zu Box ging wie im Zoo. Endlich blieb er vor ihr stehen und schien sich plötzlich bewußt zu werden, daß sein Gesprächspartner eine verführerische junge Frau war.

»Mademoiselle Valence ... ich glaube, es war kein Fehler, die weite Reise hierher zu unternehmen.«

Jordane blieb zurückhaltend und lächelte höflich.

»Mit welchem sollen wir anfangen?«

»Das kommt aufs Alter an. Für mich wäre ein Vierjähriger genau das richtige. Aber das hängt natürlich auch von der Dressur ab, die sie bekommen haben. Was die Fellfarbe betrifft, so habe ich keine Vorlieben.«

Von seinem Akzent einmal abgesehen, war sein Französisch fehlerfrei. Jordane nahm ein Zaumzeug vom Haken und öffnete den Riegel vor einer der Boxen. Nach Butaban mußte sie ihm ein wirklich schönes Tier vorführen und ihm vor allem deutlich machen, wieviel Arbeit sie seit Jahren in die Pferde gesteckt hatte.

»Das ist Milagro«, sagte sie, während sie dem wunderbaren Apfelschimmel die Trense anlegte. »Wollen Sie ihn selbst ausprobieren?«

Entzückt nickte der Spanier mehrfach.

»Mein Sattel ist im Wagen«, sagte er nur.

Sie gingen hintereinander hinaus, der Hengst zwischen ihnen. Der andere Mann, der immer noch bei der Limousine wartete, öffnete den Kofferraum. Ramon Carras sattelte das Pferd unter Jordanes aufmerksamem Blick mit wenigen Handgriffen. Mit Milagro ging sie kein großes Risiko ein.

Er war ein sehr gehorsames Tier, mit weicher, raumgreifender Gangart, der auf das leiseste Zeichen reagierte.

»Sind das Kunden?« flüsterte Nora hinter ihr. Sie war leise hinzugetreten und trug ihr immerwährendes kleines Lächeln zur Schau. Jordane antwortete mit gesenkter Stimme:

»Eigentlich schon. Der Typ auf dem Pferd kommt von weit her, und er hat Vermögen. Halt die Daumen, daß wir ins Geschäft kommen.«

»Willst du sie zum Abendessen einladen?«

»Nein ... wir wollen nicht Geschäft und Privatleben vermischen.«

Jordane antwortete zerstreut, denn sie war ganz von dem Schauspiel, das Ramon Carras ihr bot, in Anspruch genommen. Ausgezeichneter Reiter, der er war, hatte er Milagro nach wenigen Bahnen begriffen. Jetzt war er bei den schwierigen Übungen angelangt. Schon lange hatte Jordane keine solche Reitkunst mehr gesehen. Sie nahm sich vor, in Zukunft zu den Reiter-Corridas zu gehen, wenn es in Nîmes oder anderswo welche gab. Aber sie hatte nie Zeit, und außerdem kosteten die Platzkarten ein Vermögen.

Außer dem Geräusch des Hufschlags auf dem Sand und ein paar gutturalen Lauten, die der Spanier von sich gab, um Milagro zu ermutigen, herrschte ein beinahe andächtiges Schweigen. Auch Nora schwieg jetzt. Milagro führte eine Finte durch, galoppierte an und machte dann eine abrupte Wendung. Mit überlegener Arroganz richtete Ramon den Blick in die Ferne und hatte ein unwillkürliches Lächeln auf den Lippen. Jordane begann an die Verhandlungen zu denken, die folgen würden. Wie hoch schätzte sie Milagro ein? Und die anderen? Sie warf dem Mann, der immer noch unbeweglich am Wagen stand und seinem Boss bei den Dressurübungen zusah, einen Blick zu. Sie ging die Pferde im Geiste durch und beschloß, als nächstes wäre Aupiho an der Reihe.

»Auf das Wohl von Ramon Carras!«

Sie hoben das Glas und stießen geräuschvoll an. Es waren noch zwei Flaschen Champagner, von den vier, die Isabelle am Nachmittag in aller Eile gekauft hatte, übrig. Die Spanier waren lange geblieben, der eine im Sattel, der andere als Zuschauer. Jordane hatte sich gezwungen, so ungerührt wie die beiden zu bleiben, und sich darauf beschränkt, den Namen und das Alter der einzelnen Andalusier anzugeben. Carras hatte fünf Pferde ausprobiert und sich bei jedem viel Zeit genommen. Und als er schließlich seinen Sattel wieder im Kofferraum der schwarzen Limousine verstaut hatte, hatten die Verhandlungen begonnen.

Die drei Stunden Palaver, die folgten, hatten Jordanes Stolz sehr geschmeichelt. Erstens hatte der Spanier sie die ganze Zeit als ebenbürtigen Gesprächspartner behandelt, ohne sie als Frau geringzuschätzen. Und sein Urteil über die Pferde hatte er ohne überflüssige Schmeichelei oder mutwillige Herablassung abgegeben. Er war zwischen zwei Hengsten hin- und hergerissen, die ihm vorbehaltlos gefielen, und er erkundigte sich ausführlich nach ihrem Stammbaum und nach der Dressur, die sie erhalten hatten. Letztere hatte er als Kenner und Reiter zu würdigen gewußt. Die wenigen Kritikpunkte, die er vorgebracht hatte, waren berechtigt gewesen, Jordane hatte sich sofort geschworen, entsprechende Verbesserungen einzuführen. Sie konnte von den Ratschlägen eines Profis wie Carras nur profitieren.

Nora war es gewesen, die Isabelle vorgeschlagen hatte, Champagner zu holen. Ein sehr französisches Getränk, das man eiskalt auf der Terrasse einnehmen konnte. Schon lange versuchte Nora auf jede erdenkliche Weise, ihrer Schwester zu helfen. Hinter dem Küchenfenster hatte sie stundenlang auf der Lauer gelegen, die Besucher beobachtet und versucht, von Jordanes Gesicht abzulesen, wie die Sache lief. Sie war zuversichtlich, daß sie nicht, ohne den Handel abzuschließen, wieder fahren würden. Als sie dann endlich gesehen hatte, wie ihre Schwester, gefolgt von den beiden Männern, auf das Haus zuging, war sie herausgekommen, um sie in Empfang zu nehmen. Sie hatten gemeinsam zwei Flaschen geleert. Nora hatte sich höflich auf Spanisch unterhalten, eine Sprache, die sie ausgezeichnet beherrschte, während Jordane mit Carras französisch sprach. Weil er sich nicht entscheiden konnte – und unter der Einwirkung des Champagners –, hatte der Reiter schließlich beschlossen, die Andalusier, die ihm so gefielen, alle beide zu nehmen, Milagro, den Apfelschimmel, und einen Rotbraunen. Er hatte einen Scheck, der in jeder französischen Bank einlösbar war, ausgestellt und versprochen, in drei Wochen einen Transporter zu schicken, der die beiden Tiere abholen würde.

Nachdem die lange, schwarze Limousine abgefahren war, ließ Jordane ihrer Freude freien Lauf. Der Scheck war nicht nur der Lohn für ihre unendlichen Mühen, für Hunderte harter Arbeitsstunden, sondern versetzte sie darüber hinaus in die Lage, die dringendsten Rechnungen zu bezahlen, ihre Bank zu besänftigen und das Versprechen, das sie Léon Carmaux gegeben hatte, zu halten. An diesem Abend hatte Alice die Freude der Familie geteilt, auch sie hatte auf Ramon Carras getrunken, von dem sie noch nie zuvor etwas gehört hatte.

Als er sich verabschiedete, hatte der Spanier sich nicht mehr zurückhalten können, Jordane auszufragen. Wie lief es mit ihrer Zucht? Wo waren ihre Angestellten? Warum hatte sie auf ihrem Land keine Stiere laufen, damit die Pferde sich an deren Gegenwart gewöhnten?

»Die Neugierde hat ihn förmlich zerfressen!«

Jetzt lachte Jordane darüber, erleichtert, daß das Geschäft gut gelaufen war.

»Was hat ihn denn so interessiert?« fragte Isabelle.

»Was wir hier so machen und wie und warum. Er war vollkommen von dem Haus, der Landschaft, dem Pferdestall, einfach von allem begeistert. Er fand das alles sehr ... wie hat er es noch einmal gesagt? Sehr anders, das war's.«

»Da hat er zweifelsohne recht. Hier ist es wirklich sehr anders ...« stellte Alice mit säuerlichem Ton fest.

Jordane überging diese Bemerkung und fuhr fort:

»Ich habe ihm erzählt, daß es ein Familienbesitz ist, daß die Familie aus Frauen besteht und daß wir im übrigen kurz vor dem Ruin stehen. Da hat er die Augen aufgerissen. Und am Ende konnte er nicht widerstehen und hat mich gefragt, ob es zu verkaufen ist. Wie bei Butaban.«

Auch wenn sie diese Idee amüsierte, mußte sie zugeben, daß die Vorschläge des Spaniers so schlecht nicht gewesen waren. Er hatte ihr sehr ernsthaft erklärt, daß es das beste für sie wäre, wenn sie den Besitz in ein Hotel umwandeln würde, daß Le Biloba ein wahres Paradies sei und viele Menschen alles für ein Wochenende hier geben würden.

»Und was haben Sie ihm geantwortet, meine kleine Jordane?« fragte Alice.

Abrupt drehte Jordane den Kopf, um ihrer Schwiegermutter ins Gesicht zu sehen. Meistens ignorierte sie die Bemerkungen von Alice einfach oder machte sich darüber lustig. Aber jetzt fühlte sie sich angegriffen und war verletzt.

»Geantwortet? Worauf? Daß er die Bastide kaufen wollte? Oder mein Pferd? Das soll wohl ein Witz sein! Ich habe ihm verkauft, wofür er gekommen ist: Andalusier.«

»Warum werden Sie so wütend?«

Erbarmungslos forderten die beiden Frauen sich mit Blicken heraus.

»Ich bin nicht wütend«, sagte Jordane langsam. »Ich bin sehr zufrieden, heute Geld verdient zu haben. Ich gebe mir ziemlich viel Mühe, wissen Sie ...«

Alice nickte, konnte aber nicht an sich halten und fragte:

»Wie lange können Sie noch durchhalten?«

Dies Thema wurde nur selten angesprochen. Überzogene Konten waren Teil des Alltags auf Le Biloba geworden. Alice überwies jeden Monat eine gewisse Summe, wie verabredet. Das war so eine Art Miete oder Aufwandsentschädigung, eine unverzichtbare Unterstützung, die aber hinten und vorne nicht reichte. Immer wieder und ohne viel Aufhebens davon zu machen, zahlte sie auch die Einkäufe. Sie nannte das »für Proviant sorgen«. Sie schlug Isabelle dann vor, sie in den Supermarkt zu begleiten und füllte dort einen Einkaufswagen mit den unterschiedlichsten Lebensmitteln. Wenn sie danach an der Kasse ihr Scheckheft zückte, enthielt Isabelle sich jeden Kommentars. Auf dem Rückweg im alten Rover unterhielten die beiden Frauen sich niemals über Geld.

Das Klingeln des Telefons ersparte es Jordane, auf die ebenso beängstigende wie ungeschminkte Frage ihrer Schwiegermutter antworten zu müssen. Sie hatte keine Ahnung, wie lange sie Le Biloba noch so gerade würde halten können, aber sie stellte sich immer ein, wenn auch noch so schwieriges, Überleben vor. Es war schön, Lionels Stimme zu hören. Sie konnte ihm vom Verkauf der beiden Pferde erzählen.

Um sechs Uhr stellte Jordane ihren Radiowecker mit einer müden Geste ab. Sie hatte sehr schlecht geschlafen und immer wieder Alpträume gehabt. Immer wenn sie schweißgebadet aufgewacht war, hatte sie an Ramon Carras denken müssen. Nicht an seine fabelhafte Vorführung zu Pferde, nicht an seine Ritterlichkeit, die sie übrigens kalt ließ, sondern an seine Idee mit dem Hotel.

Ein Hotel in Le Biloba ... Eine Möglichkeit, die in Jordanes unmöglichem Katalog von Ideen, wie sie die Geschäfte von Le Biloba in Ordnung bringen könnte, noch nicht aufgetaucht war. Sie schloß noch einmal die Augen und versuchte, sich einen Swimmingpool vorzustellen, mit Blumen überwuchertes Gemäuer, gestreifte Liegestühle und Ober in weißen Jacken unter den Ginkgobäumen. Da konnte einem zwar ganz anders werden, aber auch nicht mehr als beim Anblick des jüngsten Kontoauszuges. Und auch der Scheck des Spaniers würde den Abgrund nicht lange überbrücken können.

Lionels Flieger würde um elf Uhr landen. Bis dahin könnte sie zwei, drei Pferde bewegen, frühstücken, duschen und zum Flughafen fahren, falls der Rover die Gnade hatte anzuspringen.

Ein leises Klappern von Geschirr ließ sie sich in ihrem Bett aufrichten. Langsam öffnete sich die Tür und herein kam Nora, die vorsichtig ein Tablett balancierte.

»Ich wollte dich überraschen!« maulte sie enttäuscht, als sie die Schwester schon wach vorfand.

»Das ist dir doch gelungen … Komm, setz dich.«

Jordane hatte sich an die Wand gelehnt, um ihr Platz zu machen. Sie warf einen Blick auf die Kaffeekanne, den Toast, die Marmeladendöschen.

»Alice war gestern abend einfach ekelhaft«, murmelte Nora, während sie Kaffee in die beiden Tassen goß.

»Wie üblich. An dem Tag, an dem ich zugestimmt habe, sie hier aufzunehmen, war ich wohl nicht ganz bei Sinnen.«

Aber dabei lächelte Jordane, und Nora fügte hinzu:

»Sie kann ja auch ganz nützlich sein …«

Sie lachten beide, einig darin, daß sie Alice nur zu gerne die Verantwortung für die Küche abtraten. Zu Lebzeiten des Großvaters hatte Isabelle gekocht, und das hatte selten richtig gut geschmeckt.

»Und da ihr geliebter Sohn übers Wochenende kommt, wird sie sich wieder selbst übertreffen!«

Nora reichte Jordane einen Toast, den sie mit Butter und bitterer Orangenmarmelade bestrichen hatte. Sie sah ihr beim Essen zu, streckte eine Hand aus und strich über die braunen Locken ihrer Schwester.

»Ich habe deine Haare schon immer geliebt …«

Verlegen sah Jordane sie liebevoll an. Ja, Nora beneidete ihre Schwester um die Haare wie um ihre langen Beine und um ihre Vitalität.

»Ich muß unbedingt diesen Monsieur Wolf anrufen, wegen der Iris. Das habe ich völlig vergessen ...«

»Soll ich das übernehmen?«

Ohne sich jemals durch das stetige Nein von Jordane entmutigen zu lassen, bot Nora ihre Hilfe an.

»Und was würdest du ihm sagen können?«

»Jordane!«

»Schon gut, mach es einfach«, entschuldigte Jordane sich. »Die Telefonnummer liegt auf meinem Schreibtisch.«

Ein Motorgeräusch zog ihre Aufmerksamkeit auf sich. Jordane schlug die Laken zurück und sah aus dem Fenster.

»Schau an, der Antiquitätenhändler, der Maman abholt. Was für Frühaufsteher die beiden sind!«

Mit der Nase an der Fensterscheibe lächelte sie und freute sich, daß ihre Mutter einen Freund gefunden hatte, auch wenn die Bastide sich allmählich mit dem unwahrscheinlichsten Trödel füllte. Nora betrachtete die Silhouette der nackten Jordane im Gegenlicht. Sie seufzte kurz und wandte den Blick ab.

»Noch einen Toast?«

»Ja, bitte ...«

Jordane kam wieder ans Bett, setzte sich und faßte ihre Schwester bei den Schultern:

»Ich weiß, was du denkst«, sagte sie und sah ihr direkt ins Gesicht. »Aber für alles gibt es eine Lösung, mein Mäuschen. Und wenn deine Narben dich so stören, da gibt es schließlich Schönheitschirurgen, oder? Und außerdem ...«

»Du machst dich über mich lustig!« brach es aus Nora heraus.

Sie hatte sich losgemacht und maß die Schwester mit skeptischen Blicken.

»Schönheitschirurgie? Ich muß ja wohl erst mal die letzten Operationen hinter mich bringen, meinst du nicht? Ich bin noch lange nicht am anderen Ende des Tunnels, und erzähl mir bloß nichts, ich bin schließlich nicht mehr zehn!«

Gewaltsam zog Jordane Nora an sich, der ihr Widerstand wenig nützte, sie mußte Stück für Stück nachgeben, bis sie sich die Umarmung gefallen ließ.

»Ich bin sehr froh, daß wir nicht mehr zehn Jahre alt sind«, flüsterte sie, »denn nun sind wir erwachsen und können tun und lassen, was wir wollen. Hör zu, Nora, ich hasse es, wenn jemand resigniert. Trotz des Todes von Papa und Großvater habe ich nicht aufgegeben ... Ich schwöre dir, und wenn es noch ein halbes Dutzend Operationen braucht, du wirst erleben, daß es ein Ende damit hat. Vertraust du mir?«

»Ich ersticke«, brachte Nora hervor.

Bedauernd gab Jordane sie frei.

»Du kannst nicht alle Probleme dieser Welt allein lösen«, sagte Nora zu ihr. »Natürlich vertraue ich dir. Aber nicht, was diese ekelhafte Krankheit, die mich auffrißt, betrifft. Kaum geht es mir ein bißchen besser – schwuppdiwupp, fangen wir von vorne an. Alles wird aufgemacht, es wird herumgeschnippelt und ein Stückchen Metall eingebaut, und schon schickt man mich in die Rehabilitation. Es tut weh, es ist teuer, und es ist entmutigend. Verstehst du mich?«

Eine dicke Träne lief ihr über die Wange, und Jordane spürte augenblicklich einen Kloß im Hals. Nein, Nora war nicht naiv genug, als daß man ihr das Blaue vom Himmel hätte versprechen können.

»Meine kleine Schwester«, seufzte Jordane, »du bist wirklich ein Kind ...«

Sie wußte nicht, was sie sagen sollte. Sie hatte immerhin Lionel, und die Bewunderung ihres Großvaters und einen Haufen Männer, die hinter ihr her waren, und Butaban, auf dem sie glänzen konnte, und eine ganze Familie, die sie blind bei allem, was sie tat, unterstützte. Nora hatte nichts und niemanden, sie war nur eine zurückhaltende junge Frau mit einem hübschen Gesicht und sanfter Stimme, die ein wenig komponierte und sich ein wenig um den Haushalt kümmerte. Nichts, worauf man, wenn man dreißig war, wirklich stolz sein konnte, ja nicht einmal genug, um einen zumindest darin zu bestärken weiterzumachen.

Jordane nahm Noras Rock in die Hand und schob ihn langsam nach oben, entblößte erst die Waden, die Knie, dann die Schenkel ihrer Schwester. Erbarmungslos legte sie die Beine frei, bis man den Slip sah, und betrachtete sie dann schweigend. Nora hatte die Augen geschlossen und hielt den Atem an. Ein paar violette, ein wenig hervortretende Schmisse überschnitten sich hier und dort. Die Haut war sehr weiß, da das Sonnenlicht für die Narben nicht gut war.

»Ich kann nichts Widerwärtiges oder Unüberwindliches entdecken«, sagte Jordane feierlich. »Daß du keine Miniröcke trägst, okay. Aber deine Schlabberröcke kannst du gute dreißig Zentimeter abschneiden. Du hast hübsche runde Knie!«

Sie ließ Nora los, sprang auf und begann hinter dem lackierten Paravent herumzusuchen.

»Hier, probier das mal an!«

Sie schwenkte eine hellblaue Bermuda aus Jeansstoff. Nora schüttelte den Kopf, aber Jordane bestand gebieterisch darauf:

»Zieh sie an!«

Widerwillig zog Nora sich um. Als sie die Bermuda zugeknöpft hatte, warf sie einen kurzen Blick in den Spiegel. Sie sah einfach erbärmlich aus mit ihren mageren, blassen Waden.

»Na und? Dann wirst du sie halt ein wenig bräunen«, sagte Jordane, ohne ihr Zeit zum Protestieren zu lassen. »Hier sieht dich doch keiner. Nicht einmal Sempion kommt bis zum Haus.«

»Ich sehe lächerlich aus«, stammelte Nora.

»Nein, in deinen Oma-Röcken siehst du lächerlich aus. Wenn ich dich und Maman von hinten sehe, könnte man schwören, daß sie die Tochter ist.«

»Sehr liebenswürdig …«

Sie merkte, daß Nora zögerte und gab nicht auf:

»Komm und sieh mir zu, während ich mit den Pferden arbeite. Du mußt dich nur ein wenig in die Sonne setzen, und um diese Tageszeit verbrennt sie einen noch nicht.«

Hastig zog sie sich eine Jeans und ein T-Shirt an, schnappte sich das Frühstückstablett und stieß dann die Zimmertür auf. Dann zwang sie sich aber, die Treppe langsam hinunterzugehen.

»Weißt du, was gut für dich wäre?« fragte sie Nora. »Ein Swimmingpool.«

Nora mußte lachen und blieb auf dem Absatz zum ersten Stock stehen, um Atem zu schöpfen.

»Ich hätte eher an einen Aufzug gedacht … Ein Swimmingpool. Du hast Ideen. Da müßtest du mindestens zehn Dutzend Pferde verkaufen, ehe wir uns das leisten könnten.«

»Nicht unbedingt«, sagte Jordane mit träumerischer Stimme. Sie hatte sich schon Richtung Erdgeschoß begeben, Nora folgte ihr und vergaß die Bermudas.

»Das mußt du mir erklären, Jordane!«

»Ja, ja … Komm …«

Sie überquerten mit wenigen Schritten die Terrasse und gingen auf die beiden Ginkgos zu.

»Hier … schau dich um, Nora. Was siehst du?«

»Nichts anderes als sonst auch.«

»Sehr witzig. Nun streng deine Phantasie ein wenig an. Und hör mir gut zu. Ich sehe ein großes, türkisblaues Schwimmbad, einen Weg von Blumenbeeten gesäumt, Tische und Sonnenschirme auf der Terrasse, eine frischgetünchte Fassade, die Fensterläden haben einen neuen perlgrauen Anstrich, links ein kleiner kiesbestreuter Parkplatz voller funkelnder Wagen …«

Nora sah ihre Schwester an, es verschlug ihr den Atem.

»Was ist das denn bitte für eine Wahnvorstellung?«

»Das ist nur so eine Idee, Nora. Stell dir ein Luxushotel in Le Biloba vor. Superluxusklasse!«

»Willst du verkaufen? Bist du verrückt geworden?«

Ihr Gesicht war ganz starr geworden, sie hatte vor Schreck geschrien. Schon lange hatte sie Angst vor diesem Satz. In all den Stunden, die sie auf einem Liegestuhl verbrachte, hatten dieselben Fragen, dieselben Ängste sie verfolgt. Isabelle war unfähig, zum Unterhalt der Töchter und des Hauses, das sie seit dem Tod von Hugues floh, beizutragen. Jordane schlug sich mit Hunderten von Problemen herum. Nora hatte Angst. Die Bastide war ihr sicheres, vertrautes Universum, das sie vor allem Fremden schützte. Hier fand sie Trost, Rückhalt und auch Antworten. Immer wenn sie ihren Blick über die großartige Landschaft schweifen ließ, erfüllte sie tiefer Frieden. Wenn sie in ihrem Tempo einen ihrer Spaziergänge machte, am Ufer eines jener *roubines* genannten Bewässerungsgräben entlang, entdeckte sie jedesmal wieder Vögel, die sie beobachten konnte. Dunkle Wasserläufer, Mariskensänger, Beutelmeisen oder Brillengrasmücken, immer wieder sprach sie gerne mit leiser Stimme die Namen, die ihr Vater ihr beigebracht hatte, vor sich hin. Oder sie versuchte, sie am Gesang zu erkennen, den schnarrenden Alarmruf des Seidensängers vom hohen, kratzenden Gesang der Zistensänger zu unterscheiden. Ihr graute weder vor Fröschen noch vor Eidechsen und nicht einmal vor Schlangen. Sie kannte die besten Stellen, an denen sie sich setzen und ausruhen konnte. Sie lachte leise über den Wagemut der Biber, die immer, wenn sie sich reglos unter einer Tamariske an ein Ufer setzte, sich ihr vorsichtig näherten. Sie hatte stets das Gefühl, daß all dies, was sie umgab, zu ihr gehörte. Was auch immer für eine Behinderung oder einen Kummer sie hatte, Le Biloba war eine Welt, wo niemand ihr etwas anhaben konnte. Hier auf diesen überwachsenen Pfaden war die kleine Nora herumgerannt, bevor die Krankheit sie ereilte, wie jedes andere achtjährige Mädchen auf der Welt.

»Wir werden Le Biloba nicht verkaufen! Hörst du?«

Der selbstbewußte Plural zeigte Jordane, wie entschlossen ihre Schwester war.

»Das steht gar nicht zur Debatte, Nora. Sei nicht dumm, und laß mich ausreden ...«

Sie atmete tief durch. Es fiel ihr schwer, ihre Gedanken zu formulieren. Auch für sie war Le Biloba heilig. Schon es zu verändern war unvorstellbar, das war ihr klar. Aber es zu verlieren, wäre viel schrecklicher.

»Es geht doch nur darum, das Schlimmste zu verhindern. Wenn wir ein Hotel daraus machen, können wir es behalten, Nora ... und könnten von allen Annehmlichkeiten profitieren.«

»Hast du dir schon überlegt, was Maman dazu sagen wird?«

»Der ist das gleichgültig.«

»O nein, da kennst du sie aber schlecht. Sie ist hier geboren, sie hängt an ...«

»Ich schließlich auch«, explodierte Jordane. »Mehr als irgend jemand sonst. Versuch doch zu verstehen, anstatt Augen und Ohren zu verschließen. Wir werden hier nie wegziehen, soweit sind wir uns einig. Aber wir müssen einen Weg finden, um bleiben zu können. Kapierst du? Findest du es klüger, in aller Ruhe abzuwarten, bis die Gerichtsvollzieher es sich für ein Butterbrot unter den Nagel reißen? Willst du das? Ist dir klar, daß es von Jahr zu Jahr mehr bergab geht? Willst du, daß wir alles scheibchenweise versteigern müssen?«

Um ihrer Rede mehr Nachdruck zu verleihen, versetzte sie einem der Ginkgostämme einen Schlag mit der flachen Hand.

»Hier der majestätische Biloba, seit hundertfünfzig Jahren

ist er da, wächst und schaut zu, wie die Valences weniger werden, verkümmern. Er wird alles überdauern, Nora …«

Ihre Stimme war bei dem letzten Satz gebrochen. Sie begegnete dem Blick ihrer Schwester, der vor Zorn funkelte.

»Ich werde dich daran hindern«, sagte Nora langsam. »Mit welchen Mitteln auch immer, ich warne dich.«

Sie drehte Jordane den Rücken zu und ging sehr aufrecht auf die Terrasse zu. Sie versuchte, nicht zu hinken, bemitleidenswert und entschlossen, immer noch in der Bermuda von Jordane.

Natürlich fand Lionel die Idee seiner Frau großartig. Kaum war er in den Rover eingestiegen, hatte sie begonnen, ihm atemlos ihren Plan zu schildern. Sie war zwar auf seine Zustimmung nicht angewiesen, nicht einmal auf seine Meinung, aber sie wollte, ohne unterbrochen zu werden, davon sprechen, um sich selbst zu überzeugen.

Er hatte in letzter Zeit viel zu viel an Jordane gedacht und war froh, sie wiederzusehen. Ab und zu warf Lionel ihr gierige Blicke zu. Er fand sie von Mal zu Mal schöner. Kurz vor den Dreißigern schien sie immer noch weiter aufzublühen. Er wollte ihre braunen, glänzenden und seidigen Locken berühren, mit seinen Fingern über ihre honigfarbene Haut fahren, sie zum Lachen bringen, damit er die kleinen, sehr weißen und ein wenig auseinanderstehenden Zähne, die soviel Glück verhießen, sehen konnte. Immer wenn sie sich ihm zuwandte, stieg ihm ein Hauch von ihrem Eau de Toilette in die Nase, eine Mischung aus Jasmin und Tuberosen.

»Keiner wird mitmachen, du kennst die Familie doch«, sagte Jordane und lächelte.

Er bewunderte, mit welcher Leichtigkeit sie die Schwierigkeiten des Lebens meisterte. Sie war zum Glücklichsein geboren, für die Freude, was ihm auf undefinierbare Weise ein schlechtes Gewissen einflößte. Er hatte ihr nicht gegeben, was sie erwartet hatte.

»Na gut, aber ich bin dafür«, erklärte er.

Sie lachte schallend los und wandte ihm den Kopf zu.

»Sehr freundlich von dir!«

Verdrießlich erinnerte er sich daran, daß er nicht mehr wirklich ihr Mann war, daß ihre beiden Leben nicht mehr verbunden waren.

»Ich tue alles, um dir zu helfen, das weißt du genau«, warf er ihr vor.

Er sah, wie ihre Hände auf dem Lenkrad sich verkrampften. Mit Bitterkeit dachte er daran, daß sie zu stolz war, etwas anzunehmen, ohne im Gegenzug etwas geben zu können. Kalt entschloß er sich, das auszunutzen.

»Dein Projekt scheint mir um so gescheiter zu sein, als ich letzte Woche mit jemandem zu Mittag gegessen habe, den ich dir vorstellen könnte, mein Liebling ...«

Versuchshalber hatte er diese Bezeichnung verwendet, die sie für gewöhnlich zurückwies.

»Ich kenne den Mann seit langem. Er heißt Sydney Barthe und ist so eine Art Berater für die Hotelbranche.«

Sie waren beinahe in Le Biloba angekommen, Jordane hielt auf dem Seitenstreifen. Das interessierte sie plötzlich, und sie zog es vor, dieses Gespräch ohne ihre Mutter, ihre Schwester und ohne Alice fortzusetzen.

»Machst du Witze?«

»Keineswegs. Man könnte denken, daß du unter einem Glücksstern geboren worden bist.«

Sie hatte den Motor ausgemacht, und der Gesang der Zikaden war nun deutlicher, zu hören.

»Ich mache keine Witze«, fuhr er fort. »Ob Zufall oder mehr, es kommt genau richtig. Wenn du die Meinung eines echten Profis hören willst ...«

Unfähig sich länger zurückzuhalten, legte er eine Hand auf Jordanes Arm.

»Ich will dich«, bekannte er plötzlich mit unglücklicher Miene.

»Lionel ... Mußt du denn für alles eine Gegenleistung haben?«

»Natürlich nicht«, sagte er ärgerlich. »Ich habe nichts anderes getan als du auch: Ich habe einen Moment der Vertrautheit ausgenutzt, um über Privatsachen zu reden. Sydney stelle ich dir auf jeden Fall vor, aber *unabhängig davon* kann ich dich doch begehren. Du würdest einfach jeden verrückt machen. Ich kann gar nicht verstehen, wie du überhaupt hundert Meter weit auf der Straße gehen kannst, ohne belästigt zu werden ...«

Er vermied es, sie zu berühren, und gab ihr einen leichten Kuß auf die Lippen. Zwei Sekunden lang wartete er die Reaktion ab, dann unternahm er einen erneuten Versuch, diesmal wagte er sich weiter vor, bis sie ihn zurückstieß. Wütend zuckte sie die Achseln. Jetzt hatte sie Lust, mit jemandem zu schlafen, egal ob mit Lionel oder irgend jemand anderem.

»Du bist unmöglich«, erklärte sie und drehte zornig den Zündschlüssel um.

Der Rover weigerte sich anzuspringen, und Jordane ruckelte entnervt mit dem Schlüssel herum.

»Du läßt ihn absaufen«, warnte Lionel sie.

»Auch gut. Dann gehen wir das letzte Stück eben zu Fuß.«

Sie war schon aus dem Auto ausgestiegen und ging mit großen Schritten davon. Lionel beobachtete sie einen Moment lang durch die Windschutzscheibe. Sie war so schön, daß sie einen Heiligen in die Verdammnis gestürzt hätte, in ihren Shorts und den weißen Turnschuhen. Er betrachtete die langgestreckten Muskeln ihrer Beine, die sich beim Gehen abzeichneten. Dann öffnete er seine Wagentür.

»Warte auf mich. Du könntest wenigstens höflich sein!«

Sie winkte ihm spöttisch zu, ging aber nicht langsamer.

Nachdem er einen Kennerblick auf die Auslagen im Schaufenster geworfen hatte, stieß Robin die Ladentür auf. Gilbert saß an seinem Schreibtisch, die Fayencen hinter ihm bildeten eine gelungene Hintergrunddekoration.

»Sind Sie Gilbert Desombre? Erlauben Sie, daß ich mich vorstelle, ich bin Robin, der Sohn von Vincent Peyrolles …«

Sie schüttelten einander kräftig die Hand, wobei sie sich neugierig musterten. Von seinem Vater wußte Robin ein paar Dinge, so auch, daß Isabelle Valence eine Sammlerin ohne große Möglichkeiten war und daß man sie häufig bei Auktionen in Begleitung des Antiquitätenhändlers vom Boulevard des Lices sah.

»Sie haben wunderschöne Dinge hier …«

Er ging auf ein herrliches Buffet mit Schiebetüren zu, das ihm aufgefallen war.

»Daß es die noch gibt …«

»Immer seltener«, antwortete Gilbert mit einem Lächeln. »Oder nicht in so einem guten Zustand.«

»Ende 18. Jahrhundert?«

»Mitte. Das Datum ist in die Rückwand eingraviert.«

Robin ließ die Türen des Mittelteils hin- und hergleiten, die so konstruiert waren, daß man sie nie ganz von der Platte lösen konnte, was einerseits praktisch war und andererseits den Reiz des Möbels ausmachte.

»Bemerkenswert«, sagte er beifällig.

Der Preis, den er im Inneren auf einem kleinen Schildchen gesehen hatte, kam ihm dennoch etwas übertrieben vor.

»So etwas findet man im Norden nicht. Ich habe dort ein paar Jahre gearbeitet.«

»Und nun sind Sie wieder zurück? Herzlich willkommen! Werden Sie das Auktionshaus übernehmen?«

»Falls mein Vater den Platz jemals räumt«, antwortete Robin lachend.

Gilbert hatte häufig mit Vincent Peyrolles zu tun. Ihre geschäftlichen Beziehungen waren höflich, mehr nicht.

»Ich bin davon überzeugt, daß unsere Berufe sich ergänzen sollten, Monsieur Desombre. Ich habe immer versucht, mit den Antiquitätenhändlern und sogar mit den Trödlern zusammenzuarbeiten. Einige Dinge gehören einfach nicht in ein Auktionshaus. Und andererseits ist es manchmal schade, besonders seltene Stücke nicht in eine Versteigerung zu geben …«

»Was aber die Preise des Marktes verfälscht«, sagte Gilbert gutmütig.

»Ich glaube, daß das Gesetz von Angebot und Nachfrage die Preise macht. Oh, das hier ist fantastisch … Wirklich wunderschön …«

Er stand vor einer Suppenschüssel aus der Manufaktur Veuve Perrin und schien die Gegenwart des Antiquitätenhändlers ganz vergessen zu haben. Er hob die Terrine unendlich vorsichtig hoch, untersuchte sie und stellte sie wieder zurück.

»Sie müssen eine handverlesene Klientel haben«, murmelte er.

»Viele Sammler«, erklärte Gilbert. »Ich kenne Gott und die Welt und mit der Zeit … Ich bin ein alter Arlesier …«

Robin unterbrach seinen Rundgang, um Gilbert durchzulassen.

»Ich weiß. Ich erinnere mich genau an Ihren Laden. Ich würde gerne zukünftig mit Ihnen zusammenarbeiten, aber dazu müßten wir uns erst kennenlernen, nicht wahr?«

Das war ein wenig zweideutig, aber Gilbert, der sich mit Andeutungen auskannte, blieb zurückhaltend.

Robin überlegte gerade, wie er die abweisende Mauer seines Gegenübers wohl zum Einsturz bringen konnte, als die Ladentür sich öffnete. Mit klingelnden Armreifen und nach Lavendel duftend, kam Isabelle herein. Robin erriet sofort, wer sie war, obwohl Mutter und Tochter sich nicht sehr ähnlich sahen. Doch etwas in der Haltung und das Lächeln verrieten es ihm. Isabelle war immer noch eine sehr schöne Frau, groß, schlank und mit ungewöhnlich sanften braunen Augen. Gilbert stellte sie vor, und Robin ergriff die günstige Gelegenheit beim Schopf.

»Ich habe am Dienstag Ihre Tochter bei einem Diner kennengelernt, bei Cécile Marchand. Ich bin entzückt, Ihre Bekanntschaft zu machen, Madame Valence.«

Der Nachdruck, mit dem er das vorbrachte, überraschte Isabelle ein wenig, und er beeilte sich hinzuzufügen:

»Natürlich bin ich seitdem Jordane verfallen, wie ganz Arles, nehme ich an …«

Isabelle fing schallend an zu lachen, und Robin erkannte den Klang wieder. Er wurde unsicher, lächelte ein wenig und wandte dann den Blick ab. Es tat ihr leid, ihn in Verlegenheit gebracht zu haben, und sie sah Gilbert fragend an. Der zog nur die Brauen hoch, war unentschlossen, dann schlug er vor:

»Warum trinken wir nicht ein Gläschen Champagner, um Ihre Rückkehr zu feiern, Monsieur Peyrolles?«

»Nennen Sie mich doch bitte Robin …«

Da Gilbert keinerlei Wert darauf legte, daß ein Fremder den Raum hinter dem Laden betrat, beeilte er sich, die Gläser selbst von dort zu holen. Isabelle nutzte das aus, um ein Gespräch in Gang zu bringen. Sie fand Robin sympathisch, ein wenig schüchtern, aber reizend. Die Männer, die beim Anblick ihrer Tochter dahinschmolzen, rührten sie immer. Sie dachte, daß der jüngste Peyrolles einiges vor sich hatte, wenn er Jordane verführen wollte. Deren erdrückende Persönlichkeit hatte schon ganz andere Bewerber entmutigt.

Sie stießen an und plauderten höflich über allgemeine Dinge, ließen sich jedoch nie aus den Augen. Robin gestand, daß er nach zehnjähriger Abwesenheit die alten Verbindungen wiederbeleben müsse. Es war so offensichtlich, was er wollte, daß Isabelle immer wieder lachen mußte. Endlich erfüllte sich seine Hoffnung, als sie ihm vorschlug, doch einmal auf Le Biloba vorbeizuschauen. Sofort nahm er ohne irgendwelche Bedenken an und versprach, gleich am nächsten Tag zu kommen.

Als er den Laden verlassen hatte, fing Isabelle an, sich über ihn zu mokieren, machte den armen Jungen nach und die Unschuldsmiene, die er aufgesetzt hatte, um eingeladen zu werden. Gilbert war froh, daß sie sich amüsierte, und ließ sie nicht aus den Augen. Mit ihrem ungezwungenen Lachen und ihrem Sinn für komische Situationen war sie wirklich wie für die Fröhlichkeit geschaffen, genau wie ihre jüngste Tochter.

»Wo möchtest du mittagessen?« fragte er in bedächtigem Ton.

»Auf jeden Fall im Schatten! Es ist furchtbar heiß draußen ...« Sie warf einen Blick in einen der alten Spiegel, steckte eine rebellische Haarsträhne zurück und fuhr sich mit der Zunge über die Lippen.

»Sei unbesorgt«, sagte Gilbert. »Du bist wunderschön ...«

Er ging zu ihr, legte ihr eine Hand auf die Schulter und betrachtete ihrer beider Spiegelbild. Er konnte nicht anders, als festzustellen, daß er mit seinem beginnenden Bauch nichts von einem Verführer hatte, daß sie viel zu gut für ihn war und daß er nicht die Mittel hatte, sie glücklich zu machen. Unwillkürlich seufzte er, und sofort legte sie spontan ihren Kopf auf seine Schulter.

Cécile saß in dem riesigen Wohnraum der Manade der Peyrolles und schmollte. Sie starrte vor sich hin, ohne auf die vielen ausgestopften Stierköpfe zu achten und die verschiedenen Gerätschaften – Hufeisen, Hacken und Piken –, die die Wände zierten. Ihr gefiel diese typisch camarguesische Art der Inneneinrichtung überhaupt nicht. Schon mehrfach hatte sie Pascal Vorschläge gemacht, wie er sein Bauernhaus wohnlicher machen könnte, aber er hatte immer nur gelacht.

Sie stand auf und ging zu dem großen Eßtisch aus Nußbaum, auf dem die Relikte der gestrigen Abendmahlzeit eintrockneten. Das Wachs war von den großen Leuchtern getropft, der Rest des Sorbets war in der Schüssel geschmolzen, und eine Fliege summte um eine Weinlache herum. Sie überlegte, ob sie es wohl schaffen würde, das alles aufzuräumen, ehe Pascal zurück war. Er hatte es allerdings nicht allzu gerne, wenn sie die Hausfrau bei ihm spielte – als ob er befürchtete, das gäbe ihr ein größeres Recht auf ihn.

Als sie vor einer Stunde unter der Dusche gestanden hatte, hatte sie ihn daran erinnert, daß er sie nach Arles zurückbringen sollte. Er hatte ihr gesagt, sie müsse sich etwas gedulden, weil er erst mit seinen Gardians die Tagesarbeit besprechen wollte. Und dann hatte er sie hier sitzenlassen, ohne ihr auch nur einen Kaffee anzubieten, ohne zu verbergen, daß er verstimmt war. Dabei hatte sie gestern abend noch angeboten, mit dem eigenen Wagen zur Manade herauszufahren, aber er hatte nicht darauf gehört.

Mit einem resignierten Seufzer begann sie, die schmutzigen Teller zu stapeln und in die Küche zu tragen. Auch dort herrschte völlige Unordnung. Pascal hatte darauf bestanden, selbst zu kochen, recht gut übrigens, und ihre Hilfe zurückgewiesen. Sie ließ Wasser in die Töpfe und Pfannen in der Spüle laufen. Wie der Wohnraum war auch die Küche für ihren Geschmack zu groß und finster, mit den alten nachgedunkelten Möbeln und den kleinen vorhanglosen Fenstern. Sie dachte daran, daß in diesem Haus eine weibliche Hand fehlte, und war augenblicklich weicher gestimmt. Schließlich hatte Pascal keine Mutter gehabt, niemand kümmerte sich um ihn, und er behalf sich so, wie es gerade ging.

Eine halbe Stunde später war alles aufgeräumt, und sie ging zufrieden in den Wohnraum zurück. Meistens verbot sie es sich, über die Zukunft nachzudenken, aber jetzt hatte sie nichts zu tun, und so ließ sie die Gedanken schweifen und begann, sich ein gemeinsames Leben mit Pascal auszumalen. Wenn Pascal sie nur an sich heranließe, dann könnte sie vielleicht seine Zurückhaltung überwinden. Sie versuchte sich einzureden, daß die Distanz, die er zu ihr hielt, nur ein Abwehrmechanismus war, kein Mangel an Liebe. Sie bückte sich, kramte in ihrer Tasche und nahm sich eine Zigarette. Sie würde zu ihren Terminen zu spät kommen. Seufzend ließ sie sich in das tiefe Sofa fallen. Hier hatte er sie gestern abend erst geküßt und dann ausgezogen, in seiner etwas brüsken Art und mit unbeteiligter Miene. Sie setzte sich mit einem Ruck auf, wie um die Erinnerung daran zu verscheuchen. Er machte sie verrückt; sie hatte noch nie zuvor einen Mann so begehrt.

Sie schluckte heftig. Nicht nur, weil sie sich schämte, hatte sie einen Kloß im Hals. Sie liebte Pascal mit einer Gefühlstiefe, die einzigartig war und die nicht erwidert wurde, wenn sie ehrlich war, müßte sie sich das eingestehen. Schniefend wischte sie sich mit einer wütenden Handbewegung die Augen mit einem Ärmel ab. Sie konnte hier doch nicht wie ein Dummchen anfangen zu heulen! Wenn er sie in Tränen aufgelöst hier vorfände, dann würde ihn das weit eher nerven als rühren, da war sie sich sicher.

Sie stand auf und begann, auf und ab zu gehen. Was machte er denn bloß, hatte er sie am Ende vergessen? Sie schrak auf, als sie die Tür gehen hörte. Es war nicht Pascal, sondern einer seiner Gardians. Zum Gruß zog er den Hut.

»Ich soll Sie nach Arles bringen, Mademoiselle. Der Chef hat zu tun …«

Verletzt und wütend schnappte sie sich ihre Tasche und folgte dem Mann schweigend nach draußen. Es war fast elf Uhr.

Wie vorherzusehen, hatte Alice sich selbst übertroffen. Sie hatte den ganzen Morgen damit verbracht, einen Aal-Eintopf und einen Kräuterschmorbraten zuzubereiten. Im Eßzimmer hatte sie festlich den Tisch gedeckt und dabei so getan, als wisse sie nicht, daß Isabelle fehlte, denn diese Abwesenheit fand sie unmöglich. Es war immer dasselbe, wenn Lionel kam. Sie verwöhnte ihren Sohn maßlos, er kam überall an erster Stelle, aber hinter diesem Gehabe verbarg sich noch etwas anderes. Sie hoffte heimlich, daß es ihrem Sohn auf Le Biloba so gut gefiele, daß er bleiben würde, daß er seine Frau zurückerobern würde und daß er ihr endlich die Enkelkinder schenken würde, von denen sie träumte. Sie war sich sicher, daß Jordane ihre unbezähmbare Unabhängigkeit ablegen würde, wenn sie erst einmal Mutter wäre, ihr unerträglich herrschsüchtiges Wesen und auch ihr unweibliches Auftreten. Alice glaubte ihrer Schwiegertochter nicht, daß es Lionel gewesen war, der keine Kinder gewollt hatte.

Seit dem allerersten Tag gefiel es der alten Dame auf Le Biloba. Das milde Klima hatte es ihr angetan, das Licht, die wunderbaren Gerüche, genau wie ihr großes Zimmer, die schattige Terrasse und das großartige Ebenmaß der Bastide. Da sie große Häuser und die Tradition liebte, hatte sie sich von Anfang an hier zu Hause gefühlt. Aber ihre Situation hier war unsicher. Was würde passieren, wenn Lionel und Jordane sich scheiden ließen? Daran mußte sie oft denken, und jeden Abend betete sie vor dem Einschlafen dafür, daß ihr Sohn endlich vernünftig würde. Ihr Mutterstolz hinderte sie, sich einzugestehen, daß es Jordane war, die nichts mehr von Lionel wissen wollte.

Nach dem Essen hatte Nora schweigend abgeräumt, und Jordane war in Richtung Pferdestall verschwunden. Alice hatte also einen Moment der Zweisamkeit mit ihrem Sohn genießen können. Sie hatte ihm einen extrastarken Kaffee gemacht, so wie er ihn mochte, und hatte sich besorgt über sein schlechtes Aussehen gezeigt. Lionel hatte das zwar lachend zurückgewiesen, aber er hatte zugeben müssen, daß es jetzt, Ende April, hier im Midi wie im Paradies war, während es in Paris ununterbrochen regnete.

Inzwischen hörte Lionel seiner Mutter nur noch mit einem Ohr zu. Aus dem Augenwinkel beobachtete er das Kommen und Gehen Jordanes. Auch wenn es noch zu früh war, um die Pferde zu reiten, hatte sie unzählige Dinge zu tun. Er sah sie eine Karre schieben, auf der sich Säcke mit Häcksel stapelten. Schon seit einiger Zeit nahm sie kein Stroh mehr, das war zu teuer. Er fragte sich, wie sie es machte, eine derartige Energie aufzubringen, noch dazu direkt nach dem Essen und in der heißen Sonne.

»Deine Frau gibt sich wirklich viel Mühe«, stellte Alice großzügig fest. »Aber das bringt alles nicht viel ein ...«

»Aber da war doch dieser Spanier, Carras hieß er, glaube ich. Er hat doch einen schönen Scheck ausgeschrieben, oder?«

»Ja, natürlich, aber das passiert viel zu selten. Ein Tropfen auf den heißen Stein. Weißt du, Lionel, in dieses Haus gehört ein Mann, jemand, der etwas vom Wirtschaften versteht.«

Wütend über die Ungeschicklichkeit seiner Mutter zuckte Lionel die Schultern.

»Ich bin weder Schäfer, noch kann ich reiten, noch verstehe ich etwas von Landwirtschaft!«

Was er nicht laut sagte, war, daß er hier wahrscheinlich gar nicht erwünscht war, das war das Schlimmste. Fünfzig Meter von der Terrasse entfernt, in der Nähe des Pferdestalls, erfrischte Jordane sich unter dem Wasserschlauch. Er hatte plötzlich Lust, zu ihr zu gehen, sie in den Arm zu nehmen, ihren Duft zu riechen.

»Du solltest wirklich besser auf deine Frau aufpassen.«

Zwischen zusammengebissenen Zähnen stieß Lionel, fast brutal, hervor:

»Sie ist eigentlich nicht mehr meine Frau, und das weißt du ganz genau.«

Alice ließ sich nicht aus der Ruhe bringen und tätschelte ihm die Hand.

»Alle Paare haben Krisen, das ist ganz normal. Aber auf die Entfernung könnt ihr euch nicht versöhnen. Du mußt einfach mal ein paar Tage hierbleiben und nicht immer nur zwischen zwei Fliegern mal kurz vorbeischauen.

»Ich habe zu arbeiten«, protestierte Lionel. »Ich muß schließlich meinen Lebensunterhalt verdienen.«

Er verschwieg, daß er Geld brauchte, weil das vermutlich eines der wenigen Mittel war, mit denen er Jordane unter Druck setzen konnte. Das war ein schäbiger Gedanke, und außerdem hatte er sich noch nicht als richtig erwiesen. Aber er war davon überzeugt, daß Jordane ihn eines Tages um Hilfe bitten würde.

»Mit wem trifft sie sich?« fragte er plötzlich. »Kommen irgendwelche Leute hierher?«

»Nein. Manchmal geht sie mit ihrer Freundin Cécile aus, aber die meisten Abende essen wir hier ganz ruhig zu viert … Sie steht früh auf und rackert sich ganz schön ab. Abends ist sie dann einfach müde, weißt du?«

Lionel stieß einen kurzen Seufzer der Erleichterung aus. Es wurde allerhöchste Zeit, daß er etwas unternahm. Diese Situation war ebenso anormal wie lächerlich. Er stand auf, zögerte kurz und verließ dann, ohne ein Wort zu sagen, die Terrasse. Er ging auf den Rover zu, der unter einem der Ginkgobäume geparkt war. Die Schlüssel steckten immer.

»Du willst mich also wirklich hinausdrängen?« fragte Vincent mit eisiger Stimme.

Die Fragen von Robin hatten ihn völlig aus der Fassung gebracht. Er hegte überhaupt keine zärtlichen Gefühle für seinen jüngeren Sohn und sah ihn erbarmungslos wie einen Fremden an. Seit er ihn an jenem Abend angerufen hatte, bedauerte er es. Es war ein schwacher Moment gewesen, er hatte Trübsinn geblasen, weil seine damalige Geliebte ihn verlassen hatte, Pascal nie Zeit für ihn hatte und weil er sich plötzlich allein gefühlt hatte.

»Dafür hast du mich schließlich kommen lassen«, erinnerte Robin ihn mit gedämpfter Stimme. »Du wolltest alles aufgeben, dich zurückziehen …«

»Ja, ja, das stimmt schon. Aber ich brauche Zeit, ich muß dir vieles erst erklären, du mußt noch zeigen, was du kannst …«

Es war immer noch das gleiche. Vor ein paar Jahren hatte er dieselben Argumente benutzt, um ihn loszuwerden.

»Ich glaube eigentlich, daß mir alles, was ich beruflich unternommen habe, sehr gut gelungen ist«, sagte Robin würdevoll.

Vincent sah ihn mißtrauisch an. Der junge, attraktive und gut erzogene Mann, der ihm da gegenübersaß, gefiel ihm nicht … Er war sein Sohn, und er war erfolgreich, aber er empfand trotzdem nichts als Gleichgültigkeit für ihn. Vielleicht sogar eine leichte Antipathie, denn er war seiner Mutter wie aus dem Gesicht geschnitten. Und diese Frau hatte eines Tages einfach ihre Koffer gepackt und war auf Nimmerwiedersehen verschwunden. Ohne eine Adresse dazulassen.

»Ich kann doch nicht ein, zwei Jahre Däumchen drehen und dir bei der Arbeit zusehen, Papa … Ich habe gekündigt und bin hierhergekommen, weil ich gedacht habe, du brauchst mich.«

»Hör mir bloß damit auf«, protestierte Vincent und verdrehte die Augen. »Diese wohlwollende Ich-meine-es-ja-nur-gut-mit-dir-Tour ist ja unerträglich!«

Erstaunt hob Robin den Kopf und sah seinen Vater an. Eine peinliche Stille machte sich breit. Jeder überlegte sich, wie verbittert der andere wohl über diesen Kuhhandel war, den sie da gemacht hatten.

»Ich bin dreißig und habe ausgezeichnete Ausgangsbedingungen ...« erklärte Robin. »Wenn ich hier überflüssig bin, dann mußt du es nur sagen. Jeder hat das Recht, seine Meinung zu ändern.«

Mit gemessenen Schritten durchquerte er den großen Salon und ging hinaus, ohne die Tür zuzuschlagen. Er hatte immer glauben wollen, daß sich hinter der bärbeißigen Art seines Vaters Zuneigung verbarg, aber langsam zweifelte er daran. All das, was er sich die ganze Zeit über mit Gewalt eingeredet hatte, war reiner Selbstbetrug. Als Kind hatte er es oft befürchtet: Vincent liebte nur Pascal und sich selbst. Pascal hatte nie beweisen müssen, was er konnte. Pascal hatte die Manade mit zwanzig Jahren bekommen. Vierhundert Hektar Camargue-Land, sechshundert Tiere, einen Hof in vorzüglichem Zustand: herzlichen Glückwunsch zum Geburtstag, Pascal. Um nicht neidisch auf den Bruder zu sein, um ihn nicht zu hassen, hatte Robin einiges an Selbstüberwindung aufbringen müssen. Er hatte sich immer wieder daran geklammert, daß Pascal sich ganz offensichtlich keinerlei Mühe gab, der Liebling des Vaters zu sein. Ganz im Gegenteil, er hatte den Vater immer vernachlässigt und hatte es sich nie nehmen lassen, ihm geradeheraus die Meinung zu sagen. Aber alles, was von Pascal kam, akzeptierte Vincent mit einem Lächeln. Als wohlwollender Beobachter und manchmal als Komplize hatte er ihn seine Fehler machen lassen oder sogar Dummheiten, die er bei Robin unverzüglich bestraft hatte. Sie hatten in einem merkwürdigen Dreiecksverhältnis gelebt. Vincent wollte die Liebe von Pascal und Robin die von Vincent. Am Ende hatten sie beide nichts bekommen.

Die Hitze auf der Straße überraschte Robin. In dem Stadthaus der Familie war es angenehm kühl. Schon im Frühling achtete der alte Diener darauf, die Läden und Fenster geschlossen zu halten. Träumerisch besah Robin sich die Fassade. Seine Jugend in Arles war nicht glücklich gewesen. Warum war er dann eigentlich so voller Hoffnung zurückgekehrt? Er warf einen Blick auf seine Uhr und stellte fest, daß es beinahe sechs Uhr nachmittags war, der ideale Zeitpunkt, um nach Le Biloba zu fahren. Diese Idee ließ ihn seinen Vater unverzüglich vergessen.

Er hielt bei einem Blumenladen an, verbrachte gute zehn Minuten damit, einen Strauß aus Rosen und Lilien zusammenzustellen, und machte sich dann, die Landkarte lag auseinandergefaltet auf dem Beifahrersitz, auf den Weg. Je näher er Le Biloba kam, desto heftiger spürte er eine unkontrollierbare Aufgeregtheit in sich hochsteigen. Er versuchte, sich zu beruhigen, sagte sich, daß Jordane ja vielleicht gar nicht da war, aber es half alles nichts. Als er bei der Bastide angelangt war, war er in der geistigen Verfassung eines verliebten Schülers.

Der erste Anblick, der sich ihm bot, war noch großartiger als erwartet. Jordane ritt Butaban, und selbst wenn man nicht in sie verliebt war, war das ein schönes Schauspiel. Hinter dem Andalusier mit seiner Reiterin zeichnete sich die Bastide, flankiert von den beiden Ginkgobäumen, vor einem kobaltblauen Himmel ab. Robin war sprachlos. Er kletterte unbeholfen aus dem Auto, zerdrückte den Blumenstrauß dabei und wäre beinahe über einen Baumstumpf gestolpert. Jordane winkte ihm fröhlich zu und ritt mit Butaban im versammelten Galopp direkt auf ihn zu.

»Ich weiß nicht, was ich sagen soll, Sie sind … hinreißend!«

Er hielt ihr die Blumen hin, und sie lachte schallend los.

»Behalten Sie die noch einen Moment, sonst sehe ich wie ein Reiter aus, der seine Ehrenrunde dreht.«

Amüsiert stieg sie vom Pferd, ging auf Robin zu und begrüßte ihn mit einem leichten Kuß auf die Wange.

»Ich bin gleich zurück. Ich bringe ihn rasch in den Stall …«

Und schon verschwand sie und ließ ihn zögernd und hilflos zurück. Glücklicherweise rief ihn jemand. Isabelle winkte ihm von der Terrasse aus. Bestimmt nahm sie die

Blumen an sich, stellte ihn Lionel und Nora vor und ging eine Vase holen. Lionel musterte Robin durchdringend. Er fragte sich, wie Alice auf die Idee gekommen war zu behaupten, hier käme nie jemand zu Besuch.

Als Jordane zu ihnen stieß, ging es Robin gleich wieder besser. Pascal hatte ihm von Lionel erzählt, diesem komischen Ehemann, der in achthundert Kilometer Entfernung in Paris lebte und von dem Jordane mehr oder weniger getrennt war. Für einen ewig Abwesenden, fand Robin, sah er reichlich eifersüchtig und besitzergreifend aus. Dafür wirkte Jordane aber ganz gleichgültig, das war ermutigend. Nora hielt, von Isabelle unterstützt, die Konversation aufrecht, während Jordane rauchte. Robin konnte gar nicht genug davon bekommen, sie anzusehen.

Etwa eine Stunde lang saßen sie so da und tranken eisgekühlten Rosé. Müde hatte Jordane sich in den schmiedeeisernen Stuhl zurückgelehnt und ließ ein Bein über die Armlehne baumeln. Von Zeit zu Zeit warf sie ihre widerspenstigen braunen, seidigen Locken zurück. Robin fragte sich, wann er sie endlich berühren dürfte. Er gab sich Mühe, ihren goldenen Blick so oft wie möglich aufzufangen, ihre Aufmerksamkeit auf sich zu ziehen und sie zum Lachen zu bringen.

Als er den Moment seines Aufbruchs nicht länger hinauszögern konnte, suchte er verzweifelt nach einem Weg, sie wiederzusehen. Ihm fiel ein, daß sein Bruder in zwei Tagen ein großes Fest gab, und er zögerte auch trotz der Gegenwart von Lionel nicht eine Sekunde, Jordane dazu einzuladen. Sie betrachtete ihn mit einem Lächeln und überlegte, daß es von einiger Unverfrorenheit zeugte, sie in Anwesenheit ihres Ehemanns zu behandeln, als wäre sie unverheiratet.

»Die Feste von Pascal? Sie haben wohl, seit Sie aus Arles weggegangen sind, vergessen, wie die sind. Ihr Bruder weiß, wie man feiert …«

Sie zeigte auf die Weinflasche im Eiskübel.

»Das sind immer ziemliche Gelage, nach dem, was Cécile mir erzählt. Aber ich komme gerne, das muß ich einfach mal gesehen haben.«

Mit einem Knall stellte Lionel sein Glas auf den Tisch. Er stand auf und verließ die Terrasse, ohne daß Jordane ihn auch nur eines Blickes würdigte. Robin hüstelte verlegen und stand ebenfalls auf. Jordane brachte ihn zu seinem Auto.

»Es tut mir sehr leid, wenn ich mich ungeschickt benommen habe«, sagte er und sah entzückt aus. »Ich hatte es so verstanden, daß … daß …«

Er wußte nicht, wie er es ausdrücken sollte, und sie zuckte die Schultern.

»Hat Cécile Ihnen das gesagt? Oder Pascal?«

Er begnügte sich damit zu nicken und spielte mit den Autoschlüsseln. Er hatte sich bei Gott und der Welt über sie erkundigt, jedermann ausgefragt.

»Übermorgen das Fest, das ist weit weg«, sagte er mit ernstem Gesichtsausdruck. »Soll ich Sie abholen kommen?«

»Sie sind zu wohlerzogen, *Monsieur* Peyrolles … Wir treffen uns direkt auf der Manade, ich weiß, wo sie ist. Um welche Uhrzeit?«

Statt ihr zu antworten, starrte er sie an. Plötzlich störte es sie beinahe, daß er sich offensichtlich so gar keine Mühe gab zu verbergen, wie sehr sie ihn anzog. Sie streckte die Hand aus, und er ergriff sie mechanisch.

»Um neun«, sagte er schnell, als hätte er Angst, sie könne es sich anders überlegen.

Lionel ging mit großen Schritten auf der Terrasse auf und ab und zeigte auf den Stuhl, auf dem Robin vorhin gesessen hatte.

»Und geglotzt hat er wie ein abgestochenes Kalb. Was ist

das denn eigentlich für ein merkwürdiger Typ. Wo kommt er her?«

»Aus dem Norden, hat Maman uns doch erzählt«, antwortete Jordane gähnend.

Auch wenn er wußte, daß er nicht das Recht hatte, wütend zu sein, gelang es Lionel schlecht, sich zu beherrschen.

»Natürlich, du hast schließlich alles, was es braucht, um die Typen zu fesseln, schöne *Arlésienne*, du brauchst sie nur zu ermutigen ...«

»Und warum sollte ich nicht?«

»Weil ich dich liebe.«

Der Satz hallte in der Stille der Nacht wider. Jordane schloß die Augen, sie wußte, wie eigensinnig Lionel sein konnte. Er war hinter ihr stehengeblieben und hatte ihr die Hände auf die Schultern gelegt.

»Diese Liebeserklärung ist zwar idiotisch, aber trotzdem die Wahrheit. Du bist die Frau, die ich liebe, trotz der Entfernung, trotz unserer Streitereien ...«

»Trotz deiner Affären?«

»Trotz allem, Jordane. Über alles.«

Seine Finger glitten in den Ausschnitt ihres Hemdes. Die Luft war mild, unzählige Sterne funkelten, und auf der Terrasse herrschte absolute Stille. Nur ein Windlicht am anderen Ende des Tisches bot den nächtlichen Insekten die Flamme seiner Kerzen an. Sie starben darin mit einem Zischen. Lionel streichelte mit leichten Bewegungen Jordanes seidige Haut. Zunächst war sie stocksteif geworden, aber er spürte, wie sie sich nach und nach entspannte.

»Wir haben nicht gut auf uns aufgepaßt ...«, flüsterte er. »Als du mich verlassen hast, dachte ich, daß du mich nicht mehr liebst. Ich wollte dich vergessen, einen Ersatz für dich finden, aber das kann ich nicht ... Immer wenn ich mit jemandem schlafe, denke ich dabei an dich ...«

Jetzt hatte er ihr Hemd aufgeknöpft, und Jordane erschauerte. Lionel kannte sie genau und wußte, wie er sie verführen konnte. Von ihm hatte sie alles gelernt, das vergaß sie nicht. Er nahm ihr Gesicht zwischen seine Hände und zwang sie, den Kopf in den Nacken zu legen. Er küßte sie lange und stand dabei immer noch über ihr.

»Du bist noch schöner als an dem Tag, an dem ich dich kennengelernt habe«, sagte er und trat ein wenig zurück.

Mit geschickten Griffen massierte er ihr die Schläfen und den Nacken und ließ sich Zeit.

»Du hattest natürlich recht, du kannst nirgendwo anders als hier leben, du bist ein Mädchen aus dem Midi, das hätte ich wissen müssen ...«

Er sprach, um den Zauber des Augenblicks nicht zu zerstören und damit das zustimmende Schweigen Jordanes andauerte. Er fragte sich, ob er hier weitermachen sollte, in der lauen Luft der Terrasse, ob seine Frau ihn bis zum Äußersten gehen ließe. Aber im ersten Stock ging ein Licht an und plötzlich fand er es unangenehm, unter den Fenstern von Isabelle und Alice zu bleiben.

»Komm ...«

Energisch zog er sie in Richtung Haus, hielt ihre Taille fest umschlungen und hinderte sie daran, ihr Hemd wieder zuzuknöpfen. Eng aneinandergeschmiegt stiegen sie in die zweite Etage hinauf. Er machte die Tür zu Jordanes Zimmer auf, hob sie mit beiden Armen hoch und trug sie bis in ihr Bett. Dann betrachtete er sie eine Zeitlang, bevor er ihr mit leiser Stimme gestand:

»Es ist so lange her, mein Liebling, und ich habe solche Lust auf dich ...«

Als er anfing, sich auszuziehen, streckte Jordane eine Hand nach der Nachttischlampe aus. Diffuses Licht breitete sich in dem großen, holzgetäfelten Raum aus.

»Lionel, wir sollten uns nichts vormachen«, fing sie an.

»Ich liebe dich, nichts könnte mehr der Wahrheit entsprechen!«

An seiner Aufrichtigkeit konnte kein Zweifel bestehen, aber sie fuhr unbarmherzig fort:

»Lionel, man kann aus Asche kein Feuer mehr machen.«

Er war nackt und zögerte, war verwirrt.

»Du ziehst mich an, ich empfinde viel Zärtlichkeit für dich, aber es ist nicht mehr wie früher. Ich meine ...«

»Sei still. Um diese Zeit sind die Worte ohne Bedeutung. Nicht mehr wie früher? Bist du ganz sicher?«

Das war ein kritischer Augenblick, und Lionel hätte um nichts in der Welt jetzt aufgegeben, so nah vorm Ziel. Er ignorierte, was sie gesagt hatte, setzte sich zu ihr, zog ihr die Shorts aus und begann, sie sanft zu streicheln. Als sie die Augen schloß und ihr ein Seufzer entwich, wußte er, daß er gewonnen hatte.

Zwei Stunden später ließ Lionel sich schwitzend auf seine Frau herabsinken. Er hatte sich so lange wie möglich zurückgehalten, hatte sie mehrfach zum Orgasmus gebracht, war der perfekte Liebhaber gewesen. Aber sie war unbeteiligt geblieben, fast so, als wäre sie weit weg. Umsonst hatte er darauf gewartet, daß sie sich gehen ließ und wieder zu der liebenden Frau wurde, an die er sich so genau erinnerte. Aber sie hatte nicht mehr diese Worte mit der rauhen Stimme gemurmelt, die ihn so verrückt machte, nicht diesen gebrochenen Blick wie aus flüssigem Gold gehabt. Sie hatte das Verlangen und die Lust mit ihm geteilt, sie hatte gestöhnt, sie hatte sich ihm ganz hingegeben, aber sie hatte ihn nicht geliebt.

Aufgewühlter und auch enttäuschter, als er gedacht hätte, fühlte Lionel sich um das Wesentliche betrogen. Er nahm sie in den Arm und fragte, mit dem Gesicht im Kopfkissen:

»Geht es dir gut?«

»Ja ... es stimmt schon, das tut gut!«

Sie war sich nicht bewußt, ihn verletzt zu haben, aber er setzte sich mit einem Ruck auf.

»Herzlichen Dank auch. Nur ein bißchen Entspannung war das also?«

Mit einem entschuldigenden Lächeln unterdrückte sie ein Gähnen.

»Ich hatte dich gewarnt, Lionel. Habe ich dir etwas vorgemacht? Du wolltest es doch unbedingt! Und außerdem hast du mir Lust gemacht. Wir Frauen sind ja schließlich auch nicht aus Stein, genau wie ihr Männer. Außerdem war es einfach zu lange her, daß ich mit jemandem geschlafen habe. Ich liebe dich zwar nicht mehr, aber ich betrüge dich nicht, während es bei dir genau andersherum ist ... Das Leben ist schon komisch!«

Wütend packte er sie bei den Schultern und schüttelte sie heftig.

»Du Hure!«

»Laß mich los!«

Sie wehrte sich, und er hatte Mühe, sie festzuhalten.

»Hör auf, mich zu bedrängen!« schrie Jordane. »Jedesmal, wenn du herkommst, schnüffelst du an mir herum wie ein Hund auf Freiersfüßen. Du hörst mir nicht zu, wenn ich dir etwas sage, weil du nur eins im Kopf hast, mit mir zu vögeln. Du liebst nicht mich, du großer Romantiker, du liebst meinen Arsch!«

Sie entwischte ihm, und er schlug sie ins Gesicht. Einen Augenblick lang blieb sie mit offenem Mund regungslos sitzen, dann gab sie ihm die Ohrfeige mit aller Kraft zurück. Ohne sich zu bewegen, saßen sie sich gegenüber und starrten sich an.

»Verzeih mir«, sagte er schließlich.

»Du mir auch ...«

Ein, zwei Minuten später senkte Lionel den Blick und fragte:

»Du liebst mich also nicht mehr?«

Sie gab ihm einen Schubs, so daß er sich ausstrecken mußte, und legte ihm den Kopf auf die Brust.

»Du bist schön, mein Liebling. Du bist … verführerisch. Und du bist ein guter Liebhaber.«

»Antworte mir, Jordane.«

»Nein«, flüsterte sie bedauernd. »Es tut mir schrecklich leid …«

Er fühlte sich unbeschreiblich unglücklich. Es kam ihm so vor, als hätte sie ihn verbrannt. Hastig suchte er nach etwas Tröstlichem, was auch immer.

»Ich wußte, daß wir uns streiten würden«, fügte sie hinzu. »Und das wollte ich nicht!«

»Und willst du dich scheiden lassen?« fragte er mit ausdrucksloser Stimme.

»Laß uns später darüber reden …«

Traurig sah Jordane, wie unglücklich er war. Sie hatte gedacht, daß Lionel sich von ihr genau wie sie von ihm gelöst hatte. Daß er nichts empfand außer einem ärgerlichen und ewigen Verlangen nach ihr. Aber er litt wirklich, mit kurzen Atemzügen und wie ein Embryo zusammengekrümmt.

»Warum hast du mir heute abend nachgegeben? Damit ich dir diesen Sydney vorstelle, meinen Freund aus dem Hotelwesen? Hast du wirklich geglaubt, daß ich dich erpressen würde? Hast du …«

»Ich hatte Lust, Lionel. So einfach ist das. Aber wenn dein Angebot noch gilt … diese Idee eines Hotels läßt mir keine Ruhe, weißt du.«

»Ich weiß. Wenn du dir etwas in den Kopf gesetzt hast … Ach, Jordane!«

Sie hörte den erstickten Schluchzer in der Stimme ihres Mannes. Seine Augen glänzten verdächtig, er war kurz davor zu weinen, aber er vergrub das Gesicht in seiner Armbeuge.

»Wir haben aneinander vorbeigelebt«, erklärte er.

Jordanes seidiger Schopf auf seinem Bauch ließ ihn

erschauern. Von neuem packte ihn das unschickliche Verlangen, und Jordane gelang es, ihn anzulächeln.

»Willst du hier schlafen?« schlug sie vor.

»Nein, aber ich möchte dir noch etwas geben, ehe ich dir gute Nacht wünsche.«

Er stand auf, drehte ihr den Rücken zu, zog sich die Jeans an und ging aus dem Zimmer. Sie hörte, wie er die Treppe auf Zehenspitzen hinunter- und wieder heraufging. Sie hatte sich nicht von der Stelle gerührt, als er sich wieder neben sie setzte.

»Heute Nachmittag habe ich ... na ja, ich dachte, daß alles nur ein Mißverständnis ist und daß wir wieder zusammenfinden könnten ...«

Zwischen den Fingern drehte und wendete er ein kleines Kästchen.

»Das habe ich in Arles für dich gefunden. Und weil ich es für dich ausgesucht habe, will ich es dir auch schenken ...«

»Aber Lionel, das hat keinen Sinn! Ist das Schmuck?«

Als sie sich noch über alles liebten, hatte Lionel sie manchmal so überrascht. Daher hatte sie eine ganze Anzahl von Armbändern und Ringen, die sie in einer Schatulle aufbewahrte, denn sie störten sie beim Reiten nur.

»Bitte«, insistierte er.

»Nach allem, was ich gerade zu dir gesagt habe?«

»Nimm es endlich!«

Er hatte das Kästchen auf ihr Bett geworfen, und sie mußte lachen.

»Du bist wirklich nicht gerade geduldig.«

»Was die Geduld angeht, mein Liebling, da nehmen wir uns nicht viel. Los, sieh es dir wenigstens an!«

Sie öffnete die Samtschachtel und nahm einen goldenen, diamantenbesetzten Anhänger in Pferdeform heraus.

»Du könntest ihn um den Hals tragen und hättest die Hände frei.«

Gerührt, wußte sie nicht, was sie sagen sollte. Es gefiel ihr, wenn man sich um sie kümmerte, auch wenn sie nicht wollte, daß Lionel derjenige war, der das tat.

»Danke …«, murmelte sie.

Er setzte sich auf und betrachtete Jordane mit gerunzelten Brauen.

»Deck dich zu, sonst vergewaltige ich dich noch.«

Mit einer Hand zog sie das Laken über sich hoch. Sie spürte den Schlafmangel und schenkte Lionel ein gleichermaßen liebevolles wie müdes Lächeln. Wenn er sich noch Illusionen gemacht haben sollte, jetzt hätte er sie endgültig verloren. Er beugte sich herab und machte die Nachttischlampe aus.

»Auf Wiedersehen, Jordane«, flüsterte er in die Dunkelheit.

3

Die Nacht mit Lionel hinterließ einen bitteren Nachgeschmack bei Jordane. Sie hatte bis jetzt eine andere Vorstellung von der Liebe gehabt. Ihr wurde klar, daß sie sich verändert hatte, reifer geworden war, und daß sie Lust verspüren konnte, ohne daß diese mit großen Gefühlen verbunden war.

Für Lionel empfand sie nicht mehr als eine gewisse, manchmal melancholische, manchmal mit Ärger vermischte Zärtlichkeit. Der, den sie noch vor wenigen Jahren für den Mann ihres Lebens gehalten hatte, war zu einer Art großem Bruder für sie geworden. Natürlich hatten die Enttäuschungen, die er ihr immer wieder bereitet hatte, wie kalte Duschen gewirkt. Als sie noch gemeinsam in Paris lebten, hatte sie ihn zehnmal, hundertmal um ein Kind gebeten. Sie wollte eine richtige Familie gründen, den Valences Erben schenken. Doch er schob es immer wieder hinaus, überredete sie, weiter die Pille zu nehmen, behauptete, sie hätten noch alle Zeit der Welt. Das war sein schwerster Fehler gewesen. Wenn Jordane damit beschäftigt gewesen wäre, Kinder großzuziehen, dann hätte sie die Tage in Paris nicht als endlos und langweilig empfunden. Und sie beide hätten sich, da sie sonst schon nichts gemeinsam hatten, vielleicht über die Wiege gebeugt wiedergefunden.

Aber all das waren nur Spekulationen, und es hatte wenig Sinn, über verschüttete Milch zu weinen. Heute konnte sie ihn kühl einschätzen. Er war ebenso attraktiv wie egoistisch, ein Arbeitstier und oberflächlich. Im Grunde wußte er nicht, was er im Leben erreichen wollte, und das fand sie unverzeihlich. Alle seine Vorhaben drehten sich um Geld, aber er hatte keine klaren Vorstellungen. Und hatte nicht auch seine wiedererwachte Leidenschaft letztlich mit einem tiefen Desinteresse an ihrer Person zu tun? Lionel, das verwöhnte Einzelkind, ertrug es nicht, sein Spielzeug weggenommen zu bekommen.

Jordane war zu müde von der täglichen Bürde, die auf ihren Schultern ruhte, um Zeit für Mitleid zu haben. Sie legte den Anhänger zu den anderen Schmuckstücken, fuhr einen schmollenden Lionel zum Flughafen und erinnerte ihn nicht ohne Zynismus daran, daß sie den Besuch dieses Sydney erwarte, denn für den habe sie ja gewissermaßen im voraus bezahlt. Lionel fand ihren schneidenden Humor nicht sehr angenehm, aber er versprach, alles in seiner Macht Stehende zu tun.

Wie üblich fuhr Jordane auf dem Rückweg bei Céciles Agentur vorbei. Sie fand sie in Kostenvoranschläge vertieft. An der Decke drehte sich langsam der Ventilator und fächerte ihnen kühle Luft zu. Ihre Freundin arbeitete wie eine Wahnsinnige wegen der Prozession von Les Saintes-Maries-de-la-Mer, die in drei Wochen, am 25. Mai, stattfinden sollte. Sie konnte sich zwischen zwei Fotografen nicht entscheiden und nannte Jordane die Namen. Aber die meinte nur, daß sie davon nichts verstünde und daß ihr Vater nur ein Amateurfotograf gewesen sei und nie über die Profis gesprochen hätte.

»Er hätte einen Beruf daraus machen sollen«, seufzte Jordane. »Ich glaube, er hatte Talent. Als ich sein Labor aufgeräumt habe, bin ich in dieser unbeschreiblichen Unordnung überall auf wunderbare Bilder gestoßen. Du solltest sie dir vielleicht irgendwann einmal ansehen.«

»Meinst du, daß deine Mutter etwas dagegen hätte, wenn

man ein paar davon verwenden würde?« Cécile machte einen interessierten Eindruck.

»Ich glaube, inzwischen wäre es ihr egal. Es gibt Vögel, Pferde, Stiere, die Sümpfe und Reisfelder, oft im Nebel … sehr poetisch.«

»Wo du doch nie weißt, wie du bis zum Monatsende kommen sollst, könntest du versuchen, ein paar davon zu verkaufen.«

Jordane entfuhr ein tiefer Seufzer:

»Wenn du wüßtest, wie satt ich es habe, von irgendwelchen Notlösungen zu leben. Die Schafwolle, Papas Fotos, demnächst wahrscheinlich der Schmuck, den ich von meinem lieben Ehemann habe! Und das alles immer nur, um die schlimmsten Löcher zu stopfen, nein …«

Beunruhigt setzte Cécile sich neben Jordane an das kleine Tischchen.

»Willst du einen Kaffee? Du wirkst abgekämpft.«

»Ach, ich habe nur gerade mal wieder die Nase voll, nicht weiter schlimm …«

Der Kaffee war zu stark, und sie zog eine Grimasse. Dann sah sie mit ihrem goldenen Blick Cécile direkt in die Augen.

»Ich habe eine Idee. Ich weiß noch nicht, ob sie etwas taugt, aber wenigstens wäre das eine große Sache und keine Flickschusterei mehr!«

»Willst du einen Reitstall in Le Biloba einrichten«, witzelte Cécile.

»Nein, ein Hotel.«

»Du machst Scherze.«

»Ganz im Gegenteil. Ein Luxushotel.«

»Jordane? Bist du verrückt geworden?«

»Wieso?«

Enttäuscht zuckte Jordane die Achseln. Sie hatte gehofft, daß Cécile, die sich für große Projekte begeistern konnte, ihren Enthusiasmus teilen würde.

»Halt, halt«, sagte Cécile. »Zieh nicht so ein Gesicht, sondern sag mir lieber eins: womit?«

»Mit einem Kredit. Eigentlich weiß ich es noch gar nicht, noch ist es nur so eine Idee. Aber es muß doch Spezialisten im Hotelgewerbe geben, die einen beraten können. Und übrigens wird Lionel mir schon bald einen vorstellen.«

Um Zeit zu gewinnen, goß Cécile langsam frischen Kaffee in die Tassen. Dann hob sie den Kopf und musterte ihre Freundin erstaunt.

»Eigentlich … alles in allem … aber du machst dir sicher noch gar keine Vorstellungen davon, was das voraussetzt …«

»Nein, noch nicht!«

Mit leuchtenden Augen lächelte Jordane. Schon immer beneidete Cécile sie um diese Fähigkeit, sich innerhalb von Sekunden zu erholen. Jordane stellte sich den Dingen stets, und die Momente, in denen sie aufgab, waren selten.

»Wird Lionel dir helfen?«

»Ach, Lionel …«

Cécile entging der leicht verächtliche Unterton nicht.

»Er soll mir nur diesen Fachmann vorstellen. Ich denke, er wird ihn ein Wochenende nach Le Biloba mitbringen.«

»Na, siehst du. Du kannst sagen, was du willst, er ist doch immer bereit, dir zu helfen.«

Obwohl die beiden getrennt lebten, war Cécile davon überzeugt, daß sie sich noch liebten, und fand es jammerschade, daß sie sich keine Chance gaben, wieder ein Paar zu werden. Sie fand, daß Lionel tausendmal liebevoller und aufmerksamer als Pascal war, und außerdem beeindruckte sein Status als Pariser sie. Jordane versuchte ein weiteres Mal ohne Umschweife, ihr diese Illusion zu nehmen.

»Du mußt ihn weder verteidigen noch bedauern. Mit Lionel ist es ein Geben und Nehmen.«

Cécile sah sie an und nickte dann.

»Dir liegt doch etwas schwer im Magen … Hast du mit ihm geschlafen? Sag? Na und? Er ist schließlich noch immer dein Mann! Außerdem ist er ein attraktiver Kerl, und er ist verrückt nach dir. Wo ist also das Problem?«

»Daß es eine wiederaufgewärmte Sache ist und deshalb ekelhaft. Ich gebe zu, daß es meine Schuld war. Plötzlich hatte ich Lust ...«

»Na Gott sei Dank, wenn wir in unserem Alter schon keine Lust mehr hätten, dann könnten wir ja gleich ins Kloster gehen.«

»Das meine ich nicht«, sagte Jordane sanft. »Aber ich hätte meine Laune lieber mit einem anderen ausleben sollen. Ich liebe Lionel nicht mehr. Verstehst du mich? Er ist wie ein Fremder für mich.«

»Wenn nur alle Tage solche Typen vorbeikämen, dann würde ich mein Leben auf der Türschwelle verbringen«, antwortete Cécile lachend.

»Ganz bestimmt nicht. Dir wäre das egal, du bist schon verliebt. Für dich gibt es nur Pascal. Er ist zwar nicht gerade der optimale Mann, aber trotzdem hast du Glück, denn diese Form von Herzklopfen ist etwas Wunderbares ...«

»Tu nicht so naiv!«

Cécile lächelte noch, aber sie lachte nicht mehr. Sie war sich nicht so sicher, daß sie Glück hatte, was Pascal betraf.

»Apropos, stimmt es, daß du morgen abend zu uns auf die Manade kommst? Daß Robin dich mitbringt?«

Durch die ereignisreiche Nacht mit Lionel hatte Jordane nicht mehr an Robins Einladung gedacht.

»Den hatte ich ganz vergessen.«

»Ich finde ihn süß, du etwa nicht? Warum lachst du so?«

Aber auch Cécile wurde von dem Lachen angesteckt und konnte nicht ernst bleiben.

»Na gut, er ist der Typ des schüchternen, aber hartnäckigen Verehrers. Es wäre untertrieben zu sagen, daß du ihm ins Auge stichst. Wie ist er an dich rangekommen?«

»Durch Maman.«

»Der geht aber ran. Paß auf, Jordane, in der Familie sind

sie ziemlich dickköpfig. Stell dir bloß vor, Jordane, wenn wir zwei die Brüder Peyrolles heiraten würden.«

Cécile machte Witze, an die sie nicht glaubte. Leider war Pascal alles andere als kurz davor zu heiraten.

»Robin Peyrolles interessiert mich momentan überhaupt nicht«, erklärte Jordane. »Aber ich muß wirklich ernsthaft daran denken, mich scheiden zu lassen.«

Mit einer resignierten Handbewegung stand sie auf.

»Inzwischen warten meine Pferde auf mich. Muß man sich schick machen für dieses Abendessen?«

»Keine Ahnung«, gestand Cécile. »Normalerweise geht es ziemlich ungezwungen zu.«

Es war ihr unangenehm, daß sie zugeben mußte, nicht auf dem laufenden zu sein, was Pascals Pläne und Vorstellungen betraf, und sie wurde wieder ernst. Jordane zog es vor, nicht nachzuhaken und umarmte sie liebevoll, ehe sie mit ihrem entschiedenen Schritt die Agentur wieder verließ. Cécile sah ihr träumerisch nach. Trotz all des Ärgers, den sie hatte, bewahrte Jordane sich ihre Fröhlichkeit und Unabhängigkeit, während sie selbst von Monat zu Monat an Schwung verlor. Ihre Beziehung mit Pascal sorgte für Aufregung, ohne sie glücklich zu machen. Sie dachte pausenlos an ihn, machte sich Gedanken um ihre Verabredungen, die er immer erst in letzter Minute traf, lebte ständig im Zweifel. Sie gab sich große Mühe, sich nicht aufzudrängen, um ihn nicht in die Enge zu treiben. Aber war das überhaupt der Punkt? War sie ihm nicht einfach nur vollkommen egal?

Langsam ging sie zurück an ihren Schreibtisch, aber es wollte ihr nicht gelingen, sich auf die Unterlagen zu konzentrieren. Sie liebte ihre Arbeit, aber sie interessierte sich immer weniger dafür. Und das alles wegen eines egoistischen oder gleichgültigen Mannes, der sie schmachten ließ und bei dem sie sich wieder wie ein kleines Mädchen vorkam.

Als das Telefon läutete, schreckte sie hoch und nahm es zittrig ab.

Am nächsten Abend verfuhr Jordane sich und kam eine halbe Stunde zu spät bei der Manade an. Sie konnte sich nicht mehr genau an den Weg erinnern, denn sie war ihn nur ein- oder zweimal im Leben gefahren. Das erste Mal war vor zehn Jahren mit ihrem Großvater anläßlich einer *ferrade* gewesen, dem großen Fest, bei dem die jungen Stiere gebrannt werden. Das zweite Mal mit Cécile in ihrem Auto in einer Winternacht. Der Motor des Rover war ihr mehrfach abgesoffen, als sie versucht hatte, in der Wagenspur zu wenden, und Jordane war äußerst genervt. Als sie an der Umzäunung des Hofes ankam, zwangen etwa zwanzig kreuz und quer geparkte Autos sie, hundert Meter vor dem Eingang zu halten. Sie stieg aus, knallte wütend die Tür zu und fuhr sich mit den Händen durch ihren braunen Lockenschopf, um wenigstens einen Anflug von Ordnung hineinzubringen. Sie trug einen schwarzen Faltenminirock, der ihre langen Beine gut zur Geltung brachte. Eine kurze, taillierte weiße Jacke öffnete sich über einem schwarzen T-Shirt.

»Was für eine traumhafte Erscheinung«, sagte Robins Stimme neben ihr.

Jordane drehte sich um und sah ihn. Er hatte sich an einen Zaun gelehnt.

»Ich hatte Angst, daß Sie nicht kommen würden, obwohl Cécile mir gesagt hat, daß Sie nie etwas vergessen.«

Es war mild, und die Nacht brach herein. Robin sah sie an wie eine Erscheinung.

»Ich bin überwältigt«, sagte er. »Unter diesen Umständen wird mir wohl nichts Geistreiches einfallen, am Ende werden Sie mich für einen Dummkopf halten, und das wäre ganz richtig.«

Jordanes Lachen hallte durch das Dämmerlicht, während Robin sie bei der Hand nahm.

»Kommen Sie, das Fest ist dort drüben ...«

Er führte sie durch die Autos hindurch, froh, daß er ihren Duft riechen durfte. Das Durcheinander von Stimmen und

Musikfetzen war immer deutlicher zu hören. Das gesamte Erdgeschoß des Bauernhauses war hell erleuchtet, und in der Tür zeichnete sich die Silhouette von Pascal ab.

»Sehr gut, jetzt sind wir vollständig. Wir haben Ihnen etwas Sangria aufgehoben, aber beeilen Sie sich ...«

Jordane schüttelte ihm die Hand, und er musterte sie von Kopf bis Fuß, ehe er beiseite trat, um sie hineinzulassen. Drinnen empfing sie fröhlicher Lärm, die Gäste redeten laut durcheinander, um die Gitarren zu übertönen. Drei Tische mit je fünfzehn Plätzen standen vor dem großen Kamin. An der rückwärtigen Wand saßen die Musiker auf Hockern, gegenüber vom Vorspeisenbuffet, das schon geplündert war. Männer liefen mit Platten zwischen der Küche und dem großen Raum hin und her.

»Haben Sie Ihre Gardians als Ober verkleidet?« fragte Jordane mit einem spöttischen Lächeln.

Pascal hielt ihr ein Glas hin und antwortete:

»Es sind schließlich meine Angestellten, ob nun zu Pferde oder am Herd.«

Seine Arroganz machte Jordane Lust, ihm eine schneidende Antwort zu geben, aber Robin hatte sie am Arm genommen und zog sie weiter.

»Hier gibt es noch ein paar kleine Köstlichkeiten, kommen Sie. Cécile winkt uns zu ...«

In der Tat kam die mit einem Teller in der Hand auf sie zu.

»Probier mal, das ist ein Gedicht!«

Jordane nahm ein kleines gegrilltes Würstchen und verschlang es mit einem Bissen.

»Wunderbar«, gab sie zu. »Hast du die gemacht?«

»Ich habe gar nichts gemacht, ich bin erst um acht Uhr hiergewesen.«

Das hieß, daß Pascal wieder einmal ohne sie ausgekommen war. Jordane lächelte Cécile komplizenhaft und liebevoll zu.

»Was ist das?«

»Pflaume mit rohem Schinken. Eine Delikatesse!«

Robin beobachtete Jordane und freute sich an ihrem Spaß am Essen, freute sich, daß sie an seiner Seite und so schön war.

»Ich habe einen Blick auf die Tischordnung geworfen, wir sind beieinander, mein Herz«, sagte Cécile und zwinkerte ihr zu.

»Na, ein Glück, daß dein Macho uns nicht getrennt hat«, gab Jordane zurück.

»Zu Tisch«, ertönte die Stimme Pascals direkt hinter ihr.

Verlegen drehte Jordane sich um. Sie wechselten einen kühlen, beinahe aggressiven Blick.

»Gott sei Dank«, erklärte sie höflich. »Ich komme um vor Hunger.«

»So spät, wie Sie gekommen sind, wundert mich das nicht.«

Cécile saß zwischen zwei Stühlen, deshalb hielt Jordane sich zurück und gab ihm keine Antwort. Sie sah Pascal nach, der sich entfernte und versuchte, seine Gäste zusammenzutreiben.

»Habe ich was Falsches gesagt?« fragte sie mit Unschuldsmiene. »Macho müßte ihm doch eigentlich ganz gut gefallen …«

»Sei so nett …«, fing Cécile an.

»In Ordnung. Ich werde die Stimmung nicht verderben, versprochen, ich frage mich nur, wie du ihn ertragen kannst. Gehen wir?«

Beunruhigt brachte Cécile sie zu einem der Tische. Wie geplant saßen die beiden Frauen sich gegenüber und Robin neben Jordane. Pascal kam und setzte sich zwischen Cécile und eine Blondine, die niemand kannte und die etwas dümmlich wirkte.

Die Gardians machten sich fröhlich zu schaffen und trugen dampfende Platten auf.

»Als ich noch klein war, liebte ich diesen Ort hier«, sagte Robin mit gedämpfter Stimme.

Das war an Jordane gerichtet gewesen, aber er sah den großen Kamin dabei an. Als er noch ein Kind war, war er selbstverständlich davon ausgegangen, daß er eines Tages hier leben würde.

»Trauern Sie dem nach?« fragte Jordane.

»Das würde doch nichts nützen! Nein, ich muß nur an all die schönen Dinge denken, die Pascal und ich hier erlebt haben.«

Und jetzt erlebte Pascal hier allein schöne Dinge, weil sein Vater es so beschlossen hatte. Robin wandte sich Jordane zu, die ihn anlächelte, und augenblicklich wich alle Melancholie von ihm.

»Es ist schön, daß Sie gekommen sind«, sagte er mit entwaffnender Direktheit.

Gegen ihren Willen rührte er Jordane, und sie sah ihn an. Er benahm sich wie ein Achtzehnjähriger, verbarg nichts und versuchte nicht zu taktieren. Sie wollte ihn gerade etwas fragen, als die Musiker einen Flamenco auf ihren Gitarren anstimmten. Alle Gäste drehten sich zu ihnen um und begannen in die Hände zu klatschen.

Zwei Stunden später war die Atmosphäre in dem Bauernhaus wie elektrisiert. Nach der Fischmousse mit Knoblauch und Sahne hatte es den unvermeidlichen Rindsbraten à la Gardian gegeben, butterweich und wunderbar gewürzt. Ein vollmundiger Rotwein aus dem Lirac war dem fruchtigen Rosé gefolgt. Die Musiker waren aus sich herausgegangen, wie nur Zigeuner es können, und hatten den Takt zur Musik mit dem Stiefelabsatz auf den Boden geschlagen. Zwischen den Gängen hatten einige Gäste versucht zu tanzen, aber keiner war in der Lage gewesen, dem Wahnsinnsrhythmus der Gitarren zu folgen. Jeder schrie in das Ohr seines Nachbarn, um sich verständlich zu machen.

Jordane hatte sich unter den liebevollen Blicken von Robin, der ihr jeden Wunsch von den Augen ablas, vollgestopft. Cécile war wohl die einzige, die sich langweilte, denn Pascal hatte sie vernachlässigt und es vorgezogen, zwischen den Tischen hin- und herzugehen und sich mit seinen Gästen zu unterhalten. Das dumme Blondchen war ein bißchen betrunken und folgte ihm auf Schritt und Tritt, ohne daß er sie beachtet hätte. Robin beugte sich zu Jordane und fragte sie, ob sie tanzen wolle. Sie schüttelte den Kopf, zeigte auf Cécile, und Robin folgte ihrem Wunsch.

Die Gardians räumten vergnügt und gründlich die Tische ab und bahnten sich, die schweren Platten über den Kopf gehoben, ihren Weg durch die Tanzenden. Jordane schlang noch ein paar Stück Krokant und etwas Mandelkonfekt herunter, dann zündete sie sich eine Zigarette an. Robin war so aufmerksam gewesen, daß sie nicht groß auf die Leute um sie herum geachtet hatte. Ein paar kannte sie vom Sehen, aber die meisten waren ihr unbekannt. Sie fragte sich, warum sie so wenig ausging. Es war ein Fehler, all ihre Abende mit Mutter, Schwiegermutter und Schwester zu verbringen. Die Stimmung auf diesem Fest gefiel ihr und versetzte sie in gute Laune.

»Hat Ihr edler Ritter Sie im Stich gelassen?«

Pascal hatte sich auf den leeren Stuhl neben sie fallen lassen.

»Er hat sich geopfert. Cécile hat sich ein wenig gelangweilt ...«

»Cécile langweilt sich immer«, sagte Pascal völlig ungerechtfertigterweise. »Und Sie?«

»Es ist ein wunderbares Fest.«

Das war ihr Ernst, und er lächelte. Für einen Moment sah er Robin ein wenig ähnlich.

»Wenn der Flamenco Ihnen keine Angst macht, dann kommen Sie.«

Ohne ihre Antwort abzuwarten, nahm er sie bei der

Hand. Jordane hatte seit Jahren nicht getanzt, stand aber trotzdem auf und folgte ihm.

»Ich habe keine Ahnung, was ich dabei machen muß«, warnte sie ihn.

»Nichts. Das ist kein Tanz, das ist viel lustiger. Fangen Sie an, in die Hände zu klatschen, der Rest kommt dann von allein …«

Jordane folgte seinem Rat und ließ sich treiben, bewegte sich im Rhythmus der Akkorde. Sie war von Natur aus graziös und ohne Komplexe. Sie warf den Kopf in den Nacken und die braunen Locken fielen ihr auf den Rücken, ihr Faltenrock begann zu schwingen. Ein wenig benommen von dem Krach und dem Wein schloß sie die Augen, um sich auf die Musik zu konzentrieren. Als das Stück zu Ende war, hörte sie überrascht, wie die Menschen um sie herum applaudierten.

»Wie eine echte Zigeunerin!« lobte Pascal und brachte sie an ihren Tisch zurück.

Die Blondine stellte sich ihnen in den Weg und schnappte sich energisch Pascal, während Jordane sich wieder setzte. Ihr war heiß, und sie war ganz außer Atem. Robin brachte ihr etwas zu trinken und ließ sie nicht aus den Augen. Die Musiker spielten jetzt eine langsame, traurige und schmerzliche Sevillana. Das Licht wurde gelöscht, und die Gardians stellten Kerzen in schmiedeeisernen Ständern auf die Tische. Jordane beobachtete die Tänzer, wie sie sich im Halbdunkel bewegten. Die Blondine hing an Pascals Hals, und Cécile schmollte in den Armen eines älteren Herrn. Robin nahm ihre Hand zwischen die seinen.

»Ich bin hoffnungslos verliebt in Sie«, sagte er.

Sie sah ihm mit ihrem goldenen Blick in die Augen. Seine Liebeserklärung überraschte sie nicht, und sie war ihr auch nicht ganz gleichgültig. Er sah so nervös aus, daß sie ein Lächeln zustandebrachte.

»Das geht mir zu schnell«, sagte sie schlicht. »Wie wär's, wenn wir uns erstmal duzen? Einverstanden?«

Die dürren Gitarrenakkorde hallten in dem riesigen Raum wider und verbreiteten eine sehnsüchtig-melancholische Stimmung.

»Und wieviele Schluchzer um ein Zigeunerlied«, zitierte Robin feierlich.

Jordane schüttelte den Kopf und benutzte die Gelegenheit, um ihre Hand zurückzuziehen.

»Nein, Zorn, Stolz, Wanderschaft, aber Schluchzer kennen die Zigeuner nicht, das weißt du doch ... Uns macht diese Musik traurig, sie nicht.«

Sie sah demonstrativ auf die Uhr.

»Ich werde nach Hause fahren«, beschloß sie.

Er versuchte gar nicht erst, sie zum Bleiben zu bewegen, denn er wußte, daß das nichts nützen würde. Die Nachtluft draußen war kühl. Jordane seufzte, zog ihre Jacke an und sah zu den Sternen auf. Eine Tür knallte hinter ihnen zu, und sie schreckten hoch.

»Ich gehe auch!« rief Cécile ihnen zu.

Sie war an ihnen vorbeigelaufen, ohne stehenzubleiben, und hastete auf die Autos zu. Jordane drehte sich rasch Robin zu.

»Da stimmt was nicht, ich muß mich kümmern. Bis bald, Robin, und danke ...«

Sie ließ ihm keine Zeit zu reagieren, gab ihm einen leichten Kuß auf die Wange und rannte los. Sie holte Cécile ein, als sie gerade losfahren wollte.

»Habt ihr euch gestritten?«

Dicke Tränen rollten über die Wangen ihrer Freundin. Jordane beugte sich über sie und stellte den Motor ab.

»Warte doch mal ...«

Sie ging in die Hocke, um auf einer Höhe mit Cécile zu sein, die schluchzend mit dem Kopf auf dem Steuerrad lag.

»Er sieht mich nicht einmal an ... Ich existiere gar

nicht … Ich hätte nackt auf den Tischen tanzen können oder überhaupt nicht kommen – er hätte es nicht gemerkt!«

Voller Mitleid strich Jordane ihr sanft übers Haar.

»Liebst du ihn denn so sehr?«

Cécile warf sich nach hinten, lehnte sich an und seufzte tief.

»Ich bin einfach krank, Jordane, krank … Ich schäme mich ja, aber ich kann nichts dagegen tun …«

»Soll ich dich nach Hause bringen?«

»Nein, ich kann schon fahren, mach dir keine Sorgen …«

Sie war wieder ruhiger geworden und brachte sogar so etwas wie ein Lächeln zustande.

»Wir sehen uns morgen?«

Jordane verstand, daß sie fliehen wollte, weg von dem Ort ihrer Demütigung und Verzweiflung.

»Sei vorsichtig«, murmelte sie und stand auf.

Cécile streckte die Hand aus, um die Autotür zu schließen, und warf noch einen Blick auf Jordane.

»Kannst du mir verraten«, murmelte sie, »warum wir beide heute abend allein nach Hause gehen. Sind wir denn so häßlich?«

Auch wenn das ein Scherz sein sollte, lag doch eine ungeheure Bitterkeit in ihrer Bemerkung. Sie fuhr mit quietschenden Reifen los. Jordane blieb noch einen Moment stehen, dann machte sie sich in der Dunkelheit auf die Suche nach ihrem Rover.

Nachdem er dem letzten Gardian die Hand geschüttelt hatte, schloß Pascal die Küchentür. Über der Manade graute der Morgen. Robin warf mit einem Seufzer seinen Lappen auf den Tisch.

»Jetzt ist, glaube ich, alles wieder sauber …«

Erstaunt darüber, daß sein Bruder gemeinsam mit den

Angestellten den Abwasch machte, hatte er seine Hilfe angeboten.

»Es war wirklich wunderbar, du weißt, wie man Feste feiert!« fügte er hinzu.

Pascal zuckte gleichgültig die Achseln und setzte Kaffee auf. Robin nahm auf einem der Hocker Platz. Sein Blick glitt über die Wände, und er machte ein Spiel daraus, die Möbel und vertrauten Gegenstände wiederzuerkennen.

»Du hast nichts verändert …«

»Nein. Es war sehr schön, so wie es war.«

»Wieviele Männer hast du hier?«

»Sieben.«

»Und die kannst du alle bezahlen?«

»Selbstverständlich. Um meiner schönen Augen willen sind sie bestimmt nicht hier … Warum fragst du mich das alles. Red nicht um den heißen Brei herum, alter Junge …«

Sie beobachteten sich einen Moment lang, erst dann rückte Robin mit der Antwort heraus.

»Ich werfe dir nichts vor.«

»Nein, du nicht, aber dein Gesichtsausdruck!«

Kaffeeduft durchzog die Küche. Robin öffnete einen Geschirrschrank und holte zwei Tassen heraus.

»Du täuschst dich, Pascal. Ich will keine Rechnung begleichen.«

Da er nicht wußte, was für ein Verhalten er an den Tag legen sollte, zögerte Pascal, dann setzte er sich ihm gegenüber. Äußerlich hatten sie nicht viel gemeinsam. Pascal war größer und athletischer gebaut als Robin, sein Gesicht war härter und die Augen heller, fast zu hell, was ihnen oft einen seltsamen Ausdruck verlieh, der schwer zu durchschauen war. Er hatte weder Robins unwiderstehliches jugendliches Lächeln noch dessen Weichheit.

»Willst du ein paar Tage hierbleiben?« fragte er schließlich. »Du bist hier zu Hause …«

»Davon bin ich nicht sehr überzeugt. Genausowenig wie

in Arles übrigens. Ich komme mir bei den Peyrolles wirklich überflüssig vor. Papa und du …«

»Wirf mich nicht in einen Topf mit diesem alten Mistkerl!«

Vor Verblüffung blieb Robin der Mund offenstehen. Er war überzeugt gewesen, daß sein Vater und sein Bruder sich aufs beste verstanden.

»Wenn ich sage, daß du hier zu Hause bist, dann ist das keine Höflichkeitsfloskel. Dein Zimmer habe ich nicht angerührt, dein Dart-Spiel hängt noch immer an der Wand. Es ist dein Zimmer, und du kannst es immer benutzen. Ich gebe dir gerne einen Schlüsselbund, aber die Türen sind nie abgesperrt.«

»Seid ihr zerstritten, Papa und du?« fragte Robin vorsichtig.

»Zerstritten? Komische Vorstellung. Ich sehe ihn nicht sehr oft. Theoretisch sollte ich einmal pro Woche in der Stadt mit ihm essen, aber praktisch passiert das seltener. Er nervt mich. Er hat immer nur an sich gedacht.«

»Und an dich«, erinnerte Robin ihn ruhig.

»Ja, viel zu sehr«, gab Pascal zu.

Er warf vier Stück Zucker in seine Kaffeetasse und lächelte seinen jüngeren Bruder dann offen an.

»Zieh nicht so ein Gesicht. Wie lange hast du nicht mehr auf einem Pferd gesessen?«

»Seit zehn Jahren.«

Amüsiert pfiff Pascal durch die Zähne. Er trank seinen Kaffee aus und erklärte dann:

»Na gut, also werde ich dir eins aussuchen, das kreuzbrav ist. Kommst du mit?«

»Wohin?«

»Durchs Wasser galoppieren, damit du wach wirst. Los, gehen wir.«

Robin folgte Pascal nur zu gern. Die Pferde würden ihn an Jordane erinnern, da war er sich sicher. Und auch an wunderbare Tage seiner Jugend. Als er zwölf Jahre alt war, hatte er seinen großen Bruder bedingungslos bewundert. Zusammen hatten sie alle Dummheiten der Welt gemacht und so vieles geteilt. Dann hatte das Leben sie voneinander entfernt. Das Leben und das Verhalten ihres Vaters. Dadurch hatte Robin aufgehört, Pascal mit verklärtem Blick zu sehen.

Ein kühler Wind ließ sie erschauern, als sie zum Pferdestall liefen. Robin ging mit dem Gefühl hinein, ein verlorenes Königreich wiederzufinden. Beim Satteln und Aufzäumen des Camargue-Pferdes, das Pascal ihm zugewiesen hatte, fielen ihm die dazugehörigen Bewegungen wieder ein. Dann ritten sie Seite an Seite den Weg entlang, in Richtung Meer.

Gilbert betrachtete die Zinnfiguren, die auf einem schmutzigen Tuch am Boden des Weidenkorbs lagen. Django war sich des Wertes seiner Ware wohl bewußt und trug ein zufriedenes Lächeln zur Schau. Der Antiquitätenhändler nahm einen der Gegenstände und drehte ihn in den Händen. Er entdeckte schließlich den Stempel, studierte ihn und nickte dann mehrmals mit dem Kopf. Das waren rare Stücke von ungewöhnlich guter Qualität, aber zweifellos leicht wiederzuerkennen. Er wollte der Sache nicht weiter auf den Grund gehen und erklärte deshalb nur:

»Schöne Dinge. Aber etwas auffällig …«

Django verstand die Anspielung und setzte sofort eine Unschuldsmiene auf. Die meisten Zigeuner waren von Zinnfiguren magisch angezogen, während Bronzen sie nicht interessierten. Gilbert machte sich keine Illusionen über die Herkunft des Stückes, das er in der Hand hielt. Es war Diebesgut, nicht mehr und nicht weniger. Aber seitdem Django ihm triumphierend seine kleinen Beutestücke brachte, hatte Gilbert sich einen Kundenkreis aufgebaut, der immer mehr verlangte. Ein Teufelskreis, in den er da geraten war, und es war schwieriger auszubrechen, wenn man Geld brauchte.

»Fünftausend für alles«, entschied Gilbert.

Django zögerte kurz, dann nickte er. Gilbert zog ein Bündel Scheine aus der Tasche. Wie alle Antiquitätenhändler hatte er immer reichlich Bargeld bei sich, falls er auf eine günstige Gelegenheit stieß, vor allem wenn er die kleinen Bergdörfer der Alpilles abklapperte. Nur dann freute er sich über sein Bäuchlein, denn es gewann ihm das Vertrauen seines Gegenübers. Gilbert wußte, wie man mit der Landbevölkerung reden mußte und wie man ihnen »half, die alten Möbel loszuwerden«.

Django zählte nach und ließ sich Zeit. Kopfrechnen war nicht gerade seine Stärke, und sicherlich konnte er nicht schreiben. Aber deshalb konnte man ihn noch lange nicht hereinlegen. Django war nur ein Glied in der gut organisierten Diebesbanden-Kette der Zigeuner, das wußte Gilbert aus Erfahrung. Er ließ den Alten auf die Seitengasse hinaus und schloß die Tür sorgfältig zu. Er war zu einer Entscheidung gelangt und wollte die Zinnfiguren möglichst nicht in seinem Laden aufbewahren, noch nicht einmal im Hinterzimmer. Er ging ins Geschäft zurück, holte die Kundenkartei hervor und suchte einen Namen heraus. Die Transaktion spielte sich in wenigen Minuten am Telefon ab. Als er wieder aufhängte, stieß er einen tiefen Seufzer aus. Schon heute abend würde man ihn von den kompromittierenden Statuen befreien. Und schon fragte er sich, wohin er Isabelle einladen könnte, um das gute Geschäft zu feiern.

Es machte ihn ganz fröhlich, an sie zu denken. Er runzelte die Brauen und besah sich die Dose mit kandierten Früchten, die offen auf dem Schreibtisch stand. Er streckte eine Hand aus, um den Deckel zu schließen, doch dann warf er das Ganze energisch in den Papierkorb.

Jordane blieb in der Halle stehen. Die Melodie, die aus dem kleinen Musiksalon drang, in dem Nora gern komponierte, klang gar nicht wie das, was ihre Schwester für gewöhnlich spielte. In der Melodie schwang etwas Fröhliches, ja fast Humoristisches mit. Sie schlich zu der offenstehenden Tür und lauschte noch einen Moment, bevor sie hineinging. Nora hörte auf zu spielen, eine Hand auf der Tastatur.

»Nein, mach bitte weiter, es gefällt mir … Ist es von dir?«

»Von mir und von heute morgen«, bestätigte Nora. »Ich glaube, ich werde es aufschreiben, ehe ich es wieder vergesse«, sagte sie und griff nach einem Notenblatt, das auf dem Ständer vor ihr lag. »Ich habe dir wunderbare Neuigkeiten zu überbringen …«

Überrascht ging Jordane zu dem Klavier und setzte sich neben ihre Schwester auf den Hocker.

»Was für Neuigkeiten? Welcher Art?«

»Von der Art, die reich macht. Ich habe mit Monsieur Wolf telefoniert … Du weißt schon, wegen der Blumen … Er ist schwer zu erreichen und noch schwerer zu überzeugen. Er hätte wohl lieber Jasmin aus Grasse gehabt, aber ich habe ihm trotzdem unsere nächste Ernte verkauft.«

Es war eine Freude, Noras triumphierenden Gesichtsausdruck zu sehen. Sie hatte sich bis jetzt noch nie mit Geschäften befaßt. Sie schlug einen fröhlichen Akkord an, der Jordane zusammenfahren ließ.

»Verkauft, und er kümmert sich um alles. Es ist kein Vermögen, aber eine Sorge weniger!«

Sie legte ihrer Schwester den Kopf auf die Schulter und fügte hinzu:

»Du riechst nach Pferd, den Geruch liebe ich …«

»Wieviel?« fragte Jordane lächelnd.

»Auf deinem Schreibtisch, neben dem Telefon, liegt der Zettel. Siehst du, wenn du mir etwas anvertraust, schaffe ich es sehr wohl.«

»Ja, mein Herz …«

»Ich könnte dir noch mehr helfen, wenn du etwas von deinen Aufgaben delegieren würdest!«

Nora lächelte stolz vor sich hin. Sie warf Jordane einen Blick zu und fügte dann hinzu:

»Und jetzt müssen wir nie mehr davon reden, hier ein Hotel einzurichten.«

Jordane stützte sich mit den Ellenbogen auf das Klavier, um Nora ins Gesicht zu sehen. Die Diskussion drohte hart zu werden.

»Das Hotel ist doch nicht das Ende.«

»Nein?« schrie Nora außer sich vor Wut. »Und was ist dann das Ende, wenn nicht das?«

»Zu verkaufen!«

»Aber sieh doch, alles läuft bestens. Du hast die Pferde verkauft, ich die Blumen und …«

»Und warum nicht auch noch Postkarten, nicht wahr? Nora, ich zähle inzwischen jeden Kerzenstummel hier. Ich habe beschlossen, wieder das Ganze zu sehen und alles zu ändern.«

»Du hast beschlossen! Du bist nicht allein hier, du mußt dich auch danach richten, was Maman und ich wollen. Le Biloba gehört dir nicht!«

»Nein, aber ich halte es am Laufen, was auch immer man sagen will, und ihr wartet darauf, daß ich die Probleme löse. Bitte schön, das wäre eine Lösung.«

»Das ist absurd! Ich will nicht! Ich WILL nicht!«

Zitternd vor Zorn war sie aufgestanden, Jordane stellte fest, daß ihre Schwester schön war, wenn ihre Züge sich belebten und sie diesen resignierten Gesichtsausdruck ablegte.

»Aber ich. Ich will wissen, ob es möglich ist, und ich werde mich erkundigen. Wenn jemand mir überzeugend vorführt, daß Le Biloba als Luxushotel rentabel wäre, hänge ich noch am selben Tag das Schild auf. Was wäre so schlimm daran?«

»Fremde, die überall ihre Nase hineinstecken! Die mit den Fingern schnippen und sich in unseren Räumen herumfläzen. Bist du wahnsinnig geworden? Wenn Großvater das hören könnte, dann würde er sich im Grab umdrehen!«

Da Nora beschlossen hatte, Schläge, die unter die Gürtellinie gingen, auszuteilen, hatte Jordane keine Bedenken, Kontra zu geben.

»Er würde sich im Grab umdrehen, wenn ich deine nächste Operation nicht bezahlen könnte.«

Ihre Schwester knallte den Deckel des Klaviers so heftig zu, daß alle Saiten dumpf nachklangen.

»Ich bin ein wahrer Klotz am Bein, nicht? Du hast schon dein Kreuz mit mir zu tragen! Und dein Scheiß-Hotel wirst du hier einrichten und behaupten, es sei nur zu meinem Besten!«

Sie hatte so laut geschrien, daß Alice aus ihrer Küche herausgekommen war und verwirrt in der Tür stand.

»Hotel? Was für ein Hotel? Worüber streitet ihr euch?«

Völlig außer sich ging Nora an Alice vorbei und warf ihr nur ein »Kümmern Sie sich um Ihre eigenen Angelegenheiten!« zu.

Ihre unregelmäßigen Schritte hallten auf den Fliesen der Diele nach, und Alice warf Jordane einen fragenden Blick zu.

»Könnten Sie mir erklären, was hier los ist?«

»Ja, das kann ich«, sagte Jordane müde, »aber nicht jetzt.«

»Ist es wegen der Blumen?« insistierte Alice.

»Keineswegs ...«

»Nora war nämlich sehr stolz, daß sie sie verkauft hat, wissen Sie! Sie wollte Sie damit überraschen! Dieser Monsieur Wolf, der kommt von Lionel, nicht wahr. Da hat er uns einen großen Dienst erwiesen. Nicht weil er mein Sohn ist, aber Sie sollten anerkennen ...«

»Könnten Sie bitte aufhören, Alice?«

Es war das erste Mal, daß Jordane sich ihrer Schwiegermutter offen widersetzte. Aber sie hatte ohne Anmaßung gesprochen, denn das »uns«, das Alice benutzt hatte und das zeigte, daß sie sich ganz Le Biloba zugehörig fühlte, hatte Jordane nicht überhört.

»Wo ist meine Mutter?«

»Im Wirtschaftsraum. Sie poliert gerade eine ihrer Scheußlichkeiten …«

Nun ging Jordane an Alice vorbei, die sich nicht von der Stelle gerührt hatte. Sie ging in den Wirtschaftsraum und schreckte dort Isabelle hoch, die verliebt mit einem Wolllumpen an einer Petroleumlampe in erbärmlichem Zustand herumrieb.

»Maman, wir müssen uns unterhalten«, fing sie an.

Isabelle hob die samtigen Augen zu ihrer Tochter empor und lächelte sie an.

»Du klingst aber sehr feierlich, mein Herz! Hast du dieses kleine Prachtstück gesehn? Es stand seit Jahrzehnten bei Sempion in seiner Schäferhütte. Ich habe ihm im Supermarkt eine neue gekauft, und er war selig! Aber diese hier ist ganz aus Kupfer, und wenn ich sie erst einmal gründlich geputzt habe … Oh, ehe ich es vergesse, Lionel hat heute morgen angerufen, er läßt dir ausrichten, daß er mit der Freitagsmaschine und mit einem seiner Freunde kommt, an dessen Namen ich mich jetzt nicht mehr erinnern kann …«

»Sydney?« fragte Jordane lebhaft.

»Genau. Sydney, wie dieser schwarze amerikanische Schauspieler …«

Jordane ging zu ihrer Mutter, nahm ihr den Lappen weg und verschloß die Flasche mit dem Putzmittel. Sie setzte sich auf den Tisch und atmete tief durch, ehe sie loslegte.

Butaban kam die Allee im gestreckten Galopp entlang und wechselte alle zwei Sprünge die Hand. Es sah aus, als ob er tanzte, so sehr schien ihm diese schwierige Übung zu gefallen. Seine runde und muskulöse Kruppe glänzte im Sonnenschein, die lange Mähne zeichnete die weichen Bewegungen seines Halses nach. Auf Höhe des Briefkastens ließ Jordane ihn stehenbleiben und beugte sich ein wenig hinab, um die Post herauszunehmen. Nichts als Rechnungen, bis auf einen Umschlag, der ihre Aufmerksamkeit erregte. Darauf stand ihr Name, in schönen, regelmäßigen Zügen aus blauer Tinte. Neugierig geworden, riß sie den Brief mit den Zähnen auf und überflog die beiden Seiten. Sie brach in ein fröhliches Gelächter aus, das Butaban zum Stolpern brachte. Noch einmal und diesmal langsamer las sie die unglaubliche Liebeserklärung von Robin Peyrolles, dann stopfte sie den Brief in eine Tasche ihrer Jeans.

Was für ein seltsamer Morgen, erst Noras Wutausbruch, dann die überraschende Gleichgültigkeit von Isabelle und jetzt die verrückte Romantisiererei von Robin. In aller Ruhe rieb sie Butaban ab, dem zu heiß geworden war.

»Es stimmt schon, du bist schön, du Miststück …«, sagte sie zärtlich und schloß die Tür zur Box.

Nein, sie wollte weder die Zucht noch Le Biloba verlieren. Offenbar verstand ihre Mutter ihren Standpunkt, sie hatte zwar beim Gedanken an ein Hotel eine Grimasse gezogen, aber sie hatte nicht protestiert. Jordane fragte sich manchmal, was Isabelle überhaupt noch berührte. Seit dem Tod von Hugues hatte sie sich so eine oberflächliche Art zugelegt, aber Jordane war überzeugt, daß sie sich in diese Rolle nur geflüchtet hatte, um sich zu schützen.

Sie ging aus dem Pferdestall, setzte sich unter einen der Ginkgobäume, kramte in ihrer Tasche und zog den Brief von Robin noch einmal hervor. Etwas fiel aus dem Umschlag und auf ihre Stiefel. Jordane hob die orangefarbenen Zettel auf. Es waren zwei Eintrittskarten für die Arena von Nîmes.

»Portugiesische Corrida, 9. Mai …«

Zwei hervorragende Plätze im ersten Rang, unter der

Präsidententribüne. Diesmal lächelte sie nicht einmal. Auf diese Idee war zuvor noch nie ein Mann gekommen. Und dabei war es eine naheliegende Idee für jeden, der sie auch nur ein wenig kannte.

»Du wirst lachen, wenn du dies liest, denn du lachst über alles. Aber allein die Vorstellung, wie du lachst, macht mir Lust, noch verrücktere Dinge zu schreiben ...«

Mit keinem Wort erwähnte er die Karten und bedeutete ihr dadurch, daß er sich nicht aufdrängen würde, wenn sie eine andere Begleitung vorzog. Sie schloß die Augen und lehnte den Nacken an den Baumstamm. Ihren letzten Liebesbrief hatte sie bekommen, als sie siebzehn war. Lionel zog das Telefon vor, so wie er den Schmuck, den er selbst ihr ausgesucht hatte, am liebsten mochte. Robin lieferte sich demütig aus und erwartete keine Gegenleistung. Dadurch, daß er sich wie ein Schuljunge benahm, schenkte er Jordane ein Stück Jugend zurück. Sie machte die Augen wieder auf und beschloß, es zu versuchen. Es wurde dringend Zeit, daß sie sich Gedanken über ihre Zukunft als Frau machte, und Robin Peyrolles war nicht das Schlimmste, was ihr passieren konnte. Sicher, sie hatte nicht das Gefühl, verliebt zu sein, aber sie wußte auch, daß auf diesem Gebiet nichts unmöglich ist.

»Ich habe noch nie etwas so Lächerliches gehört, wie diese Geschichte von einem Hotel. Deine Freundin ist wirklich eine komische Nummer ... Wenn ich bedenke, wer François Valence war und was er den Leuten hier bedeutet hat ...«

Wütend warf Pascal seine Serviette auf den Tisch und starrte Cécile an. In dem verrauchten, nach Pizza riechenden Restaurant war die Luft zum Schneiden.

»Alle Welt denkt nur ans Geldverdienen und will ein Stück von dem großen Touristikkuchen abhaben. Ist ja nicht so schlimm, wenn die Landschaft dabei kaputtgeht ...«

»Ein Hotel muß nicht unbedingt häßlich sein und verschmutzt auch die Umwelt nicht.«

Sie hatte schon lange keinen Hunger mehr. Pascal hatte alles hinuntergeschlungen, eine Flasche Rosé geleert und mindestens drei Zigaretten geraucht und das alles in weniger als einer Stunde. Ohne Vorankündigung hatte er sie in der Agentur abgeholt. Zu ihrem verfrühten Aufbruch vom Vorabend hatte er kein Wort gesagt. Er hatte sie nur gefragt, ob sie Lust hätte, italienisch essen zu gehen.

»Ich bin schon ewig nicht mehr dort gewesen, aber soweit ich mich erinnere, ist es ein wunderbares Anwesen.«

»Das stimmt.«

»Mit einem unverbaubaren Blick, nicht wahr?«

»Genau.«

»Und dann diese Bäume, wie heißen sie noch mal? Diese komischen Fossilien, die man aus Asien importiert hat ...«

»Ginkgo biloba.«

»Ja, ich weiß wieder genau, wie es dort aussieht. Die Vorstellung, das den Belgiern oder den Deutschen auszuliefern – Perlen vor die Säue!«

Cécile zuckte die Achseln. Pascal war mit seinem Urteil immer schnell bei der Hand.

»Jordane hat schon so lange Geldsorgen, daß ich es sogar verstehen könnte, wenn sie einen Vergnügungspark daraus machen würde!« sagte sie provozierend.

Der verächtliche Blick von Pascal ließ sie ihre Worte sogleich wieder bedauern, und so beeilte sie sich hinzuzufügen:

»Sie kümmert sich ganz alleine um die ganzen Pferde, sie lebt das Leben eines Stallburschen. Ihre Mutter ist völlig versponnen und ihre Schwester eine große Belastung. Niemand in dieser Familie kann irgend etwas. Und keiner von ihnen würde auch nur auf die Idee kommen zu arbeiten. Und das, während Jordane jeden Job annimmt, um ein paar

Francs dazuzuverdienen. Wenn du glaubst, daß sie gerne den Clown bei diesen Trachtenumzügen macht …«

Sie biß sich auf die Lippen, das war schon wieder ein Schnitzer gewesen. Pascal mochte diese Aufzüge, weil sie, wie er behauptete, die Traditionen der Camargue und Provence gleichermaßen bewahrten und bekannter machten.

»Dann soll sie sich doch einfach besser um ihre Zucht kümmern, das ist ein Fulltime-Job, nach allem, was ich weiß!«

»Oh, was das besser kümmern betrifft … sie hat gerade zwei Hengste an einen Spanier verkauft.«

»An wen denn?« fragte er geringschätzig.

»An einen gewissen Ramon Carras.«

Er pfiff durch die Zähne und schickte den Ober, der daraufhin angelaufen kam, mit einer herrischen Geste wieder fort.

»Carras? Alle Achtung! Der ist immerhin einer der besten Reiter, die man zur Zeit in den Arenen sehen kann …«

Plötzlich milder gestimmt, lächelte er Cécile zu.

»Und du? Gehen die Geschäfte gut?«

»Ich tue, was ich kann!«

Sie wollte ihn auf diese ungewohnte Freundlichkeit hin nicht mit Einzelheiten nerven, denn sie wußte, daß er sich eigentlich sowieso nur für seine Manade interessierte. Mit einer lebhaften Geste legte sie eine Hand auf die von Pascal. Sie hoffte auf ein Zeichen einer wie auch immer gearteten Zärtlichkeit, doch er wandte sich ab, um den Kellner herbeizuwinken, und entzog ihr dabei die Hand ganz selbstverständlich wieder. Enttäuscht biß sie sich auf die Lippen und beobachtete ihn heimlich, als er die Rechnung und den Kaffee bestellte. Er gefiel ihr auf eine fast gewalttätige, schmerzliche Art und Weise. Verzagt fragte sie ihn:

»Sehen wir uns heute abend?«

»Ich weiß nicht«, antwortete er betreten. »Ich habe sehr

viel zu tun, und ich muß bei meinem Vater vorbeisehen ... Ich ruf dich an.«

Fast alle ihre Treffen endeten mit dieser schrecklichen Floskel. Bedrückt trank Cécile ihren Kaffee. Wenn sie nur ein wenig Mut hätte, dann würde sie ihn hier auf der Stelle verlassen. Aber sie hatte den Mut nicht. Gemeinsam gingen sie auf den Boulevard des Lices hinaus. Er war viel größer als sie und beugte sich herab, nahm sie in den Arm und küßte sie, ohne sich um die Passanten zu scheren. Sie kam sich dumm und elend vor, daß sie ihn so sehr begehrte. Schließlich machte er sich los, lächelte, fuhr ihr wie einem Kind übers Haar und ging dann mit großen Schritten zu seinem Wagen. Nachdem er hupend an ihr vorbeigefahren war, fand Cécile sich allein auf dem Trottoir wieder, völlig frustriert und von unangenehmen Befürchtungen gequält.

Auf das Dach des Rovers gelehnt, sah Jordane schließlich Lionel in Begleitung eines etwa vierzigjährigen Mannes aus dem Flughafen kommen. Er sah offen und sympathisch aus, einer dieser typischen Amerikaner, mit einem freundlichen Lächeln und blauen Augen. Lionel stellte sie einander vor und war dabei ebenso stolz, seine Frau vorzuführen, wie sein Versprechen gehalten zu haben. Sydney Barthe setzte sich auf den Beifahrersitz, während Lionel nach hinten kletterte.

An jeder Straßenbiegung, bei jedem mit rosafarbenen Ziegeln gedeckten Haus, bei jedem Zypressenwäldchen stieß er Begeisterungsrufe aus. Er erklärte in einem überaus korrekten Französisch, daß er noch nie in der Camargue gewesen sei und daß diese Reise ihn über alle Maßen freue. Jordane amüsierte sich über seine Begeisterung, wies ihn auf alle Sehenswürdigkeiten hin und fuhr langsam, damit er die Landschaft genießen konnte.

Lionel rauchte gelangweilt und beobachtete seine Frau im Rückspiegel. Er raffte sich nicht einmal auf, nach draußen zu sehen, als sie am Sumpf von Meyranne entlangfuhren. Die Ankunft auf Le Biloba bot einen ziemlich grandiosen Anblick, das wußte Jordane, und sie verlangsamte die Fahrt noch mehr, als sie die lange Allee hinauffuhren. Mit offenem Mund stieg Sydney aus dem Rover und blieb reglos etwa zwei Minuten stehen. Er sah zunächst nach rechts, auf den Hügel, dann entdeckte er die Umrisse der Gebäude, den Pferdestall, die Bastide. Er runzelte die Brauen, besah sich die Fassade genau, zählte die Fenster und lächelte schließlich breit. Wie vor ein paar Tagen Ramon Carras, erklärte er, es sei ein Paradies.

Lionel schnappte sich ihrer beider Reisetaschen und übernahm es, Sydney sein Zimmer zu zeigen. In der Halle empfing sie köstlicher Essensduft. Alice hatte offenbar Wunder vollbracht. Selbst Isabelle hatte sich angestrengt und das Silber der Valences sowie eine wunderbare Spitzentischdecke hervorgeholt. Wegen der Hitze war der Tisch im Eßsaal, der sonst nur selten benutzt wurde, gedeckt worden. Sydney fühlte sich ganz offensichtlich wohl, redete von vielen verschiedenen Dingen und stellte dabei ganz nebenbei Hunderte von Fragen. Das hinderte ihn aber nicht daran, sich an der Bouillabaisse zu erfreuen, aus der er zur allgemeinen Überraschung jede einzelne Fischsorte herausschmecken konnte. Bescheiden sagte er, daß sein Beruf im Hotelwesen es ihm erlaubt habe, einen »Gaumen« zu entwickeln und etwas anderes als Hamburger zu schätzen.

Nora saß links von Sydney und warf ihm ununterbrochen Blicke zu. Seit dem Streit ignorierte sie ihre Schwester, aber offenbar hatte sie nicht vor, dem Amerikaner den Aufenthalt hier zu verderben. Die Unterhaltung, die hier und da von Gelächter und Fragen unterbrochen wurde, war munter. Ohne daß man ihn darum bitten mußte, als hätte er verstanden, daß er sich vorstellen und erklären mußte, faßte Sydney in wenigen Sätzen zusammen, was er beruflich machte. Er war so etwas wie ein Berater für mehrere große

Hotelketten, genauer gesagt für Hotelbetriebe der gehobenen Klasse. Frankreich kannte er gut, denn er hatte hier an zwei Projekten mitgearbeitet, eins im Périgord, das andere in der Gegend von Lyon.

Als er fand, nun hätte er genug der einführenden Worte gemacht, kam er mit entwaffnender Direktheit zur Sache. Lionel habe ihm von den Plänen der Familie Valence bezüglich einer eventuell anderen Nutzung ihres Besitzes erzählt. Er habe daraufhin eine vorläufige Marktanalyse gemacht, die niemanden zu etwas verpflichte. Es sei nur eine erste Annäherung, ein Freundschaftsdienst.

Jordane hörte ihm amüsiert zu. Also war Lionel vorsichtig genug gewesen, seinen Freund darauf vorzubereiten, daß das Projekt eines Hotels nicht unbedingt einstimmig begrüßt würde. Sie beobachtete ihren Mann verstohlen und fand, daß er müde und verdrießlich aussah. Sie fühlte sich ein wenig schuldig. Sie benutzte ihn, fragte ihn um Hilfe, und gleichzeitig wollte sie die Scheidung und hatte es eilig, sich von ihm zu befreien. In diesem Moment beugte er sich zu ihr und fragte sie mit gedämpfter Stimme:

»Und, wie war der Abend mit deinem Auktionator?«

Das hatte er auf eine so verächtliche und wütende Art gesagt, daß Jordane augenblicklich jeder Anflug von Melancholie verging.

»Herrlich«, sagte sie fröhlich.

Zufrieden sah sie zu, wie er die Augen verdrehte. Wieviele Geliebte hatte er in Paris, trotz seiner ewigen Liebesschwüre?

»Könnte ich einen kleinen Spaziergang hier auf Ihrem Hof machen?« fragte Sydney.

Isabelle, die glücklich war, endlich aufstehen zu können, stimmte zu. Alle waren sie vollgegessen und schläfrig. In den Krach der zurückgeschobenen Stühle hinein fragte Nora Sydney, ob er allein gehen wolle oder ob er einen Führer gebrauchen könne. Äußerst diplomatisch lehnte er ab und verschwand. Nora war verblüfft und begann die schmutzigen Teller aufeinanderzustellen. Jordane nahm ihr den Stapel aus den Händen und fragte:

»Bist du mir immer noch böse?«

Ihr goldener Blick ruhte liebevoll auf der Schwester.

»Nein …«, antwortete jene und wandte sich ab.

»Wie auch immer, vielen Dank, daß du den großen bösen Wolf so freundlich empfangen hast.«

»Er kann ja nichts dafür. Die Idee ist von dir. Es ist nur sein Job.«

Sie hatte alles Geschirr auf einer Platte aufeinandergestapelt und wollte gehen, aber Jordane stellte sich ihr in den Weg.

»Ich würde nie etwas gegen deinen Willen tun, Nora … Ich werde es nicht allein entscheiden, wir werden es besprechen, weißt du …«

Statt einer Antwort setzte Nora ihr kleines resigniertes Lächeln auf. Jordane war entschlossen, das Übel bei der Wurzel zu packen und wollte noch etwas hinzufügen, als Lionel hereinkam.

»Ich helfe euch nicht, ich falle um vor Müdigkeit. Die Einrichtung der Siesta hat ihr Gutes, und bei der Hitze kann man sowieso nicht viel anderes machen.«

Jordane schaute ihn ärgerlich an. Er fand immer eine Ausrede, um sich vor der täglichen Arbeit zu drücken. Er benahm sich wie ein Gast, aber sie erinnerte sich gut, daß er sich zu Hause genauso benahm.

»Ach, ehe ich es vergesse, Sydney lädt uns heute abend nach Baumanière zum Essen ein. Er sagt, man könne nicht so nahe bei ›L'Oustau‹ sein, ohne hinzufahren.«

Er sah die beiden jungen Frauen triumphierend an, dann fügte er hinzu:

»Mach nicht dein Märtyrerinnengesicht, Nora, du kommst mit!«

Nora verließ das Eßzimmer kommentarlos, hätte aber

ihren resignierten Gesichtsausdruck ohnehin nicht wahren können. Jordane räumte den Tisch zu Ende ab und nahm dann die Spitzendecke, um sie draußen auszuschütteln. Sie konnte ihren so einfachen Sieg über ihre Mutter und Schwester noch immer nicht fassen. Sie hatte mit heftigem Streit, mit Szenen gerechnet. Die Freundlichkeit des Amerikaners hatte sicherlich zur entspannten Atmosphäre beim Essen beigetragen. Jordane schirmte ihre Augen mit einer Hand gegen die Sonne ab und versuchte die Gestalt Sydneys irgendwo zu entdecken. Sie machte ihn schließlich inmitten der Schafe aus, er war dabei, auf den Hügel zu steigen. Als Profi wollte er sich einen genauen Eindruck von der Lage und den Möglichkeiten des Objekts machen. Ein unangenehmes Gefühl beschlich Jordane. Le Biloba würde geschätzt, genauestens abgewogen, kritisiert werden, man würde das Unterste zuoberst kehren und so umgestalten, daß es dann möglichst viel Geld abwürfe. Sie hatte es natürlich so gewollt, aber eigentlich war sie es, die an diesem Besitz und Haus am meisten hing.

Sie seufzte und setzte sich mit der zusammengeknüllten Tischdecke auf dem Schoß auf die kochend heißen Fliesen der Terrasse. Sie würde ein Projekt verteidigen müssen, das sie tief in ihrem Innersten entsetzlich fand. Ihr ganzes Leben schien von solchen absurden Widersprüchen gekennzeichnet zu sein. Sie hatte geglaubt, Lionel über alles zu lieben, und hatte über ein Jahr damit verbracht, Heimweh zu haben. Sie hatte sich nicht von ihrem Großvater verabschieden können, und dabei war er zweifelsohne der Mensch, den sie am meisten bewundert hatte. Sie hatte keine Zeit gehabt, ihn zu beruhigen, ihm zu versprechen, daß sie diese von ihnen beiden so geliebte Zucht weiterführen würde. Sie hatte kein Kind, obwohl sie alles dafür gegeben hätte, eine Familie zu gründen. Sie hatte keinen Ehemann mehr, noch nicht einmal einen Liebhaber, obwohl sie umwerfend schön war und manchmal von Anfällen von Verlangen gequält wurde. Sie spielte das Familienoberhaupt, obwohl sie sich – manchmal – nichts anderes wünschte als eine starke Schulter zum Anlehnen. Ihr Leben war einfach nur noch paradox. Ein Leben, von dem sie gar nicht merkte, wie es vorbeiging, so sehr war sie damit beschäftigt, einen Besitz vor dem Ruin zu retten, mit dem es immer mehr bergab ging und den sie in ein Luxushotel würde umwandeln müssen. Und das, ohne daß sie es eigentlich wollte; und dafür mußte sie sich auch noch beschimpfen lassen. Plötzlich überkam sie so heftig der Drang zu weinen, daß sie mit einem Ruck aufstand. Sie wollte sich nicht bemitleiden, und schon gar nicht, wo sie sechs Pferde zu bewegen hatte. Und eine Stute zu beobachten, die bald fohlen würde. Sie beschloß, Sempion um Rat zu fragen, der bei Geburten immer eine große Hilfe war und der sich bestimmt schon fragte, was dieser Fremde da eigentlich auf seinen Weiden zu suchen hatte.

4

»Ich bin sicher der erste, der hier die Traditionen aufrechterhalten will«, sagte Pascal und runzelte die Brauen. »Aber nicht irgendwie und nicht um jeden Preis! Sie haben ja gesehen, was dieses Jahr in Saint-Rémy passiert ist! Da hat es einen Toten gegeben. Und von dem letztes Jahr bei Saintes-Maries ganz zu schweigen!«

»Aber ja doch«, protestierte der Bürgermeister entnervt.

Seit mehr als einer Stunde hörte er nun schon diesen drei Herdenbesitzern zu, die darauf bestanden hatten, empfangen zu werden. Pascal Peyrolles mit seinen unnachgiebigen Reden und seinem allzu klaren Blick, der ihn durchbohrte, nervte ihn ganz besonders.

»Ich will, daß die Absperrungen auf einsfünfzig erhöht werden und daß es einen richtigen Ordnungsdienst gibt, der die Leute davon abhält, den Stieren alles mögliche an den Kopf zu werfen. Unsere Gardians sind zwar wachsam, aber sie können nicht gleichzeitig zu Pferde und zu Fuß unterwegs sein.«

Von Anfang an hatte Pascal seine Forderungen auf den Tisch gelegt. Der Auftakt zu den Stierkämpfen, der *abrivado*, zog immer riesige Menschenmassen an. Die Stiere, die für die *course camarguaise* bestimmt waren und die dafür von Gardians von den Weiden bis in die Arenen getrieben wurden, waren ursprünglich einmal im Galopp in die Dörfer eingezogen. Im Laufe der Zeit war daraus ein bei den Zuschauern überaus beliebtes Ereignis geworden, eine Art Sport, dessen Ziel es war, daß die berittenen Hirten die Kontrolle über ihre Tiere verloren. Aber was früher in einem Dorf möglich gewesen war, bereitete heute in einer Stadt wie Arles oder Nîmes enorme Probleme. Am Vorabend baute man auf einer minutiös ausgearbeiteten Route eine Art Gasse mit Absperrungen auf beiden Seiten auf. Eigentlich sollte sich das Publikum damit begnügen zuzusehen. Aber leider gab es immer ein paar Wagemutige, die versuchten, das Vieh aufzustacheln ... Dies Loslassen der Stiere war ein gefährlicher Brauch, aber auch eine Touristenattraktion, auf die niemand verzichten wollte. Trotz aller Vorsichtsmaßnahmen war es immer wieder zu Unfällen gekommen. Das Gericht von Tarascon fällte dann in den darauffolgenden Verfahren strenge Urteile.

»Die städtischen Angestellten müssen sicherstellen, daß kein Stier sich in eine enge Gasse verlaufen kann, in der er meint, in der Falle zu sitzen. Ich werde selbst die Strecke überprüfen«, fügte Pascal noch hinzu.

Der Bürgermeister sah von einem seiner Gesprächspartner zum anderen. Er konnte nicht auf sie verzichten. Nicht nur, was die Schauspiele mit den Stieren, sondern auch was die nächsten Wahlen betraf. Die drei zusammen waren mächtiger und einiger als eine Gewerkschaft. Es war nicht klug, sich mit der Liga der Viehzüchter anzulegen. Ganz davon abgesehen, hatten die drei nicht einmal so unrecht.

»Einverstanden«, schloß er und stand auf, um die Zusammenkunft zu beenden. »Treffen Sie alle Maßnahmen, die Sie für notwendig halten, Sie haben meine volle Unterstützung.«

Nach einem kräftigen Händedruck und einem höflichen Lächeln fanden die drei Männer sich auf der Treppe des Rathauses wieder. Ehe sie sich trennten, verständigten sie sich durch einen kurzen Blickwechsel, zwischen ihnen bedurfte es keiner großen Worte. Vor seinem Auto zögerte

Pascal einen Moment lang. Er hatte Cécile versprochen, in der Agentur vorbeizuschauen, aber er hatte eigentlich keine Lust. Er wußte nicht mehr so recht, wie er sich ihr gegenüber verhalten sollte, sie war begehrenswert und nett, aber er war nicht verliebt in sie. Er traute den Frauen zu wenig, um sich wirklich an eine zu binden, denn nach einer gewissen Zeit wurden sie immer äußerst vereinnahmend. Cécile machte zwar rührende Anstrengungen, gleichgültig zu wirken, aber sie konnte ihn nicht täuschen. Sie war unglücklich, das ahnte er, und er konnte nichts dagegen tun. Außer natürlich, sie zu verlassen, damit sie ihn vergäße. Aber wäre das nicht noch grausamer gewesen?

Am Ende entschloß er sich, nach Hause zu fahren, und aß in der Küche im Stehen ein Sandwich. Der *abrivado* bereitete ihm stets Kopfzerbrechen. Die Leute wurden immer unvernünftiger. Manche kletterten über die Absperrungen, die sie doch schützen sollten. Dann sahen sie plötzlich, daß es keinen Ausweg aus der Gasse gab, und mußten wie die Wahnsinnigen vor den Tieren herrennen. Früher war das weite Land ein passender Austragungsort für solche Spiele gewesen, das Vieh ermüdete ebenso schnell wie die Menschen. Aber heute, wegen der Verstädterung und der viel befahrenen Straßen, transportierte man alle Stiere im Lastwagen und ließ sie erst in der Stadt am Eingang zu dem abgesperrten Parcours frei. Sofern es sich um Stiere aus der Camargue handelte, leicht an ihren wie eine Lyra gebogenen Hörnern zu erkennen, die für die *course à cocarde* bestimmt waren, war Pascal ruhiger. Er konnte die Reaktionen der Tiere einschätzen und hatte volles Vertrauen zu seinen Leuten. Sehr viel größere Sorgen machten ihm die spanischen Stiere mit den niedrigsitzenden und weit auseinanderstehenden Hörnern, die sehr viel kräftiger und für ihre Aggressivität gefürchtet waren. Wenn man diese wilden Bestien losließ, hatte das Ganze nichts mehr von einem Spiel.

Ohne sich die Zeit für einen Kaffee zu nehmen, fuhr Pascal zu seinen Männern, um ihnen die neuesten Vorsichtsmaßnahmen mitzuteilen.

Mit ungläubigen Augen drückte Sydney sich wie alle anderen gegen die Absperrungen. Was er in den letzten vierundzwanzig Stunden von der Gegend gesehen hatte, begeisterte ihn. Ehe sie ihn wieder zum Flughafen brachte, hatte Jordane ihm vorgeschlagen, in Arles anzuhalten, um beim *abrivado* zuzusehen, den sie ihm vergeblich versucht hatte zu beschreiben.

Aufgeregt warteten die jungen Leute auf die Ankunft der Stiere, fest entschlossen, ihren Mut dadurch zu beweisen, daß sie trotz aller Verbote vor den Stieren herliefen. Die Versuchung, Mini-Torero zu spielen, war einfach zu groß und die Gelegenheit dazu für die Jugendlichen aus der Stadt zu selten.

Zwischen Sydney und Lionel eingeklemmt, versuchte Jordane nicht umgerannt zu werden. Die Begeisterung und Aufgeregtheit der Menschenmassen hatten sie angesteckt, und sie amüsierte sich prächtig. Nachdem sie zehn Minuten gewartet hatten, sahen sie von weitem als erstes einen der typischen dreieckigen Hüte der Gardians. Dann erzitterte das Pflaster unter ihren Füßen unter dem Getrappel von Hufen. Durch die Gasse zwischen den Absperrungen rannte ein erster Stier auf die Arena zu, den Kopf so tief gesenkt, daß er mit dem Maul beinahe den Boden berührte. Die Leute fingen an zu rufen, mit Taschentüchern zu winken, zu laufen. Direkt vor ihnen versuchte ein Mann, über die Absperrung zu klettern, aber seine vor Angst schreiende Frau klammerte sich an ihn. Etwas weiter weg hielten Leute vom städtischen Ordnungsdienst einige Jugendliche fest, die versuchten, ihnen zu entwischen. Zwei weitere Stiere tauchten auf, Seite an Seite, und rasten geradeaus, riesig und eindrucksvoll, fast wie Wesen aus der Urzeit.

Sydney konnte gerade noch die großen, schwarzen, glänzenden Körper der Stiere vorbeiziehen sehen, ihnen auf den Fersen etwa zehn Reiter, die mit Piken bewaffnet waren; die Tiere verströmten einen intensiven Geruch, dann schwappte die Menschenmenge zurück, und der Amerikaner wandte sich zu Jordane um.

»Unglaublich …«, sagte er und versuchte ihr zuzulächeln.

»Wohl auch nicht viel anders als die Rodeos bei Ihnen, denke ich!«

Sie gingen auf die Arenen zu, wo jetzt die Menschenmenge wogte. Die Stiere waren bereits in ihrem Zwinger verschwunden, und die Gardians waren abgestiegen. Zwischen einem Filzhut und einem roten Schal entdeckte Jordane den hellen Blick von Pascal Peyrolles. Sein Pferd, ein kleines Camargue-Pferd mit langer Mähne, war schweißbedeckt. Etwa zwanzig Mädchen umringten die Gardians, und man konnte ihr hysterisches Gelächter hören. Jordane schlug den Weg zu dem antiken Theater ein, das ganz in der Nähe war und das sie Sydney zeigen wollte.

»Sie haben immer noch nicht alle Schönheiten bei uns gesehen! Kommen Sie hier lang …«

Die allgemeine Unruhe legte sich allmählich, und es gelang ihnen, sich einen Weg durch die Menge zu bahnen. Auf eine Frage von Sydney hin formte Jordane die Hände vorm Mund zu einem Trichter und rief:

»Der Kaiser Augustus, vor neunzehnhundert Jahren!«

Als sie auf den Stufen des Theaters angelangt waren, konnte Sydney die Arenen überblicken, weiter unterhalb lagen die antiken Ruinen mit ihren Säulenresten und dahinter die bewundernswert schöne Landschaft. Er nickte, überwältigt von dem majestätischen Anblick dieses Ensembles, mit dem Kopf. Lionel legte ihm eine Hand auf die Schulter und hielt ihm seine Uhr vor die Nase.

»Wir werden das Flugzeug verpassen!«

Sie drehten um und kletterten, Jordane vorweg, die Ruinen wieder herab. Erstaunlicherweise sprang der Rover sofort an, und sie bogen auf die Straße nach Nîmes.

»Was wird aus den Stieren?« fragte Sydney und kurbelte sein Fenster herunter.

»Sie beruhigen sich und warten auf die Corrida heute abend. Es gibt eine Nachtvorstellung …«

Lionel sah im Rückspiegel Jordanes Lächeln und fand, daß sie sehr erfreut aussah.

»Gehst du hin?« fragte er so beiläufig wie möglich.

»Ja, endlich mal …«

»Mit deinem Auktionator?«

Sie warf ihm einen scharfen Blick zu. Ihr fiel ein, daß sie Robins Brief und die beiden Karten hatte auf dem Schreibtisch liegenlassen, und fragte sich, ob Lionel wirklich die Unverschämtheit besaß, ihre Post zu lesen.

»Ich werde ein paar Tage der Ausarbeitung Ihres Projektes widmen«, sagte Sydney plötzlich. »Nur eine erste Annäherung, natürlich … Wie auch immer, es bleibt Ihre Entscheidung. Aber wenn wir uns beim nächsten Mal konstruktiv unterhalten wollen, muß ich Ihnen ja ein paar Zahlen vorlegen können, nicht wahr?«

Der Plan, Le Biloba zu verändern, wurde bedrohlich konkret, und Jordane wurde unruhig.

»Eine Marktanalyse, einen annähernden, allgemeinen Kostenvoranschlag, Prognosen zur Rentabilität, einen Entwurf zur Gesellschaftsform«, zählte Sydney auf. »Nächsten Freitag komme ich wieder.«

Höflichkeitshalber drehte er sich zu Lionel um und wartete auf dessen Zustimmung, aber er hatte bereits verstanden, daß er zukünftig nur mit Jordane verhandeln würde. Schon am Vorabend hatte er sich beim Essen vorwiegend an sie gewandt. Während sie ihr Meerbarbenfilet und dann Rindfleischpastetchen mit Reis verzehrten, hatte Sydney diplomatisch das Hotelprojekt angesprochen. Klug hatte er es vermieden, allzusehr ins Detail zu gehen, und hatte nur die Vorteile einer kommerziellen Nutzung, die »stilvoll« blieb, angesprochen. Man würde aus Le Biloba keinen x-beliebigen kleinen Gasthof machen, ganz im Gegenteil. Und in aller Unschuld hatte er sich sogleich auf den Ort bezogen, wo sie gerade bei Tisch saßen: Bei »L'Oustau« in Baumanière hatte man in der Tat den Charme eines alten provenzalischen Bauernhauses zu bewahren gewußt, und gleichzeitig strahlten alle Säle eine gedämpfte Eleganz aus.

Die unermüdliche Jordane hatte ihm von der Camargue erzählt. Aufmerksam hatte er ihr zugehört und sich alle Kleinigkeiten notiert. Immer wenn er eine Frage stellte, etwas genauer wissen wollte, hing Nora an seinen Lippen. Jordane hatte ihre Schwester noch nie so heiter und ausgeglichen erlebt. Sie hatte sich sogar gefragt, ob Nora sich ein wenig in den Amerikaner verguckt hatte. Wie auch immer, sie hatte kein Mal protestiert oder Bitterkeit gezeigt, wenn es um Le Biloba ging.

Als sie vor dem Flughafen angekommen waren, bremste Jordane und lächelte Sydney direkt an.

»Also dann bis Freitag ...«

Sie stiegen aus, nahmen ihre Reisetaschen, dann beugte Lionel sich über die Tür herab.

»Darf ich dir wenigstens einen Kuß geben?«

Spöttisch und zugleich herausfordernd sah er sie an. Da sie nicht reagierte, bemächtigte er sich genießerisch und ohne jede Scham ihrer Lippen. Es war eher eine Rache als ein Kuß, und sie zog sich wütend zurück. Sydney hatte sich diskret abgewandt.

»Viel Spaß heute abend!« sagte Lionel, als er sich wieder aufrichtete.

Er versetzte dem Dach des Rovers einen kleinen gönnerhaften Klaps, und Jordane fuhr mit quietschenden Reifen davon.

In einen Chesterfield-Sessel gelümmelt, sah Pascal seinem Vater zu. Es war kühl im Stadthaus, und es herrschte nach den Aufregungen des Nachmittags in der Stadt angenehme Ruhe. Vincent, der sich nur zu sehr über den überraschenden Besuch seines Ältesten freute, hatte den Diener eine Flasche Champagner öffnen lassen.

»Ist Robin nicht da?« fragte Pascal und stellte sein Glas auf dem zierlichen Beistelltischchen ab.

»Doch, ich denke schon. In seinem Zimmer …«

»Dann sollten wir ihn holen, um anzustoßen«, schlug Pascal vor.

»Ja, gleich … Wir haben doch Zeit …«

Vincent wollte auf keinen Fall, daß ihre traute Zweisamkeit gestört würde. Er wollte die Gegenwart Pascals genießen, dieses schönen, offenbar sorglosen Mannes, der sein ganzer Stolz war.

»Auf der Manade läuft alles gut?« erkundigte er sich.

»Bestens. Wir können nicht klagen.«

Vincent fragte nicht, wer mit dem »wir« gemeint war. Pascal und er selbst? Pascal und seine Gardians? Das Vieh? Das war auch unwichtig, was zählte, war, daß sein Ältester Erfolg hatte. Als ob er Gedanken lesen könnte, fügte Pascal hinzu:

»Dieses Jahr gab es viele Geburten und nur sehr geringe Verluste. Das Brandmarken war in diesem Frühjahr ein Riesenerfolg.«

»Wunderbar!« sagte Vincent, der nur ungerne an das Zeichnen der Stiere mit dem glühenden Eisen dachte.

»Und dann Raito … Erinnerst du dich an unseren alten *cocardier?* Ich glaube, der wird ein paar der Mitstreiter beim großen Wettbewerb der Manades zu Saintes-Maries Ende des Monats ganz schön auf die Palme bringen. Er ist ein richtiger kleiner Star! Schlau, geschickt … Hörst du mir überhaupt zu?«

Resigniert stellte Pascal wieder einmal fest, daß sein Vater ihn nur ansah, ihm aber nicht zuhörte. Die *course camarguaise* interessierte ihn nicht im geringsten, er hatte niemals die *fe di biou* gehabt, die Begeisterung für die Stiere, die seinen Sohn beseelte. Damit seine Unaufmerksamkeit ihm verziehen würde, sagte er:

»Du scheinst jedenfalls in Hochform zu sein, das freut mich ...«

Schon immer hatten Vincent Pascals graue Augen fasziniert, die so hell waren, daß man sie für die eines Blinden halten konnte, und die in seltsamem Kontrast zu seiner Bräune standen. Bereits vor dem Sechs- oder Siebenjährigen war der Vater vor liebender Bewunderung förmlich dahingeschmolzen, wenn der Kleine zu ihm hochsah. Robin hatte niemals ein derartiges Glücksgefühl in ihm hervorgerufen.

»Du kommst mich selten besuchen ... Wir hatten doch abgemacht, einmal pro Woche zusammen zu Abend zu essen!«

»Für mich hat die Saison angefangen«, erinnerte ihn Pascal.

Er beobachtete Vincent mit seinem üblichen, undurchdringlichen Blick. Die Intensität beunruhigte Vincent, er versuchte zu scherzen.

»Man hat mir erzählt, was du neulich dem Bürgermeister an den Kopf geworfen hast. Es scheint ja so, als ob du bei manchen offiziellen Diners die Politiker schwer unter Beschuß nimmst. Aber du hast schon recht, wenn du sie auf Vordermann bringst. Du kannst es dir ja erlauben ...«

Das hatte Pascal ihm zu verdanken, dachte er, daß er sich wirklich alles erlauben konnte. Er war von niemandem abhängig, konnte jede Frau haben, sich jede Unverschämtheit herausnehmen, die ihm in den Sinn kam, und sich auch für die Umwelt hier engagieren, wenn ihm das Spaß machte.

»Und du wirst also Robin das Auktionshaus übergeben?« fragte Pascal plötzlich.

Die Frage ärgerte Vincent, und er zuckte die Schultern.

»Immer schön langsam. Dein Bruder hat es zu eilig. Er will mich ausbooten. Bevor ich ihm das Amt überlasse, muß er sich ein wenig mit allem vertraut machen. Mit den Gewohnheiten der Leute, ihrem Geschmack, unseren bevorzugten Geschäftspartnern … Er ist doch schon lange weg!«

Pascal hielt sein Glas hin, damit er nachgeschenkt bekam. Sein ironisches Lächeln hatte nichts Freundschaftliches, aber das wußte Vincent nicht.

»Du hast ihn doch immerhin deshalb zurückkommen lassen …«

»Ach, es war sicher kein großer Verlust für ihn, aus Valenciennes wegzugehen!«

»Und er verfügt über eine mehr oder weniger perfekte Ausbildung, oder?« insistierte Pascal.

»Natürlich. Seine Ausbildung hat mich ja auch genug gekostet. Er wird sicher ein guter Nachfolger für mich sein, aber nicht jetzt sofort. In dieser Sache ist das letzte Wort noch nicht gesprochen, und ich habe noch keine Lust, Däumchen zu drehen. Also muß er eben warten. Er soll eben das Leben hier ein bißchen genießen und sich gedulden!«

Vincent lachte, aber Pascal verzog keine Miene.

»Du brauchst deinen Bruder nicht zu bedauern. Laß dich nicht davon täuschen, daß er wie ein geprügelter Hund wirkt. Er war schon immer … griesgrämig. Um nicht zu sagen finster. In unserem Beruf nicht gerade ideal. Nach mir kann er machen, was er will. Aber noch werde ich mich nicht mit einem Fußtritt hinausbefördern lassen!«

Es war deutlich zu sehen, daß er sich ärgerte. Er sprach nicht gerne über Robin und schon gar nicht mit Pascal. Er wußte ganz genau, in welchem Maße er den Älteren bevorzugt hatte, und das war ihm unangenehm, sobald es um den Jüngeren ging. Er zog es vor, nicht darüber nachzudenken, sich nicht zu fragen, warum er sich von Pascal alles gefallen ließ oder warum er Robin so gerne tyrannisierte.

»Willst du heute mit mir zu Abend essen?« fragte Vincent, der sein Lächeln wiedergefunden hatte.

»Nein, ich gehe zu der Corrida.«

Vincent unterdrückte einen Seufzer der Enttäuschung. Er hätte seinen Sohn gerne noch länger dagehabt, er spürte, daß der schon auf dem Sprung war. Er kam ihm zuvor, indem er in weinerlichem Tonfall fragte:

»Gehst du schon?«

»Ich muß mich noch umziehen.«

Wenn er stand, war Pascal eine großartige Erscheinung. Groß und athletisch ging er auf seinen Vater zu, um ihm die Hand zu schütteln. In seinem hellen Blick war keine Spur von Zärtlichkeit.

Jordane vergewisserte sich, daß die Platznummer stimmte, und setzte sich. Sie strahlte, und Robin ließ sie nicht aus den Augen. Über den Lärm der Menschenmenge hinweg, die auf der Suche nach ihren Plätzen war, erklang eine Fanfare mit einem *Paso doble*.

»Du ahnst ja nicht, wie herrlich ich es finde, hier zu sein …«

»Doch, das sieht man!«

Er war glücklich, daß es ihm gelungen war, ihr eine Freude zu machen. Er hatte sich wieder erst bei seinem Bruder, dann bei Cécile ausführlich erkundigt, dann hatte er sich genau beraten lassen, und schließlich war ihm noch ein riesiger Zufall zu Hilfe gekommen. Es würde noch eine Überraschung für Jordane geben, und was für eine! Robin hatte das Geheimnis für sich behalten und war so glücklich und aufgeregt wie ein Schuljunge.

»Ich dachte nicht, daß das eine besonders einmalige Sache wäre. Ich war sicher, daß du ständig zu Corridas gehst.«

»Bist du verrückt? Weißt du, was das kostet? ... Ach natürlich, das mußt du ja wissen ...«

Sie mußte lachen, und zwei Männer, die vor ihnen saßen, drehten sich um und sahen sie an. Vier Reihen weiter oben setzte Pascal sich. Er hatte schon beim Hereinkommen seinen Bruder und Jordane ausgemacht und beobachtete die beiden einen Moment lang amüsiert. Um das Leben hier zu genießen, wie Vincent es vorgeschlagen hatte, hatte sein Bruder sich nicht gerade die Häßlichste ausgesucht. Pascal nahm sein Fernglas und studierte Jordanes schöngezeichnetes Profil. Erst der Klang der Trompeten riß ihn aus seiner Betrachtung. Er war ein Dauergast bei allen *ferias,* und jedes Jahr kaufte er ein Abonnement, für Nîmes und für Arles. Er mochte die Stierkämpfe, auch wenn er den Rennen in der freien Ebene den Vorzug gab. Seit zwei Jahren führte er darüber endlose Diskussionen mit den anderen Herdenbesitzern. Es gab zwei gegensätzliche Lager, diejenigen, die spanische Stiere züchteten, und die anderen, die mit Vehemenz versuchten, die Camargue-Rasse zu erhalten. Aber inzwischen waren die meisten Herden sowieso gemischt, und daran konnten auch die verschiedenen Vorschriften nichts mehr ändern. Pascal selbst hatte sich einen spanischen Zuchtstier gekauft, um kräftigere Tiere zu erhalten.

Unten, auf der ovalen Piste des Amphitheaters, ging der *paseo* los. Empfangen von Fanfarenklängen erschienen die Reiter. Auf ihren prachtvollen Andalusiern defilierten zwei Männer und eine Frau, die mit Lederhosen und Spitzenhemden unter kurzen bestickten Bolerojacken bekleidet waren, auf dem Kopf trugen sie große, flache Hüte mit breiter Krempe. Im allgemeinen Beifall ging Jordanes Aufschrei unter:

»Aber das ist Campana! Robin! Das graue Pferd da, das ist Campana! Mein alter Dickschädel Campana!«

Ihr goldener Blick streifte Robin und heftete sich dann wieder auf die Arena.

»Der war begabt, wenn du wüßtest. Aber er hatte auch seine Macken! Ach, er ist es wirklich, mein Campana!«

Sie war aufgestanden, um besser sehen zu können, während die Reiter im kurzen Galopp aus der Arena ritten.

»Ich habe ihn vor … zwei Jahren verkauft. Genau vor zwei Jahren! Das ist doch wirklich ein toller Zufall, findest du nicht?«

Als sie endlich Robin wieder ein wenig Aufmerksamkeit widmete, sah sie seinen amüsierten Gesichtsausdruck. Verblüfft stammelte sie schließlich:

»Du wußtest es? Woher konntest du das wissen?«

Robin war äußerst zufrieden zu sehen, wie überwältigt sie war. Also war es ihm gelungen, sie zu überraschen, ihr eine Freude zu machen, und damit hatte er sie dazu gezwungen, sich ein klein wenig für ihn zu interessieren. Er hatte nicht damit gerechnet, daß sie es so schnell merken würde, aber sie hatte ihren Andalusier auf Anhieb erkannt. Wie alle Züchter konnte sie kein Tier, das bei ihr geboren war, je vergessen. Ihm wurde klar, daß sie weit mehr als einfach nur eine Reiterin oder eine schöne Frau war.

»Eigentlich wollte ich dich ja nur zu dieser *corrida de rejoneo* einladen«, erklärte er. »Ich war mir sicher, daß dir das Spaß machen würde … Und dann habe ich mich erkundigt, um nicht wie ein Anfänger dazustehen. Die Namen der Reiter, die Herkunft der Pferde …«

Sie lächelte ihn strahlend an, während er fortfuhr:

»Und da bin ich auf einen wahren Fan gestoßen, einen der die Corrida über alles liebt und sehr gesprächig war. Er hat mir erzählt, daß eines der Pferde, die an diesem Abend auftreten würden, aus einer französischen Zucht sei, aus der von einem gewissen François Valence. Du kannst dir ja denken, daß ich das Gesicht, das du machen würdest, um nichts in der Welt verpassen wollte!«

»Das ist so lieb von dir …«, sagte sie und sah ihn an.

Noch nie hatte sie von jemandem so ein Geschenk

bekommen. Aber Robin war auch sonst wirklich einzigartig. Sie hatte sich endlich wieder hingesetzt und erwartungsvoll den Blick auf das Tor des Stierzwingers gerichtet. Jetzt würde sie erfahren, wie ihre Pferde sich machten, wenn sie den Stieren gegenüberstanden, wie sie sich bei Gefahr verhielten, was die Reiter, denen sie sie verkauft hatte, ihnen beigebracht hatten. Sie mußte an ihren Großvater denken, und sie spürte plötzlich einen Kloß im Hals. Diese Freude hatte er nie erlebt. Ihm waren nicht mehr die Jahre vergönnt gewesen, um seinen Erfolg und den seiner Enkelin zu sehen. Auch wenn die Zucht nicht sehr lukrativ war, allein der Gedanke an das, was jetzt kommen würde, entschädigte Jordane für alles andere.

Als der erste Stier, der der Gegner von Campanas Reiter sein würde, die Arena betrat, kam er Jordane riesig, ja monströs vor. Seine Hörner waren nicht gekappt, denn er würde die spanischen *rejoneadores* bis zum bitteren Ende bekämpfen. Und schon machte Jordane sich Sorgen um »ihren« Campana. Ihr fiel ein, was für ein schreckhaftes Fohlen er gewesen war und wie lange es gedauert hatte, bis er folgsam geworden war.

In dem beinahe andächtigen Schweigen, das in der Arena herrschte, hörte sie das Geräusch der Hufe auf dem Sand, das wütende Schnauben des angreifenden Stiers. Und dann betrachtete sie Pferd und Reiter, wie miteinander verschmolzen, die in zwanzig Meter Entfernung unbewegt abwarteten. Und plötzlich hätte sie am liebsten geweint.

Am Ende der Corrida waren Jordane und Robin beinahe die letzten, die vom Rang hinabstiegen. Begeistert und gesprächig hatte sie Robin beinahe eine Stunde lang ins Ohr geflüstert, ihm alles erklärt, was sich da unten vor ihren Augen abspielte. Sie hatte ganz vergessen, daß er ja hier geboren war, und hatte ihm tausend Einzelheiten erzählt, so wie sie es wahrscheinlich bei Sydney getan hätte. Aber Robin hatte sich das nur zu gern gefallen lassen, war selig gewesen, daß sie sich an ihn lehnte, hatte ihre rauhe, ein wenig verschleierte Stimme genossen, den Duft ihres Tuberosen-Parfums, ihre braunen Locken, die ihn gelegentlich streiften. Er hatte also geschwiegen, war im siebten Himmel gewesen, hatte sich nicht gerührt, obwohl er beinahe einen Krampf in der Schulter bekommen hätte, und ungeduldig auf die Momente gewartet, wo sie Angst bekam und sich an seinen Arm klammerte.

Er führte sie in ein ganz einfaches Restaurant direkt neben der Arena, wo sie Steinbuttfilet in Safransoße bestellten. Anstatt zu essen, beobachtete Robin Jordane, die in vollen Zügen genoß. Ihre Lebensfreude, ihr Appetit, ihr Lachen bezauberten ihn. Immer wieder sagte sie ihm, was er ihr für ein wunderbares Geschenk gemacht hätte. Sie erklärte ihm, daß sie keine normale Züchterin sei, ein bißchen eine Außenseiterin in der Gemeinschaft der Camargue, wegen ihrer ständigen Geldsorgen, die ihre Möglichkeiten auf Le Biloba sehr einschränkten. Von ihrer relativen Jugend und ihrer Unerfahrenheit ganz zu schweigen.

»Zwischen meinem Großvater und mir fehlt eine Generation, das hat uns in diese Sackgasse gebracht. Papa waren die Pferde viel unwichtiger als auch nur das schlechteste seiner Negative, und Maman hat den Pferdestall nie betreten! Das hat die Weitergabe der Verantwortung etwas … schwierig und arbeitsreich gemacht. In seinen Augen war ich so jung! Wie eine große Stütze bin ich ihm sicher nicht vorgekommen … Ich werde es wohl ewig bedauern, daß wir nicht genug Zeit gehabt haben, er und ich. Sieh mal, zum Beispiel habe ich mir bis heute abend nie vorgestellt, einen meiner Andalusier in der Arena zu erleben … obwohl es doch das ist, wofür man züchtet! Mein Großvater fehlt mir, er war wirklich ein Weiser … Aber trotzdem hatte er Angst, schwindelte ihm bei dem Gedanken an die Zukunft, und

Maman hat immer nur darüber gelacht! Er hat ihr immer alles durchgehen lassen, sie war sein einziges Kind, aber er hat sich große Sorgen gemacht … Und er hatte sicher den Eindruck, daß er völlig umsonst schuftete.«

Gesättigt hatte sie ihren Teller von sich geschoben. Sie hatte ein solches Vertrauen zu Robin gefaßt, daß sie ihm, ziemlich durcheinander, Dinge erzählte, die sie sogar Lionel nie offenbart hatte.

»Er hatte eine hohe Meinung von seinem Anwesen und seiner Zucht. Er sagte immer, man solle sich nicht unterschätzen. Auch und gerade weil wir anders sind. Überall in der Camargue gibt es schwarze Stiere und die kleinen Pferde, auf denen die Gardians das ganze Jahr lang arbeiten. Wie bei deinem Bruder … Aber nicht bei uns. Wir haben die Merinoschafe behalten, als alle Welt sie abgeschafft hat, wir haben Zirkuspferde gezüchtet, kurz und gut, man hält uns für Exzentriker. Le Biloba ist eine Welt für sich, weißt du …«

Das Restaurant hatte sich geleert, es war spät geworden. Unglücklich bei der Vorstellung, daß er Jordane bald verlassen mußte, fragte Robin nach der Rechnung.

»Ich bring dich nach Hause«, sagte er tonlos.

»Gute Idee. Fahren wir zu uns, Champagner trinken!«

Sie überlegte, daß von Lionel noch etwa drei Flaschen im Kühlschrank sein mußten, und sobald sie auf der Terrasse der Bastide waren, öffnete sie eine. Alle Fenster waren dunkel, die Nacht war warm und völlig still. Sie saßen sich im Schein eines Windlichts gegenüber. Und Robin stellte die einzige Frage, die ihm wirklich wichtig war.

»Und dein Mann?«

»Was ist mit dem? Er lebt in Paris …«

Er hatte befürchtet, daß sie sich ihm verschließen würde, ausweichen würde, wurde aber sogleich beruhigt, denn sie fügte hinzu:

»Lionel war meine erste große Liebe. Das wird er immer für mich sein, was auch passiert. Aber es ist vorbei …«

Sie mußte an ihre letzte Nacht denken. Ja, es war wirklich vorbei, selbst die Lust hatte nachgelassen, übrig war nur Zuneigung, die auch Lionel sicher nicht genügte.

»Ich werde mich scheiden lassen, das ist wohl das Beste«, sagte sie laut.

»Ist er einverstanden?«

»Wie soll er nicht einverstanden sein, wenn die Dinge so stehen? Natürlich werde ich nichts von ihm haben wollen, aber man kann keinen Menschen gegen seinen Willen halten, das weißt du ja selbst ...«

Robin mußte an seine eigene schnelle und unkomplizierte Scheidung denken, an den monatlichen Unterhalt, den er einer Frau zahlte, von der er kaum noch wußte, wie sie aussah.

»Und du?« fragte sie plötzlich. »Ich belästige dich hier pausenlos mit meinen Geschichten. Erzähl ...«

Sie wartete einen Augenblick, und als er schwieg, beschloß sie, die nächste Flasche zu holen. Ihre Schritte hallten auf den Fliesen der Terrasse wider, und er blinzelte, als in der Küche das Licht anging. Er hatte das Gefühl, einen Moment außergewöhnlicher Intensität zu durchleben.

Als sie zurückkam, hatte sie wegen der Hitze die Haare hochgesteckt, und in ihrem Nacken schimmerte jetzt eine perlmuttbesetzte Spange.

»Wie schön du bist«, murmelte er.

Er faßte sie um die Taille, als sie den Champagner einschenkte, aber sie trat einen Schritt zurück. Verlegen ließ er sie sofort wieder los. Sie wechselten einen Blick, dann seufzte Jordane.

»Robin ...«, fing sie an.

Er befürchtete, sie könnte irgend etwas Endgültiges sagen, und unterbrach sie schnell.

»Entschuldige, ich wollte dich nicht belästigen, ich weiß, daß ich dir Zeit lassen soll, es tut mir wirklich schrecklich leid ...«

Sein Gesichtsausdruck eines kleinen Jungen, den man bei einem Unfug erwischt hat, rührte sie.

»Wir müssen uns unterhalten«, sagte sie. »Du hast mir Dinge geschrieben, die ... die sehr weit gehen.«

»Nein, ganz im Gegenteil, ich habe mich sehr zurückgehalten.«

Er scherzte, um den Moment, in dem er den Gnadenstoß erhalten würde, etwas hinauszuzögern.

»Es ist immer sehr schmeichelhaft, wenn man gefällt, angenehm, begehrt zu werden, aber ich verstehe mich nicht aufs Katz-und-Maus-Spiel«, fuhr Jordane fort. »Ich beherrsche diese Form der Koketterie nicht und ziehe es vor, klar und deutlich zu sagen, was ich denke ...«

Er holte tief Luft und fragte dann:

»So sehr mißfalle ich dir also?«

Sie runzelte die Brauen und sah ihn an.

»Nein ...«

»Wunderbar! Heute abend brauchen wir nicht weiter zu gehen, einverstanden? Auf die Fortsetzung kann ich tausend Jahre warten.«

Spontan ergriff sie seine Hand. Die Geste war ganz unzweideutig, trotzdem fuhr er zusammen.

»Im Moment, Robin, bin ich nicht verliebt in dich. Aber ich bin gerne mit dir zusammen.«

Sie hatte sich zur Offenheit entschlossen, denn sie wollte vermeiden, daß sich dasselbe Mißverständnis, das zwischen ihr und Lionel herrschte, wiederholte. Sie ahnte, daß sie ihm sehr weh getan hatte, und dabei hatte er ihr einen so wunderbaren Abend bereitet. Plötzlich war sie sehr müde und legte den Kopf auf seine Schulter. Das Leben war einfach zu kompliziert und oft auch noch ungerecht. Sie spürte, wie Robins Finger ihr übers Haar strichen.

»Wenn du auch nur ein klein wenig gern mit mir zusammen bist, dann bin ich ganz zufrieden«, flüsterte er.

Eine ganze Weile verstrich, ohne daß einer von ihnen sich

bewegt hätte. Sie fühlten zwar nicht dasselbe, aber sie teilten diesen Augenblick der Stille. Als ein Vogelschrei sie aus ihrer Benommenheit riß, sah Jordane nach Osten. Das Morgengrauen war nicht mehr fern, aber trotzdem war der Himmel noch ganz dunkel. Kein einziger Stern war mehr zu sehen. Plötzlich erhellte ein Blitz die Landschaft um sie herum für eine Sekunde.

»Es wird ein Gewitter geben ...«

Sie standen auf und gingen, noch ganz benommen, ein paar Schritte auf der Terrasse entlang. Das dumpfe Grollen des Donners ließ eine schlecht befestigte Fliese erzittern.

»Darf ich dich morgen anrufen?«

Mit einem Lächeln gestattete sie es ihm. Immer mehr Blitze zuckten über den Himmel.

»Der Regen wird eine Wohltat sein; es ist alles so staubig.«

In den bläulich aufzuckenden Blitzen sah Robin Jordanes Profil immer wieder für den Bruchteil einer Sekunde aufleuchten. Das Donnergrollen wurde lauter, war ganz nah, und plötzlich schlug der Blitz irgendwo auf dem Hügel ein, und sie schraken zusammen.

»Los, fahr schnell«, rief Jordane und spürte, wie die ersten Regentropfen ihr auf die Schultern fielen.

Er sah sie immer noch an, versuchte nicht einmal, sie zu küssen und sauste dann die Terrassentreppe hinunter auf sein Auto zu. Er sah kein einziges Mal in den Rückspiegel, während er sich von der Bastide entfernte. Das Gewitter war ihm ganz gleichgültig. Er hatte den merkwürdigen Eindruck, wie betäubt zu sein. Irgend etwas in ihm schrie vor Schmerz, ohne daß es ihn eigentlich erreichte. Das wichtigste war, daß Jordane ihm nicht die Hoffnung genommen hatte. Sie hatten eine merkwürdige Nacht miteinander verbracht, so wie alle ihre Treffen bis jetzt merkwürdig gewesen waren. Einerseits waren sie sich nahe, andererseits trennte sie die Distanz, die sie zu ihm hielt.

Durch die Heftigkeit des Regengusses hatte seine

Windschutzscheibe sich in einen Wasserfall verwandelt, und er hätte beinahe etwas auf der Straße überfahren. Um dieser Masse, die sich auf ihn zubewegte, auszuweichen, riß er das Steuer herum, bremste heftig, und sein Wagen stellte sich quer. Er war kaum ausgestiegen, schon war er auch durchnäßt. Er wollte auf das unbewegliche Ding zugehen, ohne erkennen zu können, um was es sich eigentlich handelte, denn der Regen fiel so dicht wie ein Vorhang. Als er auf zwei Meter heran war, fing das Schaf an zu blöken und galoppierte davon. Robin hörte undeutliche Geräusche von Hufgetrappel auf dem Asphalt, von Zusammenstößen und Rutschpartien. Er fragte sich, wie viele der Tiere sich in dem Gewitter wohl verlaufen hatten, und wußte nicht, was er tun sollte. Er zögerte noch, als ein Paar Scheinwerfer sich in die Dunkelheit bohrten. Verzweifelt winkte er, aber der Fahrer raste an ihm vorbei, ohne auch nur langsamer zu werden. Robin fluchte ihm hinterher. Sehen konnte er nicht sehr viel, aber in der Ferne war das verschreckte Geblöke noch immer zu hören. Er drehte um und begann, auf die Bastide zuzulaufen. Er mußte Jordane und dem Schäfer Bescheid sagen, man mußte die Merinos in Sicherheit bringen.

Als er atemlos bei der Terrasse angelangt war, sah er oben im zweiten Stock ein erleuchtetes Fenster. Er öffnete die Küchentür und suchte tastend nach dem Lichtschalter. Er dachte an die Schafe und an die Autos, an die Unachtsamkeit der Fahrer. Als er das Licht angeknipst hatte, versuchte er, sich zu orientieren. Er ging durch die Halle und begann dann, die Treppe hinaufzusteigen. Er wollte Jordane nicht laut rufen und war völlig ratlos. Auf dem Absatz der ersten Etage blieb er unentschlossen stehen. Die Nachtbeleuchtung erhellte die Gänge zwar, aber die durch das Gewitter verursachten Stromschwankungen ließen das Haus wie ein Spukschloß wirken. Wo konnte bloß das Zimmer von Jordane sein? Aus lauter Verzweiflung wartete er ab, bis ein

Donner verhallt war, dann hustete er laut. Beinahe sofort hörte er über sich Schritte.

»Robin?«

Über das Geländer gebeugt rief Jordane ihn mit gedämpfter Stimme.

»Deine Schafe sind auf der Straße. Ich hätte beinahe eins überfahren. Komm schnell!«

Eine Sekunde lang war es still, dann kam Jordane die Treppe heruntergesprungen. Sie lief an ihm vorbei, ohne stehenzubleiben, und er folgte ihr. Sie rannten hinaus. Sie hatte einen kraftvollen und gleichmäßigen Schritt und kannte die Tücken des Weges. Er knickte immer wieder um, während er versuchte, sie einzuholen. Sie verschwand im Halbdunkel, ohne sich um den Regen zu kümmern, der seine Heftigkeit verdoppelt hatte. Als sie plötzlich stehenblieb, wäre er beinahe in sie hineingerannt. Sie hatte sich gebückt, um etwas zu untersuchen, und er sah nur ihre langen nassen Haare, die ihr auf dem Rücken klebten. Eine graue, bleischwere Morgendämmerung breitete sich trotz des Gewitters allmählich über das Land.

»Der Weidenzaun!« schrie Jordane. »Sie haben diesen verfluchten Zaun endlich kleingekriegt!«

Zwei Pfähle waren umgekippt, und der verrostete Maschendraht lag über eine Strecke von etwa zwanzig Metern am Boden.

»Sempion, das ist deine Schuld«, schrie Jordane, als ob der Schäfer sie hätte hören können.

Sie stand auf und sah Robin an.

»Es gibt nichts Dümmeres als ein Schaf! Also, wo können sie hin sein?«

Von Zorn und Sorge erfüllt sah sie abwechselnd nach rechts und links.

»Hör mal ...«, fing sie an.

Ein Donnerschlag unterbrach sie, und sie mußte warten, bis das Grollen sich gelegt hatte.

»Ich hole Sempion, den Schäfer ... Du weißt nicht, wo seine Hütte ist ... Lauf die Straße bis zur Nationalstraße ab ... Wenn du sie findest, treib sie in ein Feld. Du mußt nur ein einziges erwischen, dann kommen alle anderen nach ...«

Auf ihren rutschigen Espadrilles lief sie in Richtung des Hügels los. Benommen setzte sich Robin durch den Regen in Gang.

Um acht Uhr zog das Gewitter schließlich weiter, und der Himmel wurde auf einen Schlag wieder blau. Die Sonne schien heiß auf den klatschnassen Boden, Dampfschwaden stiegen auf. Erschöpft und verstört hatten Jordane und Sempion schließlich alle Schafe wieder zusammengetrieben. Eines hatte sich ein Bein gebrochen, und dank seines Geblökes hatten sie die Herde schließlich auf der anderen Seite des Hügels wiedergefunden. Sempion trug es bis zu seiner Hütte und erschoß es dann dort. Aber das Schlimmste kam noch: Jordane entdeckte, daß zwei Pferde bei dem Blitz und Donner durchgegangen und nicht mehr auf der Weide waren.

Robin holte sein Auto und wurde damit beauftragt, alle Straßen langsam abzufahren, während Jordane losging und Butaban aufzäumte. Zwei Stunden blieb sie im Sattel, suchte die ganze Gegend ab und zog immer größere Kreise um Le Biloba herum. Zu der Angst kam die Müdigkeit und erschwerte die Suche. Sempion war, nachdem er die Schafe in ein Gatter gesperrt hatte, auf seinen Stock gestützt losgezogen und suchte im Unterholz. Der alte Schäfer fühlte sich schrecklich schuldig. Er, der sich nur äußerst selten dem Haus näherte, war in den Pferdestall gegangen, hatte kopfschüttelnd nachgezählt und sich in einem ganzen Schwall lauter Selbstvorwürfe ergangen. Jordane hatte ihm bereits wegen des Zaunes eine ausführliche Strafpredigt gehalten, und das war, bevor sie das Verschwinden der zwei Andalusier bemerkt hatte.

Robin war immer wieder die verschiedenen Straßen in alle Richtungen kreuz und quer abgefahren. Durch das Fernglas, das er gestern abend für die *Corrida* mitgenommen hatte, hatte er unermüdlich die Gegend abgesucht, ohne auch nur die geringste Spur eines Pferdes zu entdecken, außer Butaban, der über die Hügel zog.

Als sie sich mit leeren Händen wieder vor der Bastide trafen, war es elf Uhr. Isabelle und Alice wagten nicht zu fragen, was passiert war. Sie schlugen vor, Kaffee zu kochen und warteten vergeblich darauf, daß Jordane etwas sagte. Schließlich mußte Robin die Ereignisse dieser Nacht berichten, ohne daß er mit einem Wort seine Gegenwart erklärt hätte. Nora sah ihre Schwester liebevoll an. Das Gewitter hatte sie geweckt, und als sie aus dem Fenster geschaut hatte, hatte sie die beiden gesehen, wie sie in den strömenden Regen hinausrannten. Sie ahnte gleich, daß etwas Schreckliches passiert war, war hinuntergegangen und hatte Stunden auf ihre Rückkehr gewartet. Jordane sah so erschöpft aus, daß Nora sie zwang, ein Sandwich hinunterzuschlingen.

»Das Furchtbare ist«, erklärte Jordane endlich, »daß es Milagro ist. Der andere, Bonur, das ist weniger schlimm, der gehört uns. Aber Milagro habe ich an Ramon Carras verkauft. Und ich habe den Scheck schon eingelöst!«

Sie sah erst ihre Mutter, dann ihre Schwester an und brach in verzweifeltes Schluchzen aus. Robin wollte schon zu ihr stürzen, um sie in die Arme zu nehmen, aber glücklicherweise kam Isabelle ihm zuvor. Sie nahm ihre Tochter bei den Schultern, drückte sie an sich und wiegte sie langsam.

»Du findest sie bestimmt wieder, reg dich nicht so auf, mein Liebling, meine arme Kleine, beruhige dich, so …«

Sie sprach mit leiser Stimme und wiederholte immer wieder mit enormer Zärtlichkeit ihre beruhigenden mütterlichen Gesten. Robin wandte sich diskret ab. Er wußte nicht, was er tun sollte, doch die Verzweiflung von Jordane konnte er nicht mehr ertragen. Er ging zu Nora in die Küche, die eine zweite Kanne Kaffee kochte.

»Wo ist das Telefon?« fragte er sie.

Sie zeigte auf die Halle.

»Hier entlang. Hinter der Treppe die dritte Tür auf der rechten Seite. Wollen Sie die Polizei rufen?«

Er antwortete ihr nicht und schob vorsichtig ein paar Stapel beiseite, um ans Telefon heranzukommen. Jordane war wirklich nicht gerade ordentlich! Er mußte lächeln, das erste Mal heute morgen, und wählte dann. Ungeduldig zählte er die Klingelzeichen und wartete. Sobald Pascal abnahm, fühlte Robin sich besser. Er erklärte ihm in ein paar kurzen Sätzen die Lage und mußte den Bruder noch nicht einmal um Hilfe bitten.

Eine halbe Stunde später war dieser mit einem Transporter und vier seiner Angestellten da. Die luden die kleinen grauen, schon gesattelten Pferde aus, während Pascal die Valences begrüßen ging. Er fragte Jordane Genaueres über die beiden Andalusier, und sie beschrieb sie ihm kurz und bündig. Aus den Einzelheiten, die sie über ihre Suchaktion vom Vormittag berichtete, schloß er, daß die Pferde inzwischen ziemlich weit von Le Biloba entfernt sein mußten. Als er sah, daß Jordane auf den Pferdestall zuging, lief er ihr hinterher.

»Wo wollen Sie hin?«

»Satteln, natürlich. Ich komme mit!«

»Nein«, sagte Pascal sanft. »Sie bleiben hier.«

Perplex sah sie ihn an. Sie war am Ende ihrer Kräfte, aber sie wollte es sich nicht anmerken lassen.

»Jeder ist mal an der Reihe«, erklärte Pascal. »Sie können übernehmen, wenn ich sie nicht gefunden habe. In der Zwischenzeit müssen Sie sich ein wenig ausruhen. Ich werde einen meiner Männer hierlassen, damit er Ihrem Schäfer beim Zaunflicken hilft. Es ist wohl besser, wenn Sie hierbleiben und ein Auge auf die beiden haben ...«

Sie war so erleichtert über seinen Vorschlag, daß sie nur noch der Form halber etwas protestierte. Seite an Seite kamen sie zum Lastwagen zurück. Pascal gab seine Anweisungen und schwang sich in den Sattel. Bevor er losritt, zwinkerte er Robin zu. Jordane folgte den Reitern einen Moment lang mit ihren Blicken, dann wandte sie sich dem wartenden Gardian zu.

»Kommen Sie mit …«

Der Mann nahm das Werkzeug auf, das vor seinen Füßen lag, und folgte ihr die Allee entlang. Sie gelangten zu Sempion, der bereits allein die ausgerissenen Zaunpfähle in Angriff genommen hatte. Der Gardian schob ihn sanft beiseite und murmelte ihm ein paar Worte auf Provenzalisch zu:

»Noun«, sagte er und nahm ihm den Pfahl aus der Hand, *»es lou pastre que coumando!«**

Sempion starrte den jungen Gardian an, dann nickte er und antwortete irgend etwas Unverständliches, über das sie beide lachten.

Jordane ließ sich ins Gras fallen. Sie war müde, und jeder Muskel tat ihr weh. Robin legte ihr seine Zigaretten und sein Feuerzeug hin.

»Ich werde ihnen helfen«, sagte er. »Sind hierdurch auch die Pferde ausgebrochen?«

Jordane nickte müde.

»Ja. Ich lasse immer eins oder zwei auf der Weide, damit sie sich mal richtig austoben können … Aber sie haben den Zaun bestimmt nicht umgerannt. Pferde sind sehr furchtsam … Das waren diese dämlichen Merinos, die sich dagegengestemmt haben, bis er nachgab … Und dann hat Milagro den Durchschlupf ausgenutzt, er ist schlau …«

Der Gardian schlug jetzt rhythmisch mit einem Vorschlaghammer auf den Zaunpfahl, den Sempion festhielt.

* Nein. Der Schäfer gibt die Kommandos!

»Warum hast du deinen Bruder gerufen?« fragte Jordane.

»Damit er uns hilft! Er hat Leute …«

»Nur deshalb?«

Robin lächelte ein wenig. Einen Augenblick lang sah er Jordane in die goldenen Augen.

»Als ich noch klein war, habe ich immer meinen großen Bruder zur Hilfe gerufen, das stimmt schon.«

»So ist es in allen Familien«, bestätigte Jordane. »Man schreit immer bei denselben um Hilfe.«

Sie lächelte auf rätselhafte Weise zurück, streckte sich dann aus und war eingeschlafen, sobald ihr Kopf den Boden berührte.

Sempion, Robin und der Gardian arbeiteten drei Stunden lang wie die Verrückten in der glühenden Sonne. Als sie den kaputten Zaun repariert hatten, gingen sie die anderen untersuchen und flicken. Jordane schlief noch immer, und der Gardian war schweigend zu ihr gegangen und hatte ihr seinen Hut übers Gesicht gelegt. Gegen zwei Uhr nachmittags kam Nora mit einem Korb voller belegter Brote zu ihnen. Die Zikaden machten einen Höllenlärm, und die Hitze war drückend.

Als ob sie etwas geahnt hätte, erwachte Jordane gegen vier Uhr nachmittags und setzte sich ganz benommen abrupt auf. Sie kniff die Augen zusammen, kniete sich erst, dann stellte sie sich hin und starrte auf etwas am Horizont. Als sie anfing zu rufen, war Robin etwa fünfzig Meter entfernt, hielt eine Zange und versuchte gerade, ein Stück widerspenstigen Draht zu schneiden. Er sah zum Fuß des Hügels und entdeckte, ganz am Ende der Landstraße, eine Gruppe Reiter. Wie ein Pfeil war Jordane losgelaufen, ihnen entgegen. Nach einem fünfminütigen Sprint traf sie die anderen am Anfang der langen Allee und schlang überglücklich die Arme um den Hals von Milagro. Pascal ließ die Longe los, die er nun schon seit Stunden hielt, und stieg vom Pferd. Sein kleines Camarguepferd war in einem erbärmlichen Zustand und ganz mit angetrocknetem Schweiß bedeckt. Schweigend stiegen auch die erschöpften Gardians ab und führten ihre Pferde zu der großen Tränke am Pferdestall. Einer von ihnen überreichte Jordane die Longe mit Bonur am anderen Ende.

»Mission ausgeführt«, sagte Pascal würdevoll. »Sie scheinen nicht verletzt zu sein. Wir haben sie im Schritt zurückgeführt.«

»Wo haben Sie sie gefunden?«

Zwischen ihren beiden Andalusiern strahlte Jordane überglücklich.

»Ungefähr zwölf Kilometer von hier, sie hatten sich in die Reisfelder von Rebatun verirrt ... Durch die Rhône konnten sie ja nicht schwimmen ... Sie haben bestimmt Schaden angerichtet, aber wir sind niemandem begegnet.«

Der ausgewaschene Blick Pascals verschmolz mit ihrem, und Jordane schwieg einen Augenblick lang.

»Ich weiß wirklich nicht, wie ich Ihnen ...«

»Dann lassen Sie es einfach ...«

Ein wenig verwirrt und überrascht, es zu sein, sahen sie sich weiter an. Milagro schubste Jordane, als er den Kopf schüttelte, um die Fliegen zu verjagen.

»Ich werde sie hineinbringen«, murmelte Jordane.

Pascal nahm Bonur beim Halfter und folgte ihr. Sie gingen an den Gardians vorbei, die die Camargue-Pferde wieder in den Transporter luden.

»Kann ich Ihren Männern etwas zu trinken anbieten?« fragte Jordane, während sie die Tür zu Milagros Box öffnete.

»Nein, wir müssen los.«

Wie Ramon Carras vor ein paar Wochen inspizierte Pascal interessiert das Innere des Pferdestalls. Er steckte seine Nase überall hinein, während Jordane Hafer an die beiden Ausreißer verteilte. Als er bemerkte, daß sie an der Tür auf ihn wartete, kam er lächelnd nach.

»Schönes Gebäude und schöne Tiere«, sagte er schlicht.

»Finden Sie?«

Mit echter Neugier wartete sie gespannt auf seine Antwort. Schließlich hatten sie nicht oft Besuch auf Le Biloba. Er blieb vor ihr stehen und sagte:

»Als ich sie vorhin endlich entdeckt habe, war ich einfach … überwältigt, das ist der richtige Ausdruck. Sie standen da, mit den Hufen im Wasser …ihre prachtvollen Konturen … wir haben sie bestimmt fünf Minuten lang nur angesehen, ehe wir uns entschließen konnten, sie zu umzingeln. Sie sind wirklich herrlich!«

Sie traten in die brütende Nachmittagssonne hinaus und gingen zu den anderen. Jordane schüttelte jedem der Männer lange die Hand und sah sie genau an, um sich die Gesichter zu merken. Etwas abseits war Robin damit beschäftigt, das Werkzeug im Führerhaus des Transporters zu verstauen. Als Jordane auf Pascal zuging, hielt er sie auf, indem er ihr eine Hand auf die Schulter legte. Das war eine brüderliche Geste, eine Geste zwischen Männern, wie er sie mit jedem seiner Züchterfreunde hätte tauschen können.

»Wir sehen uns«, sagte er, als er sich ans Steuer setzte.

Sie trat zurück, damit er wenden konnte, und stieß gegen Robin, der direkt hinter ihr stand.

»War es nicht eine gute Idee, daß ich ihn gerufen habe?« fragte er.

»Eine sehr gute Idee«, antwortete sie mit einer seltsam veränderten Stimme.

5

Vorsichtig, ohne das geringste Geräusch zu machen, versuchte Cécile sich zu befreien. Das Bein von Pascal wog schwer auf ihr und hinderte sie seit etwa einer Stunde daran einzuschlafen. Er brummelte im Schlaf, drehte sich um und von ihr weg. Erleichtert betrachtete sie nachdenklich den Rücken ihres Geliebten. Relativ spät hatte er sie in der Agentur abgeholt, hatte sie in ein beliebiges Restaurant ausgeführt, und in der Manade hatten sie noch etwas zusammen getrunken. Dann hatte er eine Ewigkeit geduscht, während sie ungeduldig in seinem Bett auf ihn wartete. Als er schließlich zu ihr gekommen war, hatte er ein paarmal gegähnt, bevor er mit ihr geschlafen hatte.

Sie spürte plötzlich ein überwältigendes Bedürfnis, seine gebräunte Haut zu berühren, deutete diese Geste nur an, aber trotzdem bewegte er sich und rückte noch weiter von ihr ab. Ratlos seufzte sie. Sie wurde das unangenehme Gefühl nicht los, daß Pascal sie nur duldete. In den drei Monaten ihrer Liaison hatte sie drei Nächte bei ihm verbracht. Meistens brachte er sie noch nach Hause oder ließ sie nach Hause fahren, wenn sie mit dem eigenen Auto da war. Und nachher würde es bestimmt kein Frühstück unter Verliebten geben. Wenn sie Glück hatte, würde er so lange warten, bis sie einen Kaffee gekocht hatte, und seine Ungeduld nur mühsam verbergen.

Sie machte sich zwar keine allzugroßen Illusionen, aber

sie hoffte noch immer, daß sie Pascal eines Tages zähmen könnte. Über seine Vergangenheit wußte sie nicht viel mehr, als daß man sich in der Stadt erzählte, er habe ständig irgendwelche Abenteuer. Sie konnte sich dazu gratulieren, daß er schon viel länger mit ihr zusammen war als mit vielen ihrer Vorgängerinnen, aber das war auch schon alles.

Während des Essens im Restaurant hatte er ihr von der Rettungsaktion auf Le Biloba erzählt. Er hatte immer wieder die Andalusier der Valences in den höchsten Tönen gelobt, und er meinte es offenbar ernst – und das, wo er doch von Jordane nicht viel hielt. Dann hatte er kurz über seinen Bruder gesprochen, und Cécile war die merkwürdige Mischung aus Zärtlichkeit und Bitterkeit aufgefallen, die er an den Tag legte, wenn von Robin die Rede war.

Pascal bewegte sich und verschob sein Kopfkissen. Cécile hielt die Luft an und wartete ab, bis er wieder ruhig atmete. Sie wollte den Rest der Nacht genießen. Solange er schlief, konnte sie sich einreden, wie glücklich sie hier an seiner Seite im Bett war. Zum tausendsten Mal überlegte sie, mit welchem Trick sie ihn bloß halten könnte. Auch wenn die anderen Frauen alle gescheitert waren, einer mußte es eines Tages doch gelingen. Warum nicht ihr? Vielleicht hatte sie ja monatelang die falsche Taktik angewendet? Sie hatte sich gezwungen, seine ostentative Unabhängigkeit zu respektieren, sie hatte nie versucht, mehr zu bekommen, als er ihr anbot. War das vielleicht ganz falsch gewesen? Was würde zum Beispiel passieren, wenn sie verkündete, sie bekomme ein Kind von ihm? Wäre er wütend darüber? Oder, im Gegenteil, sehr erfreut? Und hätte sein Sohn die gleichen unbeschreiblichen und verstörenden hellen Augen, die …

»Es ist schon sieben?«

Cécile fuhr aus ihren Träumen gerissen hoch. Pascal warf das Laken zurück und stand auf, ohne sie auch nur anzusehen. Er reckte sich vor dem Fenster, zog den Bademantel, den er am Vorabend auf den Boden hatte fallen lassen, über und verschwand pfeifend im Bad. Einen Guten Morgen hatte er ihr auch nicht gewünscht. Sie gratulierte sich dazu, daß sie schön regelmäßig die Pille nahm. Jetzt konnte sie sich überhaupt nicht mehr vorstellen, ihm die Stirn zu bieten. Sie hatte einfach nur Angst vor ihm, vor seiner Reaktion, eine schreckliche Angst, ihn zu verlieren.

Sie lauschte auf die Geräusche der Dusche, dann hörte sie, wie er herauskam, die Treppe hinunterging, hörte die Küchentür schlagen. Sicherlich hatte er sie schon vergessen. Sie würde wieder einmal darauf warten müssen, daß er sich gnädigst ihrer erinnerte, bis sie nach Arles zurückkam. Wütend sprang sie aus dem Bett. Wenn sie so weitermachte, würde sie noch alles verderben. Und als erstes würden ihre Termine am Vormittag platzen! Sie mußte mehr in ihrem Beruf aufgehen, sich ihre Befriedigung dort suchen! Das Problem war nur, daß alles, was nicht Pascal Peyrolles hieß, sie nicht mehr interessierte. Sie verfluchte sich dafür, daß sie so tief gefallen war, und als sie unter der Dusche stand, drehte sie nur den Kaltwasserhahn auf.

Vorsichtig stellte Gilbert das Frühstückstablett auf das Bett. Dann zog er die Vorhänge auf und gab sich Mühe, daß die Holzringe dabei nicht auf der Stange klapperten. Er hatte einen Morgenmantel aus blauer Seide übergezogen, hatte sich gekämmt und die Zähne geputzt, ehe er hereingekommen war. Er beobachtete, wie Isabelle aufwachte und erstaunt feststellte, wo sie war.

»Hast du gut geschlafen?«

Sie lächelte ihm zu und winkte ihm, daß er sich zu ihr setzen sollte.

»Ich habe gestern abend zu viel getrunken …«

Er deutete auf das Röhrchen mit dem Aspirin, das zwischen der Kaffeekanne und dem Butterteller lag. Sie sah erst auf das Tablett herab und dann zu Gilbert auf. Er hatte mit Sorgfalt das Frühstück bereitet, wunderschönes Porzellan ausgesucht, altes Silberbesteck, ein Spitzendeckchen, und in einem Kristallväschen stand eine rote Rose.

»Wie lieb du bist«, murmelte sie.

Schamhaft, wie man mit über Fünfzig werden kann, hatten sie länger als ein Jahr dazu gebraucht, um miteinander ins Bett zu gehen. Isabelle mußte unpassenderweise kurz an Hugues denken, aber sie verscheuchte den Gedanken gleich wieder. Ihr Mann war schon lange tot, und die Trauer um ihn hatte sie so unglücklich gemacht, daß sie jetzt nicht mehr daran denken wollte.

»Dein Zimmer gefällt mir sehr, Gilbert!«

Der Raum war vollgestopft, das typisch wohlorganisierte Durcheinander eines Kunstliebhabers. Gilbert lächelte bescheiden. Natürlich mochte er Aquarelle und Bronzestatuen, aber seit ein paar Monaten hatte er der Einrichtung den letzten Schliff gegeben, weil er sich sicher war, daß Isabelle hier eines Morgens die Augen aufschlagen würde.

»Wenn der Peyrolles-Sohn gestern die Pferde nicht wiedergefunden hätte, wäre Jordane wahrscheinlich noch krank geworden. Natürlich hätte ich es besser gefunden, wenn der andere, Robin, hätte den Retter spielen können … Er ist ganz hin und weg, ist völlig verrückt nach ihr … Aber mit seiner Musterschüler-Ausstrahlung hat er keine großen Chancen, sie zu verführen!«

Gilbert freute sich über Isabelles Lachen. Wenn sie so ungezwungen plauderte, dann weil sie sich wohlfühlte und den letzten Abend und die Nacht nicht bereute.

»Arme Jordane … Ich bewundere sie, weißt du, aber richtig bedauern kann ich sie nicht. Und dabei ist sie doch meine Tochter und hat Sorgen genug! Aber immer, wenn ich sie mir genauer ansehe, dann ist sie so vergnügt, so schön, so jung und so voller Mutwillen, daß ich ihr Leben einfach nicht traurig finden kann!«

Sie knabberte an einem Toast und schenkte sich Kaffee nach.

»Was hältst du von ihrer Hotel-Idee? Der Amerikaner, den Lionel uns vorgestellt hat, machte einen sehr netten Eindruck, und er schien etwas von der Sache zu verstehen … Eigentlich käme mir diese Lösung gerade recht …«

Ihre Samtaugen suchten die von Gilbert. Er ergriff ihre Hand auf dem Laken und ermutigte sie weiterzusprechen.

»Sonst werde ich niemals frei sein.«

Er verstand, was sie damit sagen wollte. Auch wenn sie ein wenig weltfremd wirkte, käme Isabelle nie auf den Gedanken, ihre beiden Töchter in dem riesigen Haus allein zu lassen, mit einer Exschwiegermutter als einziger Gesellschaft! Das kam nicht in Frage.

»Mein Vater liebte Le Biloba«, fügte sie hinzu. »Genau wie den Namen Valence, auf den er so stolz war! Weißt du, daß ich niemals Hugues Namen tragen konnte? Weißt du, daß er sich von Jordane dasselbe ausbedungen hat, als sie Lionel heiraten wollte? Weder Tardivaux noch Senanque, nur Valence. Und nur Mädchen …«

Nun war es geschehen, sie hatte doch davon gesprochen, hatte Hugues Namen in der Unterhaltung fallen lassen. Er ließ ihre Hand frei, die er bis jetzt zwischen seinen Händen gefangengehalten hatte, und räusperte sich.

»Isabelle«, fing er an. »Ich weiß, daß dir das Andenken an deinen Mann sehr teuer ist. Daran werde ich nie Anstoß nehmen, das verspreche ich dir. Du kannst deine Erinnerungen eifersüchtig für dich behalten oder sie, ganz im Gegenteil, mit mir teilen, ich bin in jedem Fall einverstanden.«

Mit einem kurzen Seufzer der Erleichterung ließ sie sich in das Kissen zurücksinken. Ihr reiferes Alter hatte wirklich auch sein Gutes, sie benahmen sich nicht mehr wie die Kinder. Auf dem Nachttisch klingelte leise das Telefon. Gilbert nahm ab.

»Guten Morgen Nora ... Ja, sie ist hier ... Wollen Sie mit ihr sprechen? ... Gut, ich werde es ihr ausrichten ...«

Amüsiert legte er den Hörer auf.

»Deine Tochter hat sich Sorgen gemacht.«

Isabelle lachte entzückt auf.

»Verkehrte Welt! Ich komme nachts nicht nach Hause, und die Kleinen regen sich auf!«

Stolz teilte er ihre Fröhlichkeit. Mit Geduld war es ihm gelungen, sie zu erobern, alle ihre Widerstände einen nach dem anderen zu überwinden, er hatte sie ihre Jugend wiederfinden lassen und ihre Kinder vergessen.

»Ach ja«, fiel ihm ein. »Nora wollte dich daran erinnern, daß ihr heute nachmittag einen Termin habt.«

Sofort wurde Isabelle ernst.

»Mein Gott, stimmt ja. Um drei Uhr müssen wir zu dem Chirurgen ...«

Das war die einzige Sache, die sie traurig stimmen konnte, und wenn sie traurig war, wirkte sie weniger jung. Gilbert tat ihr Schmerz beinahe körperlich weh. Er hätte Nora am liebsten mit einem Zauberstab auf einen Schlag geheilt, oder, noch besser, so viel Geld gehabt, daß Isabelle sich nie wieder Sorgen machen mußte. Flüchtig dachte er an Django, und ihm war klar, daß er sich noch tiefer in den Teufelskreis begeben würde.

Robin hatte alle seine Überredungskünste aufbieten müssen, bis Jordane sich zu dem Mittagessen bereit erklärte. Vielleicht wollte sie etwas auf Distanz gehen, doch das ertrug er nicht. Er nahm zum Vorwand, daß man sich bei Pascal bedanken müsse und daß er die Gelegenheit genutzt habe, um Cécile dazuzubitten und daß so ein Essen zu viert ihnen allen guttäte. Schließlich hatte sie nachgegeben, und er hatte das Treffen im »Regalido« in Fontvieille anberaumt. Dann hatte er schnell Pascal angerufen, den er ohne allzu große Mühe überzeugen konnte, danach Cécile, die sofort ja sagte.

Um ein Uhr fanden sie sich im schattigen Garten des Restaurants ein. Robin hatte Jordane auf Le Biloba abgeholt. Sie trug ein weißes Hemd und weiße Jeans, ihre dunklen Haare fielen ihr lose auf die Schultern. Cécile war wie immer ein wenig zu herausgeputzt, in einem lavendelfarbenen Kleid und mit raffiniertem Make-up.

Ohne zu fragen, bestellte Robin Champagner für die ganze Runde. Dann studierten sie alle eine Weile die Speisekarte, um sich schließlich auf einen Miesmuschelauflauf und danach Seeteufel zu einigen. Unter den großen Bäumen war es nicht zu heiß, und ein leichter Wind kräuselte die Tischdecke.

»Bald ist die Prozession von Saintes-Maries-de-la-Mer«, rief Cécile ihnen in Erinnerung. »Die Zigeuner fangen allmählich an sich zu versammeln ...«

»O Sànti Mario ...«, witzelte Pascal.

Jordane, die seit dem vorgestrigen Tag neugierig geworden war, nutzte die Gelegenheit, um ihn auszufragen.

»Sprechen Sie provenzalisch? Ich habe gehört, wie einer Ihrer Gardians, so ein ganz junger Typ, ein paar Worte mit meinem alten Sempion gewechselt hat!«

»Du weißt doch, daß er ein Traditionalist ist!« meinte Cécile spöttisch.

Pascal warf ihr einen kühlen Blick zu und wandte sich dann Jordane zu.

»Mistral hat gesagt, daß es die Sprache der Freiheit ist. Letztes Jahr bei der Abiturprüfung haben tausend Schüler das Examen in Provenzalisch abgelegt. Das ist doch was. Die meisten meiner Leute sprechen es, das stimmt, oder aber sie verstehen es zumindest. Wie überhaupt viele Leute hier, wenn sie sich etwas Mühe geben würden.«

»Aber es ist völlig unnütz«, widersprach Cécile. »Es ist ...«

»Du redest Unsinn«, bemerkte Pascal trocken. »Das

Provenzalische hat einen so großen Wortschatz, daß man unendliche Feinheiten damit ausdrücken kann.«

Cécile war verletzt und wollte ihr Gesicht nicht verlieren. Sie spöttelte weiter:

»Aber es ist eben keine richtige Sprache, es sind nur Dialekte, Mundarten ...«

Der hellgraue Blick Pascals streifte sie mit offensichtlicher Verachtung.

»Zugegeben. In der Camargue ist es eher der Mittelmeer-Dialekt, aber du kannst dich mit demjenigen verständigen, der das *Gavot* aus der Gegend um Gap spricht oder das Provenzalisch der Alpen.«

»Und, wann benutzt du es?«

Sie zwang sich, ihn herauszufordern, und die Antwort ließ nicht auf sich warten.

»Vor allem, wenn ich nicht will, daß irgendwelche Idioten mich verstehen!«

Die zwei anderen tauschten einen verlegenen Blick. Dieses Mittagessen drohte eine ungute Wendung zu nehmen. Jordane wandte sich mit einem breiten Lächeln an Pascal.

»Sagen Sie irgendeinen Satz, egal welchen ...«

»Dou Rose camarguen siéu oun ribeirou. Das heißt ...«

»Ich bin ein Bewohner der Camargue an der Rhône!«

»Bravo«, lobte er sie, begeistert.

Er lächelte ihr ermutigend zu, und sie erklärte, daß sie ihre mageren Kenntnisse ihrem Großvater verdanke. Lionel hätte über die ewigen Anspielungen auf François nur gespottet, aber Pascal pfiff anerkennend durch die Zähne.

»Ich trinke auf Jordanes Andalusier«, sagte Robin und hob sein Glas.

Als er Jordane auf die Corrida eingeladen hatte, hatte er einen Punkt gemacht, aber er hatte ihn wieder verloren, als er sich unfähig gezeigt hatte, ihr Milagro zurückzubringen.

»Und auf Le Biloba«, fügte Pascal hinzu. »Das ist wirklich ein traumhaftes Fleckchen Erde …«

Er trank genüßlich zwei Schlucke Wein und bemerkte dann mit Unschuldsmiene:

»Ihr Besitz hat etwas ganz Erhabenes, beinahe Perfektes. Ich weiß auch nicht, ob das an der Architektur liegt oder an der außergewöhnlichen Umgebung, mit diesem Hügel und all den Pflanzen, die man dort gar nicht vermuten würde …«

Jordane verstand sofort, worauf er hinauswollte und kam ihm zuvor.

»Ich werde ihn leider in ein Hotel umwandeln müssen.«

»Soll das ein Witz sein?«

»Ganz und gar nicht!«

»Aber das ist ein Verbrechen!«

Das hatte er so bissig gesagt, daß sie den Kopf hob und ihm unnachsichtig in die Augen sah.

»Das ist doch wohl mein Problem und geht nur mich etwas an.«

»Ist Ihnen denn nicht klar, was Sie da zerstören werden? Wollen Sie denn sein wie all die Leute, die auf dem Rücken der Camargue schnelles Geld verdienen? Die diese falschen Ranches auf echten alten provenzalischen Höfen aufgebaut haben und die überall am Straßenrand die großen Werbetafeln aufgestellt haben, um Kunden anzulocken. Die irgendwelche abgemagerten Schindmähren den ganzen Tag in der brütenden Sonne auf der Weide stehen lassen, um Spaziergänger anzulocken, Sie wissen schon, die Sorte Tourist, die noch nie zuvor im Leben ein Pferd in natura gesehen hat, aber für 30 Piepen die Stunde was erleben will und dann das Foto von sich zu Pferde mit nach Hause nehmen kann!«

Er schöpfte Atem, aber niemand versuchte, ihn zu unterbrechen.

»Haben Sie gesehen, wie die Gegend an der Landstraße von Arles nach Saintes-Maries inzwischen aussieht?«

»Der Handel muß sein«, antwortete Jordane ihm ruhig. »Und der Tourismus auch.«

»Bed & Breakfast; Sangria und Bodegas, Pommesbuden! Wie international! Eine einzige Absahnerei!«

Verärgert hoffte Robin, daß Jordane die Ruhe bewahren würde. Pascal nahm wirklich kein Blatt vor den Mund und schon gar nicht, wenn es um »seine« Camargue ging.

»Von irgend etwas muß man ja schließlich leben«, sagte er aufs Geratewohl.

Sein Bruder warf ihm einen vieldeutigen Blick zu und sprach dann etwas leiser weiter:

»Ja, natürlich ... Auch ich lebe vom Tourismus und bin natürlich nicht dagegen. Ich finde nur, daß es klare Beschränkungen geben sollte, an die sich jeder halten muß. Zum Beispiel beim Brandmarken im Frühjahr schicke ich immer Leute wieder weg, weil ich nicht will, daß die Manade sich in einen Jahrmarkt verwandelt. Ich nehme mir Zeit, den Gästen alles zu erklären, und ich brandmarke niemals unnötig! Ich kenne da welche, die tatsächlich ihre *anoubles** auf beiden Hinterbacken zeichnen.«

Jordanes goldener Blick ruhte ein wenig spöttisch auf ihm und ärgerte ihn. Er zwang sich, seine Ruhe wiederzufinden, bevor er schloß:

»Manchmal gibt es natürlich auch großartige Maßnahmen, das erkenne ich an. Das Bauernmuseum in Rousty, die Landschaftsschutzgebiete, das Reservat von Capelière, die Sumpfjagden, die Wanderwege ... all das finde ich gut. Aber Eldorado City und O. K. Corral ...!«

Er lachte, und Jordane nutzte die Atempause unverzüglich aus.

»Ich will aus Le Biloba auch nur ein kleines, diskretes und wunderbar in die Landschaft gefügtes Luxushotel machen.«

»Und wenn die Kunden Ihre Pferde reiten wollen? Und

* Die jungen Stiere, die im Frühling des Vorjahres geboren wurden.

sich beklagen, daß es am Swimmingpool Mücken gibt? Wenn sie Sie mit den Fingern herbeischnipsen wollen?«

»Derjenige, der das wagt, ist noch nicht geboren!« explodierte Jordane.

Wütend stieß sie ihren Teller zurück.

»Sie haben das Recht, die Gegend zu schützen, nicht gepachtet! Und Sie haben gut reden – Sie brauchen kein Geld!«

Diese direkte Anspielung auf die Manade, die Vincent ihm auf einem Silbertablett serviert hatte, ließ Pascal erbleichen. Es folgte ein peinliches Schweigen, das niemand zu brechen wußte. Der Ober lenkte sie ab, indem er den Kaffee servierte. Als Robin aufstand, um die Rechnung zu begleichen, folgte Jordane ihm. Sie warf einen Blick auf den Scheck, den er ausstellte, und seufzte.

»Dein Bruder geht mir auf die Nerven ... Ich würde jetzt gerne nach Hause fahren ...«

Sie ging weiter zu den Toiletten. Pascal hatte sie wütend gemacht, aber da war noch etwas anderes. Sie war unglücklich, ohne zu wissen warum. War es, weil sie von dem Hotel geredet hatten? Oder weil ihr plötzlich eingefallen war, daß ihre Mutter und ihre Schwester gerade im Krankenhaus darauf warteten, an die Reihe zu kommen. Oder war es Céciles aufgelöstes Gesicht, ihre erbärmlichen Versuche, sich zu wehren, wobei sie aussah wie ein geprügelter Hund? Oder war es, weil sie für Robin eindeutig nichts empfand?

Langsam ging sie durch den Eßsaal, sie hatte es nicht eilig, zu den anderen zurückzukommen. Vor der Tür, die in den Garten führte, wartete Pascal auf sie. Überraschenderweise lächelte er ihr beinahe schüchtern zu.

»Verzeihen Sie mir«, sagte er schnell. »Ich wollte dieses Essen nicht verderben ...«

Augenblicklich verschwand Jordanes Traurigkeit. Sie legte ihm die Hand auf die Schulter, einerseits als Friedensangebot und andererseits um eine Geste zu erwidern, die ihr gefallen hatte.

»Und was Ihren Besitz betrifft«, fügte er hinzu, *»vaou mai douna la lano qué lou moutum!«**

Sie nickte ernst und wandte sich ab. Dann ging sie zu Robin und Cécile, die auf dem Parkplatz des Restaurants warteten.

Als der Chirurg endlich mit den Röntgenbildern wiederkam, hörte Isabelle auf, den Umhängeriemen ihrer Handtasche zu malträtieren. Nora hielt sich sehr gerade, und Isabelle vermied es, sie anzusehen. Seit Jahren ging dieses Martyrium nun schon so. Untersuchungen, Kontrolluntersuchungen, Röntgenaufnahmen, Tests und Proben aller Art, Einweisung ins Krankenhaus, Operation, Rehabilitation, Genesung, und dann ging es wieder von vorne los. Und jedesmal gab es einen kleinen beruhigenden Vortrag, der in wohlwollendem Ton gehalten wurde.

»Ich bin sehr zufrieden«, sagte der Chirurg und klemmte die Röntgenbilder an die Leuchtwand. »Noch ein Anlauf, und dann hast du es wahrscheinlich wirklich geschafft! Wir machen Fortschritte, weißt du, aber du mußt noch einmal den Willen aufbringen ... Aber es ist das letzte Mal, das verspreche ich dir!«

Er duzte sie, als wäre er ein alter Freund, und doch war er es, der für sie all die Torturen, die sie seit zwanzig Jahren erduldete, symbolisierte.

»Das letzte Mal?« fragte Nora tonlos.

»Ich werde mein Bestes tun ... Wenn es keine böse Überraschung gibt, müssen wir dann nicht mehr drangehen. Willst du es im Herbst wagen? Dann hast du den Sommer, um zu verschnaufen und um das Ergebnis des letzten Ein-

* Es ist besser, die Wolle herzugeben als das Schaf.

griffs zu konsolidieren. Und dann legen wir am … laß uns sehen … am 2. September los! Ich schreibe dich in meinen Terminkalender, einverstanden?«

Sie nickte wortlos. Er sah sie einen Moment an und runzelte die Brauen.

»Beunruhigt dich etwas, Nora?«

Sie antwortete nicht, und er wandte sich Isabelle zu, die zu stottern begann:

»Äh … ja … wie soll ich es sagen? Ich glaube, sie macht sich große Gedanken darum … wie ihre Beine danach aussehen werden …«

»Ach so. Ich verstehe.«

Er setzte sich bewußt nicht in den Sessel, sondern direkt vor Nora auf den Schreibtisch.

»Was das betrifft, kann ich dir nichts garantieren. Da wir es sowieso noch einmal aufmachen müssen, werde ich versuchen, sie so ästhetisch wie möglich hinzubekommen. Und ein paar Monate später, oder auch ein Jahr, schicke ich dich zu einem Kollegen, der plastische Chirurgie macht. Bist du nun zufrieden?«

»Zufrieden?« fragte sie tonlos.

Er flüchtete sich hinter seinen Schreibtisch, hatte sich in seiner Ungeschicklichkeit verheddert.

»Hör zu, Nora, sei nicht kindisch … Wenn du im letzten Jahrhundert gelebt hättest, könntest du nicht einmal gehen. Und jetzt kannst du dich normal bewegen, und du hast keine Schmerzen, stimmt's? Ich glaube, die ganze Mannschaft hier hat wirklich getan, was sie konnte … Wir reden später noch mal darüber … Du wirst schon sehen, am Ende wird alles gut …«

Nora stand auf, ging aus dem Büro und knallte die Tür zu. Der verdutzte Chirurg warf Isabelle einen fragenden Blick zu.

»Was hat sie denn?«

Isabelle kämpfte mit den Gefühlen, die sie angesichts der

Reaktion ihrer Tochter zu überwältigen drohten. Dann fing sie sich wieder und antwortete ruhig.

»Sie hat einfach genug. Genug davon, sich zu verhüllen, zu humpeln, zu leiden, ihre Familie in den Ruin zu treiben. Ich weiß, Sie können nichts dafür.«

Sie holte ihr Scheckheft hervor, um die Untersuchung zu bezahlen.

»Was mein Honorar für den nächsten Eingriff angeht«, sagte er und räusperte sich, »Sie können es gerne in Raten abzahlen, wenn Sie es wünschen …«

Mit einem hochmütigen Lächeln, von dem sie nur äußerst selten Gebrauch machte, schüttelte Isabelle den Kopf.

»Das ist sehr freundlich von Ihnen, aber es wird nicht nötig sein.«

Schließlich war sie eine Valence und war weder gewohnt, auf Pump zu leben noch Mildtätigkeiten zu empfangen. Sie hatte zwar keine Ahnung, wie sie ihn bezahlen sollte, aber sie war sich sicher, daß sie es schon irgendwie schaffen würde.

»Ist … ist Nora vielleicht verliebt?«

Isabelle schreckte hoch. Verblüfft sah sie den Chirurgen an.

»Nora? Aber in wen denn, du liebe Güte? Die arme Kleine …«

Aber die Idee ging ihr nicht aus dem Kopf, und Isabelle fand die Frage schließlich gar nicht mehr so dumm.

»Eigentlich weiß ich es einfach nicht«, gestand sie ein.

»Sie ist dreißig«, rief er ihr in Erinnerung. »Und sie hat noch nie …«

»Nein, noch nie!«

»Na ja, alles fängt irgendwann einmal an …«

Er brachte sie zur Tür und gab ihr die Hand.

»Können Sie oder Ihre Kollegen wirklich etwas an den Narben machen?«

Der Blick aus Isabelles braunen Samtaugen bewegte den Chirurgen.

»Etwas ja, aber ganz: nein ...«

Sie schlug die Augen nieder und zeigte ihm, daß sie den Unterschied verstanden hatte. Nora fand sie im Gang vor den Aufzügen. Endlich einmal hatte ihre Tochter nicht diesen resignierten Gesichtsausdruck. Sie drückte lebhaft auf den Aufzugsknopf.

»Es ist erst vier Uhr!« sagte sie, als sie sich in den Lift quetschten. »Wenn wir uns beeilen, können wir am Flughafen Lionel und Sydney einsammeln, dann bräuchten sie kein Taxi zu nehmen.«

Isabelle öffnete den Mund, aber ihr fiel keine Antwort ein. Plötzlich fing sie hellauf zu lachen an.

»Darf ich wissen, was du so komisch findest?« fragte Nora ein bißchen pikiert.

»Nichts. Reine Nervosität! Wann landet das Flugzeug? Ist das nicht ein bißchen weit? Montpellier – Nîmes ...«

»Es ist doch Autobahn!«

»Ja, wenn der Rover mitspielt, dann dürfte es wohl zu schaffen sein.«

Als sie durch die Empfangshalle des Krankenhauses gingen, hatte Isabelle Mühe, ihrer Tochter zu folgen. Eine plötzliche Hoffnung wuchs in ihr, und sie überlegte, daß der Chirurg recht gehabt hatte. Nora hatte sich in diesen Amerikaner verguckt. Das war wunderbar. Endlich hatte sie angefangen zu leben!

Jordane und Robin beugten sich in Hugues altem Labor über einen Karton voller Fotos. Ihm war wieder eingefallen, was Jordane ihm in jener Gewitternacht anvertraut hatte, und er hatte darum gebeten, die Abzüge zu sehen, denen Hugues sein Leben gewidmet hatte. Zuerst nur überrascht von der Qualität der Bilder, zogen deren Charme und

Gefühlsstärke ihn schon bald in ihren Bann. Es fiel ihm nicht schwer, Jordane zu erklären, daß ihr Vater ein großes Talent gewesen sei.

»Davon sind wir alle überzeugt«, antwortete Jordane. »Aber er hat nie auch nur ein einziges verkauft. Er hat es allerdings auch nie versucht …«

Für sie war das kein Tabuthema. Sie hatte keine Schuldgefühle, und sie hatte ihrem Großvater nähergestanden als ihrem Vater. Sie stöberten lange, schlugen staubige Alben auf, öffneten vergilbte Umschläge. Am Ende fragte Robin, ob er ein paar Abzüge mitnehmen könne, um sie einem Experten zu zeigen. Jordane war einverstanden und sah ihm gleichgültig zu, wie er eine Auswahl traf. Er suchte eine Serie über den Wald von Barbentane heraus, eine andere mit Teleaufnahmen von den Feldheuschrecken aus der Crau mit ihren blau-rot schillernden Flügeln und dann noch eine mit den Andalusiern. Dann zögerte er eine Weile und nahm noch eine Vergrößerung von einem Turmfalken mit. Sorgfältig legte er sie alle in eine Schachtel. Dann bat er sie um einen letzten Gefallen.

»Das sind jetzt zweiundachtzig, und ich werde sie dir alle zurückbringen. Aber dieses hier, könntest du mir das nicht schenken?«

Er deutete auf einen 30 x 40-Abzug, der neben dem Fenster an die Wand geheftet war. Gleich beim Hereinkommen war es ihm aufgefallen, und immer wieder hatte sein Blick liebevoll darauf geruht. Das Foto zeigte Jordane mit wehendem Haar, bestimmt im wilden Galopp auf einem Pferd, das nicht zu sehen war. Sie konnte nicht viel älter als zwanzig sein und strahlte eine unbändige Lebensfreude aus.

»Nimm es«, sagte Jordane nach leichtem Zögern.

»Darf ich?«

Ihr war nicht ganz wohl dabei, aber sie nickte. Acht Jahre waren vergangen, seit dieser Moment aufs Bild gebannt worden war. Damals war Jordane voller Illusionen gewesen, und was war ihr davon heute geblieben? Was hatte sie mit all der Zeit gemacht? Wohin hatte sie Le Biloba geführt, wenn nicht ins Nichts? Und warum hatte sie keine Kinder, die langsam alt genug waren, um zu lernen, sich auf dem Rücken eines Andalusiers zu halten?

Während er das Bild vorsichtig abnahm, um es nicht zu beschädigen, sah er durch das Fenster den Rover die Allee hinaufkommen.

»Da kommt deine Mutter ...«

Jordane kam näher und sah hinaus. Lionel und Sydney stiegen aus dem Wagen. Als sie sah, daß Sydney eine große Dokumententasche trug, fühlte sie sich etwas besser. Es war wirklich allerhöchste Zeit, die Dinge in Angriff zu nehmen.

»Komm, gehen wir«, sagte sie mit Bestimmtheit. »Maman fände es schrecklich, wenn sie wüßte, daß wir hier waren. Das ist ein Heiligtum! Versteck den Karton unauffällig ...«

Sie stürmte den Flur entlang, und er blieb enttäuscht zurück, denn er dachte, es sei Lionel, dem sie entgegenrannte. Es war aber Isabelle, auf die sie zustürzte und die sie in die Küche zog, um vor allem anderen ganz genau zu erfahren, was der Chirurg in Montpellier gesagt hatte. Beleidigt räumte Alice das Feld und ging den Besuch begrüßen.

Schließlich saßen sie alle beisammen auf den alten schmiedeeisernen Stühlen, um den kalifornischen Wein zu kosten, den Sydney mitgebracht hatte. Nora war verschwunden, um sich umzuziehen, und kam in einer Jeans, die sie sich von Jordane geliehen hatte, und einem rosa T-Shirt wieder herunter. Ihre langen kastanienfarbenen Haare hatte sie hochgesteckt, damit ihr schlanker Hals besser zur Geltung kam. Der hereinbrechende Abend brachte ein hochwillkommenes kühles Lüftchen mit sich. Jordane war noch immer in ihren Reitsachen, aber sie schien entschlossen, sich nicht um ihr Aussehen zu scheren und sich nicht umzuziehen. Sie saß zwischen Robin und Lionel, die sich höflich ignorierten.

Nachdem er zehn Minuten lang über Allgemeines gesprochen hatte, um nicht mit der Tür ins Haus zu fallen, wandte Sydney sich direkt an sie.

»Ich habe ausgezeichnete Neuigkeiten für Sie«, sagte er fröhlich.

Ungeduldig beugte sie sich vor und stützte ihr Kinn in die Handflächen. Sydney nahm seine Aktentasche und zog einen dicken Ordner heraus, auf dem mit Großbuchstaben der Name Valence stand – was Jordane an einen gewissen Léon Carmaux, Gerichtsvollzieher, erinnerte.

»Nachher können wir gemeinsam alle Einzelheiten durchgehen, aber das Wesentliche ist das hier …«

Triumphierend präsentierte er ihr drei aneinandergeheftete Bogen.

»Ein erster Überblick demonstriert eindrucksvoll, daß die geographische Lage ideal ist, ebenso die Größe des Gebäudes. Wie Sie sehen werden, geht es weder darum, hier ein Hilton zu bauen, noch darum, Ihre Bastide zu zerstören!«

Nur Nora lachte, sonst herrschte gespannte Stille auf der Terrasse.

»Was die Hotels und Gasthöfe der verschiedenen Kategorien hier im Umkreis von fünfundzwanzig Kilometern betrifft, ist die Vorabstudie zu einem sehr überzeugenden Ergebnis gekommen. Um den Bebauungsplan für die Umgegend brauchen Sie sich keine Sorgen zu machen, da Le Biloba in der Mitte einer großen Fläche Landes liegt, das Ihnen selbst gehört. Was uns übrigens erlaubt, ein paar Vorrichtungen der Luxusklasse ins Auge zu fassen. Und was die Verkehrsanbindung betrifft: Die ist allemal ausreichend und stört trotzdem nicht diese herrliche und etwas wilde Einsamkeit, die den Charme des Hotels ausmachen würde …«

Er machte eine höfliche Pause und sah einen nach dem anderen an, schien auf mögliche Fragen zu warten. Um die Spannung zu erhöhen, zögerte er noch einen Moment und fuhr dann fort:

»Kurz und gut, das klingt alles fabelhaft. Wenn Ihre Idee noch Gültigkeit hat: Ich würde sagen, sie taugt etwas!«

Jordane war es, auf deren Reaktion er wartete, und sie wagte den Sprung ins kalte Wasser:

»Also, diese gute Nachricht müssen wir feiern! Aber mit etwas anderem als Ihrem sauren Zeug, Sydney. Denn, ganz unter Freunden, dieser Wein ist wirklich nicht gerade umwerfend.«

Ihr Lächeln war nicht gekünstelt. Sie hatte sich entschieden und war entschlossen, nicht zurückzublicken. Lionel beobachtete sie mit Interesse. Er kannte sie gut und auch ihre plötzlichen Entschlüsse, ihre plötzlich bis aufs äußerste gespannte Willenskraft. Jordane dachte, es ist wie mit den Andalusierfohlen. Es gab immer ein erstes Mal, wo man sich auf den Rücken eines Tieres schwingen mußte, dessen Charakter man noch nicht kannte. Dasselbe Gefühl von Gefahr und Unbekanntem verspürte sie, was dieses Hotel betraf. Aber es gab keine andere Wahl mehr für Le Biloba. Und für Nora.

Lionel ging den Champagner holen, den er mitgebracht hatte, während Sydney mit seinen Erläuterungen zum Ende kam.

»Wenn es Ihnen recht ist, werde ich ein paar Tage hier verbringen. Ich muß noch ein paar genauere Erhebungen für einen richtigen Kostenvoranschlag machen. Wie Sie verstehen werden, ist der entscheidende Punkt das Verhältnis zwischen den Investitionen und der Rentabilität. Wenn wir da wissen, woran wir sind, können wir uns den juristischen Problemen stellen.«

Er fügte nicht hinzu, daß er bereits ein prinzipielles Ja der Hotelkette, für die er als Berater tätig war, in der Tasche hatte. Er wollte Rücksicht auf die Familie Valence nehmen, und Lionel hatte ihm geraten, Jordane mit Samthandschuhen anzufassen. »Bleiben Sie, solange Sie möchten«, sagte Nora zu dem Amerikaner.

Er wandte sich ihr zu und dankte ihr mit einem höflichen Lächeln. Mit gepreßter Stimme fragte Alice:

»Bleiben alle zum Abendessen?«

Ein sehr verlegener Robin erhob sich, doch Jordane zwinkerte ihm zu.

»Ja, dann sind wir sieben, das ist eine Glückszahl … und Glück werden wir weiß Gott gebrauchen können!«

Sie spürte Lionels bohrenden Blick auf sich ruhen. Bei der Vorstellung, daß er eifersüchtig sein könnte, hätte sie beinahe mit den Schultern gezuckt. Wenn er Robin beneidete, dann hatte er sich den Falschen ausgesucht. Und überhaupt hatte er keinerlei Recht dazu. Sie mußte sich wirklich unbedingt um die Scheidung kümmern und einen Anwalt aufsuchen. Sie fragte sich nicht, warum sie es plötzlich so eilig hatte, wo sie doch ihre unklare Situation, ohne das Gefühl, handeln zu müssen, so lange hatte bestehen lassen. Auch Alice sah ihre Schwiegertochter streng an. Die Art, wie Jordane ständig alles bestimmte, hatte sie schon immer erbost.

»Und«, fragte sie, »werden wir nächstes Jahr nicht mehr auf der Terrasse essen können? Wird sie für die Gäste da sein?«

Diese beiden Sätze ließen alle verstummen. Ein paar Augenblicke lang war nur noch das Zirpen der Grillen und das leichte Rauschen des Windes in den Wipfeln des Ginkgos zu hören.

Isabelle hatte die Augen niedergeschlagen und schien über Alices Frage nachzusinnen. Lionel starrte seine Mutter ungläubig und wütend zugleich an. Sydney trommelte mit den Fingern auf dem Aktenordner herum, der vor ihm lag, und wartete darauf, daß jemand etwas antwortete.

»Dann essen wir eben woanders«, sagte Jordane schließlich kühl.

Robin mußte sich zwingen, nicht aufzustehen und sie zu umarmen. Er ahnte, was sie fühlte, litt mit ihr und bewunderte sie grenzenlos. Sie war es, der die gemeinen Fragen von Alice am meisten wehgetan hatten, da war er sich sicher.

»Ich werde es nicht noch einmal sagen, Alice, aber es gibt keinen anderen Ausweg. Dies Hotel ist keine Laune von mir, es ist unser aller Rettung. Die Idee, meine Terrasse, mein Zimmer aufgeben zu müssen, macht mich wahrscheinlich unglücklicher als Sie … Im übrigen bin ich davon überzeugt, daß unsere Privatprobleme Sydney nicht interessieren. Wenn es Ihnen recht ist, reden wir lieber ein andermal unter uns darüber.«

Außer sich, hätte Alice sich beinahe vergessen, aber dann besann sie sich eines Besseren. Jordane hatte sie nicht ausgeschlossen, im Gegenteil, sie hatte sie in die Familie Valence miteinbezogen. Äußerst würdevoll erhob sie sich und ging in die Küche. Sie hatte den ersten Topf noch nicht in der Hand, als Lionel auftauchte.

»Was denkst du dir eigentlich?« flüsterte er. »Dieses Hotelprojekt ist großartig!«

»Wohl wie alles, was Jordane tut …«

»Oh, ich bitte dich!«

»Man muß dich doch nur ansehen, dann weiß man Bescheid. Was sie auch tut, du findest es gut. Übrigens warne ich dich, zur Zeit geht sie ständig abends aus. Wenn du sie nicht wirklich verlieren willst, wird es allmählich Zeit, daß du etwas unternimmst, mein Sohn!«

So hatte sie ihn schon seit Jahren nicht mehr genannt. Er kam sich alt und hilflos vor und seufzte tief.

»Ich habe sie schon lange verloren … Wußtest du das nicht?«

Sie legte das Geschirr weg und sah ihm in die Augen.

»Armer Lionel …«

Für einen Moment war sie ganz weich geworden und streichelte ihm über die Wange.

»Es ist nie etwas ganz verloren. Alles ist nur eine Frage des Willens.«

»Weißt du, was den Willen angeht, da braucht sie niemanden zu fürchten. Und sie und ich, wir wollen einfach nicht dasselbe …«

Er sah traurig aus, bitter und ein wenig verloren.

»Liebst du sie immer noch?« fragte Alice ihn überraschend.

Er ließ sich Zeit darüber nachzudenken, aber er kannte die Antwort.

»Ich fürchte, ja«, murmelte er.

Sie musterte ihren Sohn und erklärte gedankenverloren: »Was du brauchst, ist eine weiche Frau …«

»Jordane ist nicht böse!«

»Nein«, gab sie zu. »Aber sie ist hart.«

»Na, ist das eine Verschwörung?« ertönte Isabelles Stimme von der Küchentür aus. Wie Kinder, die man bei etwas Verbotenem ertappt hat, erschraken Alice und Lionel und hofften, daß diese ihre letzten Sätze nicht gehört hatte. Ostentativ nahm Isabelle einen Stapel Teller aus dem Schrank. Alice wartete, bis sie wieder aus dem Raum war, und verkündete dann spöttisch:

»Wenn man sie so ansieht und wenn man ihr Alter bedenkt, würde man es ja nicht für möglich halten, aber stell dir vor, sie übernachtet bei jemandem …«

Lionel unterdrückte den Drang, laut loszulachen, und verkniff es sich, seiner Mutter zu gestehen, daß er das höchst erfreulich fand.

Das Abendessen hatte lange gedauert. Schließlich hatten Sydney und Lionel das Zeichen zum Aufbruch gegeben, indem sie nach oben schlafen gegangen waren. Jordane hatte Robin zum Auto gebracht, ihn auf beide Wangen geküßt und hatte ihm, als er losfuhr, nachgewunken.

Sobald sie die Küche fertig aufgeräumt hatten, gingen auch Nora und Alice auf ihre Zimmer im ersten Stock. Jordane fand sich allein mit ihrer Mutter im weichen Licht der Hängelampe. Sie hatten sich an dem großen Tisch gegenüber gesetzt, sie wußten, daß sie etwas zu besprechen hatten. Während sie rauchte, erklärte Isabelle detailliert, was sie erwartete. Erst die Operation im September, dann die plastischen Eingriffe. Die Kosten waren schwindelerregend, aber am Ende gäbe es ein wenig Hoffnung für Nora.

Jordane rechnete bitter durch, daß sie mindestens vier Pferde verkaufen müßte, um das in Angriff nehmen zu können. Aber sie hatte keinen Kunden in Aussicht. Was das Hotel betraf, so hätten bis zum Herbst wahrscheinlich noch nicht einmal die Bauarbeiten begonnen. Und bei ihrem Kontostand kam ein Kredit bei der Bank nicht in Frage.

»So sieht es also aus«, sagte Isabelle tonlos.

Mit Jordane über diese Finanzfragen zu sprechen, war etwas ganz Selbstverständliches, Natürliches.

»Uns wird schon etwas einfallen, Maman ...«

»Wir können den Krankenhaustermin natürlich auch aufschieben, schließlich hat es damit ja keine Eile.«

»Das kommt nicht in Frage!«

»Sicher.«

Sie lächelten sich verschwörerisch an. Trotzdem gab Isabelle nicht zu, daß sie das Angebot des Chirurgen, die Operationskosten in Raten zu bezahlen, abgelehnt hatte.

»Ich könnte Gilbert fragen«, sagte sie vorsichtig.

»Maman!«

Entsetzt war Jordane zurückgefahren. Verwirrt fragte sie trotzdem:

»Seid ihr ... ich meine, Gilbert und du ...«

»Ja«, antwortete Isabelle. »Wir sind, so ist es!«

»Oh, Maman ...«, seufzte Jordane und lächelte entzückt. »Ich freue mich so für dich.«

Das Licht der Deckenlampe fiel direkt auf Jordanes Locken, und sie schimmerten wie Seide. Isabelle streckte die Hand aus und strich über das Haar ihrer Tochter.

»Das ist lieb von dir.«

»Aber das macht die Sache noch heikler, Maman. Jetzt kannst du dir doch kein Geld mehr von ihm leihen!«

»Meinst du? Du wirst wohl recht haben. Das hatte ich auch gar nicht vor. Ich wollte ihn nur fragen, ob er ein paar Möbel für uns verkauft.«

Jordane betrachtete das Gesicht ihrer Mutter aufmerksam.

»Verstehst du, Jordane? Wenn wir sie jetzt verkaufen, dann merkt Nora nicht, daß es ihretwegen ist. Wir müssen das Geld nur bis zum Herbst beiseitelegen.«

Flüchtig ergriff Jordane über den Tisch hinweg die Hand ihrer Mutter. Sie hatte einen Kloß im Hals und mußte schlucken, ehe sie antworten konnte.

»Das ist wirklich eine wunderbare Idee.«

Auge in Auge saßen sie sich einen Augenblick lang reglos gegenüber.

»Manchmal habe ich das Gefühl, daß schon alles zu spät ist«, flüsterte Jordane. »Dieses Hotel ist wirklich ein Rettungsanker. Wir müssen noch ein wenig durchhalten, aber wir stehen am Abgrund.«

»Da hast du recht«, sagte Isabelle ernst. »Komm, wir treffen eine Auswahl.«

Ganz leise gingen sie aus der Küche und in den großen Salon. Jordane wartete, bis ihre Mutter die Tür geschlossen hatte, und machte erst dann den Kronleuchter an. Isabelle ging von einem Möbelstück zum anderen, legte zögernd eine Hand auf eine Kommode, strich im Vorbeigehen über einen Sekretär. Schließlich ließ sie sich in einen Lehnsessel fallen.

»Entscheide du«, sagte sie zu Jordane.

»Aber nein. Ich verstehe nichts davon. Du bist die Fachfrau!«

Isabelle ließ noch einmal ihre Blicke durchs Zimmer wandern.

»Meiner Ansicht nach ist dieser zierliche Damenschreibtisch hier ziemlich wertvoll … Und diese beiden Medaillonstühle, auf denen sitzt sowieso nie jemand. Die Standuhr vielleicht? Oder … das alte Kühlgefäß?«

Jordane beobachtete ihre Mutter, und ihr wurde plötzlich klar, daß Isabelle, ebenso leichten Herzens, wie sie sich in irgendein beliebiges Trödelstück verlieben konnte, die Familienmöbel opferte, wenn es um eines ihrer Kinder ging. Im Grunde war es sehr einfach, und was Le Biloba betraf, nicht viel anders. Die Liebe zu den Gegenständen wurde sehr relativ, wenn das Glück der Menschen, die man liebte, auf dem Spiel stand. Ihre Mutter führte ihr das gerade vor, und Jordane, die sich beruhigt hatte, wurde allmählich wieder fröhlich. Sie fragte sich, was ein Außenstehender wohl denken würde, wenn er sie beide gesehen hätte, wie sie in dem altmodischen, großen Salon mit den abgeschabten Teppichen und der abblätternden Farbe wie zwei Verschwörerinnen flüsterten, und unter François' Antiquitäten nicht etwa das heraussuchten, was ihnen am wenigsten fehlen, sondern was ihnen am meisten Geld bringen würde.

Das unterdrückte Lachen Jordanes brach schließlich hervor, und Isabelle wurde schnell von der Albernheit ihrer Tochter angesteckt. Mit Tränen in den Augen und von Krämpfen geschüttelt, ließ Jordane sich an der Wand herabgleiten, und, den Rücken an eine der Säulen des Kamins gestützt, lachte sie Tränen. Man hörte sie wahrscheinlich in der ganzen Bastide, aber sie waren machtlos dagegen. Jedem anderen wäre nur schwer zu erklären gewesen, was an der Situation eigentlich so komisch war, für jeden, der nicht diesen besonderen Humor teilte, den Isabelle hatte und den sie an ihre Tochter weitervererbt hatte und mit dessen Hilfe die großen Gefühle komisch wurden und aus dem Unglück ein Freudenfeuer wurde.

Sie wischten sich die Tränen von den Wangen, als ein leises Geräusch sie unterbrach. Jemand klopfte ans Fenster, und

Jordane stand auf. Sie ging zum Fenster, und nach einem kurzen Kampf gelang es ihr, es aufzumachen. In der Dunkelheit stand gebeugt, mit der Mütze in der Hand und sorgenvoll Sempion.

»Ich habe noch Licht gesehen«, sagte er. »Es ist die Stute, ich glaube, sie fohlt …«

Jordane stützte sich auf der Fensterbank ab und war mit einem Sprung draußen. Sie ließ Sempion zurück und lief mit klopfendem Herzen zum Pferdestall. Seit vier Jahren hatte Magalone ihr wunderbare Fohlen geschenkt, und es kam gar nicht in Frage, sie jetzt allein zu lassen.

6

Inzwischen war Ende Mai, und etwa achttausend Zigeuner hatten sich zu der traditionellen Pilgerfahrt in Saintes-Maries-de-la-Mer versammelt. Am 24. gingen sie in die Krypta und holten Sara, »ihre« Heilige, hervor, schmückten sie mit allem Möglichen und brachten sie in einer Prozession bis zum Meer.

Wie jedes Jahr hatte dieses ebenso merkwürdige wie anrührende Schauspiel große Menschenmassen angezogen. Am darauffolgenden Tag machten die Statuen von Marie Jacobé und Marie Salomé dieselbe Reise, vor ihnen her ging eine Gruppe junger Mädchen aus Arles in alten Trachten, und flankiert wurden sie von Gardians. Die Straßen und der Strand waren überfüllt, man drängte sich, um die Prozession vorbeiziehen zu sehen und Zeuge zu sein, wie die Statuen ihr überraschendes Bad im Meer nahmen. Die Zigeuner trugen Blumengirlanden, Spruchbänder, Bibeln, Kronen und Fahnen, auf denen man lesen konnte: »Pilgerfahrt des fahrenden Volks«. Sie gingen ins Wasser hinein, bis es ihnen bis an die Knie reichte. Die Röcke und Unterröcke der Arlesierinnen waren klatschnaß. Und während die Statuen mit Wasser besprengt wurden, segnete ein Priester das Meer und die Gläubigen.

Diese Zeremonie hatte etwas gleichermaßen Heiliges und Heidnisches und beeindruckte Sydney sehr. Lionel versuchte zwar, ihm alles zu erklären, aber der Amerikaner verstand gar nichts. Jordane und Nora hatten einen Platz auf dem Rundweg um die alte Wehrkirche herum erobert, von dem aus die Sicht optimal war, und rührten sich nicht von der Stelle. Ab und zu erspähten sie Cécile, die sehr geschäftig zwischen den Fotografen herumlief.

Auf den ersten Blick hatte Jordane Pascal zwischen den berittenen Gardians entdeckt. Sie fühlte sich schuldig, denn sie hatte Robin seit drei Tagen ein wenig vernachlässigt. Aber die langen Diskussionen mit Sydney hatten sie ganz in Anspruch genommen, und das bißchen Zeit, was ihr blieb, beanspruchten ihre Pferde und das kleine neugeborene Fohlen, das sie Gagno getauft hatte, das provenzalische Wort für Morgenröte.

»Gehen wir hinunter?« fragte Jordane. »Ich glaube, sie sind jetzt fertig damit, im Wasser herumzuplantschen.«

»Ketzerin!« gab Nora zurück. »Versuch doch mal, Lionel und Sydney zu entdecken.«

Etwa hundertmal am Tag sprach sie voller Glück diesen Namen aus. Dann vermieden Isabelle und Jordane es immer, sich anzusehen. Inzwischen war ihnen allen klar, daß Nora sich verliebt hatte, nur Sydney hatte es leider noch nicht gemerkt.

»Hallo, ihr Valence-Schwestern«, sagte Robin hinter ihnen. »Es ist gar nicht so leicht, euch in dieser chaotischen Menschenmenge zu finden!«

»Woher wußtest du denn, daß wir hier sein würden?«

»Die ganze Camargue ist doch hier!«

Jordane betrachtete ihn amüsiert und nachsichtig. Robin benahm sich wie ein guter alter Freund, und wieder einmal bedauerte sie es sehr, daß sie sich überhaupt nicht zu ihm hingezogen fühlte. Er hatte zwar versprochen, daß er Geduld haben würde, aber eigentlich war ihr klar, daß sich auch mit der Zeit nichts ändern würde und er umsonst wartete. Er beugte sich nach vorne, um etwas sehen zu können, und sie betrachtete sein feines, rassiges Profil und fragte sich, warum die Welt so verkehrt war. Er wandte sich ihr zu und fragte mit Unschuldsmiene:

»Morgen gibt Pascal wieder eines seiner infernalischen Feste. Würdest du mit mir dort hingehen? Es fängt schon früh an, und angeblich werden wir es nicht bereuen!«

»Ja, warum eigentlich nicht.«

Sie wunderte sich selbst, wie rasch sie geantwortet hatte. Sie stiegen langsam herunter und wurden von den Leuten ringsherum beinahe umgerannt. Automatisch nahm Jordane Noras Arm, aber die machte sich los.

»Danke, aber ich komme sehr gut alleine zurecht.«

»Hierher, Mädchen!« schrie Lionel von unten.

Als er Robin gesehen hatte, änderte sich sein Gesichtsausdruck. Über das verlängerte Wochenende, das er auf Le Biloba verbrachte, hatte er ihn ein wenig vergessen. Er hatte Jordane für sich gehabt, auch wenn sie entweder bei ihren Pferden oder mit Sydney über dessen Pläne gebeugt war.

»Ach«, sagte er mit spöttischem Tonfall. »Monsieur Peyrolles! Sie müssen wohl nie etwas arbeiten, was?«

»Offenbar nicht viel mehr als Sie«, gab Robin zurück.

Jordane sah die beiden böse an. Wenn sie hier die Rivalen spielten, dann war das ein großes Mißverständnis.

»Bis morgen«, murmelte Robin und gab Jordane einen leichten Kuß hinter das Ohr, der eine einzige Provokation war.

Um sie herum wurde eine unverständliche Sprache gesprochen, wahrscheinlich ein Zigeunerdialekt. Robin verschwand, und ein Mann mit pechschwarzen Haaren schenkte Jordane ein Lächeln. Er hatte einen merkwürdigen Hut auf, und sie zwinkerte ihm zu.

»Hey, du flirtest ja!«

Lionel hatte sie mit einer besitzergreifenden Geste, wie sie sie verabscheute, an der Schulter gepackt.

»Komm«, sagte er freundlicher. »Laß uns zu den anderen

gehen. Deine Schwester ist so hingerissen von dem armen Sydney, daß es ihm bestimmt schon peinlich ist ...«

Das war nicht böse gemeint gewesen, aber Jordane war doch für ihre Schwester getroffen. Die machte enorme Anstrengungen, Sydney zu verführen, auch wenn sie in diesen Dingen nicht gerade erfahren war. Ihre Ungeschicklichkeit und ihre Naivität waren geradezu rührend. Aber sie zog sich besser an, sie hatte ihre Leidensmiene abgelegt, und sie wollte ständig ausgehen.

»Du wirst immer schöner«, bemerkte Lionel plötzlich.

Sie versuchten gerade, sich einen Weg durch die Menge zu bahnen, und Jordane fand die Bemerkung unpassend. Lionel ging schneller, überholte sie und zwang sie dann stehenzubleiben. Die Leute rannten sie beinahe über den Haufen.

»Jordane, können wir nicht versuchen ... Hör zu, ich werde mir eine Woche Ferien nehmen, ich habe einfach große Lust zu bleiben. Und ich bin ganz schön kaputt. Wenn man dein blendendes Aussehen dagegenhält! Laß uns Frieden schließen.«

»Aber, mein Liebling, wir führen doch überhaupt keinen Krieg.«

Gedankenlos hatte sie ihm geantwortet, hatte den Kosenamen aus alter Gewohnheit benutzt. Sie sah die Gefahr und entschärfte sie sogleich wieder.

»Ja, bleib doch, das wird dir guttun und deiner Mutter große Freude machen. Ich habe dich sehr gerne, Lionel, aber ich glaube nicht, daß wir uns etwas vormachen sollten ...«

Lionels Züge wurden hart, und Jordane nahm ihn beim Arm und zog ihn weiter.

»Wir waren uns doch einig«, rief sie ihm in Erinnerung. »Und weißt du, ich schulde dir soviel dafür, daß du mir Sydney vorgestellt hast. Er ist genau der Mann, den wir brauchen, und ich vertraue ihm.«

Jetzt war es heraus. Sie war nicht mehr wütend darüber,

daß sie Lionel etwas schuldig war; sie war vernünftig geworden, weil die Gleichgültigkeit die Oberhand gewonnen hatte.

»Hast du dich in diesen Auktionator verliebt?« fragte er bitter.

»Aber nein doch. Wie dumm du bist … Und wenn es so wäre?«

Schon wieder hatte sie zu schnell und zu eindeutig geantwortet.

Am nächsten Morgen hörte Cécile, wie die Tür zu ihrer Agentur sich öffnete, und hob erwartungsvoll den Kopf. Aber es war nur Robin. Sie verbarg ihre Enttäuschung und verfluchte sich, daß sie jedesmal, wenn die Tür ging oder das Telefon klingelte, auf Pascal hoffte.

»Guten Morgen, du Schöne! Ich komme, weil ich kostenlos von dir beraten werden will!«

Er stellte einen Karton voller Fotos auf Céciles Schreibtisch ab. Zunächst warf sie nur einen zerstreuten Blick darauf, aber dann hatte sie plötzlich Feuer gefangen und sah sich jeden einzelnen Abzug genau an.

»Er hatte wirklich viel Talent … Die sind doch von Hugues?«

»Natürlich.«

»Ich kann mich gut an ihn erinnern. Er war ein echtes Original! Aber als Vater hätte ich ihn nicht haben wollen …«

Sie riß sich von den Fotos los und holte zwei Tassen Kaffee. »Wie war er denn?« fragte Robin.

»Völlig abgehoben! Wer ihn nicht kannte, hat ihn wahrscheinlich für einen armen Irren gehalten. Der hat dich nicht angesehen, sondern seinen Blick auf dich ›eingestellt‹. Und immer war er wie ein Maultier beladen mit all seinen Apparaten, die ihm um den Hals hingen, und all den Etuis mit Objektiven, die links und rechts baumelten. Das beste war, daß er ständig Bilder von allem und jedem geschossen hat, man aber nie das Ergebnis zu sehen bekam …«

»Hat er denn niemals ausgestellt?«

»Dazu hatte er keine Zeit. Tagsüber hat er fotografiert und nachts hat er alles im Labor entwickelt. Jedenfalls hat Jordane das immer behauptet.«

»Und seine Frau? Und die Töchter?«

Es amüsierte Cécile, wie neugierig Robin in bezug auf alles war, was mit Jordane zu tun hatte. Bereitwillig gab sie Auskunft.

»Isabelle und er waren ein ideales Paar. Beide gleich versponnen. Die Art ihres Mannes hat sie nicht gestört, im Gegenteil, sie hat ihn verhätschelt wie einen kleinen Jungen. Ich frage mich, ob sie sich um ihn nicht mehr gekümmert hat als um ihre Töchter … Als wir noch auf der Schule waren, hat Jordane immer über die seltsamen Angewohnheiten ihres Vaters gelacht. Aber Jordane kann über alles lachen!«

Das entzückte Gesicht Robins rührte Cécile. Diese Art, jedes Wort gierig in sich aufzusaugen, kannte sie von sich selbst nur zu gut, sobald es um Pascal ging. Und Robin fand sie, da machte sie sich nichts vor, so sympathisch, weil er der Bruder von Pascal war.

»Weißt du«, fügte sie hinzu, »Jordane hat einen merkwürdigen Vater gehabt, eine merkwürdige Mutter, und vom Großvater ganz zu schweigen …«

»Und der Ehemann?«

Bei dieser Frage zögerte Cécile kurz. War Robin besser für Jordane als Lionel? Aber welcher Mann war ihr überhaupt ebenbürtig?

»Wenn du so willst, war Lionel einfach nicht der Richtige für sie und umgekehrt. Ich glaube nicht, daß sie ihn glücklich gemacht hat. Sie hat ihn für ihre Pferde fallenlassen, das muß man erst mal verkraften …«

Cécile hatte Lionel oft verteidigt, sie fand ihn verführerisch. Und sie fand es beruhigend, daß Jordane verheiratet war. Auch wenn sie ihre beste Freundin war, manchmal brachte sie sie schon auf und machte sie sogar neidisch. Irgendwo mit Jordane hinzugehen war deprimierend, weil sie alle Blicke auf sich zog. Übrigens auch den hellen Blick von Pascal, wurde ihr plötzlich klar.

»Also, was machen wir nun mit diesen Fotos?«

Mit entwaffnender Ehrlichkeit gestand Robin:

»Da verlasse ich mich ganz auf dich ... Der Internationale Kongreß der Fotografen findet im Juli statt, nicht wahr?«

Cécile dachte nach und nickte. Arles war für einen Fotografen wirklich die ideale Stadt. Es gab sogar eine Hochschule! Hugues Tardivaux hatte sich nie darum gekümmert. Bei dem berühmten Fotografentreffen konnte man die verschiedensten Werke von Künstlern aus aller Welt sehen und sich mit ihnen auseinandersetzen.

»Da muß eigentlich etwas zu machen sein«, gab sie zu.

»Das mußt du tun«, insistierte Robin. »Public Relations ist doch dein Ding. Du kennst die Veranstalter und ...«

»Aber wir haben beinahe schon Juni«, protestierte Cécile.

Ungehalten kaute sie auf ihrem Stift herum. Warum war ihr das nie eingefallen? Jordane hatte mit ihr schon darüber geredet, aber ohne großen Nachdruck, und Cécile hatte in den letzten Wochen so viel im Kopf gehabt, daß sie es vergessen hatte. In einem Anflug von Selbsterkenntnis sagte sie sich, daß sie Jordane lieber helfen sollte, statt sich den Kopf über eine wie auch immer geartete Anziehungskraft ihrer besten Freundin auf Pascal zu zerbrechen.

»Einverstanden«, erklärte sie und sah auf. »Ich werde es versuchen. Bei der Qualität der Bilder wird man mich jedenfalls nicht auslachen!«

Robin stellte seine Tasse ab, ging um den Schreibtisch herum und umarmte sie stürmisch.

»Es sind zweiundachtzig Stück, ich habe ein genaues Verzeichnis gemacht. Bis heute abend, meine Schöne. Jordane und ich kommen nachher auf die Manade, zur Party von deinem Typen …«

Er ging vergnügt pfeifend aus der Agentur. Vielleicht würde er Jordane eine wunderbare Überraschung bereiten können. Er malte sich schon aus, wie er sie zu einer Besichtigung der Ausstellungen im großen Gebäude des Fotografentreffens mitnehmen würde und sie dort die Heuschrecken von Hugues in voller Pracht ausgestellt sehen würde. Wie wertvoll war das Werk eines verstorbenen Fotografen wohl? Konnte man hoffen, ihn bekannt und das enorme Reservoir von Abzügen aus dem Labor von Le Biloba zu Geld zu machen? Robin wurde plötzlich klar, daß er wie das Mädchen mit dem Milchkrug aus der Fabel war. Aber auf jeden Fall war er sehr glücklich.

Als er vor dem Stadthaus der Peyrolles ankam, wurde er aus seinen Träumen gerissen. Das Tor stand weit offen, ein Polizeiauto parkte im Hof. Sein Vater redete auf dem Bürgersteig wild gestikulierend mit einem Gendarmen. Etwas weiter weg saß Pascal mit unbeteiligter Miene auf dem Steinmäuerchen. Robin ging auf ihn zu und warf ihm einen fragenden Blick zu. Sein Bruder sprang auf den Bürgersteig und gab ihm einen liebevollen Knuff.

»Große Aufregung!« sagte er lächelnd. »Es ist eingebrochen worden!«

»Hier? Wann?«

»Als ihr geschlafen habt, nehme ich an!«

»Und was ist gestohlen worden?«

»Leider zu wenig, um die Bude hier etwas zu entrümpeln.«

Pascal war amüsiert, aber Robin nicht.

»Bleib mal ernst!«

»In diesen Zeiten? Eine entsetzliche Vorstellung! Nein, die Ernsthaftigkeit überlasse ich den offiziellen Stellen … Sieh doch nur, wie eifrig bemüht man ist! Schließlich ist ja nicht bei irgendwem eingebrochen worden, sondern bei Vincent Peyrolles! So folgt also für alle Sünden die Strafe auf dem Fuße.«

Robin war über so viel Zynismus überrascht. Er beobachtete zunächst seinen Vater, der immer noch redend die Polizisten bis zu ihrem Auto begleitete. Dann wandte er sich wieder Pascal zu.

»Sag mal«, begann er, »haßt du ihn eigentlich?«

»Das trifft es wohl, ja.«

Sie tauschten einen langen Blick. Pascal blinzelte nicht einmal mit seinen hellen Augen.

»Laßt uns trotzdem essen«, verkündete Vincent, der wieder zu ihnen kam. »Wo Pascal schon so nett war, hier herzukommen ... Ach, was für eine schreckliche Geschichte!«

Er zog seine Söhne mit ins Haus, während der alte Diener das schwere Tor schloß.

»Du hast heute nacht auch nichts gehört, oder?«

Vincents Stimme klang anders, wenn er sich an Robin wandte.

»Das waren Profis. Und sie haben klug gewählt. Das Leuchterpaar ist enorm wertvoll.«

Er zeigte im Salon auf die leeren Regalbretter der Vitrine, deren Tür noch aufstand.

»Sie haben die Zinnsachen genommen, haben nichts kaputtgemacht oder beschädigt.«

»Wo sind sie hereingekommen?« erkundigte Robin sich.

»Über den Garten und durch das Fenster.«

»War es denn offen?«

»Es war nur übergehakt, das muß ich zugeben. Bei den alten Riegeln kein Problem. Antoine öffnet die Fensterläden morgens um sieben, wenn er herunterkommt. Dann geht er los und holt die Zeitung und Baguettes. Genau da muß auch der Diebstahl passiert sein, am hellichten Tag, das habe ich auch der Polizei erklärt. Und wir haben ein Stockwerk höher friedlich geschlafen!«

Er warf Robin einen strengen Blick zu.

»Man kann wirklich nicht sagen, daß du ein Frühaufsteher bist!«

»Wozu auch, wo du ihn nicht arbeiten lassen willst!« bemerkte Pascal.

Einen Moment lang herrschte betretenes Schweigen, dann klingelte Vincent nach dem Apéritif. Die kleinen Seitenhiebe von Pascal schien er nie übelzunehmen. Er ging zu der Vitrine und betrachtete sie nachdenklich.

»Wann sollen wir heute abend kommen?« fragte Robin seinen Bruder.

»So gegen fünf, sechs Uhr. Es wird ein etwas ungewöhnliches Fest. Die Gardians haben lauter Spiele vorbereitet ...«

Sie hatten nur halblaut gesprochen, aber Vincent hatte sich umgedreht.

»Ich bin schon so lange nicht mehr auf der Manade gewesen ... bei dir! Du veranstaltest eine Feier?«

Seine Stimme klang ein wenig kläglich. Robin dachte, daß Pascal den Vater einladen würde, aber sein Bruder wechselte das Thema.

»Wie hoch schätzt du den Wert von dem, was gestohlen wurde?« fragte er gähnend.

Vincent war enttäuscht, doch er ließ sich nichts anmerken und rechnete schnell nach.

»Ungefähr hunderttausend ...«

Pascal verdrehte die Augen. Er fand es absurd, daß man so viel Geld in Nippesfiguren stecken konnte.

»Es war ein versteinerter Fisch dabei«, fügte Vincent hinzu. »So glatt wie polierter Marmor. Der war unschätzbar wertvoll ...«

»Wann essen wir?« erkundigte Pascal sich. »Ich habe nicht viel Zeit ...«

»Wenn du willst, gleich«, versicherte Vincent eifrig.

Sie gingen vom Salon ins Eßzimmer. Robin fühlte sich unwohl. Die Ironie, die Pascal zur Schau trug, grenzte an

Verachtung und schuf eine unangenehme Stimmung. Sie setzten sich in dem Halbdunkel, das von den durch die Jalousien fallenden Lichtstreifen durchbrochen wurde. Der Tisch wurde seit dreißig Jahren auf dieselbe strenge und feierliche Art gedeckt.

»Du mußt unsere Kollegen und die Antiquitätenhändler der Gegend über die gestohlenen Dinge informieren«, schlug Robin vor.

»Danke, aber darauf wäre ich auch allein gekommen!«

Vincent zuckte mit einem kleinen zufriedenen Lächeln die Achseln, aber Pascal unterbrach ihn brüsk.

»Warum bist du immer so aggressiv zu Robin? Ich weiß wirklich nicht, wie er dich ertragen kann.«

»Aber Pascal ...«, protestierte Vincent mit kläglicher Stimme.

Robin sah die beiden mit leichtem Erstaunen an. Wenn er der Grund ihres Streits war, dann konnte er jedenfalls nichts dafür. Er verlangte nichts von seinem Vater, warf ihm nichts vor, denn meistens versuchte er einfach, nicht an ihn zu denken. Aber diese Diskussion erinnerte ihn an viele andere. Pascal hatte ihn, als sie noch Kinder waren, oft verteidigt. So als ob es ihm schon immer unerträglich gewesen wäre, der Liebling des Vaters zu sein.

Vincent zog es vor, der Auseinandersetzung mit einem Lachen aus dem Wege zu gehen:

»Immer wieder machst du Scherze, Pascal, und ich falle darauf herein. Findet ihr nicht, daß Antoine uns ein köstliches Essen gezaubert hat?«

Es war Robin, der ihm zustimmte, sein Bruder zündete sich statt dessen eine kleine Zigarre an, ohne das Ende der Mahlzeit abgewartet zu haben. Robin warf ihm einen verblüfften Blick zu und nahm sich vor, ihn später zu fragen. Plötzlich wandte sich Vincent ihm mit erzwungener Freundlichkeit zu.

»Warum begleitest du mich morgen nicht ins Auktionshaus? Es gibt eine nicht ganz so wichtige Versteigerung, und wenn du willst, überlasse ich dir für den ersten Teil den Hammer.«

Dieses winzige Zugeständnis wollte für die Zukunft noch nicht viel heißen, aber es war immerhin ein Schritt nach vorne, ein kleines Entgegenkommen. Robin machte sich keine großen Illusionen, er ahnte, daß Vincent nur Pascal für sich einnehmen wollte, aber trotzdem nahm er das Angebot eilfertig an. Als er sich seinem Bruder zuwandte, um dessen Reaktion zu sehen, überraschte ihn das spöttische und eisige Lächeln, mit dem Pascal Vincent bedachte.

»Langsam!« flehte Gilbert. »Sonst stoßen wir noch gegen den Türstock …«

Lionel brachte den zierlichen kleinen Sekretär wieder in den richtigen Winkel, und sie trugen ihn durch die Tür. Sie kamen auf dem Treppenabsatz an, stiegen vorsichtig die Stufen hinunter und stellten das Möbelstück in den kleinen Lieferwagen, den Gilbert vor der Bastide geparkt hatte. Von der Terrasse aus sah Isabelle ihnen zu. Die Preise, die Gilbert ihr genannt hatte, waren eine positive Überraschung gewesen, aber sie hatte ihn im Verdacht, daß er sie zu hoch geschätzt hatte, um ihr eine Freude zu machen. Sie hatte vorgeschlagen, sie ihm nur in Kommission zu geben und abzuwarten, bis sie verkauft waren, aber das hatte Gilbert natürlich abgelehnt und darauf bestanden, noch im großen Salon den Scheck auszustellen. Als Isabelle an das Gesicht dachte, das Alice gemacht hatte, als sie ihr Gilbert vorgestellt hatte, mußte sie lachen. Um das Maß voll zu machen, hatte sie ihn zum Abendessen eingeladen. Aber diese Einladung war nicht ohne Hintergedanken erfolgt und sollte die Situation auf Le Biloba entspannen. Denn Jordane hatte verkündet, daß sie zum Abendessen nicht da sein würde, und sofort war Lionel gekränkt gewesen. Um seine Enttäuschung zu verbergen, hatte er Sydney vorgeschlagen, die Schönheiten des Sainte-Croix-Klosters in Salon-de-Provence zu entdecken. Ohne sich zu genieren, hatte er die Köstlichkeit einer Kaninchenroulade mit Anchovis beschrieben und die Hummerravioli gepriesen. Und all das, ohne auf Noras flehende Blicke zu achten. Er hatte sie nicht gefragt, ob sie diese Delikatessen mit ihnen teilen wollte. Und bei dem Gedanken an einen Abend zwischen einer zickigen Alice und einer tränenüberströmten Nora hatte Isabelle beschlossen, ihnen Gilbert aufzudrängen. Der kam nach all den Monaten der strikten Diskretion aus dem Staunen nicht heraus.

Die Tür des Lieferwagens schlug zu, und Isabelle kam von der Terrasse herunter. Sie bedankte sich bei Lionel für die Hilfe und zog Gilbert zu der Sandbahn, auf der Jordane mit einem der Pferde arbeitete. Sie setzten sich im Schatten auf den Zaun, und Isabelle flüsterte ihm zu:

»Ich habe dir schon so oft davon erzählt ... Sieh sie dir an, und sag mir, ist sie nicht umwerfend!«

Gilbert sah dem Andalusier und seiner Reiterin eine Weile zu. Sicher, Jordane war schön, glücklich, im Sattel zu sitzen, und harmonierte perfekt mit ihrem Tier. Ja, das Pferd war großartig, mit schwellenden Muskeln, wehender Mähne und glänzendem Fell. Aber was ihn »umwarf« war, wie stolz Isabelle darauf war. Heimlich warf er ihr einen Blick zu. Isabelle hatte jene Weichheit erlangt, die man in einem gewissen Alter, nach vielen Prüfungen, bekommt. Ihre Augen hatten vielleicht nicht das Feuer, das Strahlen wie die von Jordane, aber man konnte in ihnen in aller Ruhe versinken ... Selbst ihre Silhouette hatte etwas Weiches, Verlorenes. Schnell strich er ihr über die Finger auf dem Zaun. Sie lächelte ihm zu, ohne ihn anzusehen.

»Weißt du«, flüsterte er, »auch Nora ist schön. Sie sind dir beide sehr gut gelungen, deine Töchter!«

Jordane hatte ihr Pferd neben ihnen zum Stehen gebracht und schüttelte ihre wilden Locken.

»Der hier ist der nächste, der weggeht, er kann alles«, erklärte sie und gab dem Andalusier einen kräftigen Klaps auf den Hals.

Sie stieg ab und gab Gilbert die Hand.

»Ich muß mich beeilen. Gleich kommt Robin, und ich muß noch duschen. Mann, ist das staubig!«

Sie eilte in Richtung Pferdestall, erledigte das lästige Striegeln und Füttern so schnell wie möglich, und kehrte dann im Laufschritt zur Bastide zurück. Im Treppenhaus begegnete sie Lionel, der herunterkam.

»Du riechst gut«, sagte sie im Vorbeigehen.

»Du nicht, meine *Arlésienne!*«

Er blickte nach oben, aber er sah nur noch ein Paar Stiefel, das verschwand.

»Du hast es aber eilig!« schrie er. »Holt dein Romeo dich etwa zum Kindergeburtstag ab?«

Natürlich erhielt er keine Antwort. Er ärgerte sich über sich selbst, darüber, daß er seinen Groll so offen zeigte, aber es war stärker als er. Jordane hatte ihm so lange gehört, und er konnte sich nicht an den Gedanken gewöhnen, daß er sie verloren hatte. Manchmal fragte er sich sogar, ob das Leben in der Camargue bei seiner Mutter und seiner Frau nicht etwas Wunderbares war, das er sich dämlicherweise hatte entgehen lassen. Sein Leben in Paris befriedigte ihn immer weniger. Selbst seine Geschäfte gingen schlecht. Kein Wunder, er vernachlässigte sie, hatte den Kopf voller nebulöser Pläne, die sich alle irgendwie um Jordane drehten. Und sie sprach von Scheidung, ging mit anderen abends aus, behandelte ihn wie einen Kumpel. Er wagte nicht einmal mehr, das Verlangen zu zeigen, das er nach ihr verspürte, denn ihre letzte Nacht hatte sich ihm unauslöschlich eingeprägt.

Lionel beschloß, sich heute abend mit Sydney zu besaufen, so ganz unter Männern, und sich dann Gesellschaft zu suchen. Gott sei Dank herrschte in dieser gesegneten Gegend kein Mangel an hübschen Mädchen!

Dort war er in seinen Gedanken angelangt, als Robin sein kleines Auto unter den Ginkgos parkte. Plötzlich standen die beiden Männer sich auf der Terrasse gegenüber, einer so aufgewühlt wie der andere, und wußten nicht, was sie sagen sollten. Nach einem kühlen, aber höflichen Schweigen lockerte die Ankunft von Isabelle und Gilbert die Atmosphäre merklich auf. Robin erzählte von dem Einbruch bei seinem Vater. Gilbert wirkte ein wenig angespannt und stellte ihm detaillierte Fragen zu den gestohlenen Gegenständen. Robin wunderte sich etwas über dieses ungewöhnlich große Interesse und fragte sich, ob das rein kollegiale Solidarität war. Auch Isabelle fiel auf, daß Gilbert wirklich besorgt war.

»Bin ich zu spät dran?«

Von der Schwelle der Küchentür aus beobachtete Jordane sie lächelnd. Sie trug Jeans und ein himmelblaues Hemd, die Stiefel und der Gürtel waren schwarz. Braungebrannt und strahlend kam sie auf sie zu. Ausnahmsweise hatte sie sich ein wenig geschminkt. Robin und Lionel sahen sie, beide gleichermaßen verzaubert, schweigend an.

»Wenn du willst, können wir fahren …«

Das hatte sie in einem etwas unsicheren Ton gesagt, ihr war bewußt, wie schmerzlich die Situation für Lionel war. Doch Sydney entspannte die Situation, indem er hinzukam und Jordane erklärte:

»Sie sehen großartig aus! Wenn die zukünftigen Gäste von Le Biloba nicht wegen der schönen Landschaft kommen, dann Ihretwegen!«

Robin hatte die freundlichen Worte des Amerikaners genutzt, um sich zu erheben. Er verabschiedete sich ohne weitere Umstände und wartete in seinem Auto auf Jordane. Sie hatte sich kaum neben ihn gesetzt, da legte er auch schon los.

»Deinem Mann gegenüber bin ich sehr unsicher …«, fing er an.

»Ich auch, aber das ist seine eigene Schuld. Warum hockt er auch ständig hier bei mir herum.«

Dann wurde ihr ihre Bösartigkeit bewußt, und sie fügte hinzu:

»Das ist eine schwierige Phase. Wir müssen uns wirklich scheiden lassen, damit endlich klare Verhältnisse herrschen … Ich war ganz offen zu ihm. Ich will keine Heimlichkeiten haben wie ein kleines Mädchen, aber ich will ihn auch nicht provozieren. Das wäre grausam.«

Auch wenn Robin verstand, daß sich das nicht unbedingt auf ihn bezog, fragte er:

»Und dann? Wenn ihr eure Situation … geklärt habt, wird er dann nicht mehr kommen? Und was ist mit Alice?«

Jordane seufzte tief und lehnte sich gegen die Kopfstütze.

»Ich weiß auch nicht«, gestand sie. »Inzwischen gehört Alice einfach zur Familie. Zu den Valences, meine ich …«

Sie sah hinaus, ohne die Landschaft wahrzunehmen. Sie kurbelte das Fenster herunter, und die braunen Locken tanzten um ihr Gesicht. Sie freute sich auf dieses Fest und hatte keine Lust, es sich durch triste Gedanken zu verderben. Aber immer wenn sie dies Wort »Familie« aussprach, überkam sie die Sehnsucht nach den Kindern, die sie sich so sehr gewünscht und nicht bekommen hatte. Sie mußte sich fangen, ehe es zu spät war, sie mußte ihr Leben mit derselben Energie und derselben Entscheidungsfreudigkeit angehen, die sie entwickelte, wenn es darum ging, den Besitz vor dem Ruin zu retten, und damit vor allem ihre Mutter und ihre Schwester. Aber nun mußte sie sich selber retten, mußte endlich zu dem werden, was sie sein wollte. Nicht nur eine schöne junge Frau von dreißig Jahren, frei und unabhängig. Sondern vor allem eine Frau, die liebte …

»Wo bist du? In den Wolken?«

Durch die Windschutzscheibe hindurch tat er so, als suche er den Himmel ab. Seine Liebenswürdigkeit schmerzte Jordane. Sie war gern in seiner Nähe, aber mehr nicht. Er war nicht ihre Zukunft, das mußte sie ihm begreiflich machen, und das war noch ein weiteres Problem. Als sie ihm den Kopf zuwandte, sah sie sein reizendes, schüchternes, jungenhaftes Lächeln.

»Aufwachen! Wir sind da.«

Er hatte schnell irgend etwas gesagt, als kennte er ihre Gedanken und wollte sie daran hindern, sie auszusprechen.

Vor dem Hof war niemand. Erstaunt stiegen sie aus dem Wagen. Es war heiß und, vom unaufhörlichen Gesang der Zikaden abgesehen, war alles still. Zögernd ging Robin auf das Haus zu, als ein Gardian herauskam.

»Der Chef ist draußen, auf dem Land. Er bittet Sie, dort zu ihm zu stoßen, im Moment findet die Party dort statt. Ich erkläre Ihnen den Weg ...«

Er gab Robin die Schlüssel von Pascals allradgetriebenem Toyota und ein paar Anweisungen. Sie stiegen ein, und Robin fuhr querfeldein direkt durch die Ebene, die sich hinter dem Hof erstreckte. Das Fahren machte ihm Spaß, schwungvoll fuhr er über die Bodenwellen. »Weißt du, wo du hinfährst?« rief Jordane.

»Ich bin hier aufgewachsen«, erinnerte er sie augenzwinkernd.

Hier, auf diesem unebenen Land, wo er und Pascal einen Teil ihrer Jugend verbracht hatten, fühlte er sich wieder wohl. Als Kind hatte Robin die Manade ebenso geliebt wie sein Bruder, aber er hatte gespürt, daß sie ihm nie gehören würde und daß er, was auch immer er tat, nie die Gunst ihres Vaters gewinnen würde. Wenn Pascal nicht gewesen wäre, hätte er sehr unglücklich sein können. Oder wenn er Pascal, seine einzige Stütze, gehaßt hätte.

Sie fuhren durch sumpfiges Gebiet, und das Wasser spritzte zu beiden Seiten hoch, dann durch ein kleines Eichenwäldchen, und erreichten eine weite, sandige Ebene. Weiter hinten umkreisten etwa zehn Reiter eine Gruppe

Stiere. Robin hielt etwa hundert Meter entfernt vor ihnen an, um das Schauspiel zu genießen.

»Was machen die da?« fragte Jordane und beschirmte ihre Augen mit einer Hand vor der Sonne.

»Sie treiben das Vieh zusammen, sie probieren die Jungtiere aus …«

»Da will ich hin!«

Dieser Aufschrei aus tiefstem Herzen amüsierte Robin.

»Da reitest du jeden Tag vier Stunden lang und kannst immer noch kein Pferd sehen, ohne mit den Füßen zu scharren?«

Pascal kam auf sie zugaloppiert und winkte zur Begrüßung. Er stieg ab und sagte streng zu Jordane:

»Sie sind zwar nicht gerade im Reitdress, aber ich leihe ihn Ihnen trotzdem! Ich habe es geschafft, ihn frisch zu halten, während ich auf Sie gewartet habe …«

Ohne zu zögern, ging sie auf das Camarguepferd zu.

»Immer langsam, Kleine. Wir müssen ja wohl erst ein wenig kürzen …«

Obwohl sie hochgewachsen war, überragte Pascal sie um gute fünfzehn Zentimeter. Sie ging um das Pferd herum, um den zweiten Steigbügel richtig einzustellen.

»Worin besteht das Spiel?« fragte sie.

»Ich vertraue Ihnen mein *ficheiroun* an, aber benutzen Sie es nur, wenn ein Stier wirklich zu aggressiv werden sollte …«

Er hielt ihr den Dreizack hin, ständiger Begleiter und unweigerliches Accessoire des Gardian in der Camargue.

»Suchen Sie sich einen Jungbullen aus, und treiben Sie ihn vor sich her, und beobachten Sie, wie er sich verhält. Meine Männer werden es Ihnen zeigen …«

In Pascals Verhalten lag etwas Herausforderndes, aber auch Humorvolles.

»Ist das eine Prüfung?« witzelte sie, während sie sich in den Sattel schwang.

»Für den Stier. Nur für den Stier …«, antwortete er und grinste übers ganze Gesicht.

Den Dreizack in der einen, die Zügel in der anderen Hand entfernte sie sich im kurzen Galopp. Pascal sah erst Robin an, dann wieder Jordane, die zu den anderen gestoßen war.

»Willst du auch mitmachen?«

»Nein, nein. Momentan sehe ich lieber zu …«

»Wie du willst. Sonst hole ich einen meiner Männer.«

Pascal hatte sich, das Kinn in der Hand, auf das Dach des Toyota gestützt. Robin kam zu ihm und fragte:

»Sie ist schön, nicht wahr?«

»Sehr … Bist du verliebt?«

»Oh, es ist viel schlimmer!«

Pascal bewegte sich ein wenig, richtete sich auf und betrachtete seinen Bruder aufmerksam. Er wollte etwas sagen, überlegte es sich dann anders. Im Hintergrund amüsierte Jordane sich wie ein Kind inmitten des Viehs. Ein paar Rufe drangen undeutlich zu ihnen herüber. Plötzlich murmelte Pascal:

»Du wirst auf die Nase fallen, Robin.«

Sein Bruder tat so, als hätte er nicht gehört. Nach einer Weile sagte er nur einen merkwürdigen Satz:

»Ich bin glücklich, daß ich zurückgekommen bin.«

Pascal ließ die Reiter aus den Augen, um ihn anzusehen.

»Wirklich? Wohin zurückgekommen? Nach Arles zu Papa? Wo er dir morgen fünf Minuten lang seinen kleinen Hammer leiht, und darüber bist du glücklich? Hier ist es schön … Aber dort … Worauf wartest du, Robin? Willst du das Auktionshaus? Dann sag es ihm in aller Deutlichkeit!«

»Aber Pascal, ich kann ihn doch nicht hinauswerfen!«

»Das solltest du aber … Von alleine geht der nicht, erst wenn man ihn mit den Füßen zuerst heraussträgt …«

»Sehr gut«, sagte Robin. »Damit wären wir beim Thema. Los, erklär es mir.«

»Was?«

»Deine Gehässigkeit. Deine Verachtung für ihn. Du bist unvorstellbar zynisch.«

»Und du bist ein Lämmchen, ein Hornochse!« brach es aus Pascal heraus. »Wenn ich dich nicht verteidigen würde, würdest du einfach nur blöken, während er dich abschlachtet!«

Verblüfft sah Robin Pascal an. Seine Wut überraschte ihn nicht nur, sie schüchterte ihn ein.

»Irgend etwas verstehe ich gerade nicht …«

»Du verstehst gar nichts, prinzipiell nicht!«

In einer Staubwolke kamen die Stierherde und die Reiter auf sie zu.

»Also gut, stehen wir hier nicht rum«, sagte Pascal. »Es sind zwar keine Kampfstiere, aber Schafe sind es auch nicht. Vor allem, wenn Raito vorneweg reitet … Du hättest ihn mal bei der *Cocarde d'Or* sehen sollen!«

Robin stieg auf der Beifahrerseite ein, und Pascal fuhr los. Etwas weiter weg blieben sie wieder stehen. Das Vieh war jetzt auf sumpfigem Gelände und galoppierte durchs Wasser.

»Jordane amüsiert sich«, stellte Robin fest.

»Und du, sag mal, amüsierst du dich?«

Pascal trommelte mit den Fingern auf das Lenkrad. Robin fand, es sei an der Zeit für eine Aussprache. Nachher ginge es nicht mehr, da wären zu viele Menschen um sie herum.

»Du hast mir vorhin keine Antwort gegeben, was Papa betrifft.«

»Ja, das stimmt«, gab Pascal zu. »Aber ich weiß auch nicht, ob ich es tun soll.«

Geduldig wartete Robin die Erklärung ab, die ein wenig auf sich warten ließ.

»Ich habe etwas in Erfahrung gebracht, was du noch nicht weißt«, seufzte Pascal schließlich. »Etwas sehr Häßliches.«

»Was?«

Pascal sah seinen Bruder mit seinem zu hellen Blick an, dem man nur schwer standhalten konnte.

»Er hat doch immer behauptet, sie wäre gegangen, ohne eine Adresse zu hinterlassen und ohne je wieder von sich hören zu lassen, nicht? Nun ja, das stimmt nicht. Seit Jahren lügt er uns an.«

Robin hatte plötzlich das Gefühl, als ob man ihn geschlagen hätte. Er mußte nicht mehr hören, er wußte, daß Pascal von ihrer Mutter sprach. Sein Hirn war wie leergefegt, er wußte nicht, was er sagen, was er fragen sollte, vielleicht wollte er auch nie wieder irgend etwas wissen.

Ein leichter Wind war aufgekommen und trug in Wellen das diffuse Geräusch von Hufgetrappel zu ihnen herüber. Robin verschluckte sich und mußte husten. Pascal klopfte ihm ein wenig zu heftig auf den Rücken.

»Gut«, meinte Pascal, »sie werden jetzt müde sein, wir werden reingehen … Lassen wir sie bei den Gardians, oder? Sie hat doch sicher keine Lust abzusteigen.«

Er hatte den Motor wieder angelassen und wendete. Kurz bedauerte er, daß er es erzählt hatte, aber Robin war kein Kind mehr und hatte ein Recht darauf, die Wahrheit zu erfahren. Sie verbarg sich in wenigen Worten, aber die waren noch nicht alle ausgesprochen. Glücklicherweise war im Augenblick der Toyota so laut, daß er nicht weiterreden mußte.

Vor dem Hof ging Cécile wütend auf und ab. Die schrägen Strahlen der untergehenden Sonne hatten noch Kraft, und ihr war heiß in ihrem eleganten kleinen Kostüm. Pascal hatte sie gebeten, früh zu kommen, und jetzt war er nicht da. Sie hatte zahlreiche Gäste begrüßt, hatte sie in den großen kühlen Saal geführt und hatte ihnen etwas zu trinken gebracht. Dann war sie wieder hinausgegangen. Fast alle anderen waren in Jeans und T-Shirt. Pascal hatte ihr zu dem, was sich heute abend abspielen sollte, nichts Genaueres gesagt, außer eben, daß sie früh dasein sollte. Wozu eigentlich? Um Hosteß zu spielen?

Sie lehnte sich an eine Wand, um im Schatten zu sein. Ehrlich gesagt, mochte sie die Manade nicht besonders und war überzeugt, daß die Arbeit der Gardians nicht viel mehr als die Spiele großer Knaben waren. Das ganze Jahr über hatten sie Vorstellung, Pascal allen voran.

Erbittert dachte sie an all die Termine, die sie abgesagt hatte. Und nur, um hier im Staub Wurzeln zu schlagen. Sie schwor sich, das nächste Mal vernünftiger zu sein. Um einen Anfang zu machen, würde sie, weil sie morgen früh ein wichtiges Treffen für das Musikfestival hatte, nicht auf dem Hof übernachten. Nicht einmal, wenn Pascal sie darum bäte, was allerdings sowieso unwahrscheinlich war.

Achselzuckend gestand sie sich dann ein, daß sie niemals den Mut hätte, nein zu sagen, wenn er sie fragte. Allein die Vorstellung einer Nacht mit Pascal ließ sie erschauern, weich und willenlos werden. Als sie den Motor des Toyota hörte, richtete sie sich auf und ging mit einem strahlenden Lächeln auf die beiden Brüder zu. Sie machten irgendwie komische Gesichter, aber Cécile enthielt sich eines Kommentars. Sie wollte aufzählen, wer schon alles da war, doch Pascal unterbrach sie.

»Hol sie doch raus, es ist die schönste Tageszeit!«

Gelächter und Hufgetrappel kündeten die Ankunft der Reiter an. In ihrer Mitte war Jordane, die sich angeregt unterhielt.

»Ihr Pferd ist großartig«, sagte sie zu Pascal. »Es hat vor nichts Angst!«

»Sie wohl auch nicht.«

Pascal war auf sie zugegangen und hob den Kopf, um ihr ins Gesicht zu sehen. Das Lächeln, das sie tauschten, war echt und hatte mit guter Erziehung nichts zu tun. Jordane stieg ab, und er nahm ihr die Zügel aus der Hand. Er gab ein paar Anordnungen, damit seine Männer die Tische draußen aufstellten, und vertraute einem von ihnen sein Pferd an.

»Kommen Sie«, sagte er und packte Jordane beim Arm. »Sie haben Glück. Nach meinem Camargue-Pferd leihe ich Ihnen auch noch mein Badezimmer!«

Sie gingen auf das Haus zu und trafen unterwegs die Gäste, die gerade herauskamen. Pascal begrüßte alle fröhlich und brachte Jordane dann in den ersten Stock. Er machte eine Tür auf und murmelte:

»Hoffentlich ist es einigermaßen ordentlich …«

Sie warf rasch einen Blick in den Spiegel und fing an zu lachen.

»Was brauchen Sie?« fragte er. »Eine Haarbürste, ein Handtuch?«

»Und, wenn das nicht zuviel verlangt ist, ein T-Shirt oder ein Hemd …«

Sie war über und über mit einer Schicht aus Salzwasser und Staub bedeckt, das Haar über ihrem vergnügten Gesicht ganz zerzaust. Aus einem Schrank nahm er ein weißes T-Shirt und wartete geduldig, während sie energisch ihre dunklen Locken ausbürstete.

»Äh … warten Sie darauf, daß ich Ihnen einen Striptease aufführe?«

»Tut mir leid«, entschuldigte er sich und legte das T-Shirt auf einen Hocker. »Auch wenn ich ein wunderbares Publikum abgegeben hätte!«

Er verschwand, und sie hörte ihn die Treppe herunterspringen. Genau wie sie nahm er auch immer mehrere Stufen auf einmal. Zögernd blieb sie vor dem Spiegel stehen, dann beschloß sie, den Badezimmerschrank zu öffnen. Dort standen nur typische Männersachen, Rasierapparat, Eau de Toilette und ein paar Medikamente mit abgelaufenem Verfallsdatum. Ohne schlechtes Gewissen inspizierte sie auch den großen Schrank und nahm ein frisches Handtuch heraus. Im ganzen Raum kein einziger Hinweis auf Cécile. Jordane betrachtete den Frotteebademantel, der in einer Ecke auf einem Bügel hing, und roch neugierig daran. Aber auch hier kein Hauch eines Parfums, nur der gute Geruch nach frischgewaschener Wäsche. Für einen Junggesellen hatte Pascal diese Prüfung mit Bravour bestanden.

Jordane sah kurz aus dem Fenster. Die Gäste saßen schon um die Tische, über die rote Tücher gebreitet waren und auf denen bereits die Roséflaschen standen. Sie beschloß zu duschen und begann sich auszuziehen.

Im Erdgeschoß machte Cécile sich in der Küche zu schaffen und stellte Gläser auf ein Tablett.

»Laß nur«, sagte Pascal zu ihr. »Ich kümmere mich schon darum.«

Von soviel Liebenswürdigkeit überrascht ging Cécile zu ihm und gab ihm einen Kuß auf den Hals. Er faßte sie um die Taille und zog sie kurz an sich, dann stieß er sie wieder zurück.

»Jetzt nicht«, sagte er mit rauher Stimme. »Später ...«

Selig ergriff sie das Tablett und ging hinaus. Er lehnte sich auf den Tisch und seufzte tief und verzweifelt auf. Er wurde beinahe verrückt vor Lust, mit jemandem zu schlafen, aber Cécile war es nicht, die er begehrte.

Um zwei Uhr morgens war nur noch ein kleines Grüppchen übrig. Sie hatten eine wunderbare Paella gegessen, die sie reichlich begossen hatten. Robin war Jordane nicht von der Seite gewichen und war jedem ihrer Wünsche zuvorgekommen. Es war ihm gelungen, die tödlichen Dinge, die Pascal über ihren Vater gesagt hatte, zu verdrängen. Später würde er darüber nachdenken, jetzt galt es, die Gegenwart von Jordane auszunutzen. Die war sehr entspannt und hatte sich seit ihrem Spazierritt vom Nachmittag offenbar mit Pascals Gardians angefreundet. Lange hatten sie sich über

Pferdezucht unterhalten, aber Robin hatte sich nicht ausgeschlossen gefühlt. Auch wenn er nicht mitreden konnte, allein Jordane dabei zuzusehen, wie sie sich begeisterte und ihre Ideen hitzig verteidigte, machte ihn glücklich.

Sie hatten beschlossen, draußen sitzenzubleiben, trotz des Windes war die Nacht lau. Sie hatten zahlreiche Fackeln aufgestellt, um die Dunkelheit zu vertreiben und um die Mücken in die Flammen zu locken. Nicht weit von ihnen hatten die Frösche ihr nächtliches Konzert angestimmt. Pascal trank viel zu viel, und immer wieder ruhte sein heller Blick auf Jordane, das war Robin aufgefallen. Er versuchte, sich davon nicht beunruhigen zu lassen, aber trotzdem hatte sich allmählich eine dumpfe Angst in ihm breitgemacht. Er versuchte, den Gesprächen um ihn herum zuzuhören, statt seinen Bruder zu beobachten. Da sie nur noch etwa zu zehnt waren, saßen sie jetzt alle am selben Tisch. Cécile hatte schon mehrfach ein Gähnen unterdrückt, all diese Gespräche über Tiere, von denen sie nichts verstand, langweilten sie zu Tode. Nach einer Weile wandte Pascal sich ihr zu und zischte:

»Wenn du müde bist oder dich langweilst, dann geh doch ...«

Beleidigt richtete sie sich in ihrem Stuhl auf und gab sich Mühe zuzuhören. Die Art und Weise, in der Pascal sie zu Beginn des Abends umarmt hatte, ging ihr nicht aus dem Kopf, und sie hoffte, daß die Gäste bald gehen würden. Da stellte ihr jemand eine höfliche Frage über das nächste Festival. Wortreich begann sie von ihrem nächsten großen Projekt zu erzählen und von all der Arbeit, die sie da hineinsteckte. Als sie den Regionalrat erwähnte, unterbrach Pascal sie spöttisch.

»Ich wußte ja gar nicht, daß du da auch deine großen und kleinen Auftritte hast! Welch geheime Mission!«

Dies eine Mal wollte sie glänzen, im richtigen Licht erscheinen und erwähnte die Subventionen, die sie durch ihre Bemühungen erhalten hatten. All das war nur dazu gedacht, Pascal zu beeindrucken, doch der zuckte nur die Achseln.

»Weißt du, ich und die Oper … außer ›Mireille‹* natürlich!«

»Und genau damit fangen wir an«, trumpfte Cécile auf. »Und weißt du, wo – in der Arena, genau wie es der Tradition entspricht. Natürlich ist die Inszenierung modern! Die krempelt die alten Vorstellungen um und läßt niemanden kalt, das kann ich dir versprechen.«

»Ach nein«, spottete Pascal. »Bekommt sie den Sonnenstich nicht, nachdem sie die ganze Crau-Ebene durchquert hat, sondern als sie aus dem Supermarkt geht? Und ist ihr Geliebter Vincent in eurer Version ein Rockstar geworden? Und die Gardians fahren Motorrad? Und ein gigantischer Sandhaufen symbolisiert die Crau?«

Wütend starrte sie ihn an.

»Ach du. Egal, was man ändern will … Aber du wirst schon sehen. Vielleicht bist du begeistert von dieser anderen Lesart. Sie ist voller Überraschungen, sehr neu …«

»Andere Lesart? So heißt das also?«

Jetzt machte er sich offen über sie lustig, und er fügte hinzu:

»Für solchen Unsinn habe ich keine Zeit. Aber wenn du Leute beim Regionalrat oder der Départementsvertretung kennst, dann stell mich dort vor. Ich sammle gerade massenweise Unterschriften für eine Petition. Es geht immer noch um die Autobahn, die die Leute hier auf die Palme bringt …«

»Du bist wirklich ein Don Quichotte!« spöttelte Cécile, die unzufrieden darüber war, daß ihr keiner mehr zuhörte. »Du allein wirst die Bulldozer bestimmt nicht aufhalten.«

* Oper von Charles Gounod (1864) nach dem gleichnamigen provenzalischen Volksepos des Heimatdichters Frédéric Mistral (1859).

»Aber doch nicht allein, du arme Idiotin!«

Wären sie zu zweit gewesen, sie hätte die Beleidigung vielleicht geschluckt. Aber es gab einfach zu viele Zeugen, allen voran Jordane, die gespannt auf ihre Reaktion lauerten.

»Bleib bitte höflich«, sagte sie trocken. »Nur weil ich mich um ein Festival kümmere, bin ich noch lange keine Idiotin!«

»Wenn du wüßtest, wie egal es mir ist, was du machst!« antwortete er eisig. »Aber ich finde es zum Verzweifeln, daß man für irgendwelche mittelmäßigen Aufführungen soviel Geld verschwendet, die sowieso nur für ein paar Snobs und ein paar Journalisten sind, denen nichts Besseres einfällt. Das wird Arles und die Gegend hier bestimmt nicht weiterbringen.«

Mit offenem Mund saß Cécile da, sie war entrüstet über diese Demütigung vor allen Leuten.

Da sagte Jordane ruhig: »Ihr bringt alles durcheinander. Eine Oper in der Arena ist etwas Himmlisches, selbst bei geschlossenen Augen.«

Völlig unerwartet lächelte Pascal ihr zu. Aber dann legte er wieder los.

»Auf Le Biloba seid ihr nicht allzu betroffen von der Autobahn. Aber trotzdem könnten Sie meine Petition unterschreiben ...«

»Wenn ich sie mir vorher durchlesen darf, gerne.«

»Nächsten Monat treffen wir uns hier, um darüber zu diskutieren. Kommen Sie, Sie sind herzlich eingeladen. Wir, das sind etwa fünfzig verantwortungsbewußte Grundbesitzer, denen die Bedrohung klar ist und die die Umwelt hier ganz genau kennen. Pseudo-Ökos oder Pseudo-Intellektuelle gibt es bei mir nicht. Und es geht nicht um Rückschritt, sondern nur darum, sich zu schützen!«

Er wandte sich wieder Cécile zu und stellte abschließend fest:

»Und du, die Gott und die Welt kennt, du könntest uns helfen, wenn du nicht so oberflächlich wärst.«

Das war ein Wort zuviel, und er hatte es bewußt gesagt, um Öl ins Feuer zu gießen, um sie in den unausweichlichen Streit zu treiben, der ihn endgültig von ihr befreien würde.

»Oberflächlich? Was fällt dir ein? Ich reite nicht den ganzen Tag spazieren! Ich arbeite! Und an derselben Sache wie du, Touristen anzulocken! Es ist sehr einfach, anderen in die Suppe zu spucken! Wenn man will, daß es etwas abwirft, dann darf man sich über den Menschenandrang nicht beklagen. Das wäre unlogisch!«

Zitternd vor Empörung war sie aufgestanden. Sie wußte, daß es ein Fehler war, in die Falle zu laufen. Wenn er zuviel getrunken hatte, war Pascal leicht unangenehm zu ihr. Bis dato hatte sie das alles akzeptiert, aber nun war das Maß voll. Schon gar nicht vor Jordane konnte sie sich das gefallen lassen, diese Idee verfolgte sie förmlich. Jordane, die Pascal heute abend viel zu oft angesehen hatte und zu der er mit einer Stimme sprach, die Cécile noch nie an ihm gehört hatte.

»Willst du dich nicht wieder hinsetzen, anstatt uns Reden zu halten? Man kommt sich ja vor wie bei einer Wahlparty …«

Er hatte es geschafft. Durch seinen Zynismus verlor sie den Kopf.

»Ich gehe!« schrie sie.

»Gut, geh nur«, sagte er ungerührt.

Céciles Kinn begann zu zittern, und sie brach in Schluchzen aus.

»Geh«, wiederholte Pascal, etwas lauter.

»Hör zu«, stammelte sie unter Tränen, »das ist doch albern, warte …«

Man hätte denken können, daß sie es war, die betrunken war, und dabei hatte sie keinen Tropfen angerührt.

»Wir werden uns doch nicht streiten«, sagte sie mit jämmerlicher Stimme. »Ich setz mich wieder hin und ...«

»Nein, du setzt dich nicht wieder hin, du gehst! Hau ab! Und tauch hier nie wieder auf.«

Mit einem Sprung war Jordane aufgestanden und hatte dabei ihren Stuhl umgeworfen. Wie erwartet war Cécile zusammengebrochen und gab sich ohne jegliches Schamgefühl völlig auf. In drei Schritten war Jordane um den Tisch herum und nahm sie beim Handgelenk.

»Du hast recht«, stieß sie zwischen den Zähnen hindurch hervor. »Wir verschwinden hier!«

Sie wollte sie mitziehen, aber Cécile blieb stehen. Sie zitterte am ganzen Körper und suchte verzweifelt Pascals Blick. Doch der interessierte sich nur für Jordane, war plötzlich wieder nüchterner geworden, und ihm wurde klar, daß er zu weit gegangen war.

»Hör zu, es tut mir leid ...«, fing Cécile wieder an.

Jetzt schüttelte Jordane sie, außer sich.

»Er kann dir nicht zuhören, er ist völlig betrunken!«

Zögernd stand auch Robin auf. Pascal starrte ihn wütend an.

»Aha«, grollte er, »spielst du den edlen Retter für diese Damen?«

Zu Tode erschrocken über das, was hier gerade passiert war, versuchte Cécile, sich von Jordane loszureißen. Wenn sie jetzt ging, vollzog sie damit die Trennung von Pascal. Jordane zerrte noch stärker an Cécile und versuchte, sie diesem Alptraum zu entreißen. Schritt für Schritt zog sie die Freundin in Richtung der Autos. Sie war überzeugt, daß, wenn sie Cécile losließe, die zu allem fähig wäre, sich Pascal vor die Füße zu werfen oder einen Nervenzusammenbruch zu bekommen.

Um den Tisch herum herrschte betroffenes Schweigen. Die Umrisse der beiden jungen Frauen verschwanden in der Dunkelheit.

»Ich werde sie nach Hause fahren«, sagte Robin.

Das Geräusch eines Motors unterbrach ihn. Jordane rangierte vor und zurück, um Céciles Auto freizubekommen.

»Nicht nötig, kleiner Bruder!« murmelte Pascal.

Daß er Cécile vor die Tür gesetzt hatte, tat ihm nicht leid. Aber er war noch klar genug bei Sinnen, um zu begreifen, daß er es nie und nimmer auf diese Weise hätte tun dürfen. Und er hätte nicht so viel trinken dürfen. In den goldenen Augen Jordanes hatte er so etwas wie Haß entdeckt. Das war genau die Art von Szene, die sie bestimmt unerträglich fand, und die *ihr* sicherlich niemals jemand machen würde. Aber leider war Cécile nicht Jordane.

Mit einer Art Neugier beobachtete Robin immer noch seinen Bruder. Er war zu feinfühlig, um nicht zu erraten, daß der mutwillige Eklat nicht nur die Schuld von zu viel Listel-Rosé war. Er sah Pascal direkt ins Gesicht und erklärte ihm im Geiste den Krieg. Diesmal stand viel mehr auf dem Spiel als eine Manade oder auch eine traurige Jugend. Wenn Pascal ihm Jordane nehmen wollte, dann würde er kämpfen.

7

Müde und schlecht gelaunt stieg Jordane auf Le Biloba die Treppe hinauf. Sie hatte warten müssen, bis Cécile sich wieder beruhigt hatte und ihre nicht enden wollende Tränenflut abgeebbt war. Ganz leise, damit die Eltern von Cécile nicht aufwachten, hatte sie sie ausgezogen, ihr Badezimmer nach einem Beruhigungsmittel durchstöbert und sie gezwungen, es zu schlucken. Dann hatte sie eine halbe Stunde geduldig gewartet, und als die Freundin endlich eingenickt war, hatte sie sich auf Zehenspitzen davongeschlichen. Auf der schmalen Straße, die sie schon auswendig kannte, war sie in Céciles Auto nach Hause gerast.

Es gelang ihr nicht, die peinliche Szene, die sich auf der Manade ereignet hatte, aus ihren Gedanken zu vertreiben. Sie fühlte sich für Cécile gedemütigt. Pascal war einfach ekelhaft gewesen. Auch wenn er für Cécile nichts mehr empfand, hatte er kein Recht, sie so vor allen Leuten zu behandeln. Er hatte genau wie Robin eine gute Erziehung erhalten, es gab also keine Entschuldigung. Und das, wo sie gerade angefangen hatte, ihre Meinung, was Pascal betraf, zu ändern. Sogar mehr als das.

Auf der Schwelle zu ihrem Zimmer blieb sie plötzlich stehen. Auf der Kante ihres Empirebetts saß Alice, die Hände auf den Knien gefaltet, unbeweglich wie eine Statue.

»Ich habe auf Sie gewartet«, sagte sie würdevoll.

Ganz stutzig geworden, ging Jordane ein paar Schritte auf

sie zu, zögerte dann und ließ sich schließlich auf einen der Strohstühle fallen.

»Gibt es ein Problem?« fragte sie mit müder Stimme.

Noch eines, wahrscheinlich noch ein Drama oder noch eine schlechte Nachricht; sie machte sich gleich auf das Schlimmste gefaßt, denn Alice hatte sich noch nie bis auf ihr Zimmer vorgewagt.

»Vorhin sind Lionel und sein Amerikaner nach Hause gekommen, und sie haben wirklich einen Schutzengel gehabt, denn eigentlich konnte keiner von beiden mehr fahren! Ich bin jetzt siebzig Jahre alt, und ich habe meinen Sohn noch nie betrunken gesehen!«

Nicht nur Müdigkeit und Sorge zeichneten sich auf den Zügen ihrer Schwiegermutter ab, sondern vor allem eine Art wilder Entschlossenheit.

»Lionel ist mein einziges Kind, das, wofür ich lebe, und er ist unglücklich. Sehr unglücklich! Das merken Sie vielleicht gar nicht. Ich weiß, daß Sie andere Sorgen haben …«

Alice saß immer noch in derselben Haltung da, feierlich und entschlossen.

»Sind Sie gekommen, um ein gutes Wort für ihn einzulegen?« fragte Jordane. »Unsere Beziehung ist vollkommen am Ende, Alice. Ich bedaure das. Als ich geheiratet habe, dachte ich, es sei für das ganze Leben, um gemeinsam Kinder zu haben, um …«

Jordane unterbrach sich. Sie konnte es nicht erklären. Sie liebte Lionel nicht mehr, so einfach war das.

»Ich habe Ihnen etwas vorzuschlagen. Es wird Sie überraschen, aber ich meine es vollkommen ernst. Bei einem anderen Menschen als Ihnen hätte ich nichts gesagt, aber Sie sind anders als die meisten …«

Alice lächelte nicht und sprach mit einförmiger, beinahe monotoner Stimme.

»Was im Grunde für Sie zählt, ist doch Le Biloba. Das kann ich verstehen. Gegen die Stimme Ihres Herzens haben

Sie dieses Hotelprojekt akzeptiert, weil Sie keinen anderen Weg sehen. Doch ich weiß einen.«

»Moment mal, Alice. Ich akzeptiere es nicht nur. Ich habe es beschlossen, ich hatte die Idee. Das ist ein Unterschied.«

»Oh, für mich nicht. Das können Sie mir nicht vormachen. Ja, vielleicht war es Ihre Idee oder vielmehr die von Ihrem spanischen Kunden, aber Sie machen es nicht freiwillig. Oder täusche ich mich da?«

Sie wartete einen Moment, bevor sie weitersprach.

»Denn wenn ich mich täusche, dann müssen Sie es mir sagen. Das Weitere hängt davon ab.«

»Das Weitere?« fragte Jordane genervt. »Worauf wollen Sie hinaus?«

Die beiden Frauen verband keine besondere Zuneigung, nur die Gewohnheit des täglichen Miteinanderlebens und gegenseitiger Respekt. Jordane hatte sich nie große Gedanken über Alice gemacht. Sie kannte sie eigentlich kaum, hatte sich nie über etwas anderes als das alltägliche Einerlei mit ihr unterhalten. Selbst mit Isabelle tauschte Alice sich nur oberflächlich aus.

»Sie haben mir noch nicht geantwortet.«

»Worauf? Was das Hotel betrifft? Es stimmt, das mache ich nicht aus Begeisterung, sondern weil ich muß.«

»Nicht unbedingt.«

Es herrschte ein kurzes Schweigen. Jordane versuchte Alices Absicht zu erraten. Sie hatte vage das Gefühl, erpreßt zu werden, in eine Falle zu laufen. Sie nickte ihr zu, damit sie weitersprach.

»Ich habe Vermögen ... Nicht sehr viel, aber immerhin kann man es Vermögen nennen. Auf jeden Fall eine ausreichend große Summe. Um Sie endgültig aus der Affäre zu ziehen, meine ich.«

Jordane stand auf, um sich eine Packung Zigaretten vom Nachttisch zu holen. Sie streifte Alice, sah sie aber nicht an. Sie wollte nicht so sehr rauchen, wie sich bewegen. So langsam begann sie die Absicht ihrer Schwiegermutter zu erahnen.

»Sie müssen Ihre Schulden loswerden, dann brauchen Sie ein kleines Kapital, um die Zucht in Schwung zu bringen, einen neuen Traktor und ein neues Auto zu kaufen und um die Krankenhauskosten für Nora zu bezahlen.«

Vollkommen verdutzt sah Jordane Alice an. Hoch aufgerichtet stand sie vor ihr. Seit wann wußte Alice, was ein Deckhengst kostete? Ein neues Auto? Die Strafgebühren des Gerichtsvollziehers?

»Wenn man alles zusammenrechnet, sind das etwa fünfhunderttausend, nicht wahr? Gut, ich gebe sie Ihnen.«

Jetzt hatte Jordane begriffen. Aber um ganz sicherzugehen, mußte sie alles hören, also ließ sie Alice weitersprechen.

»Geben, nicht leihen. Ich mache Ihnen ein Geschenk. Ich will keinen Teil des Hauses dafür und noch weniger eine Hypothek darauf. Sie behalten Ihr Le Biloba ganz. Aber Sie müssen auch Lionel behalten.«

»Oh, Alice …«

Jetzt wußte Jordane alles, was sie wissen mußte. Und dieses Tauschgeschäft, zu dem Alice sich erniedrigt hatte, wollte sie nicht.

»Lassen Sie mich ausreden! Ja, Sie behalten Lionel. Alle Paare haben manchmal schwierige Phasen. Und schließlich sind Sie nicht mehr achtzehn! Leidenschaft und all diese Dinge sind ja schön und gut, aber darauf baut man doch keine Existenz auf. Lionel liebt Sie wirklich. Er bedauert es entsetzlich, daß er nicht früher verstanden hat, wie sehr Sie sich Kinder wünschen und wie sehr Sie dieses Haus hier lieben. Wenn eure Probleme daher rühren, nun, das kann man wiedergutmachen. Lionel kann hier in Arles nochmal eine Versicherungsagentur aufmachen. Und er könnte Ihnen wunderbare Babys schenken, jetzt ist er es, der sich das wünscht!«

»Alice!« rief Jordane entsetzt.

»Unterbrechen Sie mich nicht, es ist so schon schwer

genug! Ich mache Ihnen ein ganz konkretes Angebot, und Sie müssen mir heute nacht keine Antwort darauf geben. Aber denken Sie darüber nach … Le Biloba, Kinder, Pferde, Ihre Schwester … all das beinhaltet mein Angebot, alles. Ich gebe Ihnen meine Ersparnisse, und damit rette ich meinen Sohn. So kommt doch wohl jeder auf seine Kosten, oder? Selbst Isabelle.«

Soweit konnte Mutterliebe also gehen, bis zu dieser völligen Selbstaufgabe, so sehr nahm sie sich selbst zurück. Alice hatte sich ihr völlig ausgeliefert, hatte ihr alles angeboten, was sie besaß, und nichts im Gegenzug dafür verlangt. Außer dem Glück ihres Sohnes.

»Aber das geht doch nicht«, murmelte Jordane.

Sie setzte sich neben Alice und wußte nicht, was sie tun sollte. Sie bewunderte ihre Schwiegermutter in diesem Moment mehr, als daß sie sie bedauerte, aber sie brachte keine noch so einfache Geste zustande, die sie einander nähergebracht hätte. Unbeweglich und ohne sich zu berühren, blieben sie nebeneinander sitzen, und dieser unmögliche Handel stand zwischen ihnen.

»Sie sind klug genug«, seufzte Alice. »Sie wissen, daß ich nicht versuche, Sie zu kaufen! Aber ich bin etwa doppelt so alt wie Sie, und im Laufe der Jahre lernt man, die Dinge anders zu sehen. Dies Geld, das ich Ihnen anbiete, was garantiert mir das schon? Bestenfalls vier Jahre in einem anständigen Altersheim. Und dann? Ich bin erst siebzig. Ich bin gerne hier. Schenken Sie mir Enkelkinder, und gehen Sie dann Ihre Pferde reiten, wenn Sie wollen, kümmere ich mich um die Kinder. Und ich würde meinen Sohn wieder glücklich sehen. Natürlich habe ich ihn zu sehr verwöhnt, aber ich habe ja nur den einen. Er hat Sie erst verlieren müssen, um zu begreifen, daß er Sie wie wahnsinnig liebt … Ich kenne ihn besser als irgend jemand sonst, und ich sehe, wie er leidet. Wenn Monsieur Peyrolles Sie abholen kommt, dann ätzt ihm das ins Herz wie Säure! Und was Sie angeht … Sobald dieser Amerikaner davon redet, was aus dem Haus Ihres Großvaters werden wird, ziehen Sie ein Gesicht wie sieben Tage Regenwetter … Ich bin ja schließlich nicht blind!«

Wie ein erschöpfter Boxer steckte Jordane Alices Tiefschläge ein. Auch wenn der Vorschlag vieles beinhaltete, was unerträglich war, er verdiente es, daß man zumindest kurz darüber nachdachte.

»Ich werde Sie jetzt schlafen lassen …«

Langsam und etwas steif erhob Alice sich. Ohne sich umzudrehen, ging sie zur Tür und schloß diese leise hinter sich. Jordane war über ihr Gehen noch nicht einmal erleichtert. Sie streckte sich angezogen, wie sie war, auf dem Bett aus und starrte an die getäfelte Decke. Nach einer Weile zog sie ihr T-Shirt aus, rollte es zusammen und legte es sich unter den Kopf. Ein ganz leichter Geruch nach frischer Wäsche und Lavendel erinnerte sie an das Badezimmer in der Manade vor ein paar Stunden. War der Mann, der sie da verwirrt hatte, wirklich ausgerechnet dieser dumme Macho? Und war seinetwegen das Angebot von Alice so undenkbar?

Auf Pascals Pferd, inmitten seiner Männer, oder auch als sie das Gesicht in seinem Bademantel vergraben hatte, hatte Jordane den Eindruck gehabt, daß sich endlich eine Tür in ihrem Inneren öffnete. Aber die hatte Pascal selbst wieder zugeschlagen, als er Cécile so behandelt hatte. Er war wieder hassenswert geworden, in einem sehr viel höheren Maße als Lionel. Und er war viel gefährlicher. Was wäre denn daran, hier friedlich mit Lionel zu leben, eigentlich so schrecklich oder unerträglich?

Jordane schloß die Augen und versuchte sich vorzustellen, wie Lionel in Arles arbeitete, ihr Schmuck und Kinder schenkte, mit ihr Liebe machte. Le Biloba wäre unberührt und wohlerhalten, ohne glänzendes Schild am anderen Ende der Allee. Ein neues Auto, das sofort ansprang …

Brüsk setzte sie sich auf und griff nach ihrem Päckchen Zigaretten. Warum hatte sie, als sie sich ein neues Auto vorstellte, einen schwarzen Toyota gesehen? Sie nahm das T-Shirt und warf es zu Boden. Sie zwang sich, an Cécile zu denken, die wahrscheinlich noch im Schlaf weinte. Und an Robin, der am Ende des Abends sicher traurig gewesen war. Dann an Lionel, der sich mit Sydney betrunken hatte. Sie fragte sich, ob sie dadurch, daß sie alles retten wollte, nicht alles zerstörte. Erstaunt darüber, daß sie geweint hatte, ohne es überhaupt zu merken, wischte sie sich eine Wange ab. Tastend holte sie sich das T-Shirt zurück und brach dann wirklich in Tränen aus.

Es war noch vor dem Morgengrauen, und im Hinterzimmer von Gilberts Laden sah man kaum etwas. Halsstarrig und in Verteidigungshaltung schüttelte Django den Kopf.

»Schöne Stücke, das wollten Sie doch haben. Da haben Sie welche.«

»Sind Sie wirklich so leichtsinnig? Ich weiß, woher die sind!«

»Das ist doch unwichtig.«

»Aber nein, du Dummkopf. Die kann ich nicht weiterverkaufen, weil du sie hier in Arles gestohlen hast, bei einem aus der Zunft. Sobald die Stücke irgendwo auftauchen, werden sie beschlagnahmt. Egal, wo. Was soll ich denn deiner Meinung nach damit anstellen? Alles vergraben?«

»Diese Stücke sind wertvoll«, versetzte Django störrisch.

»Viel zu sehr! So sehr, daß sie es wieder gar nicht mehr sind … Für diese Art von Handel habe ich keine Verbindungen … das geht über meine Möglichkeiten. Du wirst das alles wieder mitnehmen müssen …«

»Nein.«

»Doch. Du brauchst sie doch nur denen anzuvertrauen,

die hier wieder wegziehen. Die können sie irgendwo im Norden in Umlauf bringen ... oder in einem anderen Land Europas, das wäre noch vernünftiger ...«

»Solche Ware nehmen wir nie auf unsere Wagen mit, es gibt zu viele Kontrollen.«

Es war das erste Mal, daß sie sich nicht einig waren. Gilbert wußte, was für eine Gefahr er einging, wenn er sich mit Django überwarf. Die Zigeuner waren zu zahlreich, zu gut organisiert und zu solidarisch, als daß man sie sich zu Feinden hätte machen dürfen.

»Hör mir zu«, bat er. »Wie soll ich sie dir abkaufen, wenn ich sie nicht weiterverkaufen kann. Man wird uns alle schnappen.«

Django trat einen Schritt zurück, als ob Gilbert ihn beleidigt hätte.

»Ich habe Ihnen gebracht, was Sie haben wollten. Sie müssen bezahlen.«

Von Anfang an hatte Gilbert geahnt, daß es so ausgehen würde, daß es keine Diskussion und keinen Ausweg geben würde. Er hätte niemals Wünsche äußern dürfen. Django hatte für sein Vorhaben das allgemein lebhafte Treiben in der Stadt ausgenutzt, und geschickt, wie er war, hier ebenso erfolgreich operiert wie anderswo. Ihm war kein Unterschied bewußt. Jetzt konnte der Antiquitätenhändler sehen, wie er zurechtkam.

»Für die Zukunft: Alles was hier aus der Stadt oder auch nur aus der Gegend kommt, will ich nicht. Hast du verstanden?«

Django hörte ihm zu, aber er wartete auf sein Geld. Gilbert saß in der Falle. Er hatte eine Verpflichtung, diese wunderbaren Stücke, die er nicht loswerden, von denen er aber auch nicht profitieren konnte, zu einem angemessenen Preis zu kaufen. Er gab sich einen Ruck, schätzte einen Preis, teilte ihn durch zwei und nannte ihn dann wütend. Der Zigeuner akzeptierte den Betrag, ohne zu diskutieren, zählte aber die Scheine seiner unangenehmen Angewohnheit entsprechend einzeln nach. Und als er sich in die schmale Gasse drückte, zeichnete sich der Schatten eines Lächelns auf seinem Gesicht ab, und er flüsterte:

»Bis bald ...«

Gilbert schob mit Schwung die Riegel vor und wandte sich dem Karton auf dem Boden wieder zu, in dem die alten Zinnleuchter, das unschätzbar wertvolle Fossil und die beiden antiken Uhren sich befanden, die einmal Vincent Peyrolles gehört hatten. Wo würde er die bloß verstecken können?

Cécile und Robin verließen gemeinsam das Zentrum für Fotografie. Sie hatten erwirkt, daß etwa zwanzig von Hugues Bildern ausgestellt würden, und man hatte sie darum gebeten, einen erläuternden Text für Fachpublikum und Journalisten zu verfassen.

Robin war selig und schmiedete neue Pläne. Er ließ Cécile versprechen, daß sie kein Sterbenswörtchen über ihr Vorhaben verlöre, damit es eine Überraschung für Jordane würde. Dann lud er sie ein, einen Kaffee zu trinken. Die müden Züge, die geschwollenen Augen, ihr erbärmliches Aussehen waren ihm aufgefallen, aber er hatte ihr keine Fragen gestellt. An das Fest von vorgestern abend erinnerten sie sich wohl alle nicht gerne ...

Cécile bestellte einen doppelten Espresso, und Robin nahm einen frischgepreßten Zitronensaft.

»Hast du mit deinem Bruder telefoniert?« fragte sie ihn ohne Umschweife.

»Nein ...«

»Ich muß zur Manade rausfahren, alles ist nur ein dummes Mißverständnis!«

Das hatte sie mit unsicherer Stimme gesagt, so als erwarte sie eine Bestätigung von Robin. Er war verlegen, sie tat ihm schrecklich leid, und er wußte nicht, was er sagen sollte. Doch sie wartete nicht auf eine Antwort und sprach weiter.

»Neulich abend bin ich durchgedreht, aber ich bin auch dermaßen erschöpft. Ich kann jetzt keine Pause machen, die Hauptsaison hat gerade angefangen ... Jordane hat schon recht, wenn ich nicht ein paar Stunden mehr schlafe in der Nacht, dann stehe ich das nicht durch. Ich hätte gerne noch einen Kaffee.«

»Davon trinkst du zu viel«, bemerkte er, während er den Ober heranrief.

»Siehst du Pascal zufällig in den nächsten Tagen?«

Äußerst verlegen sah Robin Cécile an. Ohne all die Schminke und diesen Gesichtsausdruck eines gehetzten Tieres wäre sie wirklich sehr hübsch. Sie hatte Angst, das war offensichtlich.

»Du solltest ein wenig auf Distanz zu ihm gehen«, schlug er vor.

»Ach, du weißt schon, das ist nur so ein kleiner Streit unter Liebenden! Hat er etwas zu dir gesagt? Nachdem ich gegangen war, hat er da ... Und er hatte wirklich sehr viel getrunken!«

»Das ist keine Entschuldigung.«

Einen Moment lang schwiegen sie beide. Cécile spielte nervös mit ihrem Löffel. Schließlich legte Robin ihr seine Hand aufs Handgelenk, damit sie aufhörte.

»Und du?« fragte sie und schaute zu ihm auf. »Wie weit bist du bei Jordane?«

Diese Frage war viel zu ängstlich, als daß er nicht geraten hätte, was sich hinter ihr verbarg.

»Kein Stück weit«, gab er zu.

»Früher konnte dein Bruder sie nicht ausstehen ... Und das beruhte auf Gegenseitigkeit! Aber ich glaube, sie fangen allmählich an, sich zu mögen ... Ist dir das nicht aufgefallen?«

Cécile sah so elend aus, daß ihre Frage Robin weniger verletzte, als er befürchtet hatte.

»Ich kann niemandem verbieten, sie anzuschauen. Sie ist so schön!«

Er war verblüfft über seine eigene Ungeschicklichkeit. Dieser Satz mußte Cécile wie eine Grausamkeit erscheinen, und er wollte ihr doch helfen. Aber inzwischen hatte er den Eindruck, daß nach Jordanes Liebe zu streben etwa so war, wie nach den Sternen zu greifen. Gleichermaßen betrübt für sich und Cécile schüttelte er den Kopf. Er wollte nicht, daß sie ihn auf die Seite der Verlierer herüberzog, und auch nicht, daß sie ihm die letzten Illusionen raubte.

»Ich bin spät dran«, murmelte er. »Ich muß schnell ins Auktionshaus.«

Er legte einen Schein auf den Tisch und verschwand. Cécile nahm seinen Aufbruch kaum wahr. Nach etwa einer Viertelstunde sah sie endlich auf die Uhr. Sie war zum Mittagessen mit Jordane verabredet. Robin hatte sie nichts davon gesagt, um ihm nicht weh zu tun. Und auch, weil sie gerne mit ihrer Freundin allein sein wollte – um sich ihr anzuvertrauen und um ihr Fragen zu stellen.

Sie ging den Boulevard des Lices hinauf, und mit jedem Schritt ging es ihr schlechter. Wohl schon hundertmal hatte sie den Hörer abgenommen, um Pascal anzurufen, aber sie hatte seine Nummer nie bis zu Ende gewählt. Wenn er immer noch wütend wäre? Wenn er bestätigen würde, daß es aus war? Bei dieser Vorstellung wurde sie fast wahnsinnig.

»Cécile!«

Wie eine ertappte Diebin schreckte sie hoch. Sie war an dem Restaurant vorbeigegangen, vor dem Jordane schon auf sie wartete.

»Mein Gott, du siehst ja aus wie ein Zombie! Hast du mich nicht gesehen?«

Sie betraten das »Côte d'Adam« gemeinsam und setzten

sich ganz nach hinten in den Saal. Sie waren die ersten Gäste, und ein eilfertiger Kellner kam herbei.

»Gut, daß ich jetzt hier bin«, sagte Cécile.

Das war ehrlich gemeint, und auch wenn sich allmählich die Eifersucht in ihr Herz schlich, fühlte sie sich in Jordanes Gegenwart wieder besser. Sie kannte sie schon so lange, vertraute sich ihr an – schon so lange war Jordane ihr großes Vorbild.

»Du siehst schrecklich aus«, sagte Jordane. »Du solltest in die Sonne gehen. Nimm deine Akten doch mit in den Jardin de Trinquetaille ...«

»Ach, braun werden! Wenn du wüßtest, wie egal mir das ist ...«

Jordane wollte ihr eine passende Antwort darauf geben, doch dann überlegte sie es sich anders. Cécile war nicht in der Verfassung, auch nur das kleinste bißchen Kritik einzustecken.

»Danke, daß du mich neulich abend nach Hause gebracht hast.«

»Das war doch selbstverständlich!«

»Ich habe mich wie ein kleines Mädchen benommen. Wegen nichts habe ich einen Skandal gemacht. Das muß die Müdigkeit sein ...«

Ungläubig starrte Jordane Cécile an.

»Wegen nichts? Machst du Witze? Du willst mir doch wohl nicht weismachen, daß alles deine Schuld ist, oder? Pascal ist ein Mistkerl, grob, ein Säufer und so selbstgefällig wie ...«

»Aber das stimmt doch alles gar nicht! Ich habe ihn bis zum Äußersten gereizt, das hast du doch gesehen. Er ist sehr empfindlich, wenn es um die Umwelt hier geht, und ich habe ihn provoziert, habe ihn in die Enge getrieben und ...«

»... und weil er keinerlei Sinn für Humor hat, hat er dich rausgeschmissen? Also, meine Liebe, denk doch mal nach. Ja, du hast dich wie ein kleines Mädchen verhalten, aber nicht indem du ihn provoziert hast, sondern als du dich entschuldigen wolltest! Gott sei Dank war ich da!«

»Du hättest dich nicht einmischen sollen!«

Sie hatten aufgehört zu essen und stritten sich jetzt. Beide waren sie gleichermaßen wütend, aber Jordane beruhigte sich zuerst wieder.

»Laß uns doch nicht streiten. Wenn ich dich hätte machen lassen, dann hättest du dich ihm noch zu Füßen geworfen, und ich wäre vor Scham gestorben. Laß ihn endlich sausen, er ist ein ekelhafter Mistkerl.«

Ihre letzten beiden Worte machten Cécile unendlich glücklich. Mit was für einer Überzeugung Jordane das ausgesprochen hatte! Und Jordane log nie, weder aus Berechnung, noch um etwas zu verschweigen. Sie verachtete Pascal, und von ihr hatte Cécile nichts zu befürchten. Die Blicke zwischen den beiden, ihre Komplizenschaft und das gegenseitige Interesse aneinander hatte sie sich also nur eingebildet.

»Nein«, sagte Cécile lächelnd. »Du irrst dich … Er ist manchmal ein wenig ungeschickt, aber er ist hinreißend. Und es ist ihm ernst. Wenn er sich für die Camargue einsetzt, dann ist das keine Show. Er kämpft gegen die Autobahn, gegen die TGV-Trasse, gegen schlecht geplante Deiche und gegen das, was er Pseudo-Ökos nennt, die von nichts eine Ahnung haben. Er opfert dieser Sache unheimlich viel Zeit. Und das ohne jeden politischen Ehrgeiz, ohne daß er irgendwelche Wahlen dabei im Sinn hat. Er findet, daß er in der schönsten Gegend der Welt lebt und daß irgendwelche blinden Technokraten sie ihm verwüsten.«

»Wenn du ihn so dafür bewunderst, daß er sich für die Umwelt hier einsetzt, warum widersprichst du ihm dann, wenn er auch nur davon anfängt?« fragte Jordane.

»Nur so, zum Spaß, um ihn zu foppen, ich weiß eigentlich auch nicht …«

»Doch, du weißt es genau! Du tust das, damit er dich endlich einmal beachtet!«

Cécile sah Jordane verzweifelt an. Diese Wahrheiten wollte sie nicht hören.

»Denn du mußt zugeben, meistens ignoriert er dich.«

»Ja, natürlich starrt er mich nicht die ganze Zeit mit offenem Mund an wie Robin dich! Er ist eben kein kleiner Junge mehr, und deshalb liebe ich ihn auch.«

»Vielleicht kein kleiner Junge, auf jeden Fall aber Papas Liebling!«

»Du tust den Menschen Unrecht, wenn du sie so mit zwei Sätzen erledigst! Pascal reibt sich wirklich auf für die Manade. Er hat sie verändert, Neuerungen eingeführt ... Er verdient Geld damit ...«

»Das er in Feste investiert!«

»Ja, natürlich. Er liebt es, Leute einzuladen, ein gastfreies Haus zu führen, was ist daran so schlimm? Den ganzen Winter über läßt er umsonst Maler, Fotografen oder Ornithologen bei sich wohnen. Du hast ja keine Ahnung – wer auch immer an seine Tür klopft, ist willkommen. Ich kenne wirklich niemanden, der großzügiger ist als er. Seine Leute lieben ihn nicht umsonst! Und wenn er dann gerne Feste veranstaltet und dabei zuviel trinkt, finde ich das nicht so schlimm.«

All diese Argumente hatten Jordane ein wenig unsicher gemacht, und sie seufzte.

»Na, in dir hat er wenigstens eine verteufelt gute Anwältin ... Und diese ganze Energie verschwendest du auf einen Mann, der ...«

Sie wagte es nicht, weiterzusprechen. Cécile zu sagen, daß Pascal sie nicht liebte, war sowieso sinnlos. Jordane nickte und lächelte ihrer Freundin liebevoll zu. Sie bemühte sich sehr, daß sich dabei kein unwillkommenes Mitleid mit einschlich.

»Wie wirst du dich verhalten, Cécile? Gehe ich recht in

der Annahme, daß du noch nichts von ihm gehört hast? Und du kannst ja wohl schlecht den ersten Schritt tun. Das wäre … würdelos.«

Céciles Schweigen sagte alles. Sie war zu jeder Erniedrigung bereit, und Jordane schämte sich für sie. Inzwischen hatte das Restaurant sich gefüllt, und all die lebhaften Unterhaltungen um sie herum hatten sie gezwungen, allmählich immer lauter zu sprechen. Jordane sagte sich, daß es keinen Sinn mehr hatte, Cécile von Alices unmöglichem Angebot zu erzählen. Sie hätte sich ihr gerne anvertraut, darüber geredet, aber Cécile war nicht in der Lage, über etwas anderes als Pascal nachzudenken.

»In einer Viertelstunde habe ich einen Termin«, verkündete Cécile. »Laß uns einen Kaffee bestellen …«

Kurz darauf hatte Jordane die allergrößte Mühe, den Rover anzulassen. Sie verlor kurz die Geduld, hätte ihn beinahe absaufen lassen, und am Ende sprang der Motor stotternd an. Seit zwei Tagen verfolgte Alices Angebot sie. Dabei war sie fest entschlossen abzulehnen, aber gesprochen hatte sie mit ihrer Schwiegermutter noch nicht. Sie bedauerte fast, ihr neulich nacht nicht gleich mit einem klaren Nein geantwortet zu haben.

Als sie auf Le Biloba ankam, betrachtete sie das Gebäude einen Moment lang und versuchte vergeblich, sich ein Schild vorzustellen, auf dem stünde: »Die Bastide von Le Biloba – Schloßhotel«.

Sie parkte im Schatten der Ginkgos, zögerte kurz und ging dann direkt auf den Pferdestall zu. Sie hatte keine Lust, jemandem zu begegnen, und wahrscheinlich machten die anderen sowieso gerade ihr Mittagsschläfchen. Als sie an dem großen Gebäude angelangt war, ging sie zur Box von Butaban und streichelte ihm durch die Gitterstäbe hindurch die Nüstern.

»Selbst Sempion hat gesagt, daß du schön bist, mein Großer … Und Sempion ist wählerisch … Hast du Lust spazierenzugehen, ja? Wenn ich ein bißchen Schatten für dich finde … So ein Ausritt im Wald, hast du dazu Lust?«

Der Andalusier senkte den Kopf, streckte den Hals zu seinem Wassereimer nach unten und begann zu saufen. Um ihn weiter beobachten zu können, mußte Jordane sich auf die Zehenspitzen stellen. In Butaban vereinten sich alle charakteristischen Merkmale der Zucht von François Valence. Schlanke Gliedmaßen, eine wunderbar runde Kruppe, gerade Schultern.

Ein leises Hüsteln schreckte sie hoch, und auch Butaban hob sofort wieder den Kopf.

»Störe ich Sie?«

Im Gegenlicht kam ihr Pascals Silhouette riesig vor.

»Wie sind Sie hereingekommen?«

»Die Tür war angelehnt.«

Sie zuckte die Achseln. Ihr Mund war trocken, und ihr Herz klopfte. Das war nicht nur der Schreck. Er ging ein paar Schritte vorwärts und versuchte, nicht in die Abflußrinne zu treten.

»Ich bin gekommen, um mich zu entschuldigen.«

»Hier? Sie haben sich in der Hausnummer geirrt. Fahren Sie zur Agentur. Cécile wartet bestimmt schon auf Sie.«

Pascal gab keine Antwort und ging noch ein paar Schritte weiter. Vor der Box mit dem neugeborenen Fohlen blieb er stehen.

»Oh, was für ein hinreißendes Baby … Darf ich?«

Er öffnete den Verschlag bereits, und Jordane warnte ihn.

»Die Stute ist schwierig, passen Sie auf!«

Ein wenig unruhig, ging sie schnell zu ihm, aber er war den Umgang mit Pferden zu sehr gewöhnt, um einen Fehler zu machen. Etwa fünf Minuten lang streichelte er die Mutter mit der einen und den Kleinen mit der andern Hand, dann ging er wieder hinaus.

»Kommen Sie mit«, sagte er plötzlich zu Jordane. »Bitte …«

Als er an Milagro vorbeikam, erkannte er ihn trotz der Dunkelheit und der Gitterstäbe sofort und murmelte:

»Na, du? Fehlt dir die Freiheit?«

Draußen war es drückend heiß. Pascal führte Jordane bis zu dem schwarzen Toyota, den er weit von der Bastide entfernt geparkt hatte. Mit Mühe zerrte er eine riesige Rolle Maschendraht heraus.

»Für Ihre Zäune ...«

»Danke«, sagte sie. »Aber den habe ich nicht bestellt.«

Er hörte nicht hin, sondern öffnete die Vordertür.

»Und das hier wollte ich Ihnen zurückgeben, aber nur ungern, denn es wird mir fehlen.«

Er hielt Jordane ihr himmelblaues Hemd hin, und sie riß es ihm aus den Händen.

»Steigen Sie ein«, bat er.

»Warum?«

»Ich muß Ihnen etwas sagen. Haben Sie eine Viertelstunde Zeit?«

Sie runzelte die Brauen und sah ihn an. Er wartete, ungerührt und undurchschaubar. Mit einem unguten Gefühl setzte sie sich neben ihn. Er startete sanft und entfernte sich von Le Biloba. Schweigend und ohne ihr den Kopf zuzuwenden steuerte er den Wagen. So fuhren sie eine Weile in das offene Land hinein, und erst als er an der Stelle war, wo sie die Andalusier wiedergefunden hatten, blieb er stehen. Er stellte den Motor ab und stieg aus. Nach einem kurzen Zögern machte Jordane das gleiche. Mit einer unbestimmten Bewegung deutete er auf das Reisfeld in der Ferne.

»Ich höre«, sagte Jordane mit tonloser Stimme.

Sie war unruhig. Die Sonne brannte erbarmungslos auf die Landschaft, die in der Hitze flimmerte. Es kam ihnen so vor, als wären sie auf dieser riesigen Ebene ganz allein, allein auf der Welt. Hoch über ihnen schwebte ein Bussardpaar. Nachdem er ihnen einen Moment nachgeschaut hatte, wandte Pascal sich Jordane zu und sah sie direkt an. Sie blickten einander lange in die Augen. Dann streckte er die Hand aus und faßte Jordane um die Taille. Er zog sie an sich und beugte sich herab, um ihr Parfum einzuatmen.

»Tuberosen?« murmelte er. »Ich werde das Hemd wohl doch behalten müssen ...«

Ihr Hirn war wie leergefegt, und ihr Blick verlor sich in Pascals grauen Augen. Sie leistete keinen Widerstand. Als er sie küßte, preßte sie sich an ihn und überraschte ihn durch ihre Heftigkeit. Beide wurden sie von wildem Verlangen überwältigt. Pascal fuhr mit seinen Händen unter ihr T-Shirt, hakte den BH auf und zog ihr beides mit einer einzigen Bewegung über den Kopf. Er hielt sie auf Armeslänge entfernt, um sie ansehen zu können, aber sie hatte schon begonnen, sein Hemd aufzuknöpfen. In wenigen Sekunden waren sie beide völlig nackt. An den Schultern drückte er sie herab und zwang sie, sich auf die glühendheiße Motorhaube des Toyota zu legen. Sie nahm seine Hüften, verlangte, daß er sofort zu ihr kam, schlang die Beine um ihn. Sie benahmen sich wie die Wilden, mit keuchendem Atem, weit geöffneten Augen, ohne ein Wort zu sagen. Als er sich herabbeugte, um den Schweiß zwischen ihren Brüsten aufzulecken, klammerte sie sich in seinem Haar fest. Er wollte einen Moment Atem schöpfen, denn er merkte, daß er jegliche Kontrolle verlor, aber sie ließ ihn nicht los, war genauso entfesselt wie er. Sie kamen beinahe sofort und gleichzeitig.

Verlegenheit machte sich breit, Ungläubigkeit, und trennte sie. Pascal trat einen Schritt zurück, und Jordane stand auf. Sie wagten nicht, sich anzusehen, waren beide gleichermaßen verwirrt und immer noch nackt. Schweigend zogen sie sich wieder an, keiner von ihnen wußte, wie er den Bann brechen sollte, Pascal war noch nie einer so leidenschaftlichen Frau wie Jordane begegnet. Und sie hatte das gleiche erst ein einziges Mal erlebt, im Hotel »Arlatan«, mit einem Mann, den sie erst geliebt und dann geheiratet hatte.

Sie stiegen wieder in das glühend heiße Auto. Während der ganzen Rückfahrt lehnte Jordane sich gegen die Wagentür, und Pascal traute sich nicht, sie anzusprechen. Vor der Allee von Le Biloba bremste er, um sie aussteigen zu lassen. Erst da sah er sie an und hoffte auf ein Zeichen oder ein Wort von ihr, das sie aus dieser Situation befreien würde. Aber sie war genauso befangen wie er, und sie wollte trotz allem, was gerade geschehen war, nicht den Eindruck erwecken, als fliehe sie oder schämte sich. Sie beugte sich zu dem offenen Wagenfenster herunter.

»War das alles, was Sie mir sagen wollten?«

Dann ging sie davon, sehr aufrecht, und ließ ihn völlig verwirrt zurück.

Wie vorherzusehen, hatte Vincent Robin nur eine knappe Stunde den Hammer überlassen, ehe er ihn wieder übernahm. Und da Robin sich als geschickt und souverän erwiesen hatte, hatte er es um so eiliger gehabt. Vincent gefiel es immer weniger, daß dieser junge Auktionator ihn ersetzen könnte. Mit Stentorstimme übernahm er die Versteigerung wieder, und sein Sohn kletterte vom Pult.

Der Auktionssaal war geschmackvoll eingerichtet, von gedämpfter Luxuriösität. Aus dem ganzen Departement kam man hierher. Während er die Gebote für einen Kartentisch entgegennahm, hatte Robin Gilbert in einer der ersten Reihen entdeckt. Die professionellen Händler hielten sich eigentlich gerne am hinteren Ende des Saales auf, um alle potentiellen Käufer vor sich zu haben. Mit kleinen Handbewegungen bedeuteten sie dem Auktionator, wenn sie höher bieten wollten. Manchmal traf man unter Kollegen kleine unerlaubte Übereinkünfte an der Versteigerung vorbei, und auch Vincent Peyrolles pflegte diese Tradition.

Als er das Auktionshaus verließ, lenkte Robin seine Schritte in Richtung Boulevard des Lices. Beim Anblick von Gilbert hatte er sich wieder an etwas Unangenehmes erinnert. Neulich auf Le Biloba waren ihm der merkwürdige Gesichtsausdruck und die drängenden Fragen Gilberts, als sie über den Einbruch gesprochen hatten, aufgefallen. Eine Eingebung trieb ihn auf den Laden des Antiquitätenhändlers zu. Er warf nur einen zerstreuten Blick auf das Schaufenster, dann trat er ein. Gilbert, der nun wieder hinter seinem Schreibtisch saß, empfing ihn mit einem breiten Lächeln.

»Herzlichen Glückwunsch zu Ihrem Einstieg bei uns!« rief er herzlich aus. »Man merkt sofort, daß Sie Erfahrung haben …«

»Der Kartentisch konnte Sie aber nicht lange fesseln!« sagte Robin äußerst liebenswürdig.

»Zu teuer, viel zu teuer …«

Robin fiel der unruhige Blick auf, den Gilbert in Richtung seines Hinterzimmers geworfen hatte. Er fragte leichthin:

»Haben Sie zufällig etwas zu trinken da? Ich sterbe vor Durst …«

Gilbert ging sofort in die Defensive und zögerte.

»Natürlich, ich werde Ihnen etwas bringen.«

Mit einem mitreißenden Schwung, der nur schwer zu bremsen war, folgte Robin ihm munter plaudernd.

»Mein Vater hat überhaupt keine Lust, sich zur Ruhe zu setzen, das ist wirklich sehr ärgerlich für mich. Natürlich, dieses Auktionshaus hat er geschaffen, es ist sein Lebensinhalt. Und es geht ihm halt wie allen, es ist schwer, seinen Platz zu räumen und sich als alten Menschen zu sehen … Ich will nicht zu ungeduldig erscheinen, aber ich sitze in den Startlöchern!«

Sie waren jetzt in dem kleinen Hinterzimmer, und Gilberts Nervosität wurde immer offensichtlicher. Als er zu schnell nach einem Glas greifen wollte, ließ er es fallen. Robin holte tief Luft und versuchte es mit einem kühnen Streich:

»Gilbert, ich habe den Eindruck, daß Sie Probleme haben. Daß Sie etwas wissen, was mit dem Einbruch neulich bei uns zu tun hat.«

Gilbert wurde aschfahl und stammelte dann:

»Wie um Himmels willen kommen Sie darauf?«

Er hatte nicht das Zeug zu einem Ganoven und war noch nie in einer vergleichbaren Situation gewesen. Er war es gewohnt, in aller Stille ein wenig zu betrügen, Geschäfte ohne großes Risiko zu machen und kannte sich mit kleinen Tricks aus. Aber angesichts der Ungeheuerlichkeit der Situation wußte er nicht, wie er reagieren sollte. Er konnte sich nicht beherrschen und sah in Richtung des Kartons von Django, der an der Wand stand. Robin wandte einen Augenblick lang den Kopf, dann fixierte er den Antiquitätenhändler wieder.

»Ich bin kein Bulle. Und ich habe noch nicht einmal Lust, die Interessen meines Vaters zu vertreten. Und noch weniger, Ihnen zu erklären, daß es sich um mein Erbe handelt.«

»Aber Robin, ich weiß gar nicht, wie …«

»Ich glaube doch. Und ich weiß sogar, daß es Isabelle ist, an die Sie in dieser Sekunde denken. Stimmt's? Denn bei mir ist es Jordane. Ich denke *immerzu* an Jordane, seit ich sie zum ersten Mal gesehen habe.«

»Warum erzählen Sie mir das?« fragte der andere in verändertem Ton.

»Weil es mir scheint, als bewahrten Sie irgendwo ein Leuchterpaar, ein paar alte Uhren und vor allem eine Fossilie auf, die Sie niemals loswerden könnten.«

Gilbert schnappte nach Luft wie ein Ertrinkender.

»Sie sind für so etwas wirklich nicht geschaffen«, stellte Robin fest.

»Ich habe nicht … alles ist ein Mißverständnis.«

Die Glocke der Ladentür erklang, und der Antiquitätenhändler fuhr hoch.

»Gehen Sie nur!«

Nach kurzem Zögern verließ Gilbert das Hinterzimmer, und Robin ging zu dem Karton. Er riß eine Ecke auf, um einen Blick hineinzuwerfen. Im Hintergrund hörte er Gilbert, der dem Kunden antwortete. Er mußte lachen. Das war einfach zu dumm und zu einfach. Außer, daß sie jetzt natürlich eine akzeptable Lösung finden mußten.

Als Gilbert zurückkam, hatte Robin den Karton auf den Tisch gestellt.

»Ich nehme alles mit«, erklärte er.

Gilbert mußte sich setzen und öffnete den obersten Knopf seines Hemdes.

»Was haben Sie vor?«

Er versuchte noch nicht einmal, sich zu verteidigen, machte sich aufs Schlimmste gefaßt. Robins Lächeln brachte ihn noch mehr durcheinander.

»Wissen Sie, was ich mir am meisten auf der Welt wünsche?« fragte Robin. »Daß Sie eines Tages mein Schwiegervater werden! Also werden wir uns doch jetzt nicht streiten! Ich werde alles an seinen Platz zurücktun, ganz still und heimlich. Mein Vater wird sich schwarz ärgern, was mir nun wieder Spaß machen wird …«

Die Fröhlichkeit des jungen Mannes überzeugte Gilbert nicht.

»O ja, und dann erzählen Sie die ganze Sache Jordane, weil das die Gelegenheit ist, ihr zu zeigen, was Sie alles für sie tun! Nur daß Jordane es ihrer Mutter weitererzählen wird, und Isabelle wird so erfahren, was ich hier tue, wer ich in Wirklichkeit bin …«

Er war kurz davor, in Tränen auszubrechen, und Robin war überrascht. Nur Isabelles Urteil zählte für ihn, das war das einzige, was er fürchtete, alles andere bedeutete ihm nicht viel, er war so verliebt wie ein Schuljunge. Wie Robin.

»Jordane wird schweigen, weil sie ihre Mutter liebt … Und es ist offensichtlich, daß Isabelle jetzt glücklich ist. Es kommt nicht in Frage, das zu zerstören, wir sind doch schließlich keine Kinder mehr.«

Jetzt sah Gilbert ihn aufmerksam und beruhigt an. Er stellte fest, daß er Robin falsch eingeschätzt hatte und daß er da sicher nicht der einzige war. Der jüngere Sohn von Vincent Peyrolles war kein beliebiger junger Mann, der sich gerade eben zum ständigen Begleiter eignete. Er hatte Mut, Feingefühl, und er argumentierte gut.

»Mir scheint, wir haben immer noch nichts getrunken«, sagte Gilbert und schöpfte wieder Mut.

Pascal ging im großen Wohnraum seines Bauernhauses auf und ab, er konnte einfach nicht stillsitzen. All seinen Angestellten hatte er für den Abend freigegeben und hatte erleichtert zugesehen, wie sie abfuhren. Noch nie in seinem ganzen Leben war er so verletzt worden. Und das Schlimmste daran war, daß er selbst schuld war, an allem, was passiert war. Endlich einmal fesselte eine Frau ihn, faszinierte ihn, brachte ihn um den Schlaf, brach all seinen Widerstand, und ihm war nichts Besseres eingefallen, als sich wie ein Wilder auf sie zu stürzen! Und sich lächerlich zu machen – denn eigentlich hatte sie diesen Tanz angeführt und ihn zu einem Dreikäsehoch herabgewürdigt. Was nützte ihm da seine Vergangenheit als Don Juan, all seine stürmischen Abenteuer, wenn er sich wie ein verliebter Teenager benahm?

Wie um sich für seine Ungeschicklichkeit selbst zu bestrafen, malte Pascal sich die unangenehmsten Konsequenzen aus. Jordane könnte sich sofort mit ihrem Ehemann getröstet oder sich mit Robin gerächt haben. Wahrscheinlich erzählte sie diese peinliche Episode gerade und machte sich über ihn lustig. Wem wohl? Jener einzige Satz, den sie danach gesagt hatte, ließ Pascal Qualen leiden. »War das alles, was Sie mir sagen wollten?« Ja … das war wirklich die erbärmlichste Vorstellung seines Lebens gewesen.

Außer sich, ging er sich ein Bier aus der Küche holen. Er würde sich betrinken, um zu vergessen, das könnte er die ganze Nacht lang tun, der Kühlschrank war voll. Aber wie sollte er auch nur eine Minute lang diese gebräunte und seidige Haut vergessen, die goldenen Augen, das verwirrende Parfum, die unordentlichen Locken, die muskulösen Beine? Wenn es wenigstens nur das gewesen wäre. Nur dieser Moment glühender Leidenschaft in den Reisfeldern ... Aber da war außerdem Jordanes Lachen, ihre Gestalt zu Pferde, ihre rauhe Stimme, ihr wirbelnder Rock, als sie Flamenco getanzt hatte, die Art, wie sie Milagro um den Hals gefallen war ... Gab es in der ganzen Camargue eine einzige Frau, die sich mit ihr messen konnte? Bestimmt nicht! Und ausgerechnet ihr hatte Pascal sich nur von seiner schlechtesten Seite gezeigt, als Mann der unschönen Trennungen oder, schlimmer noch, als erbärmlicher Liebhaber.

Er ging wieder in den Wohnraum und sah sich um. Der Raum war unordentlich, und er hatte keinerlei Lust aufzuräumen. Jordane käme sowieso nie wieder hierher, das hatte er wirklich großartig gemacht, sie würde ihn künftig meiden wie die Pest! Und doch hatte er geglaubt, hatte gehofft, daß ... Daß was? Daß sein Leben sich ändern würde? Daß mit dieser Frau alles anders würde?

Er hatte die Bierdose zwischen seinen Fingern zerdrückt, und etwas Schaum tropfte auf seine Jeans. Die Stille des Bauernhauses hatte etwas Drückendes. Pascal mochte seine einsame Existenz nicht mehr, die er doch jahrelang gegen jeden Übergriff verteidigt hatte. Nachdem seine Mutter gegangen war, er war damals fünf Jahre alt, hatte er Höllenqualen gelitten. Robin war zu klein, um dieselben Erinnerungen zu haben. Zum großen Stolz seines Vaters hatte Pascal sich seinen Kummer aber nicht anmerken lassen wollen. Wie ein richtiger Mann. Robin weinte, er brauchte die weibliche Zuwendung. Pascal hatte ihn unter die Fittiche genommen und seine Mutter und mit ihr alle Frauen verflucht. Vincent hatte ihn für stark gehalten, hatte ihn über alle Maßen verwöhnt, während Pascal sich gegen den Schmerz wehrte und ihn in seiner Erinnerung begrub. Als Vincent sich wieder verheiratet hatte, hatte Pascal ihn verspottet. Er hatte ihn gezwungen, seine Verachtung zu teilen, seinen Zynismus, seine Ehefrau von oben herab zu behandeln, bis auch sie wieder verschwand und ihnen dadurch recht gab. Ihre Nachfolgerin hatte es ganze sechs Monate lang ausgehalten. Vincent hatten sie kaum gefehlt, er war ganz damit beschäftigt gewesen zuzusehen, wie sein ältester Sohn, sein ganzer Stolz, größer wurde. Aber sobald er konnte, hatte Pascal ihn seinerseits verlassen. Er war erst acht gewesen, als er ein Telefongespräch mitgehört hatte. Und gerade dreizehn, als er die in einem Geheimfach sorgfältig versteckten, flehenden Briefe der Mutter gefunden und begriffen hatte, daß sein Vater ein Lügner war. Daraufhin hatte er Vater und Mutter gleichermaßen gehaßt, sie in seiner Bitterkeit in einen Topf geworfen. Er hatte Robin, der noch zu jung und zerbrechlich war, nichts davon gesagt. Er hatte abgewartet, bis er achtzehn war, und dann die Manade verlangt, um aus dem Stadthaus ausziehen zu können, das für ihn wie ein Gefängnis war. Und an allen Frauen, die er seitdem getroffen hatte, hatte er sich gerächt. Angewidert von Vincents blinder Zuneigung wollte er nicht mehr geliebt werden, und er ließ den Frauen auch nicht soviel Zeit, daß sie *ihn* hätten verlassen können.

Als er den Hof übernommen hatte, hatte er nichts an der Einrichtung verändert, hatte sogar die wenigen Erinnerungen an seine Mutter aufgehoben. Daß Vincent die Manade nicht mochte, war für ihn Grund genug, sie zu lieben. Wenigstens verfolgte sein Vater ihn nicht bis hierher. Um die Jahre seiner bürgerlichen Erziehung, die er als ungesund empfand, auszuwischen, hatte Pascal sein Haus allen Außenseitern geöffnet. Er hatte es sich angewöhnt, merkwürdige Leute aufzusammeln, zu beherbergen und ihnen zuzuhören. Das war seine Art, sich in der Welt zurechtzufinden, die

Katastrophe seiner Kindheit zu verarbeiten. Und dann war eine echte Liebe zum Land und zu den Tieren in ihm erwacht, und darin hatte er das Heilmittel gegen seine Neigung zum Alkoholismus gefunden.

Er wollte sich gerade noch ein Bier holen, als er von draußen ein leises Geräusch hörte. Kaum hörbar klopfte es, dann noch einmal. Pascal hielt einen Augenblick lang den Atem an, stellte sich vor, daß es vielleicht Jordane war. Dann ging er öffnen und zuckte beim Gedanken an seine Dummheit mit den Schultern. Ebensowenig erfreut wie überrascht sah er Cécile dort stehen.

»Störe ich dich?«

Sie sah ihn flehend an, hatte dunkle Ringe unter den Augen. Er blieb auf der Schwelle stehen und bat sie nicht herein.

»Ich weiß, es ist ein bißchen spät, aber ich hatte heute sehr viel zu tun …«

»Und, was gibt's?« fragte er müde.

Ihr Lachen klang falsch, und es erinnerte ihn an die Art, wie Vincent all seine Unverschämtheiten schluckte. Die gleiche Unaufrichtigkeit und die gleiche Unterwürfigkeit.

»Nun, ich dachte, wir zwei müßten miteinander reden! Habe ich mich neulich abend unmöglich benommen? Es tut mir leid …«

»Cécile«, sagte er geduldig, »hör auf. Das hat keinen Sinn.«

Sie ging einen Schritt auf ihn zu und klammerte sich an ihn.

»Oh, Pascal, wenn du wüßtest, wie sehr ich dich liebe«, murmelte sie.

Sie rieb sich wie eine Katze an ihm, und er mußte sie zwingen, ihn loszulassen, indem er ihr die Hände festhielt.

»Ich bitte dich«, sagte er, »ersparen wir uns eine entwürdigende Szene.«

Mit geschlossenen Augen schüttelte sie den Kopf. Plötzlich fing sie an zu schreien.

»Ich habe mich entschuldigt, was willst du denn noch?«

»Ich will, daß du gehst.«

Sie versuchte sich wieder zu nähern, aber er hielt sie auf Distanz. Mit ungeahnter Kraft machte sie sich los, entwischte ihm und bahnte sich einen Weg in den Wohnraum. Wütend holte er sie bei dem großen Kamin wieder ein und schnappte sie bei der Taille, während sie sich wehrte.

»Warte, warte! Hör mich an!«

Sie schrie, war am Rande der Hysterie, und er hatte Lust sie zu schlagen, damit sie den Mund hielt.

»Du wirst dieses Haus jetzt verlassen und nach Hause fahren!«

Sie ließ sich fallen, glitt ihm aus den Händen und kauerte von Schluchzern geschüttelt am Boden. Er zögerte kurz und entschloß sich dann, ein Glas Wasser zu holen, um ihr Zeit zu lassen, sich wieder etwas zu beruhigen. Als er zurückkehrte, saß sie auf dem Sofa und zog sich aus.

»Nur diese Nacht noch«, flüsterte sie. »Das letzte Mal, wenn du willst …«

Bestürzt näherte er sich ihr und hielt ihr ihren Leinenblouson wieder hin.

»Cécile, es ist aus«, sagte er. »Zwischen uns ist alles zu Ende. Verstehst du?«

Die Schminke unter ihren Augen war verschmiert und ließ sie noch elender aussehen. Sie tat ihm leid, aber er war fest entschlossen, sie loszuwerden.«

»Zieh dich an und geh. Okay?«

»Nein, ich bleibe. Wir lieben uns jetzt immerhin seit sechs Monaten, und diese eine Nacht kannst du mir ja wohl gewähren! Ich verspreche dir, du wirst es nicht bereuen …«

Er verachtete sie für diesen letzten Satz, der verführerisch hatte klingen sollen, aber nur erbärmlich war.

»Kapierst du nicht, daß nichts mehr zu retten ist? Daß ich dich nicht liebe? Daß ich dich nicht begehre?«

Sie drückte sich an die Rückenlehne des Sofas, wollte sich ihre Niederlage nicht eingestehen.

»Komm, setz dich … Du bist wütend … Das ist meine Schuld …«

»Hau ab!« schrie er, mit seiner Geduld am Ende.

Sofort fing sie wieder an zu weinen, hatte sich zu einer Kugel zusammengerollt, ihr Rücken zuckte. Er wäre am liebsten gegangen, hätte sie da liegengelassen, aber das war keine Lösung.

»Mein Gott, reiß dich zusammen, das ist ja lächerlich. Wir können doch Freunde bleiben, oder? Morgen wird es dir leid tun, daß du dich so hast gehen lassen …«

Langsam stand sie auf, und er dachte, sie gäbe nach. Sie nahm ihren Blouson und ging dann mit entschiedenem Schritt auf die Treppe zu. Auf der dritten Stufe hatte Pascal sie eingeholt und packte sie am Arm.

»Bist du eigentlich taub?«

Er hob sie hoch und ignorierte die Faustschläge, mit denen sie ihn traktierte. Sie wog fast nichts auf seiner Schulter, und er trug sie durch den Raum. Sobald sie draußen waren, wehrte sie sich noch heftiger, verzweifelt, am Ende biß sie ihn sogar. Ohne weitere Umstände setzte er sie vor ihrem Auto auf dem Boden ab.

»Schluß jetzt mit den Faxen, mach, daß du wegkommst!«

Mit einer Hand öffnete er die Wagentür und schob sie hinein. Sie ließ es sich gefallen, reglos, wußte, daß sie verloren hatte.

»Ich habe meine Handtasche noch drinnen …«, sagte sie mit einer merkwürdig dünnen Stimme.

Er verdrehte die Augen zum Himmel, ging sie ihr aber holen. Als er mit ihrem Blouson und der Tasche wiederkam, zog sie erst die Jacke an und suchte dann ihre Schlüssel. Schweigend wartete er darauf, daß sie losfuhr.

»Liebst du eine andere?«

In der Dunkelheit wirkten Pascals Augen noch heller als

gewöhnlich. Er zögerte kurz und entschied sich dann für die Wahrheit. Das war zwar grausam, aber es würde auch einen Schlußpunkt setzen, eine Grenze zwischen ihnen ziehen, und das mußte sein. Langsam nickte er. Als er sah, wie sie den Zündschlüssel drehte, hatte er Bedenken.

»Kannst du fahren?«

Er hatte sich gezwungen, das so kalt wie möglich zu fragen, um keinen Zweifel, keinen möglichen Trost darin aufklingen zu lassen. Ohne ihm zu antworten, legte sie den ersten Gang ein, und er trat zurück.

Jordane schreckte hoch. Über sie beugte sich Lionel, schüttelte sie sanft, ihre Nachttischlampe brannte.

»Wach auf, Liebling …«

Hingerissen von ihrem Anblick, wie sie aus dem Tiefschlaf auftauchte, mit unordentlichem Haar und trotzigem Gesicht, lächelte er sie an.

»Telefon …«

»Wie spät ist es?«

»Fünf Uhr.«

Sie setzte sich so abrupt auf, daß sie ihm gegen die Stirn stieß.

»Habe ich dir wehgetan? Wer ruft um diese Zeit an?«

»Keine Ahnung. Eine Frauenstimme.«

Sie sprang die Treppe hinunter in den ersten Stock und fragte sich, wer bloß vor Sonnenaufgang anrufen konnte. Als sie die Stimme von Céciles Mutter hörte, wußte sie, daß etwas Schreckliches passiert war. Zwei Minuten später stieg sie die Treppe wieder hinauf, um sich anzuziehen.

»Cécile liegt im Krankenhaus, es sieht wohl sehr schlecht aus.«

»Ein Unfall?«

»Nein. Sie wollte Schluß machen. Und das nur wegen …«

Den Tränen nahe, konnte sie nicht weitersprechen.

»Ich begleite dich«, beschloß Lionel. Sie trafen sich am Rover, und Lionel übernahm energisch das Steuer. Wie gelähmt zündete Jordane sich mit zitternden Händen eine Zigarette an. Sie fühlte sich unerträglich schuldig. Sie hätte nicht gedacht, daß die Verzweiflung Cécile so weit treiben könnte. Eigentlich hatte sie, seit sie in Pascals Armen gelegen hatte, an gar nichts mehr gedacht. Hatte Cécile davon erfahren? Aber wie? Was hatte sie bis zum Äußersten getrieben? Und warum heute nacht?

Lionel hatte ihr eine Hand aufs Knie gelegt, und sie hatte nicht darauf reagiert. Nach alledem war es beruhigend, ihn hier an ihrer Seite zu wissen, zärtlich und schweigend. Er fuhr schnell, setzte sie vor dem Eingang der Notaufnahme ab und sagte ihr, daß er auf dem Parkplatz so lange es eben nötig war auf sie warten würde.

8

Milagro und sein Stallgenosse waren eines Morgens gemeinsam in den Transporter von Ramon Carras geladen worden. Man würde sie weit weg, in den Süden Spaniens, bringen, und Jordane sah mit zugeschnürter Kehle zu, wie sie Le Biloba verließen. Dann waren Sempions Schafe dran, die zu ihrem motorisierten Viehtrieb »auf die Alm« auf einen Sattelschlepper geladen wurden.

Aber Jordane hatte keine Zeit, traurig über diese aufeinanderfolgenden Trennungen zu sein, auch wenn sie sich durch sie immer einsamer fühlte, denn sie verbrachte fast jeden Vormittag bei Cécile im Krankenhaus.

Die junge Frau war außer Lebensgefahr und litt nun unter den Folgen ihrer Wahnsinnstat. In jener schrecklichen Nacht, nachdem Pascal sie fortgejagt hatte, hatte sie, als sie wieder zu Hause im Trinquetaille-Viertel war, zunächst eine Flasche Wodka geleert und dann alle Medikamente geschluckt, die sich im häuslichen Medizinschränkchen gefunden hatten. Als sie dann versucht hatte, sich bis in ihr Zimmer zu schleppen, war sie auf der Treppe gestürzt. Ihre Eltern waren aus dem Schlaf gerissen worden, hatten sie entdeckt und die Feuerwehr gerufen. Drei gebrochene Rippen, ein ausgerenkter Kiefer und eine böse Wunde an der Schläfe waren die Folgen des Sturzes. Durch Magenauspumpen hatte man im übrigen das Schlimmste verhindern können, denn die Mixtur der eingenommenen Tabletten hätten gemeinsam mit dem Alkohol ihren Tod bedeuten können. Die ersten zwei Tage im Krankenhaus hatte sie nur geheult, in ihrem halbwachen Zustand nach Pascal verlangt und sich an der Hand ihrer Mutter oder Jordanes, die sich an ihrem Bett abwechselten, festgehalten. Als sie dann wieder etwas zu sich gekommen war, hatte sie mehrere Stunden lang geschwiegen. Schließlich war die hartnäckige Jordane zu ihr durchgedrungen, hatte es geschafft, daß sie wieder sprach und sogar lachte. Entsetzt hatte Jordane sich den Bericht von der Szene auf der Manade angehört, versuchte aber, sich nichts anmerken zu lassen. Pascal hatte sich abscheulich benommen, das wollte sie gerne zugeben, aber als Cécile bei der Stelle anlangte, wo er seine Liebe zu einer anderen gestand, konnte sie sich kaum beherrschen. Ein wenig war dies alles ihretwegen geschehen, wegen eines Augenblicks gemeinsam gelebten Wahnsinns. Glücklicherweise hatte er keinen Namen genannt, Cécile wußte nicht mehr.

Seit ihrer wilden Umarmung spürte Jordane jedesmal, wenn sie an Pascal dachte, das gleiche ungezügelte Verlangen in sich. Sie bedauerte nichts, versuchte nicht zu verstehen, aber sie bemitleidete Cécile, ohne daß sie ihr etwas hätte gestehen können. War Pascal wirklich so ein Ekel? Verbarg sich ein Egoist hinter dem Äußeren des Verführers? Beinahe hätte Jordane sich in ihn verliebt, denn er war einer der wenigen Männer in ihrer Umgebung, die eine echte Persönlichkeit hatten, wirkliche Charakterstärke. Aber nach dem, was Cécile ihr erzählte, änderte sie ihr Urteil erneut. Und jedesmal, wenn sie aus dem Krankenhaus kam, mußte sie wieder an Alices Angebot denken, an Lionel und manchmal sogar an Robin. Es wurde höchste Zeit, daß sie endlich eine Entscheidung traf, daß sie etwas aus ihrem Leben machte. Sie wollte sich nicht eines Tages in Céciles Situation wiederfinden.

Robin war zwar zurückhaltend, aber auch er kam häufig

ins Krankenhaus und sorgte dafür, daß er dann Jordane über den Weg lief. Er sprach nie über seinen Bruder mit Cécile. Aber er hatte sich angeboten, regelmäßig in der Agentur vorbeizugehen, wo er den Anrufbeantworter abhörte und die Faxe und die Post holte.

Nach acht Tagen kam Cécile aus dem Krankenhaus, wild entschlossen, sich kopfüber in die Arbeit zu stürzen und die verlorene Zeit aufzuholen. Es war Juni, und die Touristen kamen in Strömen. Jordane schlug ihr vor, nach Le Biloba zu ziehen, aber sie wollte nicht zu weit von Arles und ihrer sehr vernachlässigten Agentur entfernt sein. Das einzige, was sie sich jetzt wirklich wünschte, war, Pascal nie wieder zu begegnen.

Robin hatte das Leuchterpaar, die Uhren und die Fossilie in seinem Zimmer versteckt. Er wußte, daß sein Vater dorthin bestimmt nicht kommen würde. Sie lebten zwar unter demselben Dach, waren aber wie Fremde.

Er suchte sich einen Abend aus, an dem Pascal zum Abendessen kommen würde, um die Dinge wieder an ihren Platz in der Vitrine zu stellen. Vor Antoine, dem alten Diener, hatte er dabei keine Angst, denn sein Vater hatte ihn nie sehr gut behandelt, und der Alte zog den Sohn dem Vater bei weitem vor. Mitten am Nachmittag stellte er alles heimlich zurück, nachdem er jedes Stück gründlich abgewischt hatte. Gegen acht Uhr abends kam Vincent nach Hause und ging direkt in sein Büro. Kurz darauf läutete Pascal, und Robin ging zu ihnen hinunter.

Das Licht im großen Salon erleuchtete die Vitrine, aber Vincent drehte ihr den Rücken zu. Jeder Besuch seines Ältesten bereitete ihm ungeheure Freude, und er war ganz damit beschäftigt, ihn anzusehen, ihm zuzulächeln, ihm jeden Wunsch von den Lippen abzulesen. Seit dem Abend auf der Manade hatte Robin seinen Bruder nicht mehr gesehen. Wie alle anderen hatte er sein Benehmen Cécile gegenüber abscheulich gefunden, und dann hatten die Ereignisse ihm recht gegeben. Niemand durfte eine Frau so behandeln, und schon gar nicht in aller Öffentlichkeit. Wenn Céciles Eltern nicht aufgewacht wären, oder wenn sie in jener Nacht nicht dagewesen wären dann hätte Pascal jetzt eine schreckliche Schuld auf sich geladen. Trotzdem hatte Robin eine gewisse Erleichterung empfunden, als Pascal sich an jenem Abend so ekelhaft benommen hatte. Weil Jordane sich gegen ihn gewandt hatte, wütend, und ihn nicht mehr auf diese beinahe komplizenhafte Art angeschaut hatte wie während des ganzen Abendessens. Die Liebe machte Robin nicht blind, im Gegenteil. Nichts, was Jordane tat oder sagte, entging ihm. Sie hatte sich zu lange mit Pascal unterhalten und ihm merkwürdige Blicke zugeworfen. Hatte sein Bruder sich selbst aus dem Rennen katapultiert? Um so besser, auch wenn es zu Lasten der armen Cécile gegangen war.

»Etwas Champagner? Ich habe einen Laurent-Perrier auf dem Eis.«

Vincent hatte sich an Pascal gewandt – natürlich. Den Vorlieben von Robin hatte er noch nie Beachtung geschenkt.

»Ich werde nach Antoine läuten …«

Als er sich der Klingel näherte, stand Vincent der Vitrine gegenüber. Er blieb abrupt stehen und stieß einen Schrei aus.

»Was ist denn das hier?«

Er hatte die Tür geöffnet und die Fossilie herausgenommen.

»Sieh mal«, sagte Pascal amüsiert. »Man könnte sagen, daß sie an den heimischen Herd zurückgekehrt sind …«

Vincent drehte sich auf dem Absatz um und sah seine Söhne an.

»Wißt ihr, was das hier soll?« fragte er wütend.

In holder Eintracht schüttelten sie die Köpfe.

Entschiedenen Schrittes durchmaß Vincent den Salon und ging hinaus. Pascal wartete einen Moment, dann fragte er:

»Hast du etwas damit zu tun?«

»Nein! Wie sollte ich?«

»Du machst so ein schuldbewußtes Gesicht … Und wenn du dir diesen Scherz ausgedacht hast, dann gratuliere ich dir dazu.«

Robin zuckte die Achseln, war entschlossen zu schweigen.

»Es sei denn, es war der arme Antoine …, der sein Gehalt etwas aufbessern wollte …, und dann die Panik bekommen hat …«

»Nein«, sagte Robin langsam. »Und das weißt du genau! Dazu wäre er nie fähig. Wenn Papa auf die Idee kommen sollte, ihn zu beschuldigen …«

»Werden wir ihn verteidigen, selbstverständlich.«

»Das mußt du ganz allein übernehmen. Denn ob ich nun etwas sage oder nicht …«

Pascals sehr helle Augen blitzten ironisch auf. Er klingelte dann selbst nach dem Champagner. Das erste Glas tranken sie schweigend.

»Wie geht es Cécile?« fragte Pascal plötzlich.

»Sie ist aus dem Krankenhaus entlassen. Es geht ihr nicht gut. Sei so lieb und geh ihr aus dem Weg …«

»Da kannst du dich auf mich verlassen. Sie ist eine Hysterikerin, ein dummes Weibsstück …«

Der Groll seines Bruders erstaunte Robin.

»Machst du dir gar keine Vorwürfe?«

»Wieso? Ich habe ihr nichts versprochen und sie auch um nichts gebeten. Es war nur ein kleines Abenteuer nebenbei. Und sie hat es für die große Liebe gehalten! Dafür kann ich nichts, ich war immer ehrlich.«

»Aber du hättest dich nicht wie ein Flegel benehmen müssen.«

»Aber diese Frau ist eine echte Klette!«

»Sprecht ihr über die Kleine, die für dich sterben wollte?« fragte Vincent, der zu ihnen zurückkam.

Äußerst aufgebracht stellte Robin fest, daß sein Vater auch noch stolz darauf war. Pascals Erfolg bei den Frauen, die Skandale, die es seinetwegen gab, schmeichelten seiner Eitelkeit. In seinem Ältesten erkannte er sich selbst wieder.

»Morgen kommt die Polizei und nimmt einen Bericht auf«, verkündete er.

Er pflanzte sich vor der Vitrine auf und sah sich ihren Inhalt genau an. Beinahe hätte er etwas gesagt, überlegte es sich dann aber anders. Noch wollte er kein Urteil fällen. Aber Robin kannte ihn gut genug, um zu wissen, daß er es dabei nicht bewenden lassen würde. Er sagte sich, daß, wenn die Lage heikel würde, es genügte, wenn Pascal sich beschuldigte und behauptete, es sei nur ein schlechter Witz gewesen, und ihr Vater würde die Sache begraben.

»Ja, ja, du verdrehst den Frauen den Kopf!« sagte Vincent lächelnd.

Gleichgültig zuckte Pascal die Achseln und zeigte dann auf seinen Bruder.

»Na, wie macht sich dein neuer Auktionator?«

»Nun … sehr gut …«

»Und wann feiern wir, daß du in den Ruhestand gehst?«

Verstimmt machte Vincent eine ausweichende Handbewegung. Robin war verlegen, einerseits für seinen Vater, der immer vor Pascals brutalen Fragen floh, und andererseits für sich selbst. Er wollte seinem Bruder nichts mehr schulden, wollte nicht mehr von ihm protegiert werden, wollte diese erzwungenen Gefälligkeiten nicht mehr.

»Ich glaube, Papa ist noch nicht so weit. Da es ihm gesundheitlich gut geht, sollten wir die Übergabe des Geschäfts noch etwas aufschieben!«

»Und was machst du solange? Legst du die Hände in den Schoß und meldest dich arbeitslos?« spottete Pascal.

»Ich kann mir für eine gewisse Zeit woanders eine Stelle suchen.«

»Du gehst wieder? Du verläßt Arles?«

Der provokante Unterton machte Robin wütend.

»Du hättest wohl gerne freie Bahn für Jordane?«

Unter seiner Bräune war Pascal plötzlich blaß geworden, und Robin war der erste, den das überraschte. Es brauchte immerhin einiges, um seinen Bruder aus dem Gleichgewicht zu bringen.

»Wer ist Jordane?« erkundigte Vincent sich, dessen Gegenwart sie vergessen zu haben schienen.

»Die Enkelin von François Valence«, antwortete Pascal.

»Ach ja, die Tochter von Isabelle ..., die man immer zusammen mit diesem Antiquitätenhändler vom Boulevard des Lices sieht ... So eine hübsche Brünette mit lockigen Haaren? An der ein bißchen ein Junge verloren gegangen ist?«

Robins entzücktes Lächeln ärgerte Pascal.

»Und um die schlagt ihr euch also?« fuhr der Vater mit vergnügtem Gesichtsausdruck fort.

»Auf jeden Fall nicht mit den gleichen Waffen!« antwortete Robin.

Es war so selten, daß er in diesem Ton sprach, daß Vincent die Brauen runzelte.

»Er ist völlig verrückt nach ihr«, sagte Pascal verächtlich. »Und er hat vergessen zu erwähnen, daß sie verheiratet ist ...«

»Kaum noch!«

»Als Cécile mir noch Geheimnisse anvertraut hat, klang das aber ganz anders ...«

Robin versuchte, sich nicht auf eine Diskussion mit Pascal einzulassen, denn der hatte schon immer die Leute bis zum Äußersten treiben können, um sie dann der Lächerlichkeit preiszugeben. Er sah die Falle genau, aber die Versuchung zu antworten war einfach stärker.

»Und warum reißt du dich dann in Stücke, um ihr zu gefallen? Denn wenn ich nicht geträumt habe, dann hast du ein Auge auf sie geworfen!«

»O ja«, sagte Pascal ruhig.

Vincent lächelte, glücklich darüber, daß die zwei sich stritten.

»Wenn dein Bruder dabei ist, dann wirst du kein leichtes Spiel haben!«

Das kam aus tiefstem Herzen, diese eindeutige Bevorzugung brachte Robin außer sich.

»Warum eigentlich? Meinst du denn, allen gefällt er so gut wie dir?«

Er stellte sein Glas so heftig auf ein Beistelltischchen, daß der Stiel abbrach. Noch ehe sein Vater etwas sagen konnte, knallte die Salontür schon hinter ihm zu. Pascal seufzte.

»Was hat er denn?« fragte Vincent leise.

»Er ist verliebt … Und er hat sicherlich die Nase voll von uns beiden …«

Es überraschte ihn, seinen Sohn traurig zu sehen, wo er doch hätte triumphieren können.

»Robin weiß nicht, was er will«, sagte er aufs Geratewohl, »er ist ein verwöhntes Kind.«

»Wenn er ein verwöhntes Kind ist«, explodierte Pascal, »dann bist du ein Monster!«

Er war aufgestanden und ging drohend auf seinen Vater zu.

»Du sagst schreckliche Dinge, du tust schreckliche Dinge, und du merkst es noch nicht einmal …«

»Pascal«, wehrte Vincent sich, plötzlich unsicher geworden, »was habe ich dir denn getan?«

»Du hast mich jahrelang angelogen.«

»Dich? Niemals hätte ich …«

»Die ganze Zeit! Du hast behauptet, du wüßtest nicht, wo sie ist, daß sie niemals mehr ein Lebenszeichen von sich gegeben hätte, und das stimmt nicht!«

»Deine Mutter?«

»Unsere Mutter! Hör auf, Robin auszuschließen, so zu tun, als gäbe es ihn nicht. Ich habe ihm vor kurzem die Wahrheit gesagt.«

»Was für eine Wahrheit?« stammelte Vincent.

In seinem Sessel zusammengesunken, warf er seinem Ältesten einen kläglichen Blick zu.

»Ich habe dich damals gehört, es ist mehr als zwanzig Jahre her, aber ich habe kein einziges Wort vergessen!«

»Aber was denn, was denn bloß?«

»Du hast ihr gesagt, daß sie uns niemals wiedersehen würde, solange du lebst. Und du lebst immer noch ... Stimmt's?«

»Aber Pascal, sie hatte euch verlassen!«

»Sie war von dir weggegangen, ja. Wie alle ihre Nachfolgerinnen. Aber erzähl mir nicht, daß sie nichts von uns wissen wollte! Ich habe ihre Briefe gelesen ...«

Es machte sich eine quälende Stille breit, nur Vincents stoßweiser Atem war zu hören. Nach einer Weile legte er den Kopf in die Hände, um Pascal nicht mehr ansehen zu müssen.

»Dich wollte sie haben«, hauchte er. »Sie sagte, daß Robin zu klein gewesen sei, um sich noch an sie zu erinnern. Sie behauptete, daß du unglücklich wärest, daß du weintest. Aber das stimmte nicht! Es stimmte nicht, daß du geweint hättest, sie war dir völlig egal, ich war ja da!«

Pascal ließ den Nacken seines Vaters nicht aus den Augen, das weiße Haar, den untadeligen Hemdkragen. Er fragte sich, wie lange er dem überwältigenden Wunsch, ihn zu schlagen, noch standhalten konnte.

»Und schließlich wollte ich euch ja auch nicht trennen!«

Pascal ging lieber etwas zurück und lehnte sich an die Vitrine. Alles, was er hier zu hören bekam, rechtfertigte seinen Haß, seine Verachtung, gab ihm vollkommen recht, daß er gegen seinen Vater gekämpft und ihn zurückgewiesen hatte.

»Wenn sie dich um Robin gebeten hätte, dann hättest du dich seiner mit Freuden entledigt …«

»Sie hatte keinerlei Recht dazu«, protestierte Vincent. »Ich habe euch großgezogen, ich habe euch geliebt, ich …«

»Aber du hast doch keine Ahnung, was das heißt, zu lieben!«

»Du auch nicht, Pascal, du auch nicht …«

Er schaute verstohlen auf und stieß auf einen kalten Blick, der so unbewegt war wie immer. Pascal hatte sich wieder unter Kontrolle, war wieder völlig unnahbar. Antoine stand in der Tür und räusperte sich.

»Es ist angerichtet.«

Sofort verschwand er wieder, und Vincent stand mühsam auf, als wäre er plötzlich sehr müde.

»Bleibst du trotzdem zum Essen?«

Er erwartete ein Nein und war sehr überrascht, als Pascal murmelte:

»Nach dir …«

Vincent schöpfte wieder Hoffnung und richtete sich auf. Er würde Zeit haben, um mit ihm zu reden, vielleicht, um ihn zu überzeugen. Pascals Zuneigung war ihm wichtiger als alles andere. Auch wenn sie unwirsch und spöttisch war. Denn es stimmte nicht, daß er niemanden liebte. Er betete seinen Ältesten an, übertrieben vielleicht, aber aus tiefstem Herzen. Den Sohn, den dieses Miststück ihm eines schönen Tages hatte wegnehmen wollen!

»Guten Appetit«, sagte Pascal und zündete sich eine kleine Zigarre an.

Sie saßen weit auseinander, jeder an einem Ende des langen Tisches. Antoine nahm diskret Robins Teller weg. Mit einem wohlwollenden Lächeln holte Vincent selbst einen Aschenbecher und stellte ihn eilfertig vor Pascal hin.

Die auf ihrem Schreibtisch ausgebreiteten Pläne machten Jordane ein wenig beklommen. Sydney wartete geduldig, während sie den Kopf über die zu realistischen Zeichnungen beugte. Man sah darauf die Bastide aus mehreren Blickwinkeln, umgeben von einem nierenförmigen Schwimmbad, Liegestühlen und Sonnenschirmen und von Gästen, die nur zu lebendig wirkten. Tennisplätze, der begrünte Parkplatz, der an einer Seite angelegt war, ein Plantschbecken für die Kinder, in der Ferne Reiter – es war alles da. Die altvertraute Allee war mit Kies bedeckt, neue Bäume überschatteten die Terrasse, die Fensterläden waren wieder in ihrem ursprünglichen Rosa gestrichen. Viel zu rosa.

Jordane schob die Skizzen beiseite und hob endlich den Kopf.

»Es … ist sehr erschreckend«, sagte sie.

»Nein, es ist großartig!«

Diesmal war er allein gekommen, und es gefiel Jordane überhaupt nicht, daß Lionel nicht dabei war. Noch an diesem Abend würde er wieder zurückfliegen, und er erwartete von Jordane eine definitive Zusage.

»Der Vertragsentwurf, den ich Sie bitte zu unterzeichnen, ist noch nicht endgültig. Natürlich ist er mit gewissen Verpflichtungen verbunden, aber Sie haben noch einen Aufschub bis zum endgültigen Vertrag. Für den würde ich mit den entsprechenden Personen wieder herkommen.«

»Und die wären?«

»Nun ja … der Bankier, der unabhängig von uns käme, unser Anwalt, ein Experte und der Vertreter der Hotelkette natürlich.«

Da er spürte, wie sie zögerte, gab er sich besonders begeistert.

»Es wird wunderschön, Jordane! Wunderschön … Diese Skizzen hier geben ja nur einen ungefähren Eindruck dessen, wie es einmal sein wird.«

Er war in Fahrt, und sie ahnte, daß er imstande wäre, noch

Stunden so weiterzureden, um sie zu überzeugen. Sie unterbrach ihn mit einer Handbewegung.

»Ich würde jetzt gerne mit meiner Mutter und meiner Schwester darüber sprechen. Bitte haben Sie noch etwas Geduld, Sydney …«

Immer noch lächelnd nickte der Amerikaner. Er wußte, daß Nora seine Sache verteidigen würde, und fürchtete deshalb nicht viel. Außerdem sah er nicht, wie Jordane jetzt noch einen Rückzieher hätte machen können.

Sie sammelte alle Papiere zusammen, stopfte sie in einen Ordner und ging aus dem Büro. Bis jetzt hatte sie sich nicht in vollem Ausmaß bewußt gemacht, wie schwierig es sein würde, das Projekt in die Tat umzusetzen. Sie klopfte bei Nora an, und dann gingen die beiden zum Zimmer von Isabelle. Wie immer herrschte dort eine wunderbare Unordnung aus Stoffen und allen möglichen Gegenständen. Die Läden waren halb geschlossen, um die Nachmittagshitze auszusperren. Isabelle polierte gerade eine kleine Bronze, als ihre Töchter hereinkamen. Jordane breitete die Zeichnungen auf dem Bett aus.

»So sieht es im Moment aus«, verkündete sie. »Seht es euch doch einmal an.«

Isabelle wischte sich die Hände an einem Tuch ab und kam näher. Sie beugte sich zu den Skizzen herab und betrachtete sie.

»Ist das unser Zuhause?«

»Nein«, gab Jordane zu. »Das wird nicht mehr richtig unser Zuhause sein …«

»Ich erkenne das Haus kaum wieder …«

Mit angespanntem Gesichtsausdruck wandte Isabelle sich Jordane zu und sah sie hilfesuchend an. Aber sie fügte nichts hinzu und drehte sich zum Fenster. Wie mechanisch fing sie wieder an, ihre Bronze zu polieren. In die Stille des Raumes hinein räusperte Nora sich.

»Ich finde das großartig«, sagte sie mit leiser Stimme.

»Ich konnte es mir nicht vorstellen, aber da kann ich sehen …«

Sie nahm eine der Skizzen und hielt sie einen Moment lang auf Armeslänge vor sich hin, bevor sie hinzufügte:

»Le Biloba wird eine zweite Jugend erleben!«

Jordane ließ ihre Mutter nicht aus den Augen.

»Wenn du nicht einverstanden bist, Maman, noch ist Zeit.«

»Uns bleibt doch sowieso nichts anderes übrig, das hast du selbst uns doch erklärt!« stieß Nora trotzig hervor. »Mir macht das auf jeden Fall keine Angst. Ich teile mein Schwimmbad gern mit anderen, wenn man mir schon eines schenkt!«

Mit einem kleinen Lachen suchte sie die Zustimmung Isabelles zu erheischen, die immer noch schwieg.

»Das Schwimmbad teilen …«, wiederholte Jordane und wandte sich ihrer Schwester zu.

Nora ging nie schwimmen, zog niemals einen Badeanzug an. Ausgerechnet sie, die vor allem Angst hatte, war plötzlich so entschlossen. Hinter ihrer Begeisterung steckte die Hoffnung, Sydney so oft wie möglich wiederzusehen, wenigstens solange die Bauarbeiten andauerten. Bei dieser Vorstellung zuckte Jordane die Achseln. Eine solche Entscheidung nahm man nicht auf die leichte Schulter und machte sie noch weniger von eventuellen Begegnungen abhängig.

»Sei mal ernst«, sagte sie liebevoll.

»Das bin ich so sehr wie du! Wer hat denn das ganze Projekt auf die Beine gestellt? Wer hat unbedingt alle Welt überzeugen wollen? Nun gut, das hast du geschafft, ich habe mich deiner Meinung angeschlossen. Und jetzt zögerst ausgerechnet du?«

»Ich habe ein wenig Angst«, gab Jordane zu. »Wenn ich das alles sehe … Wenn man es aus dem Blickwinkel eines Reiseführers betrachtet, dann wird es nur noch ein Hotel sein, oder? Die Bastide von Le Biloba, vier Sterne, Panoramablick, ruhiger Garten mit Blumenpracht, Schwimmbad, Tennisplätze, Ausreiten, Ausflüge in die Umgebung ...«

»Na und?«

»Äh ... nichts.«

Verwirrt wartete Jordane darauf, daß ihre Mutter etwas sagte, Partei ergriff.

»Maman?«

Isabelle ließ ihre Bronze sinken und sah ihre beiden Töchter an.

»Ich habe keine Meinung ...«, murmelte sie. »Oder, eher gesagt, habe ich mehrere, und sie widersprechen sich gegenseitig. Das ist eine sehr schwerwiegende Entscheidung, die wir drei da treffen müssen ...«

Im Gegenlicht wirkte sie zerbrechlich, ihr Gesicht lag im Schatten. Nur ihre Stimme verriet, wie bewegt sie war.

»Einerseits, das will ich euch nicht verschweigen, macht mich das Projekt aggressiv. Le Biloba ist das Haus meiner Kindheit, genau wie das eure und das meines Vaters ... Ich war hier sehr glücklich und hätte mir nie träumen lassen, eines Tages hier wegzugehen. Wenn ein Hotel daraus geworden ist, dann wird es nicht mehr unser Zuhause sein, da muß man sich nichts vormachen ... Sie haben vorgesehen, uns in dem alten Stall unterzubringen, nicht wahr?«

Jordane schlug als Zeichen der Zustimmung nur die Augen nieder. Ihre Mutter hatte dies »sie« mit ebensoviel Arroganz wie Resignation ausgesprochen.

»Wenn es in meinem Leben momentan nicht ... also, wenn ich nicht bestimmte Pläne mit ... mit Gilbert schmieden würde, dann käme ich mir vielleicht ein wenig enteignet vor. Aber da es gut möglich ist, daß ich eines Tages ... gehe ..., darf ich euch nicht daran hindern, die Zukunft zu sichern. Eure Zukunft.«

Jordane hatte Tränen in den Augen und wäre gern zu ihrer Mutter gegangen, um sie in die Arme zu schließen.

»Wißt ihr, ihr Mädchen seid nicht einfach«, sprach Isabelle weiter. »Ihr seid um die dreißig und noch immer allein, und ich fühle mich für euch beide noch verantwortlich. Ich will hier nicht meinen Posten verlassen, und ihr könnt dann sehen, wie ihr mit dem Untergang von Le Biloba allein zurechtkommt. Schließlich trage auch ich die Verantwortung dafür mit, euer Vater und ich haben wirklich nicht viel zum Wohlergehen des Betriebes beigetragen!«

Bei dieser Untertreibung mußte sie wider Willen lächeln. Sie wollte weitersprechen, als Nora sie entnervt unterbrach.

»Das ist doch Schnee von gestern, Maman! Sag, was du meinst! Bist du einverstanden oder nicht?«

Verblüfft warfen Isabelle und Jordane ihr einen ungläubigen Blick zu. Ihre Begeisterung hatte etwas Verstörendes und Künstliches. Nora war eine Frau von Gewohnheiten, die sehr an ihrem Heim hing, die sich sehr leicht ängstigte.

»Ist es wegen Sydney, daß du dich so dafür begeisterst?« fragte Jordane abrupt.

»Und wenn schon?« fragte Nora zurück und richtete sich zu voller Größe auf, als wollte die Schwester ihr drohen.

»Hör zu, paß auf, du …«

»Ich soll vorwärts gehen, das predigst du mir doch ständig!«

»Ja, aber dabei mit den Füßen am Boden bleiben! Sydney gefällt dir, gut, aber du kennst ihn doch kaum.«

»Was weißt denn du schon?«

Noras Stimme, ihre Augen hatten etwas Provozierendes. Trotzdem war Jordane auf die überraschende Mitteilung, die folgte, nicht gefaßt gewesen.

»Wir haben sogar eine Nacht zusammen verbracht«, verkündete Nora stolz.

Isabelle und Jordane stand der Atem still, und sie sahen sich eine Sekunde lang an.

»Stimmt das?«

»Warum? Ist das denn so unglaublich?«

Nora platzte beinahe vor Stolz, vor Freude, daß sie endlich so wie alle anderen geworden war, daß sie nicht mehr abseits stand. Sie hatte sich geschworen, daß sie das Geheimnis für sich behalten wollte, so wie sie es Sydney versprochen hatte, aber sie hatte einfach nicht widerstehen können. Zu viele Jahre der Frustration lagen hinter ihr, als daß sie nun hätte verschwiegen sein können! Ganz im Gegenteil, sie hätte ihr Glück am liebsten in die Welt hinausgeschrien.

»Das hat er getan?« fragte Isabelle erschüttert.

»Weißt du, er mußte mich nicht zwingen!«

In ihrer Antwort lag etwas Herausforderndes. Nora hatte einen so wunderbaren Augenblick erlebt, daß sie am liebsten alles von Anfang an erzählen wollte. Wie sie es geschafft hatte, daß das Licht aus blieb, damit Sydney ihre Narben nicht sah. Wie sie all das erlebte, wovon sie tausendmal geträumt hatte, was sich aber nie erfüllt hatte. Wie sie die Angst und den Schmerz überwunden hatte, wie sie sich ganz zurückgenommen hatte, um um nichts zu betteln. Eine Stunde der Umarmung, eine Stunde der Beklemmung, um ihre Jungfräulichkeit zu verlieren, um eine Frau zu sein. Und wie sie sich dann schnell in einen Morgenrock gewickelt hatte, ehe er Licht machte. Eine Zigarette geraucht hatte, von der ihr übel wurde, damit er noch fünf Minuten lang blieb. Ein totaler Sieg.

»Aber das ändert alles«, murmelte Jordane.

»Aber warum denn? Was mischst du dich da ein?« schrie Nora.

Tausend unangenehme Gedanken überschlugen sich in Jordanes Kopf. Warum hatte Sydney seine Zuneigung versteckt gehalten, wenn er nichts zu verbergen hatte? Warum flog er, wo er heute morgen erst gekommen war, heute abend schon wieder zurück? Warum war er ohne Lionel gekommen? Hatte er ihm etwas gestanden? Und Nora?

Warum hatte sie sich ihr nicht früher anvertraut? Warum war sie Sydney zur Begrüßung nicht um den Hals gefallen? Und inwieweit spielte für den Amerikaner diese Liebesgeschichte bei dem Hotelprojekt eine Rolle? Denn für ihre Schwester war es eine Liebesgeschichte, soviel stand fest.

»Wann ist das passiert?« fragte Isabelle, als handle es sich um einen Unfall.

»Aber was interessiert euch das denn? Ihr solltet mir gratulieren, statt solche Leichenbittermienen zu ziehen. Ihr habt doch auch euer Leben, eure Lieben! Dachtet ihr, daß ich immer eine alte Jungfer bleiben würde?«

Nora verlor die Beherrschung und stampfte auf. Ein kurzes Klopfen an der Tür erstickte ihren hysterischen Anfall im Ansatz.

»Herein«, sagte Isabelle mit fester Stimme.

Alice sah beunruhigt zur Tür herein.

»Entschuldigt mich, aber ihr habt so laut geschrien ...«

Jordane ging an ihrer Mutter vorbei, nahm Alice bei der Schulter und schob sie herein.

»Sie sind hier nicht überflüssig«, erklärte sie.

Sie zeigte auf die immer noch auf dem Bett ausgebreiteten Zeichnungen.

»So steht es! Bitte steigen Sie in die Diskussion ein. Wenn ich nachher wieder hinuntergehe, dann um den vorläufigen Vertrag zu unterzeichnen. Oder auch nicht ... Ab dann kostet jeder Schritt zurück Geld.«

Jordane betrachtete ihre Schwiegermutter. Sie war nie wieder auf ihr Angebot zu sprechen gekommen. Aber vielleicht war der Handel, den Alice vorgeschlagen hatte, nicht schlimmer als der von Sydney. Gerade als Jordane sich über den Ernst der Situation klar wurde, fühlte sie sich schrecklich einsam, trotz der drei Frauen um sie herum. Da spürte sie, wie die Hände ihrer Mutter sich ihr auf die Schultern legten.

»Wir fangen noch einmal ganz von vorne an«, erklärte Isabelle ruhig.

In die darauf folgende Stille hinein brach Nora .in Schluchzen aus.

Am Ende des Tages setzte Jordane Sydney am Flughafen ab. In seinem Aktenkoffer hatte er die Unterschriften der drei Valence-Frauen dabei. Eine erregte und lautstarke Diskussion hatte zu diesem Ergebnis geführt.

Da Jordane nicht wußte, an wen sonst sie sich hätte wenden können, hatte sie Robin angerufen und ihn gebeten, mit ihr essen zu gehen. Sie trafen sich in einer Pizzeria in Arles. Als er sie durch das Restaurant kommen sah, stand Robin sofort auf. Jedesmal, wenn er sie sah, kam sie ihm noch schöner vor, und das machte ihn dann noch unglücklicher. Ihr Verhältnis blieb in einer vorgetäuschten Freundschaft stecken, mit der er sich nicht mehr lange würde begnügen können, das wußte er. Ihre platonische Beziehung hatte ihm zwar bis jetzt große Freude bereitet, aber er begehrte sie immer mehr. Sobald sie zusammen waren, fürchtete Robin sich vor dem Moment der Trennung. Zwischen ihren Verabredungen konnte er sich für nichts begeistern, lebte kaum mehr. Die Position des intimen Vertrauten, des ergebenen Freundes, bereitete ihm nicht mehr das gleiche Vergnügen wie zu Beginn. Er wollte, daß sie ihn liebte, daß sie ihn endlich zur Kenntnis nahm.

Während er zwei Kir bestellte, betrachtete er sie aus den Augenwinkeln und stellte fest, daß sie müde und abgespannt aussah und ihr Lächeln aufgesetzt wirkte.

»Man könnte denken, daß die Sorgen dich erdrücken …«

»Ach weißt du, es ist viel schlimmer!«

In wenigen Sätzen beschrieb sie ihm den höllischen Nachmittag, den sie hinter sich hatte. Auch wenn es ihn etwas überraschte, von der geheimen Liaison Noras zu erfahren, freute Robin sich doch für die junge Frau, daß sie diesen Schritt gewagt hatte.

»Ja, aber hoffentlich läßt sie dabei nicht allzu viele Federn«, widersprach Jordane. »Die erste Liebe – egal wie alt man ist –, die ist entscheidend! Aber das macht mir im Moment weniger Sorgen als sein Verhalten. Ich finde nicht, daß er es nötig gehabt hätte, alles geheim zu halten.«

»Vielleicht wollte er nicht, daß man dachte, er vermische Liebesleben und Geschäfte. Siehst du, jetzt, wo du es weißt, unterstellst du ihm gleich das Schlimmste! Aber wenn du es nüchtern betrachtest, so hatte er Nora doch sowieso auf seiner Seite. Er hätte also nicht so weit gehen müssen. Und übrigens ist sie hübsch, und es muß sie kränken, wenn ihr annehmt, daß er nur aus Berechnung gehandelt hat.«

»Du bist einfach zu naiv! Er hat nie einen verliebten Eindruck gemacht. Wenn du dich recht erinnerst, hat er sie doch kaum wahrgenommen!«

»Ehrlich gesagt, habe ich darauf nie geachtet. Wenn du da bist, verblaßt alles andere ...«

Jordane wollte sich eine Zigarette anzünden, aber er bemächtigte sich einer ihrer Hände.

»Ist es immer noch zu früh, Jordane? Muß ich immer noch warten? Habe ich wenigstens den Hauch einer Chance?«

Todunglücklich machte sie sich los, schüttelte den Kopf und suchte nach den richtigen Worten, um die Antwort so schonend wie möglich ausfallen zu lassen.

»Robin, ich ... verlang nicht das Unmögliche von mir ...«

Sie starrte auf das Tischtuch. An Pascal hatte sie gerade denken müssen, und dafür war sie sich selbst böse. Robin war der charmanteste Mann, den man sich denken konnte. Aufmerksam, vorausschauend, sensibel und großzügig hatte er wirklich alles, was es brauchte, um eine Frau an sich zu binden – und trotzdem war es ihm nicht gelungen. Sie hatte ihn niemals begehrt, und es gab keinen Grund zu der Annahme, daß sich das ändern würde. Mit seinem Bruder in den Reisfeldern hatte sie einem ununterdrückbaren Impuls nachgegeben, so wie sie es früher mit Lionel erlebt hatte. Sie wußte, was es hieß zu lieben, und wie das Verlangen sich zeigte. Mit Robin kam das nicht in Frage, weder heute noch irgendwann in der Zukunft.

»Du bist mein einziger Freund«, bat sie ungeschickt. »Nur mit dir kann ich wirklich reden. Aber du bist so wie alle Männer. Schließlich wollt ihr doch alle immer nur das eine.«

»Jordane!«

»Ich bin ungerecht«, gab sie zu.

»Nein, es ist viel schlimmer. Du bist unehrlich.«

Er nahm ihr das Feuerzeug aus den Händen, um ihr Feuer zu geben.

»Ich werde wohl fortgehen«, erklärte er. »Das sage ich nicht einfach aus Trotz oder um dich umzustimmen ... Aber man könnte wohl sagen, Arles ist nichts für mich ...«

Viel trauriger, als sie es sich vorgestellt hätte, schaute Jordane auf und sah Robin mit ihren goldenen Augen an. Ihr Blick traf ihn wie ein Schlag, der tausendste, den sie ihm versetzte.

»Mein Gott, wie sehr ich dich liebe«, seufzte er, »es ist nicht auszuhalten ...«

»Bitte, geh nicht fort!«

»Ich kann nicht in derselben Stadt, derselben Gegend leben wie du und wissen, daß es dich dort gibt. Du hättest keine ruhige Minute und ich auch nicht ...«

»Geh nicht jetzt«, wiederholte sie störrisch. »Ich brauche dich!«

»Nein ... du brauchst mich nicht einmal. Du bist nicht allein. Aber ich bin es.«

Nun, wo er endlich einmal von sich sprach, ihr bewußt machte, daß es ihn gab, schien sie betroffen.

»Ich habe keine Lust, bei meinem Vater zu verschimmeln.

Ich habe morgens keinen einzigen guten Grund aufzustehen. Selbst mein Bruder ist mir unerträglich! Er hat doch schon alles, und nun will er auch noch dich ...«

Nach diesem kleinen Satz war Jordanes Welt plötzlich wieder in Ordnung, er ließ in ihr eine Woge unerwarteten Glücks aufsteigen. Aber sie insistierte trotzdem, damit er keinen Verdacht schöpfte.

»Warte noch ein bißchen, ein ganz kleines bißchen, ich bitte dich darum ...«

Er sah sie an, ließ sich von ihrer Hartnäckigkeit, ihn bei sich haben zu wollen, täuschen, aber er war immer noch sehr unglücklich.

»Egoistin«, murmelte er.

Als er sie bis an den Rover begleitet hatte, blieb sie, den Kopf an seine Schulter gelehnt, stehen. Die Leute, die an ihnen vorbeigingen, hielten sie für ein Liebespaar. Und bevor sie ins Auto stieg, küßte sie ihn in einer Weise, auf die er schon nicht mehr zu hoffen gewagt hatte, auf den Mund. Er hielt es für einen echten Kuß, aber sie hatte ihn nur trösten wollen.

Verblüfft zählte Jordane auf dem Kalender im Büro noch einmal nach. Acht Tage überfällig, das war sehr ungewöhnlich. Trotz des vielen Sports, den sie trieb, war ihr Zyklus ganz regelmäßig, ohne Überraschungen. Als sie mit Lionel zusammen in Paris gelebt hatte, hatte sie ihm zuliebe die Pille genommen, weil er das Kinderkriegen noch etwas hinauszögern wollte. Das hatte sie zwar oft traurig gefunden, war aber immer ehrlich gewesen und hatte nicht versucht, ihn hereinzulegen. Als sie wieder nach Le Biloba gezogen war, hatte sie mit dieser überflüssigen Vorsichtsmaßnahme aufgehört. Damals hatte sie zwar noch Sex mit Lionel gehabt, hatte aber das Risiko einer Schwangerschaft, die sie sich trotz allem immer noch wünschte, in Kauf genommen.

Die Monate gingen ins Land, und sie vergaß mit der Zeit diesen vagen Wunsch. Und dann hatte sie aufgehört, mit Lionel zu schlafen, wenn er am Wochenende kam. Wann war ihre letzte Liebesnacht gewesen …? Ein schrecklicher Verdacht kam ihr, und sie blätterte den Kalender durch. Dank der Eintragungen dort konnte sie feststellen, daß sie kurz danach ihre Regel bekommen hatte. Und dann war nichts mehr gewesen, außer diesem wilden Ausrutscher mit Pascal Peyrolles – und der war genau an den fatalen Tagen passiert.

Zu Tode erschrocken, mußte Jordane sich erst einmal setzen. Sie mußte schleunigst nach Arles fahren und einen Schwangerschaftstest besorgen, damit sie Klarheit hatte. Konnte sie wirklich so viel Pech haben? Hatte sie denn momentan nicht wirklich genug andere Sorgen am Hals?

Mechanisch blätterte sie weiter in dem Kalender. Seit acht Jahren hatte sie sich nichts sehnlicher gewünscht als ein Kind. Schon als Teenager hatte sie heimlich von dem Tag geträumt, an dem sie Mutter werden würde. Und als Mädchen hatte sie Puppen verachtet. Ihre Familie hatte daraus geschlossen, daß an ihr ein Junge verloren gegangen war. Aber das war falsch. Im Gegenteil, das reglose Spielzeug hielt den Vergleich mit den echten Babys, die sie damals schon faszinierten, nicht aus.

Sie versuchte sich zu beruhigen, sich davon zu überzeugen, daß diese ungewohnte Verspätung andere Gründe haben konnte. Auch wenn sie noch so gerne ein Kind gehabt hätte, der Zeitpunkt war denkbar ungünstig. Vom Vater einmal ganz abgesehen!

»Ja, aber was den Vater betrifft, den kenne nur ich, ich kann das ganz allein entscheiden …«, sagte sie sich.

Sie stand auf und machte einige zögernde Schritte. Auch wenn Pascal, Cécile zufolge, ein Ausbund an Gleichgültigkeit und Brutalität war – Lionel wäre inzwischen der perfekte Vater. Nach der peinlichen Szene in Isabelles Zimmer hatte sie Alice zu verstehen gegeben, daß sie ihr Angebot nicht annehmen wollte. Aber sie konnte ihre Meinung immer noch ändern. Le Biloba wäre gerettet, das Kind, das sie erwartete, auch, sowie Nora aus den Klauen von Sydney und Lionel vor seinem Kummer … Unter der Bedingung, daß sie schwieg, daß sie die glühende Motorhaube eines schwarzen Toyotas vergaß … Und, was viel schwerer war, daß sie sich nie einen gewissen hellgrauen Blick ins Gedächtnis rief.

Aber zunächst einmal mußte sie sich Sicherheit verschaffen. Rasch klappte sie den Kalender zu und nahm die Roverschlüssel. Nur wenig später hielt sie vor der ersten Apotheke vor den Toren von Arles. Sie kaufte den Test und fuhr immer noch in Gedanken verloren mit Bleifuß zurück, ohne auf das Stottern von François' altem Auto zu achten.

Es wurde gerade erst Tag, und die Weite der Camargueebene verfärbte sich in bläulichem Licht. Auf dem Dach des Hofes drehte sich die Wetterfahne leicht in dem sanften Wind, der das Morgengrauen begleitete. Neben ihren Schlammnestern regten sich lautlos die Flamingos. Die Insektenwelt schlief noch.

Bei weit geöffneten Fenstern saß Pascal auf dem Fußende seines Bettes. Er hob erst den Kopf, als die Frösche ihr lärmendes Morgenkonzert anstimmten. Er konnte sich nicht daran erinnern, daß eine Frau ihm je den Schlaf geraubt hatte. Und dennoch, seit etwa zwei Stunden konnte er an nichts anderes mehr denken als an Jordane. Er verwarf eine Idee nach der anderen. Nein, er würde ihr nicht schreiben; vor allem, weil er sich nicht sicher war, einen Liebesbrief verfassen zu können, der nicht lächerlich wäre, aber auch, weil die Post zu lange brauchte. Er würde ihr auch keine Blumen schicken, denn er war überzeugt, daß Robin sich in dieser Art der Werbung bereits überboten hatte. Er würde auch nicht nach Le Biloba fahren, denn ihr letztes Zusammentreffen hatte mit einem Debakel geendet. Auch schon vor Céciles unglückseligem Fanal hatte Jordane ihn mehr oder weniger fortgejagt: »War das alles, was Sie mir sagen wollten?« Wenn er an diesen tödlichen Satz dachte, wurde Pascal immer noch rot wie ein Schuljunge.

In den Tagen darauf hatte er nichts gewagt, denn das Bild, das Cécile auf ihrem Krankenhausbett von ihm zeichnete, war sicher nicht gerade schmeichelhaft. Jordane mußte ihn inzwischen verabscheuen. Und Robin bemühte sich vermutlich nach Kräften, ihm den Rest zu geben.

Vorgestern abend hatte er die beiden in einer Pizzeria in Arles gesehen. Er war dort zum Essen mit ein paar Freunden verabredet, aber er war abrupt auf dem Bürgersteig stehengeblieben, als er durch die Fensterscheibe seinen Bruder und Jordane gesehen hatte, wie sie händchenhielten. Daraufhin hatte er seine Verabredung ganz vergessen, war einen Moment lang dort stehengeblieben, hatte dann auf dem Absatz kehrtgemacht und war nach Hause gefahren, ohne zu essen. Und seitdem hatte er auch nicht mehr viel angerührt. Er hatte noch nicht einmal Alkohol getrunken, denn vergessen war es nicht, was er wollte.

Was nützte es ihm schon, seinem Bruder im Haus ihres Vaters den Krieg erklärt zu haben, wo er ohnehin schon entwaffnet war. Er konnte sich den Korb nur zu gut vorstellen, den Jordane ihm geben würde, wenn er ihr nachstellte. Sie hatte bestimmt einen ausgeprägten Freundschaftssinn und machte sich vermutlich schwere Vorwürfe, daß sie Cécile verraten hatten, und dann auch noch mit einem Typ wie ihm, der sich als dermaßen erbärmlicher Liebhaber erwiesen hatte.

Eindeutig hatte sein Verhältnis mit Cécile ihm nur Ärger eingebracht. Er hatte sie begehrt, weil sie eine gute Figur hatte und sich eine solch überwältigende Mühe gegeben hatte, ihm zu gefallen. Aber sie hatte ihn schon immer genervt, sogar schon ganz zu Anfang, und es war ein Fehler gewesen, daß er dies Abenteuer so lange hatte andauern lassen. Glücklicherweise war ihr der Selbstmordversuch nicht geglückt. Er fühlte weder Haß noch Mitleid noch Reue.

Natürlich könnte er warten, bis er Jordane bei einem Abendessen zufällig über den Weg lief, er könnte dem Zufall sogar etwas nachhelfen. Doch dazu hätte er Geduld aufbringen müssen, und das konnte er nicht. Jedenfalls nicht mehr, seitdem er verstört entdeckt hatte, daß er verliebt war.

Wenn er so zurückdachte, stellte er fest, daß er sich jedes einzelne Mal, das er Jordane gesehen hatte, genau gemerkt hatte. Schon zu Zeiten, als er noch glaubte, daß er sie nicht beachtete. Jedesmal, wenn Cécile von ihr erzählt hatte, hatte er aufmerksam zugehört, ohne sich etwas dabei zu denken. Er hatte sich nie über dieses anormale Interesse gewundert, hatte nichts kapiert. Wie naiv von ihm! Aber er hatte eine gute Ausrede: Bis dahin hatte er noch nie geliebt. Sein Vater hatte es ihm ja gesagt: »Du auch nicht, Pascal.« Noch nie? Doch, für seinen kleinen Bruder hatte er wirkliche Zuneigung empfunden. Doch die verblaßte nun hinter ihrer Rivalität.

Mit einem endlosen Seufzer erhob er sich, streckte sich und ging zu einem der Fenster, um den Duft des Morgens zu atmen: nach irgendwelchen wildwachsenden Kräutern, nach Meeresluft und nach frischem Stroh, ein wenig nach Vieh und nach Schlick. Ein ganz bestimmter Geruch, den er liebte und der sich im Laufe des Tages unter dem Einfluß der Sonne veränderte.

Er warf einen Blick auf seinen Wecker und stellte fest, daß es sieben Uhr war und daß das vielleicht der beste Moment wäre. Auf Le Biloba würde Jordane jetzt bald aus der Bastide in den Pferdestall hinübergehen. Da sie sich allein um die Pferde kümmerte, war sie notwendigerweise eine Frühaufsteherin. Er stellte sich vor, wie sie in dem noch kühlen Pferdestall die Haferrationen verteilte und das Fohlen liebkoste. Er ging zum Telefon, nahm den Hörer ab und merkte, daß sein Herz wie verrückt schlug und daß er, wenn es um sie ging, wirklich wieder zu einem dummen Schuljungen wurde. Er legte sich seine Worte gar nicht erst zurecht. Wenn sie selbst dranging, würde er einfach ins kalte Wasser springen und improvisieren müssen.

Er wählte die Nummer, die er auswendig kannte, ohne zu wissen, wann er sie sich gemerkt hatte. Es hatte kaum zweimal geklingelt, da antwortete sie schon mit ihrer rauhen Stimme, die er unter allen anderen erkannt hätte.

»Hier ist Pascal«, – etwas Besseres fiel ihm nicht ein – »guten Tag, Jordane.«

Kurze Zeit herrschte Schweigen, dann erfolgte die alles vernichtende Antwort.

»Tut mir leid, die ist im Moment nicht da.«

Ein gleichmäßiges Tuten verriet ihm, daß sie aufgelegt hatte. Ungläubig starrte er das Telefon an, als wäre es eine Schlange.

Auf Le Biloba hatte Jordane immer noch eine Hand auf dem Hörer liegen. Aber was sie seit fünf Minuten anstarrte, mit weit aufgerissenen Augen und klopfendem Herzen, war das Ergebnis ihres Schwangerschaftstests. Pascal hätte sich wirklich keinen schlechteren Moment aussuchen können, um sie anzurufen.

9

Alice hatte sich schlicht geweigert, so viele Menschen zu verköstigen. Also hatte Nora sich mit finsterem Gesicht und einem Kochbuch an den Herd gestellt. Isabelle hatte sich resigniert allein des Einkaufs angenommen. Jordane ihrerseits hatte darauf bestanden, mit ihren Pferden zu arbeiten, eine Alltagspflicht, der sie sich nicht entziehen konnte, ob nun hoher Besuch ins Haus stand oder nicht. Diese unterschiedlichen Anzeichen von schlechter Laune ließen vermuten, daß jede der Frauen auf Le Biloba ein letztes Rückzugsmanöver vor der entscheidenden Schlacht vollführte.

Lionel hatte zwei Taxis an den Flughafen beordert. Außer Sydney begleiteten ihn ein Bankier, ein Anwalt, ein Architekt und der Geschäftsführer der Hotelkette. Die sechs Männer kamen am späten Vormittag auf der Bastide an. Nach den üblichen Höflichkeiten fingen sie unter Sydneys Anleitung an, überall herumzulaufen und herumzuschnüffeln und sich des Anwesens zu bemächtigen.

Lionel saß auf der Terrasse an einem langen Tisch auf zwei Böcken, den man für den Anlaß aufgestellt hatte, und hielt sich von dem ganzen Treiben fern. Gilbert, der von Isabelle dazugebeten worden war, leistete ihm schweigend Gesellschaft und blätterte zerstreut in einem Auktionskatalog. Eine halbe Stunde später stieß eine staubbedeckte Jordane zu ihnen. Sie ließ sich auf einen der schmiedeeisernen Stühle fallen und sah erschöpft aus.

»Für das Mittagessen ziehst du dich aber doch um?« fragte Lionel sie amüsiert.

»Vielleicht ... Aber schließlich biete ich Le Biloba an und nicht mich. Sie werden mich nehmen müssen, wie ich bin.«

»Setz mich bitte als ersten auf die Liste!« erwiderte er.

Sie lächelte ihn an. Seine Anwesenheit war tröstlich für sie, genau wie die von Gilbert für ihre Mutter.

»Es ist lieb von euch, daß ihr als Verstärkung gekommen seid«, sagte sie zu ihnen. »Ich glaube, sonst hätten wir uns ganz schön allein gefühlt ... Wohin sind die Daltons denn jetzt verschwunden?«

»Meinst du diese sehr wichtigen Herren, die ich unter größten Mühen bis hierher gelockt habe? Nun, sie inspizieren ...«

»Ich finde ...«, begann sie.

Sie mußte sich unterbrechen, denn sie merkte, daß ihre Stimme zu zittern begann.

»Ich finde das sehr traurig«, brachte sie ihren Satz schnell zu Ende.

Lionel sah sie liebevoll an. Sie zeigte so selten einen Moment der Schwäche oder der Niederlage, daß er plötzlich sehr bewegt war.

»Mach dir nichts draus, schöne *Arlésienne*«, murmelte er. »Es ist nur eine schlimme Phase, durch die man hindurch muß.«

Jordane wurde plötzlich von Übelkeit gepackt und sehr blaß: Sie fragte sich, ob das an ihrem Zustand lag oder nur an der Situation, die ihr so gegen den Strich ging. Sie stand auf und ging durch die Küche, wo Nora immer noch demonstrativ mit den Töpfen kämpfte. Der Geruch des Fischgerichtes auf dem Herd drehte ihr den Magen um, und sie schaffte es gerade noch bis zur Toilette. Als sie aschfahl von dort wieder hervorkam, wartete Isabelle in der Halle auf sie. Sanft legte sie ihr eine Hand in den Nacken.

»Geht es dir nicht gut? Das liegt bestimmt an diesen schamlosen Fremden ... Diese ganze Geschichte macht uns noch ganz krank, hoffentlich haben wir es bald hinter uns. Komm, kau ein wenig Süßholz, das wird dir guttun ...«

Jordane schüttelte, unfähig zu sprechen, nur den Kopf. Vor allem wollte sie duschen und sich beruhigen. Sie floh in den zweiten Stock und blieb fünf Minuten unter dem erst warmen, dann kalten Strahl stehen, bis es ihr besser ging. Wie lange sollte sie ihr Geheimnis für sich behalten? Und dann, was würde sie erzählen? Was Le Biloba betraf, so fragte sie sich, ob wirklich sie selbst es war, die diese Invasion heraufbeschworen hatte. Oder war sie nur von den Ereignissen dazu gezwungen worden? Aber war das nicht immer so, egal was man machte?

Aus Trotz zog sie ein elegantes, kurzes Kleid an, sie, die den größten Teil des Jahres in Jeans oder sogar Shorts herumlief. Sie machte sich keine Illusionen über das, was sie erwartete. Sie würden vernünftig über die Zukunft reden müssen, sie würde zu allen möglichen unangenehmen Fragen ihre Zustimmung geben müssen, angefangen bei der Verpachtung des Hotels bis zum Umbau des alten Pferdestalls in Appartements. Während sie ihre Ohrringe befestigte, sah sie aus dem Fenster. Das Dach des Gebäudes, in dem man sie bald unterbringen würde, war in einem erbärmlichen Zustand. Und auf allen Dächern des Anwesens fehlten Schindeln. Sie schloß die Augen, und im Geiste bat sie ihren Großvater um Hilfe. Es war das erste Mal seit Monaten, daß sie sich erlaubte, an ihn zu denken.

Lionel hielt den Korken der Champagnerflasche fest, damit er nicht knallte. Mitternacht war schon lange vorüber, aber draußen war es immer noch ganz mild.

Nachdem er Jordane eingeschenkt hatte, setzte er sich wieder in seinen Lieblingssessel am Ende des Tisches.

»Weißt du, dein Haus, das ist für mich diese Terrasse«, sagte er wehmütig.

Aber es war nicht Le Biloba, woran er dachte, sondern seine Frau. Sydney hatte seine Helfershelfer zum Flughafen gebracht, hatte aber beschlossen, gemeinsam mit Lionel bis morgen zu bleiben. Die – diesmal verbindliche – endgültige Unterschrift würde irgendwann im Juli im Hauptsitz der Bank stattfinden, in Montpellier. Diese letzte kleine Atempause war Jordane wie eine ganze Ladung Sauerstoff erschienen. Absichtlich hatte sie nach dem von Alice zubereiteten kalten Abendessen, das um sieben Uhr gewesen war, getrödelt. Alle waren früh schlafen gegangen, um der melancholischen Atmosphäre zu entfliehen, die auch Sydney mit all seinem guten Willen und den zahllosen Toasts, die er auf das zukünftige Hotel ausbrachte, nicht hatte auflockern können.

»Wie lange kennst du ihn schon?« fragte Jordane.

»Sydney? Mindestens seit zehn Jahren.«

»Ist er ein guter Typ?«

»Als Geschäftsmann ist er gut, ja, sonst wäre er schon lange erledigt.«

»Ja, aber als Mann?«

»Warum? Interessierst du dich jetzt auch noch für ihn?«

Sein bitterer Tonfall brachte Jordane zum Lächeln.

»Nein, ich natürlich nicht …«

»Wenn es deine Schwester ist, an die du denkst, ehrlich gesagt, sie sollte ihn lieber abhaken. Er hat Frau und drei Kinder in Washington.«

»Was? Und das erzählst du erst jetzt?«

Außer sich schlug Jordane mit der Faust auf den Tisch, und die Flasche geriet ins Schwanken.

»Du hast nicht danach gefragt!« gab er zurück.

»Er hat Nora gebumst«, brachte Jordane mit gedämpfter Stimme heraus.

»Deshalb mußt du doch nicht gleich vulgär werden. Na

und? Was für ein Glück für sie. Sie konnte schließlich nicht ihr Leben lang Jungfrau bleiben.«

»Er hat nicht gerade damit geprahlt, daß er verheiratet ist!«

»Natürlich nicht!«

»Ihr seid doch wirklich alle Schweine. Alle miteinander!«

»Jordane! Ich bitte dich ...«

Er wechselte den Stuhl, um näher bei ihr zu sitzen.

»Hör mal ... Ich stecke nicht in Sydneys Kopf. Er ist sechs Monate im Jahr unterwegs. Vielleicht liegt ihm gar nicht viel an seiner Familie. Ich habe keine Ahnung. Und es ist mir auch völlig egal ... Ich weiß, daß dir deine Schwester viel bedeutet, aber ich will jetzt nicht über sie sprechen. Ich habe den ganzen Tag lang gewartet, um etwas Zeit mit dir allein zu haben.«

Lionel hatte Jordane den Arm um die Schultern gelegt. Er zog sie an sich und begann, ihr mit seiner freien Hand übers Haar zu streichen.

»Du hast so viele Sorgen, daß du aus der kleinsten Kleinigkeit ein Drama machst ... Laß dich doch einen Moment lang gehen ... Bei mir hast du nichts zu befürchten ...«

Sie hatte ganz vergessen, was für ein Überredungskünstler er sein konnte. Der Geruch von Lionels Rasierwasser und die Weichheit seiner Hände waren ihr angenehm vertraut. Sie ließ sich auf den Waffenstillstand ein, und er merkte, wie sie sich endlich entspannte.

»Ich kenne dich in- und auswendig, mein Liebling«, flüsterte er. »Du fühlst dich nicht wohl. Das ist so selten ...«

Lionels Finger in ihrem Nacken verschafften ihr echte Linderung. Sie dachte an das Kind, das sie erwartete und dem sie jetzt auf der Stelle einen Vater geben könnte, wenn sie wollte. Eigentlich gar keinen so schlechten Vater. Sie mußte nur etwas sagen. Aber er kam ihr zuvor, indem er fragte:

»Bist du schon bei einem Anwalt gewesen? Unsretwegen,

meine ich … Du willst dich doch immer noch scheiden lassen, nicht wahr? Oder gibst du uns noch eine Chance? Eine winzige Chance?«

Mit diesem Satz hatte er, ohne es zu wissen, einen Fehler gemacht. Lionel wollte noch eine Chance, genau wie Robin, und Jordane sagte sich, daß sie schließlich keine Lotterie oder Tombola war. Auch wenn sie sich in Lionels Gegenwart wohlfühlte, konnte sie sich nicht vorstellen, an seiner Seite alt zu werden. Die dreißig oder fünfzig Jahre, die sie noch zu leben hätten, wären fade und ohne jegliches Aroma. Vor allem, solange es irgendwo in der Camargue einen gewissen Pascal Peyrolles gab.

Weder Lionel noch Jordane ahnten in diesem Moment, daß Alice oben im ersten Stock am offenen Fenster stand. Hinter den Vorhängen verborgen lauschte die alte Dame und zerrte so heftig an ihren Händen, daß ihr die Gelenke schmerzten.

»Wir haben das doch schon besprochen, Lionel. Es ist für uns beide das beste.«

»Für dich jedenfalls! Willst du mit Robin ein neues Leben anfangen?«

»Du weißt, daß ich das nicht will.«

»Aber du bist ständig mit ihm zusammen!«

»Das hat nichts zu sagen.«

»Wer ist es dann? Oder was? Was steht uns im Weg?«

Er war wütend und aufgebracht und tat ihr weh. Sie entzog sich ihm.

»Du bist wirklich schwer zu verstehen, weißt du! Wenn du bei mir Zuflucht suchst, habe ich das Gefühl, du liebst mich noch, auch wenn du es aus Stolz vielleicht nicht zugeben willst.«

»Fang nicht wieder damit an, Lionel, du machst es nur noch schlimmer.«

»Was soll ich denn machen? Soll ich darüber auch noch glücklich sein?«

»Aber nein«, sagte sie sanft.

Er trank sein Glas in einem Zug aus und schenkte es gleich wieder voll.

»Hör auf zu trinken, das hilft auch nicht.«

»Nein, aber schlimmer wird es dadurch wenigstens auch nicht.«

Er wollte weitermachen, trank diesmal aber zu hastig und verschluckte sich an der Kohlensäure. Sie mußte sich beherrschen, um nicht laut aufzulachen.

»Man könnte denken, dir macht das auch noch Spaß! Weißt du, du kennst wirklich kein Erbarmen! Du entscheidest, du zerbrichst, du zerschneidest, du nimmst dir alles, und du wirfst es wieder fort. Weißt du, was du bist, Jordane? Eine kalte Frau. Heiß im Bett, aber ein eiskaltes Herz.«

»Ich bitte dich, komm mir jetzt nicht mit solchen Plattheiten!«

»Warum? Schonst du etwa irgend jemanden? Und außerdem ist heiß im Bett doch ein Kompliment. Laß den Schmollmund, ich kann ja wohl besser als irgend jemand sonst beurteilen, wie sehr du die Liebe liebst. Aber du kannst nicht geben, du denkst nur an dich. Und was sich dir in den Weg stellt, schiebst du beiseite. Wenn dich etwas stört, gibst du ihm einen Fußtritt. Und hast du dabei vielleicht irgendwelche Bedenken? Nein, du gehst deinen Weg …«

»Immer noch besser, als nicht zu wissen, wo man hin will!«

Er hatte sie wütend gemacht, und er setzte noch eins drauf.

»Schließlich tut nichts so weh wie die Wahrheit. Denk doch von Zeit zu Zeit mal über dich nach, du würdest staunen …«

»Denk dir, es gibt eine Menge Menschen, über die ich nachdenken muß, ehe ich meinen Bauchnabel betrachten kann! Menschen, Tiere, das Land hier! Ja, ich gehe voran! Sonst gehe ich unter, und ich würde vieles mit auf den Grund ziehen!«

»Meine Mutter beispielsweise? Was wird bei all deinen Plänen eigentlich aus ihr?«

»Ach, schön, daß sie dir überhaupt noch mal einfällt! Normalerweise machst du dir über sie ja nicht gerade viel Gedanken. Du hast sie hier einquartiert, damit du sie los bist und damit sie mich überwacht. Ich bin ja schließlich nicht blöd!«

Sie warfen beide automatisch einen Blick nach oben, aber alle Fenster waren dunkel.

»Ich habe mich an deine Mutter gewöhnt«, sprach Jordane mit gedämpfter Stimme weiter. »Ich mag sie, und ich werde sie nicht im Stich lassen. Du hast ja keine Ahnung, was du ihr bedeutest und was sie alles für dich tun würde ... Davor kann ich mich nur verbeugen.«

»Wovor?« fragte er beunruhigt.

»Wenn sie will, wird sie es dir schon erzählen. Jedenfalls ändert das auch nichts mehr. Ich wollte dir nur sagen, Hotel oder auch nicht, ich werde sie hierbehalten. Denn du wirst ja wohl nicht darauf bestehen, sie im Handgepäck mitzunehmen?«

Lionels Schweigen war vielsagend. Sie sagten eine Weile lang nichts. Einen Stock über ihnen weinte Alice, und um kein Geräusch zu machen, konnte sie sich weder schneuzen, noch auch nur Atem schöpfen.

»Ich wollte mich nicht mit dir streiten, heute abend«, murmelte Lionel schließlich.

»Ich auch nicht«, seufzte sie.

»Für mich ist es wahnsinnig schwer einzusehen, daß es zwischen uns zu Ende sein soll ...«

Jordane dachte, daß alles, was zu Ende ging, schrecklich war, unerträglich.

Sie hatte jetzt nur noch eins, woran sie sich festhalten konnte, das Kind, das sie erwartete, das anfing, in ihr zu wachsen.

»Ich werde schlafen gehen, Lionel, morgen früh bringe ich euch zum Flughafen ...«

Sie standen beide auf und faßten sich aus alter Gewohnheit bei der Hand, als sie in die Küche gingen.

»Ich werde wohl eine Zeitlang nicht herkommen«, sagte Lionel sanft. »Wir werden über unsere Anwälte miteinander kommunizieren ... Aber wenn du auch nur das kleinste Problem hast, kannst du mich natürlich jederzeit anrufen ...«

Sie stimmte zu, die Kehle war ihr wie zugeschnürt, und ließ seine Hand los. Einer hinter dem anderen gingen sie die Treppe hinauf, aber er blieb auf der ersten Etage, und sie stieg weiter hinauf, in die zweite.

In ihrem Zimmer lauschte Nora auf die Schritte ihrer Schwester im Treppenhaus. Sie beschloß, noch eine halbe Stunde zu warten, solange bis Jordane geduscht, sich ins Bett gelegt hätte und eingeschlafen wäre. Sie konnte das Hin- und Hergehen von Lionel noch eine Weile ausmachen, dann wurde es wieder still in der Bastide. Ängstlich sagte sie im Geiste noch einmal das halbe Dutzend Sätze auf, das sie sich für Sydney zurechtgelegt hatte. Schließlich wagte sie sich auf Zehenspitzen in den Gang vor. Die vertrauten Lichter und Schatten, die die Nachtbeleuchtung warf, wirkten beruhigend. Vor dem Zimmer von Sydney zögerte sie noch einmal kurz, dann trat sie ein.

Er schlief auf dem Rücken, mit gekreuzten Armen, und schnarchte leise. Sie schloß die Tür, orientierte sich in der Dunkelheit, dann knipste sie die Nachttischlampe an. Da er von dem Licht nicht wach wurde, setzte sie sich auf die Bettkante, die Federn quietschten etwas. Er schlug die Augen auf und sah sie weder überrascht noch erfreut an. Er setzte sich auf, zog das Laken hoch und unterdrückte ein Gähnen.

»Was ist los? Steht das Haus in Flammen?«

Sie liebte seinen Akzent wie überhaupt alles an ihm, sie liebte rückhaltlos und blind.

»Ich werde dich nicht lange stören, ich bin nicht hier, um dir eine Szene zu machen«, sagte sie mit einem Lächeln.

Ihr fiel die kleine Rede, die sie vorbereitet hatte, nicht mehr ein, und so sah sie ihn einfach nur entzückt an. Ein wenig verlegen rutschte Sydney zum Kopfende des Bettes hoch.

»Ich bin ganz Gehör«, sagte er mit gespieltem Enthusiasmus.

»Ganz Ohr ...«

»Ohr?«

»Ja, so heißt es.«

In dem weichen Licht der kleinen Nachttischlampe war sie eigentlich recht hübsch. Ihre Hände lagen wie verloren auf ihren Knien.

»Ich liebe dich«, murmelte sie, denn etwas anderes fiel ihr nicht ein.

»Nora ... Das ist doch nicht dein Ernst?«

Wie versteinert von dieser Frage und dem, was sie beinhaltete, warf sie ihm einen verzweifelten Blick zu.

»Komm her«, sagte er und klopfte mit einer Hand auf das Kopfkissen neben sich. Sie kam zu ihm und lehnte sich an ihn. Verstimmt und hilflos dachte er nach. Schließlich entschloß er sich, offen zu sein, denn das war am einfachsten.

»Als ich neulich nacht zu dir gekommen bin, da ... da hatte ich keine Ahnung, daß du noch Jungfrau warst. Sonst wäre ich schön brav in meinem Bett geblieben. Du bist hübsch, du bist zärtlich, viele Männer werden dich noch lieben. Ich bin nur auf der Durchreise, verstehst du?«

»Aber heute abend, da bist du doch geblieben! Ich dachte, daß ... daß ...«

Sie unterdrückte ein Schluchzen, versuchte sich gegen die Woge des Schmerzes zu stemmen, der sie plötzlich zu ersticken drohte. Sie hatte sich von Anfang bis Ende getäuscht. Sie hatte gedacht, daß er so tat, als ignoriere er sie, um ihr Geheimnis zu bewahren, aus Respekt vor ihrer Familie. Als er vom Flughafen wieder zurückgekommen war, hatte sie gedacht, daß er die Nacht mit ihr verbringen wollte, daß sie endlich alleine sein könnten, miteinander reden könnten, Versprechen abgeben. Vorhin, in ihrem Zimmer, da hatte sie sich eingeredet, daß er genau wie sie wartete, bis die anderen schliefen. Als sie ihn schlafend vorgefunden hatte, hatte sie daraus geschlossen, daß seine Müdigkeit über die Geduld gesiegt hatte. Sie hatte ihm vernünftige Dinge sagen, ihre Leidenschaft zügeln wollen, um ihn nicht zu verschrecken. Sie wollte ihm zu verstehen geben, daß sie warten könne, daß sie sich bei seinen Besuchen diskret zeigen würde … Und er war »nur auf der Durchreise«, fragte sie, ob das »ihr Ernst« sei! Bei der Idee, was sie ihm hatte gestehen wollen, wurde sie von Scham überwältigt. Am liebsten wäre sie mit einem Satz aufgesprungen und hätte das Zimmer verlassen, wie Jordane es an ihrer Stelle getan hätte. Aber das konnte sie mit ihren Beinen nicht. Sie stand langsam auf.

»Kannst du mich verstehen, Nora?«

Ein wenig beunruhigt nahm er sie bei der Taille und zwang sie, sich wieder zu setzen.

»Warte … Willst du, daß wir uns auf die zärtliche Art auf Wiedersehen sagen?«

Nun war er ganz wach, ließ eine Hand unter ihren Morgenmantel gleiten und hob ihn langsam an. Wenn das Licht nicht an gewesen wäre, sie hätte bestimmt nachgegeben, hätte es geschafft, daß seine Finger nicht über die Narben fuhren, so wie beim ersten Mal. Sie stieß ihn zurück, wehrte sich mit unnötiger Heftigkeit und fiel aus dem Bett. Er beugte sich über sie, um ihr beim Aufstehen zu helfen, während sie hastig den Morgenrock zusammenraffte, der sich ganz geöffnet hatte und ihre Schenkel mit den bläulichroten Narben entblößte. Dann standen sie sich gegenüber und starrten sich an, beide gleichermaßen entsetzt darüber, was gerade geschehen war. Mit Tränen in den Augen verließ sie das Zimmer, ging den Gang entlang, stützte sich mit einer Hand an der Wand ab. Dann schloß sie sich in ihrem Zimmer ein.

Den ganzen Ausritt lang hatte Jordane sich von Butabans weichem versammelten Galopp wiegen lassen und dabei nachgedacht. Lionel und Sydney waren abgereist, Alice und Nora schienen zu schmollen, Isabelle hatte angekündigt, daß sie zum Essen ausgehen würde. Um der erdrückenden Atmosphäre auf Le Biloba zu entfliehen, hätte Jordane beinahe Robin angerufen, hatte es aber dann gelassen. Schon seit ein paar Tagen dachte sie an die Landbesitzerversammlung, die an diesem Abend auf der Manade der Peyrolles stattfinden sollte. Sie hatte große Lust teilzunehmen, aber sie zögerte noch. Die Umweltangelegenheiten und Probleme der Gegend hier hatten sie bis jetzt nicht besonders interessiert, und es war Pascal, den sie sehen wollte, da machte sie sich nichts vor. Sie bedauerte es, daß sie neulich morgen einfach aufgelegt hatte, ohne ihm die Zeit zu lassen, etwas zu sagen.

Achthundert Meter vor dem Pferdestall ließ sie Butaban in Schritt fallen. Bei solchen Versammlungen waren immer viele Leute, und jeder hatte das Gefühl, auch etwas sagen zu müssen. Die ganze allmächtige Gilde der Gardians wäre dort versammelt. Jordane hatte also eine Chance, unbemerkt hineinzuschlüpfen, ihn beobachten zu können, ohne selbst gesehen zu werden. In seiner Rolle als Anwalt der Camargue war ihr Pascal eher sympathisch. Und sie brauchte sich wirklich nichts vorzumachen – sie kam beinahe um vor Lust, dort hinzugehen.

Gewissenhaft rieb sie Butaban trocken und kümmerte sich um die anderen Pferde, ehe sie ins Haus ging. In der Küche traf sie Alice, die ihr einen merkwürdigen Blick zuwarf, sie aber nicht ansprach. Nora spielte Klavier, und die schwermütige Melodie erfüllte die ganze Etage. Jordane ging in ihr Zimmer, zog sich um und machte sich die Mühe, sich zu frisieren und zu parfümieren, auch wenn sie sich dabei lächerlich vorkam.

Eine halbe Stunde später kam sie auf Pascals Hof an, vor

dem schon ungefähr vierzig Autos parkten. Sie stellte ihres etwas abseits ab, um schnell wegzukommen, wenn sie es wollte.

In dem großen Saal herrschte ein ungeheurer Lärm. Die Versammlung war offenbar beinahe vorüber, weil alle wild durcheinanderriefen und sich auf die Schultern klopften.

An den Wänden standen Bänke, und der Raum war voller Rauch. Jordane schlich sich heimlich in eine dunkle Ecke. Neben dem großen Kamin in der Mitte des Zimmers stand Pascal und schrie einem uralten Herdenbesitzer, den Jordane vom Sehen kannte, Erklärungen ins Ohr. Sie lehnte sich an die rauhe Wand hinter sich und zündete sich eine Zigarette an. Zwei oder drei Leute kamen und schüttelten ihr die Hand. Einer von Pascals Gardians erkannte sie, kam zu ihr und bot ihr etwas zu trinken an. Die Leute standen jetzt Schlange vor einem kleinen Tisch und beugten sich über ihn, um etwas zu unterschreiben. Jordane erriet, daß es sich dabei um die berühmte Petition handelte. Plötzlich erhob sich Pascals Stimme über das allgemeine Getöse.

»Wir müssen die Fischer von Vaccarès nach ihrer Meinung fragen!«

Allgemeines Gelächter war die Antwort darauf. Jordane bedauerte es, bei der Diskussion nicht dabeigewesen zu sein. Immerhin war auch sie betroffen. Daß sie aus Le Biloba ein Hotel machte, änderte nichts daran, daß sie immer noch sechzig Hektar Land zu bewirtschaften hatte. Sie beschloß zu unterschreiben, auch wenn sie gar nicht genau wußte, für was sie sich engagierte. Aber die Menschen um sie herum waren genau wie sie Grundbesitzer, die in Schwierigkeiten steckten. Während sie noch etwa zwei Meter vor dem Tisch darauf wartete, daß sie an der Reihe war, überlegte sie sich aber doch, ob ihr Großvater wohl seinen Namen unter etwas gesetzt hätte, das er nicht gelesen hatte.

»Mademoiselle de Valence!« rief jemand.

Pascal schreckte hoch, drehte sich um und entdeckte Jordane. Seine hellen, grauen Augen hefteten sich auf sie, wandten sich ab, wanderten zurück. Er ging um eine Gruppe, die sich zwischen ihnen befand, herum und stand dann mit ausgestreckter Hand vor ihr.

»Ich bin sehr, sehr froh, Sie zu sehen«, sagte er bewegt.

Jordane mußte den Kopf heben, um ihm ins Gesicht sehen zu können, und brachte ein Lächeln zustande.

»Möchten Sie etwas trinken?«

»Erst möchte ich unterschreiben. Da muß man ja sogar Schlange stehen!«

Jemand am anderen Ende des Raumes rief Pascal, doch der winkte ungeduldig ab.

»Ich bitte Sie«, sagte er schnell. »Gehen Sie jetzt noch nicht. Verschwinden Sie nicht, ehe ich mit Ihnen reden konnte! Versprochen?«

Sie nickte zum Zeichen, daß sie einverstanden sei, und er entfernte sich. Von da an bemühte er sich pausenlos, seine Gäste loszuwerden. Er ging von einem zum anderen, entschuldigte sich, machte Witzchen und schubste die Menge Richtung Ausgang. Sie nahm den Stift, den man ihr hinhielt, und unterschrieb auf einem Blatt, auf dem kaum noch Platz war. Pascals Männer trugen die Bänke hinaus und leerten die Aschenbecher. Sie hörte, wie draußen die Autos anfuhren, hörte Gelächter, und plötzlich war sie allein in dem großen Raum. Sie nutzte die kurze Ruhe aus, um das etwas strenge Dekor um sich herum in Augenschein zu nehmen. Auf dem Kaminsims standen in Reih und Glied die Pokale und Trophäen, die die *cocardiers* der Herde gewonnen hatten.

»Sie sind weg!«

Pascal schloß die Tür, nahm Jordane sanft am Arm und führte sie in die Küche.

»Ich sterbe vor Hunger und Durst! Haben Sie schon zu Abend gegessen?«

»Äh ... nein.«

»Wunderbar. Ich werde uns rasch etwas machen. Sie werden schon sehen, es wird entweder fade oder ungenießbar sein!«

Er machte sich in der Küche zu schaffen, holte Teller aus den Schränken. Jordane setzte sich, um ihm nicht im Weg zu sein. Während er Eier aufschlug, Kräuter hackte und schließlich Butter in der Pfanne zerließ, sah sie ihm nur zu.

»Können Sie mit einem Flaschenöffner umgehen? Dann machen Sie uns doch eine Flasche Rosé auf ...«

Er stellte zwei Gläser auf den langen Tisch und streifte Jordane im Vorübergehen.

»Das war nicht sehr nett neulich, einfach aufzulegen ...«

Doch er ließ ihr nicht die Gelegenheit zu widersprechen, sondern kehrte ihr den Rücken zu und vertiefte sich in die Zubereitung des Omelettes. Jordane fragte sich, wie oft er wohl für Cécile gekocht hatte, und der Gedanke beunruhigte sie sehr. Der Kummer, die Verzweiflung von Cécile waren echt. Sie hatte sehr tief und heftig für Pascal empfunden. Wie hatte er das einfach so ignorieren können?

»Wollen Sie erst über Cécile reden?«

Erstaunt sah sie zu ihm auf. Mit der Pfanne in der Hand sah er sie verlegen an. Sie hielt ihm eine Platte hin, und er ließ die Rühreier darauf gleiten.

»Es sieht nicht gerade elegant aus«, sagte er und setzte sich ihr gegenüber hin. »Aber nehmen Sie sich trotzdem ... Ich habe Cécile nie geliebt, ich habe ihr nie das Geringste versprochen oder ihr irgendeine Erklärung gemacht. Ich habe keine Ahnung, was sie Ihnen erzählt hat, aber ich weiß, was Sie hier erlebt haben, und Sie müssen mich für den widerwärtigsten Typen aller Zeiten halten. Also muß ich mich ja wohl rechtfertigen! Ich hätte sofort wieder Schluß machen sollen, aber sie kann ganz schön hartnäckig sein. Und dann tat sie mir leid. Außerdem ist sie hübsch, stellt keine Ansprüche und schafft es, sich gleichermaßen klein und begehrenswert zu machen ...«

Dies letzte tat Jordane weh, und deshalb fragte sie mit ironischem Tonfall:

»Und warum erzählen Sie mir das alles?«

»Erstens, weil Cécile Ihre Freundin ist, und zweitens, weil Sie nichts von mir halten.«

»Woher wollen Sie das wissen?«

»Das merkt man an der Art, wie Sie auf Distanz gehen.«

Jetzt schenkte sie ihm ein echtes Lächeln, und einen Moment lang sahen sie sich an, dann aßen sie weiter.

»Das sollte ich Ihnen eigentlich nicht verraten, aber Sie schüchtern mich ein, das ärgert mich«, erklärte er und schenkte den Wein ein. »Zum Wohl ... Habe ich das Kapitel Cécile hinlänglich erklärt? Weil ich gerne zu dem anderen kommen würde, solange ich noch etwas Mut dazu habe.«

»Zu dem anderen?«

»Ja, denn ich sollte mich ja wohl für neulich bei Ihnen entschuldigen ... Als ich zu Ihnen gefahren bin, hatte ich nicht die geringste Absicht ... Jedenfalls nicht so, ich war ein Versager, es tut mir schrecklich leid.«

Auch Jordane war jetzt verlegen, suchte nach einer Antwort, aber ihr fiel nichts ein. Bevor er weitersprach, trank er aus.

»Sie machen es mir nicht gerade leicht, aber das ist Ihr gutes Recht. Es ist übrigens nicht ganz richtig, daß es mir leid tut. Eigentlich bin ich sehr glücklich über das, was da passiert ist, aber auch sehr ... gedemütigt. Auch wenn man kein Macho ist, sich so sehr zu blamieren, ist nicht gerade angenehm.«

Er hatte die Augen auf sein leeres Glas gesenkt gehalten, um zu Ende zu sprechen. Als er sie jetzt zu Jordane aufhob, waren sie ganz hell, wie flüssig, und unwiderstehlich. Ein Schauer überlief sie. Sofort sprang er von seinem Hocker auf.

»Ist Ihnen kalt? Wollen Sie einen Pullover haben? Aber nein ... warten Sie, ich werde Feuer machen ...«

Ungeduldig nahm er sie bei der Hand. Sie folgte ihm in den großen Wohnraum und protestierte.

»Aber die Nacht ist ganz lau. Sie werden doch im Juli nicht den Kamin anmachen wollen, das ist doch verrückt!«

Er hörte nicht auf sie, stapelte schon Kleinholz und Scheite übereinander.

»Nur weil es schön ist«, sagte er und riß ein Streichholz an. »Damit Sie ein wenig länger bleiben. Setzen Sie sich dorthin …«

Er zeigte auf einen großen, ein wenig abgewetzten Ledersessel, der sehr gemütlich aussah. Er selbst setzte sich auf den Boden, auf die Terrakottafliesen, in gebührendem Abstand zu ihr.

»Darf ich Ihnen eine indiskrete Frage stellen?«

Jordane fragte sich, worauf er hinauswollte. Er ging die Dinge so direkt an, daß sie nicht mehr wußte, was sie eigentlich dachte. Außer, daß sie hierbleiben wollte.

»Legen Sie los …«

»Was ist mit Ihnen und meinem Bruder?«

»Ach, Robin …«

Wenn sie sich vor Pascal schützen wollte, dann war das der Moment, um zu schummeln. Aber das war nicht Jordanes Art. Ganz im Gegenteil, sie hatte all die Kompromisse und auch Lügen satt, zu denen sie in letzter Zeit gezwungen gewesen war.

»Er ist lieb, und er ist ein Freund. Aber ich denke anders als Sie, wir Frauen sind weniger zynisch … Also überlege ich mir nicht, ob er vielleicht begehrenswert ist, und ich spiele nicht mit ihm und hoffe dann, daß er sich hinterher ›ganz klein‹ macht.«

Einen Moment lang schwieg er, sie dachte schon, sie hätte ihn gekränkt, doch dann antwortete er mit gedämpfter Stimme:

»Danke für die Nachhilfe …«

Im Kamin schlugen die Flammen hoch und beleuchteten Pascals Gesicht. Jordane verspürte plötzlich den dringenden Wunsch, er möge zu ihr kommen. Unbeweglich blieb sie in ihrem Sessel sitzen, hörte dem Knacken der Scheite zu, genoß die Wärme und wartete darauf, daß er sich rührte.

»Ich habe noch eine Frage«, erklärte er.

»Ja?«

»Ihr Mann.«

»Was Lionel betrifft, das ist etwas anderes.«

Sie hatte schnell und ohne zu überlegen geantwortet. Es stimmte, Lionel blieb etwas Besonderes in ihrem Leben. Sie sah, wie Pascal ein wenig steif aufstand, sich vorbeugte und sich mit einem Schürhaken am Feuer zu schaffen machte. Da sie nicht wußte, wie sie es erklären sollte, breitete sich zwischen ihnen beiden wieder verlegenes Schweigen aus. Sie hätte von der Scheidung erzählen können, aber sie hatte ja noch keine konkreten Schritte eingeleitet, und sie hatte keinerlei Gewißheit, daß sie Pascal vertrauen konnte. Sie merkte, daß sie ihn beruhigen wollte, auch wenn die Eifersucht, die er nicht hatte verhehlen können, ihr eindeutig Freude machte.

»Etwas anderes ...«, wiederholte er.

»Ich weiß, daß ich mich auf ihn verlassen kann. Wir leben eigentlich getrennt, aber er kommt jedes Wochenende. Er war es, der mir diesen Amerikaner vorgestellt hat. Für das Hotelprojekt ...«

»Haben Sie sich da definitiv verpflichtet? Haben Sie Ihre Meinung nicht geändert?«

»Irgendwann in den nächsten Tagen muß ich in Montpellier unterschreiben. Ich habe keine Wahl ...«

»Doch, die hat man immer! Ihre Bastide als Schloßhotel, das wäre doch wirklich ein Jammer! Ehrlich, Sie haben doch Schneid genug, um sich irgendwie anders aus der Affäre zu ziehen.«

»Es geht nicht nur um mich.«

Er setzte sich wieder auf den Boden, doch diesmal rückte er näher an sie heran. Aus ihrer Hemdtasche zog sie die Zigarettenpackung und bot ihm eine an.

»Jeder kann sich noch gut an Ihren Großvater erinnern. Er war ein außergewöhnlicher Mann.«

»Andere Zeiten, andere Sitten. Sie wissen doch auch, daß man sich anpassen muß.«

»Nicht unbedingt! Denken Sie an all die Leute, die heute abend hier waren. Die sind alle nicht bereit, sich bei lebendigem Leib fressen zu lassen.«

»Ein winziges Aufbegehren in einem Meer von Entscheidungen, die über unsere Köpfe hinweg getroffen werden!«

»Aber sie gehen uns an! Ich könnte eine schreckliche Wette mit Ihnen abschließen. Spätestens nächsten oder übernächsten Herbst werden hier alle Felder unter Wasser stehen. Ich kämpfe auch in so einer Deichgeschichte, von der heute niemand etwas wissen will und die schon bald ein Riesenskandal sein wird. Ich habe es satt, daß man für mich entscheidet, was zu meinem Besten ist. In dieser Gegend hier führen schon die kleinen Sünden zu einer Katastrophe …«

Da er sich schon wieder ereiferte, sagte sie mit ruhiger Stimme zu ihm:

»Die Veränderungen sind unaufhaltbar, Pascal, selbst für Sie. Der Beweis dafür ist, daß Sie sich schon angepaßt haben …«

»Ja, aber ich habe das Wesentliche dabei gerettet, während Sie bereit sind, es zu opfern! Und das Schlimmste ist, daß Sie schon bald keine Lust mehr haben werden, auf Le Biloba zu leben.«

Ihr war klar, wie sehr er damit recht hatte, also schwieg sie. Pascal beugte sich ein wenig zurück und lehnte den Kopf an Jordanes Knie. Schon diese einfache Berührung ließ sie erschauern.

»Sie haben mir immer noch keine richtige Antwort gegeben, was mit Ihrem Mann ist …«

Hartnäckig kam er darauf zurück, wollte es wissen. Sie hätte ihm alles auf einmal gestehen können. Daß sie sich seinetwegen endgültig von Lionel getrennt hatte, daß sie ein Kind von ihm erwartete, ja sogar, daß sie sich in ihn verliebt hatte. Aber natürlich tat sie das nicht, sondern schwieg. Sie kannte ihn zu wenig. Er hatte ihr zu widersprüchliche Gesichter gezeigt, als daß sie ihm getraut hätte.

Pascal setzte sich um, um sie ansehen zu können. Er blickte ihr eine Zeitlang ins Gesicht.

»In etwa einer Stunde geht die Sonne über dem Meer auf«, flüsterte er. »Das würde ich gerne mit Ihnen zusammen sehen … Begleiten Sie mich, wenn ich zwei Pferde sattle?«

Er wirkte jetzt unruhig und ernst, beinahe flehend. Sie nickte und sah ihn dabei unverwandt an. Ihre Lust, ihn wenn auch nur mit den Fingerspitzen zu berühren, war beinahe überwältigend, aber sie rührte sich nicht, sondern verlor sich in dem hellen Grau seiner Augen. Er brach den Zauber, indem er aufstand.

»Aber erst mache ich uns einen Kaffee!«

Sie quälte sich aus dem Sessel heraus, in dem sie einen Gutteil der Nacht verbracht hatte, und warf erst einen Blick auf die Küchentür, dann auf die Treppe. Sie beschloß, ins Badezimmer hinaufzugehen und sich das Gesicht mit kaltem Wasser zu waschen. Als sie wieder herunterkam, erwartete er sie mit einer dampfenden Tasse Kaffee in der einen und einem Sweatshirt in der anderen Hand.

»Nehmen Sie das …«

Sie zog das wohlig weiche und warme Kleidungsstück über ihr Hemd. Der Kaffee war zu heiß, und er sah ihr lächelnd zu, wie sie trank. Draußen waren sie überrascht, wie mild die Luft war. Im Pferdestall half sie ihm, zwei der Camargue-Pferde aufzuzäumen, dann stiegen sie in den Sattel. Die Nacht wich einem rosafarbenen Licht, das allmählich die Landschaft zu erhellen begann. Nach ein paar hundert Metern fielen sie in leichten Galopp. Stiefel an Stiefel ritten sie über die weiten Ebenen, wo Pascal jede Erhebung und alle Tücken kannte. Ohne jede Müdigkeit liefen die Pferde über den salzigen Boden hinweg, dessen spärlicher, niedriger Bewuchs unter ihren Hufen knisterte. Schon bald waren sie bei den *montilles* angelangt, jenen hohen Dünen, die sie noch vom Meer trennten.

»Gerade noch rechtzeitig«, rief Pascal und deutete auf den Himmel, der immer heller wurde.

Sie erklommen die erste Düne, und vor ihnen erstreckte sich unendlich weit das Wasser. Jordane hielt als erste an, stieg ab, warf Pascal ihren Zügel zu und lief bis ans Meer. Er sah ihr eine Weile zu, dann folgte er ihr. Sie setzten sich nebeneinander auf den Sand, lehnten sich aneinander und blickten starr in Richtung Horizont.

»Und die Pferde«, murmelte Jordane.

»Die bleiben von allein in der Nähe …«

Ganz leicht legte er einen Arm um sie und holte tief Luft. Er war entschlossen, alle Vorsicht aufzugeben, sich ihr auszuliefern:

»Ich bin hoffnungslos in Sie verliebt, und das ist das erste Mal überhaupt, daß mir das passiert, und ich habe keine Ahnung, was man in so einem Fall macht …«

Er wollte ihr einen Kuß auf den Mundwinkel geben, aber sie bot ihm ihre Lippen mit vollkommen unkontrollierter, unverhohlener Leidenschaft. Lange blieben sie so, eng umschlungen, ehe sie wieder Atem schöpften.

»Ich liebe dich«, wiederholte er leise. »Jordane, ich liebe dich …«

Er wollte sich nicht noch einmal wie ein wildes Tier aufführen und wagte nicht, sich zu rühren, und so war sie es, die sich lang ausstreckte und ihn zwang, es ihr gleichzutun. Diesmal hatten sie alle Zeit der Welt. Sie zog das Sweatshirt aus, und er machte ihr ein Kopfkissen daraus. Er stützte sich auf einen Ellenbogen und betrachtete sie, hingerissen, wie ein Kind, das vor einem Schatz steht. Er wollte nicht den ersten Schritt machen, das wußte sie. Er lag mit dem Rücken zum Meer und zur Sonne, die endlich aufging.

»Heirate mich«, flüsterte er plötzlich. »Bitte, laß dich scheiden und heirate mich …«

Sie legte ihm die Hand aufs Gesicht, um ihn zum Schweigen zu bringen. Sie verspürte eine überwältigende Lust, sich mit ihm zu lieben, und alles andere hatte viel Zeit.

Robin hielt seinen Wagen dicht neben dem Rover an. Er stieg aus und knallte wütend die Tür zu. Jordane um sechs Uhr morgens auf der Manade? Das war nun wirklich das letzte, womit er gerechnet hätte. Er hatte das Gefühl, vor Wut gleich zu ersticken. Mitten auf der staubigen Allee ließ er die Tüte mit den Croissants fallen, die für seinen Bruder gedacht waren, und ging mit Riesenschritten auf das Bauernhaus zu.

Der Kuß von Jordane vor ein paar Tagen hatte ihn seine Ängste vergessen lassen, hatte ihn auf eine rosarote Wolke gehoben. Er hatte wieder Mut geschöpft, hatte sich selbst gut zugeredet, daß er nur noch ein wenig Geduld haben müsse, und dann würde er geliebt werden. Wenn sie es nur zuließe, daß er sie zu ihrem Glück zwang, denn er war sich ganz sicher, daß er sie sehr glücklich machen würde.

Cécile hatte ihm eines Tages, als sie in der Agentur saßen und ein Schwätzchen hielten, versichert, daß Jordane sich keinerlei Illusionen über Pascal machte und ihn für ein egoistisches und brutales Monster hielt. Aber was wollte sie dann bei Morgengrauen hier?

Wie vor den Kopf geschlagen drehte er um, ging zum Rover und legte eine Hand auf die Motorhaube. Sie war kalt. Sie war also schon lange da, seit gestern abend vielleicht schon. Aber warum hatte sie ihn, Cécile, überhaupt alle Welt angelogen? Warum hatte sie ihn dann geküßt, sich auf der Straße an ihn geschmiegt?

Er ging wieder auf das Haus zu, riß die Tür auf, marschierte direkt auf die Treppe zu und sprang sie mit Riesensätzen hinauf. Ohne anzuklopfen, betrat er das Schlafzimmer seines Bruders und starrte verblüfft das unbenutzte Bett an. Es war eindeutig, hier hatte niemand geschlafen. Er ging wieder nach unten und stromerte durch den Wohnraum, dann durch die Küche. Zwei schmutzige Teller, zwei Gläser, zwei Tassen.

Eine ungeheure Wut überkam ihn, die er nicht in den Griff bekam. Er durchmaß den Raum mit großen Schritten und schlug im Vorübergehen mit der Faust auf die Möbel ein. Pascal hatte ihm schon zu viel genommen, um ihm jetzt auch noch Jordane abspenstig zu machen. Auch wenn sie ihm selbst vielleicht nie gehören würde, die Vorstellung, daß sie mit seinem Bruder zusammen war, konnte er nicht ertragen.

Er stellte sich Pascals wohlwollendes und beschützerisches Gehabe vor und erstickte beinahe vor Zorn und dem Gefühl der Machtlosigkeit. Lachten die beiden jetzt gerade irgendwo über ihn? Machten sie sich über ihn, den ewigen Verlierer, das arme Würstchen lustig? Sein Vater hatte schon recht, der Kampf mit Pascal war einfach zu ungleich. Dieser verführerische Typ, dem einfach alles gelang, wollte natürlich auch eine außergewöhnliche Frau haben, die einzige hier, die ihm etwas entgegenzusetzen hatte. Und er schaffte es in einer Nacht, die Situation zu seinen Gunsten umzudrehen, während alles, was er, Robin, in monatelanger Anstrengung erreicht hatte, war, gerade mal toleriert zu werden.

Mit einem Fußtritt, der das Türblatt zersplitterte, öffnete er die Küchentür. Er ging direkt zum Pferdestall und hoffte, dort jemanden anzutreffen, mit dem er sich prügeln könnte. Aber dort waren nur die Pferde, die auf ihrer Streu dösten. Zwei fehlten, ihre Halfter hingen leer an den Ringen herab. Den romantischen Ausritt der beiden glücklichen Reiter,

Jordanes Haare, wie sie im Wind flatterten, konnte Robin sich nur zu gut vorstellen. Eine Woge des Hasses, ein Bedürfnis, sich zu rächen, überkam ihn, wie er es noch nie zuvor erlebt hatte.

»Ja, wenn das so ist!« schrie er.

Er stürzte auf das erstbeste Camargue-Pferd zu, machte es los, dann das nächste und so weiter, den ganzen Pferdestall hindurch. Dann mischte er sich unter die Pferde, die schon anfingen, sich gegenseitig zu schubsen, lief zum ersten Zaun hinter dem Hof und öffnete das Tor. Dasselbe tat er mit dem nächsten Zaun. Wie wahnsinnig geworden rannte er atemlos weiter. Er überquerte eine Wiese, entdeckte eine Stierherde, und während er auf sie zulief, riß er alle Gatter und Tore auf seinem Weg sperrangelweit auf. Er rächte sich am Eigentum seines Bruders, indem er dem Vieh die Freiheit schenkte und Panik unter ihm verbreitete. Er entdeckte eine um einen Zaunpfahl gewickelte Longe, schnappte sie sich und ließ sie um die Köpfe der Tiere knallen, die sich in alle Winde zerstreuten und dabei Staubwolken aufwirbelten.

Jordane und Pascal ritten im Schritt vom Strand quer durch die Sümpfe zurück. Sie sagte nichts, ließ sich im Rhythmus des Pferdes wiegen, um dieses Gefühl von Reichtum und Glück, das sie gänzlich erfüllte, länger auszukosten. Da Pascal gemeint hatte, etwas wieder gutmachen zu müssen, hatte er sich von einer Zärtlichkeit und Geduld gezeigt, wie sie die Männer in der Liebe selten aufweisen.

»Bleib bitte kurz stehen«, sagte er und beugte sich zu ihr herab.

Bis dahin hatte auch er das Schweigen nicht brechen wollen, aber sie näherten sich jetzt der Manade, und er hatte etwas Wichtiges zu sagen.

»Gleich werden wir wieder bei mir sein, und du wirst nach Hause fahren wollen … aber du hast mir noch keine

Antwort gegeben … Willst du mich heiraten? Es ist mir sehr ernst …«

Die tiefstehende Sonne zwang ihn, die Augen zusammenzukneifen, doch er verschlang sie trotzdem mit seinen Blicken. Er war wie betrunken von diesem neuen Gefühl, das ihn peinigte und von dem er doch nicht genug bekommen konnte: Er liebte. Sie fand sich damit ab, daß sie diesen einen verrückten, sinnlosen Satz sagen mußte, der doch über ihre Zukunft entscheiden würde.

»Ich bekomme ein Kind.«

Sie hatte das in ruhigem, beinahe kühlem Tonfall gesagt und wollte sehen, wie er darauf reagierte. Sie ließ sich dabei auf ein gefährliches Spiel ein, aber sie mußte es einfach wissen, mußte sich seiner sicher sein können, mußte wissen, wer er eigentlich war.

»Sag das noch mal!«

»Nein. Du hast mich sehr wohl verstanden.«

Ohne etwas Besonderes zu erhoffen, wartete sie ebenso ungeduldig wie neugierig ab. Er mußte anders sein als die anderen. Er jedoch war ja vielleicht zu manchem fähig, aber in dem Moment, in dem er endlich die Liebe gefunden hatte, ließ er sich nicht einfach einen Dolch ins Herz rammen! Seine Bitterkeit und seine Eifersucht waren sofort verheerend. Er war überzeugt, daß es von Lionel war, und sagte sich, daß er ihn töten würde, um ihn endgültig los zu sein. Seit einer Stunde gehörte Jordane ihm, und er würde sie nie wieder gehen lassen, was auch immer passierte.

Während er versuchte, sich zu beherrschen und mit niedergeschlagenen Augen darum kämpfte, die Fassung zurückzugewinnen, beobachtete Jordane ihn. Sie hatte gesehen, wie sich bei dem Wort »Kind« sein Gesichtsausdruck verändert hatte.

»Das ist das Schlimmste, was du mir hättest sagen können«, stieß er zwischen den Zähnen hervor.

Sie war grenzenlos enttäuscht und wäre am liebsten in

Tränen ausgebrochen. Ohne ihn ausreden zu lassen, trieb sie ihr Pferd mit einem leichten Schenkeldruck an und galoppierte davon.

»Warte!« schrie Pascal ihr nach.

Ihm war gerade das schreckliche Mißverständnis klargeworden, das zwischen ihnen bestehen würde, wenn er sich nicht sofort erklären konnte. »Das Schlimmste«, das war, daß sie einem anderen gehörte, der alles Recht auf sie hatte, weil er immer noch ihr Ehemann war, und nicht etwa die Tatsache, daß sie ein Kind bekam. Er bemühte sich, sie einzuholen, aber er hatte ihr vorhin ein sehr schnelles kleines Camarguepferd gegeben, und sie war erheblich leichter als er selbst. Die zwei Pferde galoppierten in zwanzig Meter Abstand hintereinander her, daß das Wasser um sie herum nur so spritzte, als Pascal plötzlich, noch weit entfernt, etwas sah, was nicht normal war. Ungläubig brachte er sein Pferd zum Stehen und legte die Hand über die Augen. Eine große Herde kam direkt auf sie zu, völlig durcheinander und wie in Panik. Er erkannte zwei seiner mächtigen Kampfstiere vorneweg, gefolgt von einem Trupp Färsen, die dort auf keinen Fall sein durften. Zwischen den Stieren waren die Silhouetten von Pferden zu erkennen, und mit einem Schlag wurde Pascal bewußt, wie ernst die Lage und in welchem panischen Zustand seine Herde war.

»Jordane!« schrie er. »Geh aus der Bahn!«

Sie kannte sich mit Stieren nicht aus, war nur mit Pferden und Schafen groß geworden. Aber sie wollte nicht, daß Pascal sie einholte, spürte ihn hinter sich und verlangsamte ihren Galopp noch nicht einmal.

Wenn er allein gewesen wäre, hätte er sein Pferd umgelenkt, die männlichen Stiere an der Spitze vorbeigelassen und dann versucht, das andere Vieh in eine andere Richtung zu treiben. Aber dort, mitten auf der weiten Ebene, war Jordane, und die durfte er nicht aus den Augen lassen.

Sich selbst überlassen, ohne die gewohnten Befehle ihrer

Reiter, versuchten die Pferde den Hörnern der Stiere zu entkommen, aber es gelang ihnen nicht, aus dieser wildgewordenen Herde auszubrechen. Plötzlich, nur noch fünfzig Meter von ihnen entfernt, begriff Jordane die Gefahr. Sie ritt einen großen Bogen, um ihnen auszuweichen, und Pascal sah sich den ersten der heranstürmenden Tiere direkt gegenüber. Er hätte immer noch eine Kehrtwendung machen und sich einfach an ihre Spitze setzen können, wollte sich aber vergewissern, daß Jordane in Sicherheit war, und verlor dabei eine oder zwei Sekunden. Sein Pferd kam ihm zuvor und wendete zu schnell und verängstigt auf einem Hinterlauf. Es schwankte und stürzte, und in dem Moment waren die ersten Stiere auch schon über ihm.

In der riesigen Staubwolke, die die Hunderte von Hufpaaren aufgewirbelt hatten, konnte Jordane nicht viel erkennen. Sie sah Pascal verschwinden, sah, daß an der Stelle eine Art Wirbel entstand, sie sah chaotische Ausweichmanöver und Stürze. Durch das erschreckte Gebrüll des Viehs, den hämmernden Galopp der Hufe und das atemlose Schnauben der erschöpften Tiere hindurch konnte Jordane Schreie hören. Ganz weit von ihr entfernt, am Horizont, sah sie Gestalten angelaufen kommen. Sie überlegte sich, daß die Gardians ohne ihre Pferde wohl noch eine Weile brauchen würden, bis sie da wären. Die Herde entfernte sich, hatte sich mittlerweile in zwei Gruppen geteilt, von denen eine bereits langsamer wurde.

Jordane preschte auf Pascal zu, der flach auf dem Bauch lag, einen Arm über dem Kopf. Noch ehe ihr Pferd zum Stillstand gekommen war, sprang sie ab und kniete sich nieder.

»Pascal? Pascal!«

Er rührte sich ein wenig und unterdrückte ein Stöhnen, als er sich auf die Seite drehte. Aus seinen Haaren floß Blut, zeichnete Flecken auf sein Hemd und vermischte sich mit dem Staub.

»Wie geht es dir? Was tut dir weh? Pascal?«

Es gelang ihm, sich aufzusetzen, dann aufzustehen, aber er schwankte, der rechte Arm hing ihm reglos am Körper herab. Er sah Jordane verstört an und brachte mühsam die Frage hervor:

»Dir fehlt nichts?«

Da er wieder schwankte, nahm sie ihn beim linken Arm, doch er stieß sie zurück, wandte sich ab und übergab sich. Endlich kamen zwei der Gardians hinzu, verschwitzt und atemlos.

»Es war dein Bruder!« schrie einer der beiden. »Er ist durchgedreht, wir haben ihn verprügeln müssen, damit er aufhört!«

Der andere hatte seinen Umhang abgenommen und reichte ihn Pascal. Dann hielt der Toyota neben ihnen.

»Na, was gebrochen?« fragte der Fahrer.

»Bei mir nur der Arm«, antwortete der leichenblasse Pascal. »Aber in der Herde wird es wohl eine Menge Hinkebeine geben!«

Er warf Jordane einen Blick zu und fügte dann liebevoll hinzu:

»Du wolltest sie wohl ganz allein aufhalten, wie?«

Die Männer lachten, nur der Gardian neben Pascal nicht; der ließ seinen Chef nicht aus den Augen.

»Komm, setz dich ins Auto«, schlug er vor. »Ich fahre dich nach Arles …«

»Und was soll ich da?« fragte Pascal ärgerlich.

Doch Jordane mischte sich in einem Ton ein, der keinen Widerspruch duldete.

»Zumindest ja wohl dich röntgen lassen!«

Seine Männer erwarteten, daß er sie deutlich auf ihren Platz verweisen würde, doch Pascal sagte nichts. Ihm war schwindlig, und es ging ihm schlecht. Für einen Moment schloß er die Augen, doch als er sie wieder öffnete, war die Welt immer noch genauso verschwommen. Jemand faßte ihn bei der Taille und half ihm, sich auf den Beifahrersitz zu setzen …

»Ich würde euch wohl keine große Hilfe sein«, murmelte Pascal. »Aber schafft in dem Haufen da wieder Ordnung … Inzwischen sind sie sicher irgendwo zum Stehen gekommen, und bald werden die Stiere anfangen, miteinander zu kämpfen …«

Er hörte auf zu sprechen, um die erneut aufsteigende Übelkeit zu unterdrücken. Beinahe unverzüglich fuhr der Fahrer los, bemühte sich, vorsichtig zu fahren und die Schlaglöcher zu umgehen. Jordane folgte dem sich in der Ferne verlierenden Wagen mit Blicken. Ein Gardian berührte sie an der Schulter.

»Behalten Sie das Pferd, um zurückzukommen, Mademoiselle Valence. Nun schaffen wir auch den Rest noch zu Fuß!«

Robin stieß die Tür zur Agentur so heftig auf, daß Cécile hochfuhr. Sie starrte ihn entsetzt an. Über seine eine Wange zog sich ein Riß, eine Lippe war geschwollen, er wirkte völlig verstört. Pascals Gardians hatten ihn halb totgeprügelt, und er hatte sich nur mühsam bis zum Auto geschleppt. Er war am Ende seiner Kräfte, vollkommen erschöpft von seinen Bemühungen, das Vieh zu verschrecken. Er hatte zwischen ihnen herumrennen müssen, sie mit der Longe schlagen müssen, hatte aus Leibeskräften geschrien, war kilometerweit gelaufen und hatte gute zwanzig Gatter geöffnet. Als die Männer über ihn hergefallen waren, hatte er sich mit aller Kraft gewehrt, denn er wußte, was ihn erwartete und hatte versucht, ihnen mit seinen Fausthieben zuvorzukommen.

Aber diese zwei Stunden des Wahnsinns hatten ihn nicht ruhiger gemacht. Viel zu lange schon nahm er sich zusammen, hatte er die Frustrationen immer nur weggesteckt und alle Rachegelüste unterdrückt. Jetzt, wo er seinen Gefühlen freien Lauf ließ, gelang es ihm nicht mehr, diesen Wutausbruch, der ihn rasend machte, wieder einzudämmen.

»Warst du auf dem laufenden?« fauchte er und ging auf Cécile los. »Wußtest du es? Hat sie dir etwas erzählt?«

Völlig erschrocken war Cécile vorsichtshalber aufgestanden. Sie ging um den Schreibtisch herum und ließ ihn nicht näherkommen.

»Robin! Wovon redest du eigentlich?«

»Sie hat mich gründlich reingelegt, das miese Stück! Und dich auch! Aber es ist deine Schuld, das hast du wirklich sauber hingekriegt!«

Er warf den Schreibtisch um, und Cécile machte einen Satz zurück.

»Deine Schuld!« schrie er. »Du hast es ja nicht einmal geschafft, Pascal zu halten, ihn ruhigzustellen! Du mußtest ihm ja unbedingt Jordane auf dem Silbertablett servieren!«

Cécile standen die Tränen in den Augen, und sie war bis an die Wand zurückgewichen. Er stürzte sich auf sie und packte sie an den Schultern, ganz dicht am Hals.

»Wenn du weniger blöd wärest, dann hätte er sich gar nicht erst für sie interessiert! Er macht doch alles kaputt, was er anfaßt! Das weißt du doch am besten! Oder?«

Ohne es zu merken drückte er seine Hände immer wieder fest zusammen. Cécile wurde klar, daß sie nur wenig Zeit zum Reagieren hatte, daß er nicht er selbst war und daß sie niemals kräftig genug wäre, um sich gegen ihn zu wehren.

»Robin«, sagte sie mit erstickter Stimme, »du tust mir weh …«

Sie bekam keine Luft mehr, hatte Angst, doch dann hob sie die Hände und nahm ihn in die Arme, statt zu versuchen, ihn wegzustoßen. Er brach über ihr zusammen und ließ sie dabei sofort los, dann stieg der erste Schluchzer in ihm auf, der noch wie Schluckauf klang. Sie ließ ihn lange weinen, stand noch immer an die Wand gedrückt und begnügte sich damit, ihm zärtlich über den Nacken zu streichen.

»Es tut mir so leid«, stammelte er schließlich.

Langsam löste er sich von ihr, machte ein paar zögernde Schritte und sank dann in einem Sessel zusammen, den Kopf in den Händen. Sie beobachtete ihn eine ganze Weile und wurde langsam wieder ruhiger. Robin tat ihr leid, sie kannte die Hölle, durch die er jetzt ging. Sie hatte Pascal nicht vergessen, aber sie verbot sich, an ihn zu denken, wollte einen Schlußstrich unter diese Geschichte ziehen.

Robin kam langsam wieder zu sich, und eine überwältigende Müdigkeit überfiel ihn.

»Mir sind wohl ein paar Sicherungen durchgebrannt«, murmelte er.

»Ja, aber das tut manchmal gut ... Möchtest du einen Kaffee?«

Sie richtete den Schreibtisch wieder auf und sammelte die überall verstreuten Papiere zusammen. Er hatte nicht einmal mehr die Kraft, ihr zu helfen.

»Cécile, ehrlich ... ich weiß nicht, wie ich mich dafür jemals entschuldigen kann ... Du kannst natürlich überhaupt nichts dafür! Ich rede Unsinn ... und ich habe nur Unsinn gemacht, seit ich aufgestanden bin ... Angefangen hat es damit, daß ich Croissants gekauft habe!«

Er wollte lächeln, doch seine Lippe sprang wieder auf, und er verzog das Gesicht zu einer Grimasse.

»Hat Pascal dich so zugerichtet?«

Sie deutete mit dem Finger auf sein Gesicht, und er schüttelte den Kopf.

»Noch nicht einmal! Das waren seine Angestellten, seine Wachhunde ...«

Als sie sich bückte, um den Aschenbecher aufzuheben, der auf den Teppich gefallen war, fielen ihm ihre gebräunten Schenkel auf. Sie war hübsch, gut gebaut, und trotzdem ließen die Männer sie nur leiden. Während sie den Kaffee machte, ließ er sie nicht aus den Augen. All die Gewalt dieses Morgens hatte etwas Langvergessenes in ihm geweckt, hatte seinen Adrenalinspiegel hochgepumpt, und Robin entdeckte, daß er so etwas wie wildes Verlangen empfand. Er wandte ein wenig beschämt den Blick ab und begann ihr zu erzählen, was passiert war.

Isabelle wartete schon ungeduldig am Eingang der Allee, als Jordane auf Le Biloba ankam. Sie bremste abrupt und steckte beunruhigt den Kopf durch das Wagenfenster. Sie hätte nicht gedacht, daß noch eine Katastrophe über sie hereinbrechen könnte, aber ihre Mutter verkündete ihr, daß Nora verschwunden war. Jordane glaubte, sich verhört zu haben, stieg aus dem Auto und ließ Isabelle den Satz wiederholen. Aber das verzweifelte Gesicht ihrer Mutter sprach eigentlich Bände. Erschüttert stellte sie ein paar Fragen, auf die sie keine Antwort erhielt, dann überkam sie ein überwältigendes Schuldgefühl. Sie hatte nicht mehr an ihre Schwester gedacht, war seit einiger Zeit nur noch mit sich selbst beschäftigt gewesen und mit Pascal Peyrolles, der doch nur eine riesige Enttäuschung gewesen war.

»Maman«, murmelte Jordane, »wir werden sie wiederfinden …«

Dann brach sie in so heftiges Schluchzen aus, daß sie sich am Rover festhalten mußte.

10

Pascal wollte nichts von Krankenhaus hören, und Vincent mußte sich schließlich fügen. Der Internist, der für etwas so offensichtlich Unvernünftiges nicht verantwortlich sein wollte, verlangte, daß man ihm eine Erklärung unterschrieb, daß Pascal das Krankenhaus auf eigene Verantwortung und trotz ärztlicher Warnungen verlasse.

Als ihm der Bruch schnell, aber schmerzhaft gerichtet wurde, hatte Pascal nicht einmal mit der Wimper gezuckt. Man hatte ihm einen großen elastischen Verband angelegt, der ihn weniger behindern würde als ein Gips. Bei der Untersuchung hatte der Arzt jede Menge Blutergüsse gefunden und wollte Pascal daraufhin gründlich durchchecken, aber der lehnte kategorisch ab. Sie waren gerade mitten im schönsten Streitgespräch, als Vincent in die Notaufnahme hereinplatzte.

Weil er hoffte, daß er dadurch einen wertvollen Verbündeten gewinnen würde, legte der Internist dem besorgten Vater des Verletzten noch einmal seine Bedenken dar. Doch das hatte nur zur Folge, daß, sobald Vincent etwas sagen wollte, Pascal in Rage geriet. Der Arzt zog es vor, diskret den Raum zu verlassen und die beiden Streithähne sich selbst zu überlassen.

»Reg dich nicht auf«, sagte Vincent schließlich. »Wenn du nicht hierbleiben willst, schicke ich dir heute abend Dr. Fournier auf die Manade. Du mußt unter ärztlicher

Beobachtung bleiben, du hast ja gehört, was der Arzt gesagt hat. Daß du vielleicht innere Verletzungen hast!«

»Mir geht es gut!«

In Wirklichkeit fühlte er sich ziemlich schlecht, aber das wollte er nicht zugeben.

»Woher weißt du überhaupt, daß ich hier bin?« fragte er müde.

»Dein Bruder hat Antoine angerufen.«

»Robin hat angerufen? Das wird ja immer besser!«

»Wieso? Was ist eigentlich genau passiert?«

»Es hat Probleme mit dem Vieh gegeben. Ein paar Stiere sind in Panik geraten und abgehauen … Ich stand ihnen dabei im Weg.«

»Du?«

Ungläubig zog Vincent die Augenbrauen hoch. Pascals Geschick im Umgang mit den Tieren war beinahe schon legendär. Er wußte, daß sein ältester Sohn ein ausgezeichneter Reiter und Gardian war.

»Und du hast dich einfach niedertrampeln lassen? Wie kann das sein?«

»Mein Pferd ist gestürzt. Es war eine Keilerei wie beim Rugby, das hättest du sehen sollen!«

Pascal stand auf, wartete, ob ihm noch schwindelig war, und seufzte dann erleichtert auf.

»Ein paar der Tiere sind bestimmt verletzt, ich muß nach Hause …«

»Setz dich«, funkelte Vincent ihn mit ungeahnter Autorität in der Stimme an.

Pascal warf seinem Vater einen amüsierten Blick zu. Vincent war nun wirklich der letzte, von dem er sich etwas sagen lassen würde. Er durchsuchte seine Taschen nach seiner Zigarilloschachtel.

»Du willst doch wohl hier nicht rauchen, oder?«

Pascal betrachtete die kläglichen Krümel, die von seinen Davidoffs übriggeblieben waren, und lächelte.

»Nein, es sieht nicht danach aus. Schade …«

Seit ihm nicht mehr so schlecht war, hatte sein Gesicht wieder etwas Farbe angenommen.

»Wenn du schon nicht im Krankenhaus bleiben willst, dann komm wenigstens ein paar Stunden mit zu mir nach Hause. Dann kannst du mir die ganze Geschichte in aller Ruhe erzählen.«

Pascal hatte nicht die geringste Lust, seinem Vater irgend etwas zu erzählen, aber er mußte wirklich mit ihm reden, und deshalb erklärte er sich bereit mitzukommen. Er verließ die Notaufnahme mit dem Arm in der Schlinge und einem größeren Vorrat an Schmerzmitteln. Als sie im Stadthaus angekommen waren, zwang Vincent ihn, sich auf eines der Sofas zu legen, und brachte ihm einen Cognac.

»Wir müssen etwas besprechen«, sagte Pascal und kam seinem Vater so zuvor. »Es geht um Robin …«

»Um Robin? Wieso?«

Überrascht beobachtete er seinen Ältesten. Während er ins Krankenhaus geeilt war, hatte er eine derartige Angst um ihn gehabt, daß nun er, Vincent, es war, den ein äußerst unangenehmes Gefühl der Schwäche überkam.

»Wir haben ihn doch immer für weich, fügsam und lieb gehalten, nicht wahr? Nun, er kann sich sehr gut auflehnen!« erklärte Pascal vergnügt.

»Gegen dich? Aber du hast ihm doch nichts getan! Ich übrigens genausowenig …«

»Oh, doch. Allen voran du.«

Vincent zog sich einen Stuhl an das Sofa heran und ließ sich schwer darauf fallen.

»Wovon redest du eigentlich? Warum geht es hier um Robin? War er heute morgen bei dir?«

»Bei mir, bei dir … siehst du, der Ärmste hat kein eigenes Zuhause. Kein Wunder, daß er sich irgendwann dagegen auflehnt! Er war es, der heute morgen das Chaos auf der Manade verursacht hat.«

»Was?«

»All die Stiere, die Pferde, die Hektare Land, die du mir geschenkt hast, sind ihm bitter aufgestoßen! Und der Auslöser war wohl Jordanes Auto … na klar …«

»Das Valence-Mädchen? Na und? Kannst du das genauer erklären?«

»Das geht dich nichts an. Du sollst nur einfach aufhören, so ungerecht und ekelhaft zu sein.«

»Aber Pascal! Hör mal …«

»Du wirst ihm das Auktionshaus übergeben und in Pension gehen. Uns in Ruhe lassen!«

»Pascal!«

»Und hör auf, meinen Namen zu blöken! Seit dreißig Jahren starrst du mich an, als ob ich gerade meine feierliche Erstkommunion hätte! Ich bin weder ein Musterknabe, noch bin ich dir besonders ähnlich: Lieber Gott, vielen Dank, daß du mich nicht nach seinem Bild gemacht hast!«

In sich zusammengesackt sah Vincent mitleiderregend zu Pascal auf. Wie immer steckte er die Beschimpfungen ohne Widerrede ein.

»Du hast ihm die Mutter vorenthalten, deine Zuneigung, die Ländereien, an denen er mindestens so sehr hängt wie ich – jetzt wirst du ihm wenigstens nicht auch noch die Zukunft vorenthalten. Heute hat er die Zähne gezeigt, und er hat meine volle Unterstützung. Übergib ihm dein Amt, oder ich setze nie wieder einen Fuß in dieses Haus, und dann bist du ganz allein …«

Das war eine klare Drohung. Pascal hatte noch nicht einmal lauter sprechen müssen. Zwar hielt er von Erpressung eigentlich nicht viel, aber anders würde sein Vater niemals nachgeben. Während der Stunde, in der er in der Notaufnahme auf die Untersuchung gewartet hatte, hatte er viel Zeit zum Nachdenken gehabt. Am Ende hatte sein Bruder ihm leid getan. Seine Männer hatten ihm alles erzählt, wie sie aus dem Schlaf gerissen worden waren, Robins Anfall von Wahnsinn, und wie sie ihn dann schließlich matt gesetzt hatten. Wohin hatte er sich jetzt wohl geflüchtet? Denn in dieser Stadt hatte er keine Freunde außer seinem Bruder. Ob er sich inzwischen wohl beruhigt hatte, oder ob er seine Strafexpedition noch fortsetzte? In jedem Fall mußte er furchtbar unglücklich sein. Nicht, weil er ein paar Pferde und Stiere gescheucht hatte, sondern weil er auf die Frau, die er liebte, verzichten mußte. Denn er war verrückt nach Jordane, das hatte Pascal von Anfang an gewußt. Aber nun, wo Robin nicht mehr sein Rivale war, konnte Pascal sich wieder nachsichtig zeigen, wollte ihn wieder so beschützen, wie er es schon immer getan hatte, und ihn vor allem gegenüber dem Vater verteidigen. Nicht Robin war sein Feind, sondern dieser Lionel, den er jetzt schon haßte, und dem könnte er Dinge antun, schlimmer als sein kleiner Bruder es sich überhaupt vorstellen konnte.

»Pascal? Geht es dir gut? Pascal!«

Die Stimme seines Vaters schien von sehr weit weg zu kommen, war wie erstickt. Er versuchte, sich aufzusetzen, doch das provozierte einen stechenden Schmerz in seinem Arm. Er sah Vincents Gesicht, das näher kam.

»Du wirst ihm dein Amt übergeben«, wiederholte er und klammerte sich an diese Idee.

»Ja, versprochen! Einverstanden, ich werde das tun, aber jetzt sprich nicht mehr, und beweg dich auch nicht!«

Vincent fiel mit Entsetzen auf, wie blaß Pascal wieder geworden war und wie verstört er dreinblickte. Zu Tode erschrocken tastete er zitternd nach dem Telefonhörer.

»Du wirst …«, setzte Pascal mühsam wieder an.

»Ich schwöre es dir! Glaub mir! Alles wird gut, bleib ganz still liegen, Pascal! … Pascal? Antoine! Antoine!«

Als sein Vater anfing, laut um Hilfe zu schreien, verlor Pascal das Bewußtsein.

Isabelle hielt Jordane fest an sich gedrückt und sprach beruhigend auf sie ein. Ihre Tochter hatte lange geweint, all der Kummer, der sich über Monate aufgestaut hatte, hatte sich entladen. Sie hatte sich in die Arme ihrer Mutter geflüchtet und hatte ihrer Mutlosigkeit freien Lauf gelassen, dem Wunsch, aufzugeben, der so stark war wie noch nie. In einem wilden Durcheinander hatte sie Isabelle all die Geheimnisse anvertraut, die sie zu ersticken drohten; gestand ihr, daß ihr vor der Zukunft graute – ihr, die doch vor nichts Angst zu haben schien –, daß sie die Entscheidung zu den Hotelplänen für Le Biloba bereute, daß sie einen Mann liebte, von dem sie nicht wußte, ob er ihre Gefühle erwiderte, daß sie ein Kind erwartete, das vielleicht ohne Vater aufwachsen mußte. Sie warf sich außerdem vor, daß sie Nora nicht besser zugehört hatte und dadurch vielleicht ihre Flucht hätte verhindern können. Und daß sie ihre Familie vernachlässigt hatte, den armen Robin verrückt gemacht hatte, Lionel unnötig hatte leiden lassen.

Da sie die verzweifelte Jordane nicht hatte beruhigen können, hatte Isabelle den Ausbruch einfach über sich ergehen lassen.

Sie kannte ihre Tochter und wußte, daß deren Niedergeschlagenheit nicht von Dauer sein würde, sie sich wieder fangen würde. Jordanes Stärke war mehr als nur eine Maske, eine Rolle, die sie spielte, sie war schon immer echt gewesen. Bereits als Kind war sie vor Energie und Lebensfreude beinahe geplatzt. Weder Hindernisse noch Unglück noch Trauerfälle konnten sie brechen. Aber manchmal brauchte sie einfach eine Atempause, wie jedermann, und sie hatte nur die Schulter ihrer Mutter, an der sie sich ausweinen konnte. Die Angst um Noras Verschwinden nach der Nacht, die sie erlebt hatte, und Pascals Unfall, das war für einen Moment einfach zu viel geworden, hatte sie überwältigt, und Isabelle wartete geduldig ab, daß sie sich wieder beruhigen würde. Nach etwa einer halben Stunde hörte Jordane auf zu schniefen und zündete sich eine Zigarette an.

»Wo kann sie bloß hingefahren sein? Nach Paris, um dort bei Sydney zu sein?«

»Ich habe für alle Fälle Lionel angerufen«, antwortete Isabelle. »Er weiß von nichts. Er wird sich erkundigen ...«

»Hat sie Geld mitgenommen? Was hat sie überhaupt mitgenommen?«

»Nicht viel. Ein paar Kleidungsstücke, ihr Waschzeug ...«

»Aber sie kennt doch niemanden. Sie hat keine Freunde, sie fährt nie von hier weg!«

»Ich habe ihren Klavierlehrer angerufen, aber der hat sie schon seit zwei Jahren nicht mehr gesehen! Dann die Eltern von Cécile, Gilbert natürlich, den Bewegungstherapeuten ...«

Jordane ließ den Blick über die Wände des großen Salons schweifen. Die Stellen, wo die verkauften Möbel gestanden hatten, waren an den verblichenen Tapeten deutlich zu erkennen.

»Ist sie eigentlich zu Fuß weggegangen?« fragte Jordane leise.

»Ich weiß es nicht. Alice und ich haben erst so um neun Uhr angefangen, uns Sorgen zu machen.«

Jetzt war es Mittag, und draußen hielten die Zikaden ihr ohrenbetäubendes Konzert ab.

»Ich muß die Pferde füttern«, seufzte Jordane.

»Ich helfe dir!«

Verblüfft sah Jordane ihre Mutter an.

»Ja und?« sagte Isabelle. »Wir helfen dir selten genug! Du opferst dich auf, und mir wird gerade klar, daß nie mal jemand auf die Idee kommt, dir etwas abzunehmen.«

»Aber Maman! Ich kümmere mich zwar um den Pferdestall, aber dafür tue ich im Haus nichts«, erinnerte Jordane sie.

»Ich werde dir helfen«, erklärte Isabelle mit fester Stimme. »Außerdem bringt mich das auf andere Gedanken.«

Sie ergriff einen Strohhut, der auf einem der Sessel herumlag, und setzte ihn sich auf den Kopf. Ihr Verhalten rührte Jordane. Ihre Mutter war wie immer sehr schön, mit ihrer beunruhigenden Zerbrechlichkeit, den Samtaugen, den graziösen Bewegungen, ihren Einfällen wie Schmetterlingen.

»Und außerdem, mein Liebling, muß man am Anfang und am Ende einer Schwangerschaft besonders vorsichtig sein. Glaub mir!«

»Maman«, sagte Jordane mit komischer Stimme. »Dann wirst du bald Großmutter sein ...«

Diese so offensichtliche Erkenntnis verblüffte sie.

»Ja, und das schrecklich gerne«, erklärte Isabelle fröhlich. »Aber vielleicht sollte ich Gilbert vorher heiraten? Dann muß er keine Oma zum Standesamt führen.«

Liebevoll ruhte ihr Blick auf ihrer Tochter. Da dies nun schon einmal der Morgen der Geständnisse war, konnte sie Jordanes Neuigkeiten ihre eigene gleich entgegensetzen. Um nicht von der Rührung übermannt zu werden, ging Isabelle schnell auf die Salontür zu.

»Komm, laß uns gehen, ehe die armen Pferde ganz verhungert sind! Und dann würde ich gerne ein bißchen mehr über diesen Pascal Peyrolles erfahren. Mein letzter Informationsstand war, daß er der gräßliche Liebhaber von Cécile ist ...«

Als Jordane daran dachte, wie Pascal auf ihre Ankündigung reagiert hatte, daß sie ein Kind erwarte, ging ihr ein Stich durchs Herz. Sein Schweigen, sein auf den Boden gehefteter Blick hatten in einer Sekunde alles ausgewischt, was er ihr zuvor vorgemacht hatte. Aber trotzdem, es war eine unvergeßliche Nacht gewesen ...

»Träumst du?«

»Ich mußte an Nora denken«, log sie.

»Da können wir sowieso nichts machen. Sie ist schließlich dreißig Jahre alt! Ich glaube nicht, daß die Polizei sich da einschalten läßt …«

Tapfer verbarg Isabelle ihre Ängste, damit ihre Tochter nicht noch mehr den Mut verlor. Sie gingen aus dem Salon, durch die Eingangshalle und die Küche, in der Alice sich zu schaffen machte.

»Soll ich trotzdem etwas zum Mittagessen machen?« fragte die alte Dame, ohne von ihren Töpfen aufzublicken.

Jordane wurde plötzlich von einer Woge der Zuneigung zu ihrer Schwiegermutter überwältigt.

»Natürlich, Alice! Danke … Wir werden nicht lange brauchen …«

Auch ihr würde sie eines Tages sagen müssen, daß sie ein Kind erwartete. Das Alice bestimmt nicht lieben würde, weil es nicht das Kind von Lionel war. Jordane unterdrückte einen Seufzer und ging hinter ihrer Mutter her aus der Küche hinaus. Schon von weitem konnten sie Butabans ungeduldiges Wiehern hören.

»Ich will ihn nicht sehen, auf gar keinen Fall!«

Robin nickte zustimmend. Auch er hatte überhaupt keine Lust, Vincent zu sehen.

»Er soll einfach nach Hause gehen und warten und hier keinen Wirbel machen, der das Krankenhauspersonal in den Wahnsinn treibt!«

»Du sollst ruhig bleiben, sonst nützt die Spritze, die sie dir gegeben haben, nichts!«

Genervt verdrehte Pascal die Augen. Geduld war noch nie seine Stärke gewesen.

»Es wird schon alles wieder gut werden«, fügte Robin hinzu.

»Warum sagst du das? Glaubst du, ich hätte Angst?«

»Nein! Aber ein wenig beunruhigend ist es doch immer …«

»Es ist sehr beunruhigend!«

Die Beruhigungsmittel, die man ihm vor der Narkose verabreicht hatte, begannen ihre Wirkung zu tun.

»Es passiert immer mal wieder was, das weiß man doch. Herzstillstand während der Operation und so weiter …«

»Red keinen Unsinn«, unterbrach Robin ihn entschlossen. »Du hast keine Ahnung von diesen Dingen und ich auch nicht.«

»Der Chirurg wird miserabel gelaunt sein, weil Papa ihm die ganze Zeit auf die Nerven geht, und wird mich schon deshalb versäbeln, du wirst schon sehen.«

»Hör bloß auf …«

Robin setzte sich vorsichtig auf die Bettkante.

»Das hier ist alles meine Schuld«, sagte er mit düsterer Stimme.

»Sehr richtig. Und wenn ich es nicht überstehe, dann hast du meinen Tod auf dem Gewissen!«

Robin sah Pascal ins Gesicht, um sich zu vergewissern, daß er wirklich scherzte. Dann murmelte er:

»Wenn du wüßtest, wie leid es mir tut …«

Mit seiner brauchbaren Hand ergriff Pascal Robins Handgelenk und drückte es.

»Aber nein, kleiner Bruder … Du bist groß geworden, und das ist gut so …«

Sie beide verband ein Gefühl, das ihnen nur selten bewußt wurde. Ihre einsame Kindheit hatte sie einander um so näher gebracht, als Vincent versucht hatte, einen Keil zwischen sie zu treiben.

»Ich werde nicht mehr lange bei dir bleiben dürfen«, flüsterte Robin. Er hatte einen dicken Kloß im Hals.

»Warte! Erst muß ich dir noch etwas sagen, denn schließlich weiß man ja wirklich nie so genau … In meiner Brieftasche liegt bei meinem Personalausweis eine Adresse …«

Pascal ging es wieder schlechter, und er gab sich große Mühe, zu Ende zu sprechen.

»Es ist die Adresse unserer Mutter, ich will, daß du ihr schreibst, für den Fall … Ach, nein, nimm auf jeden Fall Kontakt zu ihr auf … Hast du mich verstanden, Robin?«

»Pascal …«

»Tu es einfach! Ich habe den Mut nicht gehabt, den Weg bis zu Ende zu gehen, aber das war dumm; die Jahre vergehen wie im Flug. Wir haben uns schon ein paar Briefe geschrieben, sie und ich, aber nur kurze Mitteilungen, weißt du, ganz vorsichtig … Jetzt bist du dran …«

Pascal unterbrach sich und drückte Robins Handgelenk fester.

»Wir haben nicht mehr viel Zeit zu reden, damit ich dir Genaueres sagen könnte … Ich fühl mich ganz komisch, mir verschwimmt alles vor den Augen und … und außerdem hab ich Bammel …«

Außer sich vor Angst suchte Robin mit den Augen nach einer Klingel, aber im selben Moment ging die Tür auf.

»Was, sind Sie immer noch hier?« fragte vorwurfsvoll die Krankenschwester.

Zwei Männer in weißen Kitteln schoben eine Trage bis ans Bett. Pascal ließ die Hand seines Bruders los und schloß die Augen. Robin verließ verstört das Krankenzimmer, nachdem er noch Pascals Kleidung nach der Brieftasche durchsucht und sie herausgenommen hatte. Er ging die Treppe hinab ins Erdgeschoß, wo sein Vater vor den Fahrstühlen auf und ab ging.

»Er wird gerade in den OP gebracht«, verkündete Robin lakonisch. Vincent warf ihm einen wütenden Blick zu, verkniff sich aber jeden Kommentar. Weder der Chirurg noch sein Hausarzt hatten ihn beruhigen können. Sie hatten sich in ihrem unverständlichen furchterregenden Medizinerjargon unterhalten und dabei irgend etwas von Hämorrhagie erzählt. Die schriftliche Erklärung Pascals vom Vormittag, in der er darauf bestanden hatte, entlassen zu werden, wurde als Kuriosum herumgezeigt, dann sorgfältig abgeheftet. Wenn er sich früher zu den Untersuchungen bereit erklärt hätte, dann wäre er nun bereits im Aufwachraum. Vincent warf sich vor, daß er ihn da nicht hatte überzeugen können, daß er ihm seinen Willen nicht hatte aufzwingen können. Aber das hatte er in dreißig Jahren noch nie getan, und er hätte nicht einmal gewußt, wie er das anfangen sollte. Bei allen anderen Menschen war das leicht, den dummen Robin eingeschlossen. Aber gegenüber Pascal war Vincent schon immer machtlos gewesen.

»War er bei Bewußtsein?« fragte er plötzlich.

»Ja …«

»Hat er etwas gesagt?«

»Nein … Gehen wir …«

Sie gingen ein paar Schritte auf den Ausgang zu, dann blieb Vincent plötzlich stehen.

»Weißt du eigentlich, was du da angerichtet hast?«

»Ja.«

Robins verstörter Gesichtsausdruck beunruhigte ihn nicht, beeindruckte ihn auch nicht. Er achtete gar nicht darauf. Ihn brachte nur eines beinahe um den Verstand: daß jemand es gewagt hatte, seinen Ältesten anzugreifen, daß der in Gefahr schwebte.

»Du hast keine …«

Er unterbrach sich. Er hatte Pascal geschworen, daß er Robin keine Vorwürfe machen, ihm keine Moralpredigt halten würde. Ihm fiel ein, daß er auch versprochen hatte, Robin das Geschäft zu übergeben. Diesem Idioten! Dennoch, wenn das der Preis dafür war, daß Pascal die Operation überstand, war er geradezu lächerlich.

»Wohin gehst du?« fragte er Robin, als sie die Treppe hinabgestiegen waren.

»Wir gehen nach Hause, Papa. Sie werden uns anrufen.«

»Keinen Schritt rühre ich mich von hier weg!« schrie Vincent mit erstickter Stimme.

Robin sah ihn einen Moment lang verblüfft an. Auch

wenn es auf seine Kosten ging, die übermäßige Liebe seines Vaters zu Pascal hatte etwas Überwältigendes. Ohne zu insistieren ging er. Er wollte sich auf die Suche nach einer bestimmten geheimnisvollen Adresse machen. Eilig ging er zum Stadthaus, doch am liebsten hätte er die Brieftasche noch auf offener Straße durchsucht. Er ging auf sein Zimmer, schloß die Tür hinter sich ab und setzte sich an seinen Schreibtisch. Einen Augenblick lang starrte er untätig vor sich hin. Pascal schrieb sich mit ihrer Mutter Briefe. Robin hätte nie gedacht, daß sein Bruder so gefühlsduselig sein könnte. Und so verschwiegen!

Er beschloß, die Papiere Pascals zu durchsuchen, und entdeckte eine Visitenkarte. Darauf stand in gotischen Lettern ein Name: »Caroline Mendez«, gefolgt von einer Adresse in Buenos Aires. Robin las die drei Zeilen wohl an die fünfzig Mal. Caroline, ja, an diesen Vornamen konnte er sich erinnern, obwohl Vincent ihn vor ihnen niemals mehr ausgesprochen hatte. Das Thema war immer tabu gewesen, ihre Mutter lebte am anderen Ende der Welt und war für die Peyrolles nicht mehr existent.

Er hatte versprochen zu schreiben, also nahm Robin ein Blatt Papier. Dann versuchte er vergeblich, sich zu konzentrieren. Kein Satz schien ihm passend, um diesen Brief zu beginnen. Und wie es weitergehen sollte, wußte er auch nicht. Sollte er Pascals Unfall erwähnen? Nein, es war besser zu warten, bis klar war, wie es ihm ginge. Und würde diese Frau sich denn Sorgen machen? Überhaupt, wie sollte er sie anreden? Maman? Madame?

Robin nahm die Visitenkarte wieder in die Hand. Dort stand auch eine Telefonnummer. Augenblicklich überkam ihn eine gänzlich unerträgliche Ungeduld. Er mußte nur diese Nummer wählen, und er würde eine Stimme hören, fremd, aber die seiner Mutter! Er versuchte dagegen anzukämpfen, aber nach siebenundzwanzig Jahren der Sehnsucht war dieser Kampf von vorneherein aussichtslos.

Nach zehn endlosen Stunden voller Angst erhielt Isabelle einen Anruf aus Montpellier. Nora war direkt ins Krankenhaus gefahren, hatte einen Teil des Tages darauf gewartet, einen Termin bei ihrem Chirurgen zu bekommen, und hatte ihm dann erklärt, was sie wollte. Auch wenn er sie schon als kleines Mädchen gekannt hatte, auch wenn er als erster erraten hatte, daß sie verliebt war, ihre Entschlossenheit überraschte ihn dennoch. Ihre Reisetasche zu Füßen bestand Nora darauf, die letzten Eingriffe nicht länger hinauszuzögern, die Sache ein für alle Mal abzuschließen. Er argumentierte vergeblich dagegen an, erklärte ihr, daß sie den für sie ausgearbeiteten Plan einhalten müßten, brachte hundert Einwände an, aber umsonst. Dickköpfig hatte Nora beschlossen, daß sie so schnell wie möglich ein Leben führen wollte wie alle anderen auch. Schließlich gab er nach und ließ sie gegen sieben Uhr abends auf seine Station aufnehmen. Dann beschloß er, Isabelle anzurufen, denn er hatte verstanden, daß es einen Streit gegeben hatte und Noras Familie ahnungslos war.

Auf Le Biloba schnappte Jordane sich die letzte Champagnerflasche und öffnete sie ohne viel Federlesens. Sie holte Alice aus ihrem Zimmer, und sie leerten sie zu dritt auf der Terrasse, vergnügt wie junge Mädchen.

An diesem Abend legte sich Jordane sehr früh schlafen. Sie war erschöpft. Seit sie sich um ihre Schwester keine Sorgen mehr machen mußte, konnte sie endlich an sich denken. Und an Pascal, der kein Lebenszeichen von sich gegeben hatte. Der, auch wenn er einen gebrochenen Arm hatte, wenigstens hätte anrufen können.

Sie war zu müde, um einschlafen zu können, und wälzte sich unruhig in ihrem Bett hin und her. Pascals Schweigen empfand sie als eine brennende Demütigung. Vielleicht hätte sie ihm die Wahrheit sagen sollen, die ganze Wahrheit, ihm gestehen, daß er der Vater war. Aber ohne Zweifel hätte er dann genauso reagiert. Wenn er mit über dreißig noch nicht verheiratet war, dann weil er sich einfach nicht binden wollte. Das gefiel ihm wohl, Frauen erst zu verführen und sie dann, wenn er sie nicht mehr begehrte, hinauszuwerfen. Jordane bereute es bitter, so naiv gewesen zu sein – eigentlich kein bißchen besser als Cécile. Pascals Zärtlichkeit, seine Ehrlichkeit waren nur trügerischer Schein, ein Mittel zum Zweck, um sie zu verführen.

Wenn sie daran dachte, was für eine Angst sie heute morgen um ihn gehabt hatte, kam sie sich lächerlich vor. Als Pascals Pferd inmitten all der Stiere gestürzt war, war es ihr vorgekommen, als würde sie selbst niedergetrampelt. Und das alles für einen Egoisten, einen eingebildeten und mimosenhaften Feigling!

Schon das dritte Mal in dieser Nacht machte sie Licht und zündete sich eine Zigarette an. Morgen früh würde sie ihre Mutter nach Montpellier begleiten, das schwor sie sich. Sie mußte sich wieder in den Griff bekommen, aufhören, sich unnötig zu quälen, an ihr Kind denken. Sie legte eine Hand auf ihren flachen Bauch. In wenigen Monaten würde man spüren, wie das Kind sich bewegte. Was für eine tröstliche, wunderbare Idee! Diesem Valence-Erben würden sie alle ein schönes Vier-Sterne-Hotel vererben, das den fremdländischen und klingenden Namen Le Biloba trug. Wenn man es schaffte, der Zukunft ins Auge zu sehen, nahm sie sich gar nicht so schrecklich aus.

Schließlich knipste Jordane das Licht wieder aus und beschloß, nun endlich wirklich zu schlafen. Ihre Mutter hatte sie gewarnt, am Anfang einer Schwangerschaft sollte man vorsichtig sein. Sie streckte sich aus, rollte ihr Kopfkissen zusammen, und das Sweatshirt, das Pascal ihr heute morgen beim Sonnenaufgang unter den Kopf geschoben hatte, fiel ihr wieder ein.

»Mistkerl …«, murmelte sie, und dann schlief sie endlich ein.

Hartnäckig hatte Vincent den ganzen Tag im Wartezimmer der Klinik verbracht. Wenn seinem Sohn etwas zustoßen sollte, dann wäre auch sein Leben zu Ende, dann würde er keinen einzigen Schritt mehr tun. Mitfühlend kam kurz nach zwanzig Uhr ein Assistenzarzt und sagte ihm, daß Pascal die Operation gut überstanden hatte, aber daß man ihn vorsichtshalber die Nacht über noch auf der Intensivstation behalten würde und daß man ihn erst am nächsten Tag besuchen dürfte. Vincent wußte nicht, sollte er sich darüber freuen oder beunruhigen? Verstört und verwirrt verlief er sich auf dem Weg nach Hause in den Straßen von Arles. Im Stadtpalais angelangt stieß er auf Robin, der in eine angeregte Unterhaltung mit einer ihm unbekannten jungen Frau vertieft war. Er nickte ihnen nur zu und zog sich in sein Arbeitszimmer zurück.

Mit dem Einverständnis von Antoine hatte Robin, der ganz offenbar dabei war, sich endgültig zu emanzipieren, Cécile zum Abendessen eingeladen. Sie hatte ihm geduldig zugehört, denn sie erriet, daß sein Wunsch, sich jemandem anzuvertrauen, überwältigend war. Ihnen beiden war klar, daß es ein wenig ihr jeweiliges Unglück, ihre Enttäuschungen waren, die sie zusammenführten, aber zusammen konnten sie sowohl von Pascal als von Jordane reden. Robin hatte ihr wortwörtlich die Unterhaltung mit Caroline Mendoza wiederholt. Sie wußte nichts von der Existenz dieser Mutter; in den ganzen sechs Monaten ihrer Affäre hatte Pascal den Namen nie erwähnt.

Als sie Pascals Geliebte war, hatte Cécile natürlich keinen Fuß in das Haus der Peyrolles gesetzt. Sie sah sich um und stellte fest, daß dieser Ort, den Pascal als finster und hassenswert beschrieben hatte, einfach nur ein wenig düster war. Sie fragte, ob sie das Haus besichtigen dürfe, und Robin zeigte es ihr begeistert. Er führte sie in die Repräsentationsräume und brillierte mit Erklärungen zu den Besonderheiten eines jeden Bildes und Möbelstückes. Inzwischen liebte er diesen Beruf, den sein Vater ihm aufgezwungen hatte – und an dessen Ausübung er ihn nun hinderte. Cécile, der eigentlich nur moderne Sachen gefielen, nickte und ließ ihn reden. Sie weigerte sich allerdings, Pascals Zimmer, in dem er bis zu seiner Volljährigkeit gelebt hatte, zu betreten. Die Wunde war noch zu frisch. Als sie die große Steintreppe wieder herabstiegen, kam Vincent ihnen entgegen, der nach oben schlafen ging. Robin erklärte gerade einen Stich aus dem achtzehnten Jahrhundert, auf dem die Alyscamps zu sehen waren. Sein Vater blieb auf einer Stufe stehen, und Robin unterbrach sich mitten im Satz.

»Morgen um vierzehn Uhr ist eine Auktion. Die übernimmst du!«

Er bat um nichts, er befahl. Robin nickte, ging davon aus, daß sein Vater zu müde und zu besorgt war, um zu arbeiten. Ohne Cécile anzusehen, fügte Vincent hinzu:

»Und geh nicht zu spät schlafen, du wirst in den nächsten Tagen viel zu tun haben. Es wird Zeit, daß du dich endlich für das Auktionshaus interessierst, statt deine Tage zu vertrödeln. Was mich betrifft, mir reicht's, ich übergebe dir das Amt ...«

Er umklammerte das Geländer und stieg die Treppe weiter hinauf, ließ einen sprachlosen Robin stehen. Da er nicht gläubig war, betete er nicht, aber trotzdem war er im Geiste jeden möglichen Kompromiß mit dem Himmel durchgegangen. Robin sein Amt abzutreten, war ein Teil des Handels. Außerdem hatte er es Pascal versprochen, und auch wenn das geschehen war, als er furchtbare Angst um ihn gehabt hatte, so mußte er sein Versprechen doch halten. Sein Ältester würde es nicht zulassen, daß er sein Wort brach. Und Vincent hatte nur eins im Kopf: Pascal zufriedenzustellen.

Als er in seinem Schlafzimmer war, ging er direkt zu einem Foto, das er besonders liebte. Es stand auf seinem Nachttisch. Auf der Vergrößerung waren seine beiden Söhne zu sehen, Robin von hinten, Pascal von vorne, über eine Partie Schach gebeugt. Vincent nahm das Bild in die Hand, um es sich genauer anzusehen. Pascal sah direkt in die Kamera, sein Blick war so klar, daß er beinahe durchsichtig wirkte. Diesen Blick konnte man nicht täuschen.

»Du wirst es schon schaffen, mein Junge ...«, murmelte Vincent und preßte das Bild mit unkontrollierter Heftigkeit an die Brust.

Jordane fuhr über Saint-Gilles und Vauvert nach Montpellier. Sie gab vor, daß der alte Rover auf der Autobahn zu heiß werden würde, aber eigentlich war der Grund die schöne Camarguelandschaft am Canal Lamour, an dem entlang die Nationalstraße verlief.

Isabelle hatte eine Tasche voller Bücher und Leckereien für Nora gepackt. Ausnahmsweise einmal war der Himmel grau und kündigte ein Sommergewitter an. Jordane fuhr schweigend, es gelang ihr nicht, Pascal aus ihren Gedanken zu verbannen. Sein Schweigen kränkte sie immer mehr, und sie verfluchte sich dafür, daß sie sich in den einzigen Mann verliebt hatte, den sie nach allem, was sie von ihm wußte, unbedingt hätte meiden sollen.

Zu allem Unglück hatte sie heute morgen auch noch Post von einem Pariser Anwalt bekommen, der sie aufforderte, ihrerseits einen juristischen Vertreter zu benennen, damit sie den Scheidungsprozeß einleiten konnten. Lionel hatte dem Brief ein paar liebevolle Zeilen beigefügt.

»Ich habe einen Termin mit Garnier vereinbart«, verkündete Jordane.

»Mit dem Anwalt?« fragte Isabelle erstaunt. »Warum gehst du nicht zu Papas Notar? Er ist zwar alt, aber ein sehr netter und taktvoller Mann ...«

»Nicht wegen Le Biloba, Maman. Es geht um meine Scheidung.«

»Ach so, ja, natürlich ...«

Isabelle klappte die Sonnenblende herunter und besah sich im Spiegel. Sie zupfte ein paar Locken zurecht, dann wandte sie sich wieder ihrer Tochter zu.

»Weißt du, mein Herz, du wirst Alice ein wenig belügen müssen ...«

»Warum?«

»Garnier wird dir das besser erklären können als ich, aber es wird bestimmt ein kleines Datumsproblem mit dem Baby geben.«

»Was, zum Himmel, für ein Problem? Das ist mein Kind und damit basta!«

»Ja, natürlich ist es deins. Das ist nicht das Problem. Nur gibt es da im Gesetz so eine ekelhafte Klausel zur Leibesfrucht. Schon der Name allein ist fürchterlich.«

»Aber Maman, wir Frauen sind doch keine Zuchtstuten!« empörte sich Jordane.

Voller Wut schaltete sie krachend in den nächsten Gang. Isabelle hätte beinahe darauf verzichtet weiterzusprechen, aber dann fuhr sie doch fort:

»Falls Lionel Anspruch auf dieses Kind erhebt, weißt du, die Scheidung war doch zum Zeitpunkt der Empfängnis noch nicht einmal eingeleitet, oder?«

Es begann zu regnen, und Jordane stellte den Scheibenwischer an.

»Du verstehst schon. Alice würde auch gerne Großmutter werden, kann ich mir vorstellen ... Und du bist Lionel immer noch alles andere als gleichgültig. Wenn er einen Fuß in deinem Leben behalten will und eine Eintrittskarte nach Le Biloba ...«

»Also wirklich!« meinte Jordane sarkastisch. »Diese wunderbare Neuigkeit hat mir zu meinem Glück noch gefehlt. Im Moment bin ich wirklich vom Schicksal verwöhnt ...«

Isabelle unterdrückte ein Lächeln. Ihre Tochter war eindeutig wieder zu ihrer alten Form aufgelaufen.

»Glaubst du, daß Lionel zu so etwas fähig wäre?«

»Ich weiß es nicht, Liebling, aber erinnere dich nur, wie er uns damals seine Mutter aufgezwungen hat. Einem Mann, der liebt, ist alles zuzutrauen.«

»Und einem Mann, der nicht liebt, ist noch viel mehr zuzutrauen«, erwiderte Jordane und hatte dabei Pascal im Sinn.

Als sie am Krankenhaus ankamen, goß es in Strömen, so daß sie beide klatschnaß waren und mit tropfenden Haaren und Kleidern in Noras Zimmer erschienen – worauf es ein ziemlich fröhliches Wiedersehen gab.

Nora bereute ihre Entscheidung nicht und erwartete gelassen ihren Operationstermin. Isabelle machte ihr keinen einzigen Vorwurf, sondern verkündete nur, daß sie in Montpellier bleiben würde. Sie hatte sich für die Nacht ein Hotelzimmer reservieren lassen, und morgen abend würde Gilbert sie abholen kommen. Nora und Jordane warfen sich einen verschwörerischen Blick zu. Isabelle war keine typische Mutter, aber sie war eine gute Mutter.

Jordane hielt Noras Hand zwischen den ihren und blieb über eine Stunde an ihrem Bett sitzen. Gestern hatte sie Angst um ihre Schwester gehabt, und diese Angst war zu den anderen Ängsten hinzugekommen. Sie beschloß, daß nichts auf der Welt so wichtig war wie ihre Familie, wie dieser Frauenclan um sie herum, und daß sie den beschützen mußte, statt sich selbst leid zu tun. Nora, Isabelle und sogar Alice hatten ihren Mut bewiesen, und sie wollte ihnen in nichts nachstehen.

Als sie nach Le Biloba zurückkam, war Jordane wieder gelassener. Sie hatte sich fest vorgenommen, unter das Kapitel Pascal Peyrolles einen Schlußstrich zu ziehen, unter all die Träume und Ängste, die sie in der letzten Zeit aus dem Gleichgewicht geworfen hatten. Sie hoffte nur, daß sie Sydney, während das Haus zum Hotel umgebaut wurde, nicht zu oft begegnen mußte. Noras Bekenntnisse hatten sie wütend gemacht. So allmählich fragte sie sich, ob nicht alle Männer ausnahmslos Monster waren.

11

In den vier darauffolgenden Tagen widmete Jordane sich ganz ihren Pferden, dem Besitz und ihren Angelegenheiten. Sie verabredete ein Treffen mit Maître Garnier, beauftragte ihn mit ihrer Scheidung und bestürmte ihn mit Fragen, erwähnte ihre Schwangerschaft aber mit keinem Wort. Sie ging zu einem Frauenarzt und überwand sich schließlich, einen Termin mit dem alten Notar ihres Großvaters abzumachen. Anders als sie gedacht hätte, gab der alte Herr, der so lange der Berater und Vertraute von François Valence gewesen war, keinerlei unangenehmen Kommentar ab. Die Umwandlung von Le Biloba erschien ihm, vom professionellen Standpunkt her gesehen, eine ausgezeichnete Investition in die Zukunft.

Die Andalusier, die sie in der letzten Zeit ein wenig vernachlässigt hatte, bekamen wieder ihr tägliches Training, abends, wenn die Hitze etwas nachgelassen hatte. Butaban waren die langen Ausritte in der Morgendämmerung vorbehalten, bei denen sie ihre sechzig Hektar mit ganz neuen Augen inspizierte. Wenn sie keine Finanzprobleme mehr hätte, dann könnte sie ganz neue Bewirtschaftungsformen ins Auge fassen. Jordane überlegte und schmiedete große Pläne.

Als sie eines Morgens von ihrem Ausritt zurückkehrte, sah sie zu ihrer Überraschung unter einem der Ginkgobäume das Auto von Cécile stehen. Die Freundin ging vor dem Pferdestall auf und ab und wartete auf sie. Sie hatten sich schon über eine Woche nicht mehr gesehen und wechselten nun einen ersten, verlegenen Blick.

Jordane war überzeugt, ihre Freundin verraten zu haben, und was es noch schlimmer machte, für nichts und wieder nichts. Sie hatten nach Céciles Selbstmordversuch so lange über Pascal geredet, daß Jordane wirklich nicht die kleinste Entschuldigung einfiel, warum sie sich trotzdem in die Höhle des Löwen begeben hatte.

»Du hättest ruhig mal in der Agentur vorbeikommen können!« sagte Cécile vorwurfsvoll, als Jordane vom Pferd stieg. »Bist du wegen irgend etwas sauer auf mich?«

»Auf dich? Nein … Aber, aber ich frage mich, ob du …«

Beide gleichermaßen verlegen, umarmten sie sich hastig. Dann ging Jordane in den Pferdestall, und Cécile folgte ihr. Während sie Butaban in seiner Box Sattel und Zaumzeug abnahm, fragte Jordane:

»Wie geht es dir? Laufen die Geschäfte gut?«

»Alles bestens. Ich wollte mit dir über ein oder zwei Projekte im nächsten Monat sprechen. Und dich zur Vorstellung von ›Mireille‹ übermorgen abend einladen …«

Jordane schloß die Box, legte den Riegel vor, räumte Sattel und Zaumzeug in die Sattelkammer. Dann kam sie wieder hervor, baute sich vor Cécile auf und fragte sie mit einem offenen Lächeln:

»Also gut, bist du auf dem laufenden, was neulich auf der Manade passiert ist?«

»Es ist wohl kaum möglich, das nicht zu wissen! Robin ist wie ein Irrer bei mir hereingestürmt und hätte mich beinahe erwürgt!«

Erschrocken trat Jordane einen Schritt zurück.

»Warum dich? Du konntest doch nun wirklich nichts dafür.«

»Wenn es nach ihm gegangen wäre, dann war es meine Schuld. Jedenfalls war er in diesem Moment davon überzeugt, aber inzwischen hat er sich wieder beruhigt. Du hast den Ärmsten in den Wahnsinn getrieben!«

Jordane hatte sich in den letzten Tagen nicht gerade viele Gedanken um Robin gemacht. Unbarmherzig setzte Cécile hinzu:

»Nach dem, was er mir erzählt hat, hat er einen richtigen Tobsuchtsanfall bekommen, für kurze Zeit regelrecht den Verstand verloren. Als er dein Auto bei seinem Bruder stehen sah, ist er völlig durchgedreht! Er dachte wohl, er hätte irgendwelche Rechte auf dich ... Das hat er sich allerdings inzwischen abgeschminkt ... Aber weißt du, er ist ein guter Typ, trotz allem was passiert ist, und du hast ihn einfach verrückt gemacht ...«

Jordane hielt den Kopf gesenkt und schien ganz in den Anblick ihrer Reitstiefel vertieft.

»Aber das ist dein Problem, das geht mich nichts an. Ich bin bestimmt nicht hier, um dir irgendwelche Moralpredigten zu halten.«

Die Ernsthaftigkeit von Cécile rührte Jordane. Ihre Freundschaft war einfach zu alt und zu gut, als daß sie über einer Männergeschichte kaputtgehen durfte.

»Komm, wir trinken was zusammen«, schlug sie vor. »Setzen wir uns auf die Terrasse ...«

Sie holten sich einen Kaffee aus der Küche und setzten sich in den Schatten. Jordane erzählte von Noras Flucht, von ihrer Absicht, sich endgültig scheiden zu lassen, daß der Tag der endgültigen Unterschrift über das Schicksal von Le Biloba immer näher rückte. Cécile berichtete detailliert von den Fortschritten, die ihr Lyrikfestival machte. Schon war die alte Vertrautheit und die gegenseitige Zuneigung wiederhergestellt. Jordane stellte mit Befriedigung fest, daß es Pascal trotz allem nicht gelungen war, sie auseinanderzubringen. Aber sie hüteten sich, von ihm zu sprechen, hoben dieses Thema für später auf, für viel später, wenn bei ihnen beiden die Wunden besser verheilt wären. Es war Cécile, die als erste wieder von Robin anfing.

»Die Gardians haben ihn vielleicht zugerichtet, das hättest du sehen müssen! Wehe, man rührt ihr Allerheiligstes, ihre Stiere an!«

»Das muß man verstehen«, sagte Jordane vorsichtig. »Sie leben schließlich von ihnen.«

»Gut, gut. Aber außerdem verehren sie halt ihren Chef über alle Maßen. Ich schwöre dir, das ist mir immer wieder aufgefallen, sie sind ganz vernarrt in ihn! Nur ein Beispiel, jedesmal, wenn Pascal eines seiner Feste auf der Manade gibt, verwandeln sie sich in Kellner und finden das auch noch herrlich!«

Jordane, die nicht die geringste Lust verspürte, sich die Feste auf der Manade in Erinnerung zu rufen, zuckte nur mit den Schultern. Aber Cécile war in Eifer geraten und verfolgte das unglückliche Thema weiter.

»Natürlich fühlt sich Robin verantwortlich für das, was seinem Bruder zugestoßen ist. Jetzt, wo er wieder bei Sinnen ist, tut es ihm schrecklich leid. Aber weißt du, was das Komischste ist? Sein Vater war so geschockt, daß er beschlossen hat, endgültig in den Ruhestand zu gehen! Also wird Robin hierbleiben. Und ich dachte, er wäre wild entschlossen …«

»Und all das wegen eines gebrochenen Armes«, erklärte Jordane verächtlich. »Die stellen sich ja ganz schön an, die Peyrolles.«

»Weißt du denn nicht, was noch passiert ist?« wunderte sich Cécile.

»Nein, und es ist mir auch völlig egal! So ganz unter uns, mir wäre es lieber, wenn wir über etwas anderes reden könnten.«

»Wie du willst … Eigentlich hast du ja auch recht …«

Stutzig geworden, musterte sie Jordane.

»Was ich dich fragen wollte, ist … schick mich zum Teufel, wenn ich zu indiskret bin, aber was hast du in jener Nacht eigentlich bei Pascal gemacht?«

»Dasselbe wie du, meine Liebe, und wie all die anderen davor und danach! Ich habe mich nur zu gerne verführen lassen! Ja! Das muß man ihm wirklich lassen: Da kennt er sich aus! Trotzdem ist es bei mir unverzeihlich, weil ich von dir schon gewarnt war. Aber wie hätte ich dem widerstehen sollen? Es fehlt ja nur noch, daß er dir den Ring an den Finger steckt, um dich ausziehen zu können. Und das alles eingebettet in diese raffinierte Mischung aus Schüchternheit und großen Gefühlen. Das ist perfekt ausgeklügelt, das haut genau hin, da muß man einfach schwach werden!«

Cécile starrte Jordane mit offenem Mund und aufgerissenen Augen an.

»Schüchternheit und große Gefühle?« wiederholte sie. »Bist du sicher, daß wir vom selben Mann sprechen?«

Ein kurzes verlegenes Schweigen machte sich zwischen ihnen breit. Jordane schenkte Kaffee nach. Dann verlor sich ihr bitterer Gesichtsausdruck allmählich.

»Hör mal«, sagte sie schließlich, »warum vergessen wir beide, du und ich, diesen Typen nicht einfach. Einverstanden?«

»Ach, weißt du, was mich betrifft, ich bin auf bestem Wege dazu«, murmelte Cécile. »Auf jeden Fall ist er über den Berg.«

»Über welchen Berg?«

»Die Operation in allerletzter Sekunde und so weiter ... Aber inzwischen ist er außer Lebensgefahr! Morgen kommt er aus dem Krankenhaus.«

»Er ist immer noch im Krankenhaus?«

Total verblüfft sah Jordane Cécile an.

»Das wußtest du nicht?«

»Nein, seit einer Woche habe ich keine Menschenseele mehr gesehen. Was ist passiert?«

»Innere Blutungen, glaube ich. Die Herde hat sich erfolgreich als Dampfwalze betätigt, wenn ich es richtig verstanden habe. Aber es geht ihm gut, zieh nicht so ein Gesicht!«

Dieser letzte Satz troff nur so vor Ironie, und Jordane schluckte heftig.

»Ist mir sowieso egal«, sagte sie, doch das klang aufgesetzt.

»Wirklich? Dann ist ja alles bestens?«

Cécile wartete auf eine Antwort. Jordanes Verhalten verletzte sie zutiefst.

»Ich weiß nicht, warum du mich anlügst«, erklärte sie verächtlich. »Wir sollten mit diesem Versteckspiel aufhören, sonst werden wir uns diesmal ernstlich verkrachen! Geh ihn besuchen, wenn du noch zweifelst. Ich würde es dir weniger übelnehmen, als wenn du mich weiterhin wie eine Vollidiotin behandelst!«

Unfähig zu antworten, nickte Jordane, die von dem Impuls, sofort nach Arles zu rasen, fast überwältigt wurde. Cécile stand auf und seufzte tief. Als sie an Jordane vorüberging, strich sie ihr liebevoll über die Schulter.

»Ich will ganz ehrlich zu dir sein. Pascal hat mir nie eine Liebeserklärung gemacht. Aber vielleicht verfolgt er ja bei jeder Frau eine andere Taktik ...«

Dann ging sie, sprang die Treppen der Terrasse hinunter und winkte.

»Aber vergiß diesmal nicht, mir alles zu erzählen!« rief sie über die Schulter.

Jordane wollte nur ungern Robin oder auch sonst irgend jemandem begegnen und wartete deshalb auf dem Parkplatz des Krankenhauses, bis die Besuchszeit vorbei war. Dann ging sie zur Anmeldung und verhandelte solange mit einer der Damen dort, bis sie die Erlaubnis erhielt, Pascal auf seinem Zimmer zu besuchen.

Vor der Tür atmete sie einmal tief durch, dann klopfte sie an und trat ein. Sie blieb stehen und warf Pascal einen forschenden Blick zu. In der Hand hielt sie einen Strauß Margeriten, den sie als Alibi dabei hatte, falls sie auf dem Gang auf irgendwelche Krankenschwestern treffen würde. Sie warf ihn auf das Fußende des Bettes, um ihn loszuwerden.

Pascal sah erst kurz die Blumen an, dann hob er seinen Blick zu Jordane.

»Vielen Dank, daß Sie sich so schnell Sorgen um mich gemacht haben«, sagte er leise.

Er sah hohlwangig aus und war schlecht rasiert. Um seine Unsicherheit zu verbergen, hatte er wieder auf das förmliche Sie zurückgegriffen.

»Ich hatte keine Ahnung«, erwiderte sie langsam. »Geht es Ihnen gut?«

»Ja, sehr.«

Sie waren beide gleichermaßen verlegen, und es entstand ein längeres peinliches Schweigen zwischen ihnen. Schließlich zeigte Jordane auf den Nachttisch.

»Wie ich sehe, haben Sie Telefon?«

Der Unterton dieser Frage war aggressiv genug, daß er verstand, was sie beinhaltete.

»Wie Sie sehen, hat man mich in einen scheußlichen Pyjama gesteckt, dessen Sauberkeit zu wünschen übrigläßt, und ich muß liegen bleiben, während Sie stehen ... Aber das ist noch nichts im Vergleich zu vorgestern, wo hier noch überall so widerliche kleine Flaschen waren – ich erspare Ihnen die Einzelheiten. Ich hasse Krankenhäuser, sie sind ekelhaft und entwürdigend. Ich finde es schrecklich, Sie hier zu sehen. Wenn ich Ihnen nicht gerade Anlaß gebe, mich für einen Mistkerl zu halten, dann präsentiere ich mich Ihnen als Bettlägriger. Das ist ziemlich demütigend.«

Jordane erstarrte und legte eine Hand auf die Türklinke.

»Sie sind einfach zu anmaßend und aufgeblasen«, verkündete sie. »Ich werde gehen.«

»Warten Sie!«

Der Protest war zu autoritär ausgefallen. Jordane drehte sich wieder um und wollte gerade explodieren.

»Warten Sie«, sagte er noch einmal, sanfter.

Sie blieb einen Augenblick lang stehen und trat dabei von einem Fuß auf den anderen.

»Morgen komme ich wieder raus …«

»Ist das nicht ein bißchen früh?«

»Ja, aber es war, um Sie früher wiederzusehen.«

»Na, warten wir's ab.«

»Jordane …«

Er hatte ihren Namen auf eine Weise gemurmelt, daß sie schon fast wieder dahinschmolz.

»Komm morgen zum Abendessen auf die Manade«, sagte er leise.

»Nein, bestimmt nicht.«

»Warum denn nicht?«

»Weil ich glaube, daß wir uns schon alles gesagt haben. Nicht so sehr jetzt als bei unserem letzten Treffen.«

»Und was tust du dann hier?«

Sie biß sich auf die Lippen, ihr fiel keine Antwort ein.

»Bitte, Jordane. Es ist wichtig.«

»Für wen?«

»Für mich«, gestand er ein.

Mit einer abrupten Bewegung wandte sie ihm den Rücken zu und, ohne ihm zu antworten, öffnete sie die Tür. Sie hatte so große Lust, ja zu sagen, sie mußte einfach fliehen. Die Stimme Pascals verfolgte sie bis in den Gang hinaus.

»Wenn du jemandem begegnen solltest: Ich hätte gerne eine Vase für die Blumen!«

Sie wußte nicht, ob sie eher lachen sollte oder umdrehen und Pascal ohrfeigen.

Caroline Mendoza hatte nur noch eine Stunde vor sich auf dem Flug von Paris nach Nîmes, um sich zu überlegen, wie sie sich geben sollte, wenn sie die beiden Männer traf, die jetzt schon auf sie warten würden.

Noch einmal überprüfte sie ihr Make-up im Spiegel ihres Puderdöschens. In ihrem Hotelzimmer hatte sie Ewigkeiten damit zugebracht, sich zurechtzumachen, bevor sie das Ergebnis für zufriedenstellend befunden hatte. Mit ihren dreiundfünfzig Jahren sah sie umwerfend aus.

Am Vorabend war sie mit einem Direktflug aus Buenos Aires eingetroffen. Sie hatte den Abend nicht in Paris verbringen wollen, sondern es vorgezogen, in dem anonymen Hilton Hotel des Flughafens Roissy zu bleiben. Sie hatte versucht, sich so gut wie möglich auf diese Begegnung vorzubereiten, vor der sie nach siebenundzwanzig Jahren Abwesenheit so viel Angst hatte.

Wie viele Nächte hatte sie über ihre verlorenen Kinder geweint? Wie oft hatte sie versucht, Vincent zu erweichen? Wann hatte sie aufgegeben, jede Hoffnung verloren?

Eine Stewardeß bot ihr etwas zu essen an, doch sie winkte ab. Manchmal hatte sie geglaubt, daß die Wunde verheilt sei, aber jedesmal hatte ihr ein Alptraum die Gesichter ihrer Kleinen wieder in Erinnerung gerufen.

Argentinien war gerade weit genug entfernt gewesen, um vor Vincent Peyrolles zu fliehen. Als sie ihn heiratete, war sie zu jung gewesen, naiv genug, um sich von dem Interesse, das er ihr entgegenbrachte, geschmeichelt zu fühlen. Die Enttäuschung hatte nicht lange auf sich warten lassen, schon bald hatte sie begriffen, was sie für einen autoritären, egoistischen und ungerechten Schürzenjäger zum Ehemann hatte. In ihren Erstgeborenen hatte er sich auf schon beunruhigende Weise vernarrt, hatte ihn ihr aus den Armen gerissen, sobald er abends nach Hause kam, hatte dem Baby stundenlang in die außergewöhnlichen, hellgrauen Augen gestarrt. Wie zum Ausgleich hatte er der

Geburt des zweiten Kindes kaum noch Beachtung geschenkt. Aber damals beachtete er auch seine Frau kaum noch. Er hatte Geliebte, und er trug seine Affären mit mutwilliger Grausamkeit zur Schau. Hatte er geglaubt, daß auch sie sich anderweitig tröstete? Lag es daran, daß er den Jüngsten so wenig mochte? Ihr Verhältnis wurde immer vergifteter. Er wollte, daß sie ging, das spürte sie, als ob er seinen ältesten Sohn für sich allein haben wollte, ohne die lästige Gegenwart einer Mutter. Sie versuchte vergeblich, dagegen anzukämpfen, doch er schloß sie mehr und mehr aus. An dem Tag, als sie sich schließlich einen Liebhaber nahm, ließ er amtlich den Ehebruch feststellen und erhielt ohne Probleme das Sorgerecht für die Kinder, denn sie hatte weder Arbeit, noch Vermögen, noch ein Dach über dem Kopf.

All die Jahre lang hatte sie es sich vorgeworfen, nachgegeben zu haben, geflohen zu sein, ihre Kinder zurückgelassen zu haben. Dennoch, das Leben lächelte ihr zu, sie war schön und endlich wieder frei, nach all der Zeit, die sie gedemütigt und verhöhnt worden war. Sie wollte reisen, um zu vergessen, und Vincent ließ ihr viel Geld zukommen, machte ihr vage Versprechungen, was die Kinder betraf. Problemlos fand sie eine Stelle als Dolmetscherin in einem Konsulat in Südamerika, und schließlich ließ sie sich dort nieder. Nachdem sie sich wiederverheiratet hatte, mit einem reizenden Mann, machte sie noch mehrere erfolglose Vorstöße bei ihrem Ex-Mann. Auf die flehenden Briefe, die sie ihm schrieb, antwortete er, daß die Kinder sie vergessen hätten und daß man sie nicht verstören dürfe.

Sie konnte sich nicht mehr erinnern, wann genau sie aufgegeben hatte. Die Jahre hatten sie einen Teil ihres Kummers vergessen lassen, aber nie wieder hatte sie die Freuden einer erneuten Mutterschaft erleben dürfen. Sie hatte sich in dieses Schicksal gefügt, war überzeugt, daß dies eine gerechte

Strafe sei. Sie beschäftigte sich viel mit sich selbst, pflegte ihr Äußeres, denn sie sagte sich, daß sich eines Tages, irgendwo, ihre Wege mit denjenigen kreuzen würden, die ihre Söhne sein mußten und sich schon gar nicht mehr an sie erinnerten. Mit den Jahren war auch diese Hoffnung erloschen.

Und dann, vor zwei Jahren, hatte sie einen Brief aus Frankreich bekommen. Wenige, vorsichtige Zeilen, in einer wohlgeformten Handschrift und mit einem Vornamen unterschrieben, der ihr einen Dolchstoß versetzte: Pascal. Sie hatte von ihm nur zwei Bilder, über die Jahre gehütet wie einen Schatz, die eines Tages, während er im Park spielte, aufgenommen worden waren. Von seinem Bruder hatte sie die Fotos aus der Klinik, sie zeigten ein rundliches, pausbäckiges, hinreißendes Baby.

Lange hatte sie über diesem Blatt Papier geweint und es erst nach drei Tagen geschafft, einen Antwortbrief zu formulieren. Die Worte hatten ihren Schmerz nicht überwinden können und auch ihre Vorbehalte nicht. Die Antwort hatte mehrere quälende Monate auf sich warten lassen. Pascal hatte sich nur mit äußerster Vorsicht vorgewagt, und sie hatte ihre Ungeduld bezähmen müssen. Sie hatten einen Briefwechsel in diesem langsamen Rhythmus begonnen, den er so gewünscht hatte, sich Schritt für Schritt kennengelernt. Immer wieder hatte sie ihm ihre Telefonnummer geschickt, aber er hatte sie nie benutzt.

Als Robin sie vor einigen Tagen dann angerufen hatte, hatte sie geglaubt zu sterben. Robin! Der krähende kleine Wonneproppen, an den sich zu erinnern sie so schmerzte! Er hatte erzählt, daß Pascal im Krankenhaus läge, und da war ihr klargeworden, daß sie vielleicht weder den einen noch den anderen je wiedersehen würde. Mit dem Segen ihres Ehemannes hatte sie die Reise in Angriff genommen.

Ein Blick auf die Uhr zeigte ihr, daß ihr nur noch

wenige Minuten blieben. Aufgeregt überprüfte sie ein letztes Mal ihr Spiegelbild und frischte ihren Lippenstift auf. Der Steward kündigte die Landung an, und sie fragte sich, ob sie vor Herzklopfen nicht gleich in Ohnmacht fallen müßte. Robin hatte ihr bei seinem zweiten Anruf geschworen, daß Vincent nicht da sein würde, daß sie ihm selbstverständlich nicht begegnen müßte. Vor Unruhe ganz krank fuhr sie zusammen, als das Flugzeug auf dem Boden aufsetzte. Ihre Finger zitterten beim Lösen des Sicherheitsgurtes. Die anderen Passagiere der ersten Klasse schoben sie den Gang entlang. Völlig geistesabwesend gelangte sie schließlich bis in die Ankunftshalle des Flughafens. Sie umklammerte mit aller Kraft ihre Handtasche und blickte sich suchend um, obwohl sie sicher war, niemanden wiederzuerkennen. Sie hatten nichts ausgemacht für dieses Wiedersehen. Ganz zufällig kreuzte ihr Blick den von Pascal, der sich seinerseits forschend umschaute. Beinahe unerträglich war der Schock, diesen grauen Augen, die sie unter allen anderen erkannt hätte, zu begegnen. Sie mußte sich auf den Tresen eines Schalters stützen, um die beiden Männer, die in drei Metern Entfernung von ihr standen, betrachten zu können. Sie fand sie unglaublich schön, attraktiv, gelungen!

Pascal sah wieder zu ihr herüber, und diesmal blieb sein Blick an ihr hängen. Sie lächelte ermutigend und wartete. Sie tauschten noch einen Blick, dann wagte sie sich zögernd weiter vor.

»Sind Sie Robin und Pascal?« fragte sie fast unhörbar.

Sie waren ganz blaß, zu Statuen erstarrt, unfähig sich zu rühren.

»Und Sie sind Caroline«, wisperte Robin.

Er hatte reagiert, weil sie seinen Namen vor dem von Pascal genannt hatte, etwas, was sonst nie geschah, aber er schaffte es nicht, sie zu umarmen oder ihr auch nur die Hand hinzustrecken. Der Gedanke an diese körperliche

Berührung, von der er so lange geträumt hatte, erschreckte ihn zu sehr. Pascal fing sich als erster, beugte sich zu ihr herunter und streifte leicht ihre Wange. Sie packte ihn bei der Schulter, und ihre Kraft verblüffte ihn.

»Warst du es, der den Unfall hatte?«

Doch sie warf nur einen kurzen Blick auf den verbundenen Arm, bevor sie das Gesicht ihres Ältesten erforschte. Dann wandte sie sich Robin zu und betrachtete ihn mit der gleichen Intensität.

»Und du bist es, der mich angerufen hat … Hast du Angst, näher zu kommen?«

Er machte einen Schritt nach vorne und gab ihr einen ungeschickten Kuß aufs Ohr. Sie widerstand der Versuchung, ihn anzufassen.

»Ich würde gern etwas trinken, denn mir zittern die Knie! Wenn ihr beiden mich so anschaut, dann bekomme ich furchtbare Angst. Ich weiß ja nicht, ob ihr euch überhaupt noch an mich erinnert, und dann bin ich natürlich schrecklich alt geworden …«

»Sie sehen wunderbar aus«, erklärte Pascal mit ernstem Gesicht.

Sie merkte, daß sie ihn immer noch an der Schulter festhielt, und ließ los.

»Gehen wir doch in die Bar«, schlug Robin vor. »Das Gepäck holen wir dann später ab.«

Pascal ging an den Tresen, um Champagner zu bestellen, während Robin Caroline an einen kleinen runden Bistrotisch führte. Sie wartete ab, daß der Kellner wieder verschwände, schwieg und starrte auf die Champagnerperlen in ihrem Glas. Sie wußte, daß sie zuerst würde sprechen müssen.

»Gestern, im Flugzeug, habe ich es wohl hundertmal vor mich hergesagt, aber jetzt habe ich meinen Text vergessen«, sagte sie schließlich. »Für Erklärungen, Entschuldigungen oder Bedauern ist es ja wohl sowieso zu spät. Ich glaube, wir sollten uns einfach wie Menschen benehmen, die sich zum ersten Mal begegnen.«

Eine kleine Träne lief ihr über die Wange, und sie leckte sie rasch fort.

»Dann werden wir Ihnen den Hof machen«, antwortete Pascal ihr sanft.

Sie waren überrascht, wie schön und jung sie war. Unvorstellbar, daß dies vor dreißig Jahren die Frau ihres Vaters gewesen war. Vincent war heute ein müder alter Mann, sie hingegen strahlte.

»Das werde ich mir nur zu gern gefallen lassen«, sagte sie und mußte dabei lachen, »ihr seid so ... ihr seid alle beide so ... oh, meine Jungen ...«

Beinahe hätten die Gefühle sie gänzlich überwältigt, doch sie fing sich, trank zwei Schlucke Champagner und hob den Kopf wieder.

»Das ist hier wirklich nicht der richtige Ort, um sentimental zu werden, nicht wahr? Aber ich weiß nicht, wo und wie ich anfangen soll.«

Hilflos streckte sie die Hände von sich und sah sie abwechselnd an.

»Ich weiß nicht, was Vincent euch in all der Zeit erzählt haben mag. Aber vielleicht habe ich unrecht damit, ihn so zu hassen, denn ganz offensichtlich hat er euch prächtig hinbekommen ... Ich hatte ganz umsonst solche Angst! Ich war so sicher, daß er euch zerstören würde, doch ich habe mich getäuscht ...«

Pascal hörte sich jedes ihrer Worte mißtrauisch an. Anders als Robin war er nicht bereit, diese Frau vorbehaltlos zu akzeptieren. Er wollte sich erst ein Urteil bilden. Als ob sie seine Gedanken lesen könnte, fragte sie:

»Und du hast dich um deinen kleinen Bruder gekümmert? War es schwer für dich?«

Von ihrer Frage überrumpelt, gab er keine Antwort. Und mit betont fester Stimme fragte sie:

»Bist du mir immer noch böse deswegen?«

Aufgewühlter, als er es erwartet hätte, antwortete Pascal leise:

»Mein Vater ist ein Mistkerl. Sie können mit Sicherheit nichts dafür.«

»Dann duze mich.«

Nur ganz kurz zögerte er, bevor er antwortete:

»Wir fahren auf die Manade. Kannst ... du dich daran erinnern?«

»Ja! Sehr gut sogar!«

Pascal stand auf, um die Koffer abzuholen. Er ließ Robin keine Chance, ihn zu begleiten, verschwand absichtlich schnell, um einen Gepäckkarren zu suchen. Er wollte, daß sein Bruder einen Augenblick allein mit Caroline war. Pascal wußte sehr gut, daß Robin als der Jüngere am meisten gelitten hatte. Er war von seiner Mutter verlassen und von seinem Vater nicht geliebt worden. Wenn er, Pascal, nicht gewesen wäre, dann wäre Robin in einer emotionalen Wüste aufgewachsen. Also hatte er all sein Bedürfnis nach Liebe auf seinen großen Bruder gerichtet und es ihm doch niemals zeigen wollen. Und Pascal hatte ihn verraten, indem er ihm Jordane genommen hatte. Wenn das keine Gründe waren, durchzudrehen. Oder bösartig zu werden ...

Er warf einen Blick über die Schulter und beobachtete sie von weitem. Sie steckten die Köpfe zusammen und redeten, als wäre der Flughafen um sie herum gar nicht existent. Es war schon acht Uhr abends, und Jordane wartete vermutlich bereits auf der Manade. Wenn sie überhaupt gekommen war. Pascal verkrampfte sich bei dieser Vorstellung. Vergessen hatte sie es bestimmt nicht, und wenn doch, dann würde er sie höchstpersönlich auf Le Biloba abholen. Caroline Mendoza verkörperte nur seine Vergangenheit, Jordane jedoch war seine ganze Zukunft.

Jordane lehnte sich mit verschränkten Armen gegen die Mauer des Pferdestalls und sah wütend zu, wie der Toyota näher kam. Ihre Geduld war schon auf eine harte Probe gestellt worden, als einer der Gardians ihr mitgeteilt hatte, daß »der Boß« sich vielleicht verspäten werde. Um sich zu zerstreuen, hatte sie sich eine halbe Stunde lang die Pferde angesehen, dann war sie ins Haus gegangen und hatte mehrere Zigaretten geraucht. Schließlich war sie aufgebracht in die Küche gegangen.

Der Kühlschrank war so voll, als ob Pascal ein Diner für zehn Personen geplant hätte. Ohne schlechtes Gewissen schnappte sie sich eine Flasche Rosé, entkorkte sie und goß sich ein Glas ein. Dann ging sie in den großen Wohnraum zurück, ging um den Kamin in der Mitte herum und inspizierte den Eßtisch. Es war für vier Leute gedeckt, und sie überlegte, wer wohl die anderen beiden Gäste sein konnten. Gegen Viertel vor neun machte sie sich auf die Suche nach Musik und entdeckte schließlich die Stereoanlage. Sie fand eine Kassette mit Flamenco und Paso Doble, die ihr eine Weile das Alleinsein versüßten. Sie machte sich Vorwürfe, daß sie überhaupt gekommen war, kam sich dumm vor, daß sie abwartete, bis der Herr des Hauses die Güte hatte zu erscheinen, versuchte vergeblich zu erraten, was für ein Spiel er wohl spielte. Wohl mehrere Dutzend Mal blieb sie vor einem alten Spiegel stehen und warf einen prüfenden Blick auf ihr Aussehen. Sie hatte ein kurzes, enganliegendes schwarz-weißes Kleid angezogen, das ihr jetzt übertrieben schick vorkam. Ausnahmsweise einmal hatte sie ihr Haar hochgesteckt, aber die ersten rebellischen Locken hatten sich bereits gelöst und fielen ihr in die Stirn.

Um zwanzig nach neun hatte sie genug, und sie holte ihre Handtasche, die sie aufs Sofa gelegt hatte. Draußen betrachtete sie noch fünf Minuten lang den Abendhimmel, genoß den leichten Wind, der wunderbare Gerüche mit sich brachte. Als sie gerade zu ihrem Auto gehen wollte, hörte sie ein Motorengeräusch. Sie lehnte sich mit dem Rücken an den Pferdestall, zog es vor, Pascal draußen zu sagen, was sie von seinem flegelhaften Benehmen hielt. Dann würde sie fahren.

Sie sah Robin am Steuer sitzen und neben ihm eine Frau. Diese stieg zuerst aus, eine sehr elegante Erscheinung in einem nachtblauen Kostüm. Von dort, wo sie stand, konnte Jordane das Gesicht nicht sehen, aber ihre Silhouette war atemberaubend, zierliche, schöne Beine, ihre Frisur saß einwandfrei. Jordane hatte das unangenehme Gefühl, daß ihr Magen sich zu einem Knoten zusammenzog, sie fühlte sich häßlich, dumm und gänzlich fehl am Platz. Plötzlich fiel ihr wieder ein, was Cécile ihr anvertraut hatte: Wie Pascal sie immer wieder gekränkt hatte, indem er immerzu all diese Frauen einlud, seine hassenswerte Freizügigkeit. Sie hatte das Gefühl, daß sie es nie schaffen würde, sich von der Wand, an der sie lehnte, wegzubewegen und lässig auf die anderen zuzugehen. Erstens war da Robin, den sie auf keinen Fall sehen wollte und dessen Gesellschaft Pascal ihr hier ohne Vorwarnung aufzwang. Und dann war da diese Frau, die jetzt auch noch angefangen hatte, zu laut zu lachen.

Jordane war nicht Cécile. Niemand konnte sie so behandeln! Sie richtete sich zu voller Größe auf, war plötzlich nur noch wütend und ging genau in dem Moment los, als Pascal auf sie zukam, um sie zu begrüßen.

»Guten Appetit!« warf sie ihm an den Kopf und wich ihm aus.

Doch ein Arm legte sich um ihre Taille, hielt sie fest und raubte ihr den Atem.

»Wohin gehen Sie?«

»Nach Hause!«

»Hier ist Ihr Zuhause!«

Ohne weitere Umstände drehte er sie herum und schob sie auf Caroline zu.

»Das ist meine Mutter«, erklärte er hastig. »Und das ist Jordane Valence, von der ich dir schon erzählt habe ...«

Er hatte sie nicht eine Sekunde losgelassen, und er erdrückte sie beinahe, damit sie sich ihm nicht entwinden konnte. Er mußte noch etwas hinzufügen, und wenn er es nicht sofort tat, würde er nicht mehr den Mut dazu finden.

»Wir werden heiraten, denn wir bekommen ein Kind. Siehst du, kaum bist du in Frankreich, gibt es schlechte Nachrichten: Schon bist du zur Großmutter geworden ...«

Ein drückendes Schweigen entstand zwischen den Vieren. Pascal zog seine Hand zurück, ließ Jordane die Freiheit zu fliehen, wenn sie es wollte. Er sah nur sie an, kümmerte sich weder um seine Mutter noch um Robin. Er wollte lieber nicht wissen, was sein Bruder in diesem Moment empfand.

Die beiden Frauen sahen sich immer noch neugierig an, während es um sie herum immer dunkler wurde.

»Etwas Besseres hätte ich mir nicht wünschen können«, murmelte Caroline schließlich.

Aber ihr war der angespannte Gesichtsausdruck Pascals, die verschlossene Miene des Bruders und die Verblüffung Jordanes nicht entgangen.

»Dann laß uns mal hineingehen«, sagte sie und nahm Robin beim Arm.

Die beiden gingen langsam auf das Haus zu. Als sie in dem großen, hellerleuchteten Saal angekommen waren, fragte Pascal:

»Soll ich Samthandschuhe anziehen? Dir einen Lastwagen voller Blumen schicken? Es werden bestimmt keine Margeriten sein, keine Angst ...«

»Hör zu ...«

»Ich will nur eines hören, und das ist ein Ja. Könntest du das für mich tun?«

»Dieses Kind ...«

»Wenn du auch nur den Namen von deinem Mann aussprichst, dann schreie ich Zeter und Mordio. Dieses Baby wird unser erstes Kind sein, ich verspreche dir, daß ich es niemals anders behandeln werde. Ich bestimmt nicht! Darunter habe ich schließlich meine ganze Kindheit gelitten … Ich werde es über alles lieben. Glaubst du mir?«

»Um so mehr, als es deins ist«, dachte sie überglücklich. Sie nahm an, daß es sicher eine Weile dauern würde, bis sie ihn davon überzeugt hatte. Es sei denn, dieses Kind erbte die Augen seines Vaters …

»Ich habe mit einem Anwalt gesprochen«, fing sie an.

Er streckte die Hand nach ihrem Haarknoten aus, zog die Nadel heraus, ließ die glänzenden Locken herunterfallen und begann, sie zu streicheln.

»Schwör mir, daß du ihn nicht mehr liebst, daß es nichts ›anderes‹ ist, mit ihm, ich bin krank vor Eifersucht … Ach, Jordane …«

Plötzlich hatte sie den Eindruck, einen kleinen Jungen vor sich zu haben, verunsichert und flehend. Da verspürte sie etwas Neues, Unbekanntes, und schloß ihn mit dem Gefühl unendlicher Zärtlichkeit in die Arme.

»Mein Liebling, wir werden uns immerzu streiten«, murmelte sie und vergrub ihre Nase in seinem Hals.

»Ja … Das wird wunderbar werden! Mein Gott, wie ich dich liebe … Vole que demores … Siéu urous … Urous!«*

Sie wollte ihm zeigen, daß sie seine provenzalischen Worte verstanden hatte und drückte ihn noch etwas fester, doch versehentlich dort, wo der Arm gebrochen war. Er biß sich auf die Lippe, um nichts zu sagen, denn er wollte nicht, daß sie ihn losließ. Was auch immer geschah – jetzt nicht und niemals mehr.

* Ich will, daß du bleibst. Ich bin glücklich. So glücklich!

Catherine Gaskin im dtv

»Catherine Gaskin versteht es prächtig, Geschichten zu erzählen... gehobene Unterhaltung mit viel Gefühl und harten Schicksalsschlägen, deren Wucht aber immer wieder durch glückliche Momente gemildert wird.«

Margarete v. Schwarzkopf in der ›Welt‹

Ein Falke für die Königin
Roman · dtv 8382
Es ist ein weiter Weg von China bis tief ins schottische Hochland. Besonders wenn man ihn wegen ein paar Worten zurücklegt, die der Bruder vor seinem Tod an den Rand einer Schriftrolle gekritzelt hat. Trotzdem ist Kirsty hergekommen: ungebeten, unerwartet und – wie sie ahnt – unerwünscht...

Ein Windspiel im Nebel
Roman · dtv 12079
Die junge Kunstexpertin Joanna Roswell stößt in Schloß Thirlbeck auf zahlreiche Rätsel und Widersprüche, als sie den Auftrag erhält, die Schätze zu ergründen, die das alte Gemäuer birgt.

Das große Versprechen
Roman
dtv 12179
England um 1900. Ein reicher Fabrikant nimmt ein armes Mädchen auf... Ein großartiger Roman über das schicksalhafte Versprechen einer Frau, ihre Familie nie im Stich zu lassen.

Das Familiengeheimnis
Roman
dtv 20005
Die schöne, kluge Kelly Anderson ist »nur ein einfaches Mädchen« von einer australischen Farm... Vielleicht einer der schönsten Romane von Catherine Gaskin, der »großen Dame der Unterhaltung«.

dtv

Georgette Heyer im dtv

»Georgette Heyer schreibt witzig, scharfsinnig, manchmal boshaft, graziös und mit Zärtlichkeit.«
Die Welt

Die drei Ehen der Grand Sophy
Roman · dtv 20101
Charmant ignoriert Sophy alle Regeln der guten Gesellschaft und entwirrt dabei ein Knäuel von fehlgeratenen Verlöbnissen.

Herzdame
Roman · dtv 20102
Annis hat gegen den arroganten Mr. Carleton eine heftige Abneigung gefaßt. Doch noch nie konnte sie mit jemand so herrlich streiten…

Die bezaubernde Arabella
Roman · dtv 20154
Ausgerechnet dem begehrtesten Junggesellen der Stadt erzählt Arabella, sie sei eine reiche Erbin. Nun betet ganz London sie an, doch jeden Moment kann alles herauskommen…

Die spanische Braut
Roman · dtv 20155
Juana ist das Symbol des Befreiungskampfes gegen Napoleon. Im Nu liegt ihr Wellingtons ganze Armee zu Füßen.

Penelope und der Dandy
Roman · dtv 20156
Penelope flieht gemeinsam mit Sir Richard Wynham nach Bristol, um ihrer Zwangsehe zu entkommen.

Verlobung zu dritt
Roman · dtv 20157
Eustacie ist knapp der Französischen Revolution entkommen. Sie ahnt noch nicht, was für Abenteuer das englische Landleben für sie bereithält…

Damenwahl
Roman · dtv 20158
Um nicht Opfer eines infamen Brauthandels zu werden, flieht Kitty nach London. Dort will sie auf eigene Faust den Mann ihres Herzens finden.

Der Unbesiegbare
Roman · dtv 20159
Der Ritter Simon von Malvallet hat noch jeden Gegner geschlagen. Aber dann sieht er sich einer Frau gegenüber, einer wunderschönen Amazone…

Mary Wesley im dtv

»Mary Wesley ist wie Jane Austen mit Sex.«
Independent on Sunday

Eine talentierte Frau
Roman · dtv 11650
Hebe ist noch keine zwanzig, mittellos und schwanger, aber sie nutzt ihre Talente gut.

Ein Leben nach Maß
Roman · dtv 11741
Drei Männer begleiten Flora ein Leben lang...
»Eine Vierer-Liebesbeziehung mit viel Esprit, sehr charmant und etwas böse.« (Karin Urbach)

Matildas letzter Sommer
Roman · dtv 11893
Matilda glaubt sich mit Ende Fünfzig reif für einen würdigen Abgang. Doch sie läßt sich auf ein letztes Abenteuer ein...

Führe mich in Versuchung
Roman · dtv 20117
Fünfzig Jahre lang hat Rose zwei Männern die Treue gehalten. Jetzt, mit 67 Jahren, nimmt sie endlich ihre Zukunft selbst in die Hand.

Die letzten Tage der Unschuld
Roman · dtv 12214
Sommer 1939: Fünf junge Leute verbringen die letzten unbeschwert glücklichen Tage vor dem Krieg.

Zweite Geige
Roman · dtv 25084
Laura Thornby will sich auf keine enge Beziehung einlassen. Doch dann verliebt sie sich in den viel jüngeren Claud.

Ein böses Nachspiel
Roman · dtv 20072
Manche Dinge bereut man sein Leben lang... Aber Henry macht das Beste aus seiner mißglückten Ehe.

Ein ganz besonderes Gefühl
Roman · dtv 20120
Eine Liebesgeschichte zwischen zwei sehr eigenwilligen Menschen – und eine Liebeserklärung an den Londoner Stadtteil Chelsea.

Nina Bawden im dtv

»Kaum jemand kann weibliche Lebenssituationen sensibler darstellen als Nina Bawden.«
The Times Literary Supplement

Ein Haus mit Garten
Roman · dtv 24103
Fanny Pye stellt sich auf der Straße einer Gruppe von Gewalttätern in den Weg. Sie erwacht im Krankenhaus, und ihr Leben verändert sich auf eine Weise, die ihre Familie einigermaßen in Bestürzung versetzt.

Besuch bei Freunden
Roman · dtv 11635
Laura ist glücklich verheiratet und eine erfolgreiche Schriftstellerin. Doch da sind diese Alpträume, in denen das Haus über ihr zusammenbricht...

Eine Frau in meinen Jahren
Roman · dtv 11726
Eine Urlaubsreise nach Marokko wird für Elizabeth Anlaß, den eigenen Lebenslügen nachzuspüren.

Das Eishaus
Roman · dtv 11775
Ruth und Daisy sind Freundinnen fürs Leben. Die Entdeckung, daß ihr Mann eine Affäre hat, bringt Ruth jedoch völlig aus dem Gleichgewicht.

Kunst der Täuschung
Roman · dtv 11908
Ein Mann, zwei Frauen, Kinder. Er verdient sein Geld mit dem Kopieren alter Meister. Täuschung ist sein Lebenselement. Doch manchmal täuscht er sich auch selbst.

Ein Flamingo im Regen
Kriminalroman
dtv 12314
Ein Mädchen wird tot aus der Themse gefischt. In ihrer Tasche findet man Briefe, die den Schuldirektor Humphrey schwer belasten.

dtv

Waldtraut Lewin im dtv

»... die Wurzeln entdecken, aus denen wir unsere Nahrung erhalten ...«
Waldtraut Lewin

Federico
Roman
dtv 11946
Friedrich von Hohenstaufen, der Enkel Barbarossas, römisch-deutscher Kaiser, König von Jerusalem – das »Staunen der Welt«. Der »Mann aus Apulien«, gesehen von einer Frau.

Die Ärztin von Lakros
Roman
dtv 12023
Goldrausch in der Antike. Leukotris, die Leibärztin des Königs von Lakros, und ihre Tochter Kreusa geraten in einen Strudel von Intrigen, Erpressung, Gewalt und Mord ...

Herr Lucius und sein Schwarzer Schwan
Roman · dtv 12146
Der gebildete Auletes ist als Lehrer für den jungen Römer Lucius gekauft worden. Doch dessen Vater, ein stadtbekannter Libertin, bedient sich des dunkelhäutigen Schönen als Lustknaben ...

Die stillen Römer
Roman
dtv 12201
Im Rom des Kaisers Augustus beherrschen Mord, Gewalt und Gier die Straßen. Dort stranden Tabea und ihr Bruder Mamercus, nachdem man sie von ihrem Hof vertrieben hat. Gemeinsam mit einem entlaufenen Sklavenjungen finden sie Unterschlupf bei einer geheimnisvollen Frau, die man im Viertel nur »die Königin« nennt ...

Die Frauen von Kolchis
Roman
dtv 12289
Die Welt des skythischen Matriarchats ist voller Rätsel und Zauberei für den jungen Römer, den reitende Kriegerinnen in ihr Frauendorf entführt haben.
Ist er Opfer oder Gottheit für sie? Und was wäre eigentlich schlimmer?